1 MONTH OF
FREE
READING

at
www.ForgottenBooks.com

By purchasing this book you are eligible for one month membership to ForgottenBooks.com, giving you unlimited access to our entire collection of over 1,000,000 titles via our web site and mobile apps.

To claim your free month visit:
www.forgottenbooks.com/free1005287

ISBN 978-0-332-22638-5
PIBN 11005287

For support please visit www.forgottenbooks.com

A FORMOSA

S I A

POR

INA   LADY J

VERSÃO DO INGLEZ, PREFACIADA E ANNOTADA

POR

LLO CASTELLO BR

PORTO

LIVRARIA PORTUENSE — EDITO

121 — RUA DO ALMADA — 123

PORTO — TYPOGRAPHIA OCCIDENTAL — RUA DA PICARIA, 54

Ha poucos mezes que, á meza redonda de um hotel de Lisboa, ouviu a auctora um inglez empregado nas vias-ferreas, e ali chegado trez semanas antes, proclamar de um modo irrisorio a superioridade de Inglaterra não só sobre Portugal, mas sobre todos os paizes. Conversando com um dos seus patricios, chegado recentemente da Costa d'Africa, e de todo indifferente a que os portuguezes commensaes o percebessem ou não, dizia:

«Com effeito, se comparamos isto com a triste parte do mundo em que o snr. habitou, Lisboa deve parecer-lhe uma Babylonia!»

«Parece-me animadissima — respondeu o outro.

«Animada! — exclamou elle desdenhosamente — Para mim que chego agora de Liverpool, Lisboa figura-se-me a cidade da morte. N'estes ultimos onze dias não tem havido cartas nem periodicos de Inglaterra para aviventar esta mansão mortalmente animada. Poderá o snr. allegar que isto se deve á

---

leitores, a belleza de uma mulher, classifical-a entre as hespanholas, entre as italianas, entre as allemãs, e entre as inglezas, mas nunca entre as nossas compatriotas, que soffrem, ha muitos annos, com sublime resignação de martyres, esta velha e flagrante injustiça.

Parece que o typo nacional é indigno de referencia, e que só quando d'elle aberra e, por um capricho da natureza, reveste a feição extrangeira, é que uma figura de mulher merece as formulas, mais ou menos sonoras e hyperbolicas, da nossa admiração.

E' vulgar ouvir-se dizer: — Como é bella! Ha n'aquelle todo vaporoso «certo ar germanico!» — «Que mulher! Tem o salero de uma hespanhola!» — «Que magestade! que morbideza! É uma perfeita madonna italiana!» — «Que poetica gravidade! Dir-se-ia uma candida lady!» O que, porém, se não ouve, pelo menos o que eu ainda não ouvi, é: «—Que sympathica rapariga! «É uma portugueza perfeita!»

guerra de Espanha; mas elles tem ahi communicação pelo mar, e do processo Tichborne, tão fallado
em Londres, os seus periodicos nem uma só palavra nos disseram. (·) Hontem perguntei a dois su-
geitos, que deviam saber alguma coisa do que vai
pelo mundo, se Kenealy já concluira o seu discurso.
Pois, se eu lhe der a minha palavra de honra, o
snr. acredita que nenhum d'elles sabia quem fosse
Kenealy?! e, ainda mais, nem um só dos trez ou
quatro que estavam nunca tinha ouvido fallar de sir
Roger! Quer-me parecer que ignorancia assim nem
nos seus pretos se encontra! E chama-se a isto um
paiz civilisado! É pena que a nossa Ilha, quando
este mundo se fez, não assentasse um pouco mais
perto da bahia de Biscaya; que então fariamos mais
opportunamente entrar na regra este paiz, e quer
empurrados, quer civilisados, os portuguezes se
amoldariam aos inglezes.»

Ora, o interlocutor que experimentára as influencias do calor dos tropicos, respondeu:

«Se a Inglaterra tivesse o clima que tem Portugal, duvido que os inglezes fossem mais energicos
que os portuguezes.

«Não diga tal, meu amigo — replicou o outro —
que me bestealisa ouvir-lh'o! Assevero-lhe que os
climas jamais rebaixaram um inglez ao nivel dos

(.) O processo a que allude o personagem, talvez fantastico, da auctora
não cra de certo desconhecido á imprensa portugueza, onde eu o li por esse
tempo. Morréra sem filhos o millionario Roger Tichborne. Apresentou-se
um sugeito a justificar-se filho do morto; mas o tribunal de Dartmoor con-
demnou-o a quatorze annos de presidio, convencendo-o de filho de um car-
niceiro de Wapping. Ultimamente, em abril d'este, corrente anno de 1877, os

A FORMOSA LUSITANIA

INTRODUCÇÃO

«Algum motivo o trouxe a Lisboa?

«Com certeza. Portugal não é paiz onde alguem venha simplesmente para se divertir. Póde comparar-se o Tejo a um bonito véo de filó que esconde o rosto de uma mulher feia. Lisboa é uma desillusão. Aqui, não ha monumentos, nem grandeza, nem civilisação, nem sociedade. Conserva-se como Byron a deixou: — terra de barbaros de cazaca e de chapeo-castor.»

Isto diz em uma obra recente o popular romancista Camillo Castello Branco, mediante um dos personagens da sua novella.

Quem assim se exprime em termos tão destoantes da formosa terra de Portugal é um author inglez que perlustrou as cidades da Europa, e vae dar ao mundo dous tomos em 8.º de suas observações ácêrca dos modos, costumes e caracter de cada paiz, com abundantes notas criticas sobre a litteratura, legislação, religião e politica de cada terra, etc., etc.

A passagem referida é uma exaggerada e severa exposição do conceito geral que ainda hoje, em Inglaterra, se forma de Portugal. Volvidos alguns mezes, o referido author britannico, não menos de-

trahidor e injusto, sustenta a sua opiniáo contra a
de outro que se julgava melhor informado em tal
assumpto. «Que! visitar Portugal! Um paiz que se
faz apenas attendivel pelo seu vinho! Um paiz que
ainda se revê nas velharias e usanças do seu passado! Que adiantamento, se adiantamento pode chamar-se a este arrastarem-se de caracoes; e, para
assim se moverem ainda é preciso que o rapido
avançar das outras naçõcs os empurrem!? Um paiz
que apenas tem authenticamente um escriptor de
genio — o poeta Camões, e cuja litteratura moderna
está reduzida a traduções de despreziveis novellas
francezas! Um paiz, de mais a mais, cuja lingua
ninguem cura de saber, excepto alguns caixeiros
do Porto, ou alguns engenheiros empregados nas
duas ou tres vias ferreas que *fizemos,* cujo manejo
os portuguezes não podem ainda pessoalmente des-
empenhar». (·)

Propriamente em Portugal, esta falsa e desde-
nhosa opiniáo ácerca do estado actual do paiz, grassa
entre os extrangeiros lá residentes, e com especialidade em parte dos inglezes. Se, em Lisboa ou
Porto, encontraes algum dos leaes subditos da rainha Victoria — desterrados temporariamente, por
motivo de interesses, da sua querida terra dos ne-
voeiros — é raro decorrerem cinco minutos na sua
convivencia sem que vos saiam com observações

(·) O traductor, sem querer desfazer na palavra da illustre extrangeira,
declara que não se recorda de haver escripto as phrases que a escriptora
lhe attribue, e até se recorda perfeitamente de não as ter escripto. Bem
pode ser que Lady Jackson inadvertidamente privasse o verdadeiro auctor
de se ver traduzido em Inglaterra.

assim desairosas para Portugal. E como, segundo
o anexim, a corda quebra pelo mais fraco, os portuguezes, occasionalmente patrocinados e constantemente defraudados pela «sua grande e poderosa
aliada», parecem modestamente aceitar a humilde
posição que lhes marcam.

É menos de mediocre a sympathia que liga as
duas nações; e a indole britannica é por consequencia tão mal comprehendida e falsamente figu-
rada pelos portuguezes quanto a sua propria o é
pelos filhos de Inglaterra.

«A cauza d'isto — diz um notabilissimo escriptor
portuguez (·) meio-ironico, mas algum tanto apolo-
geticamente — é o sermos nós uma nação pequena
e pouco á moda, acanhada e bizonha n'esta grande e
luzida sociedade europea, onde por obsequio somos
admittidos, dando-nos já por muito lisongeados,
quando os extrangeiros se deixam benevolamente,
admirar por nós. Falta-nos certo uso de sociedade,
que ensina cada qual a occupar o seu logar... Bem
que peze á vaidade nacional, é forçoso o fazer aqui,
em familia, uma confissão: — Nós temos o defeito
d'aquelles provincianos que, nos circulos da capital,
suffocam envergonhados como cousa de mau gosto, uns
restos de amor da terra que ainda os punge, e dei-
tam-se a exaltar com affectação altamente comica os
affazeres e commoções da vida das grandes cidades,
que ainda mal gozaram e ainda mal saboreiam; — (·)

(·) Julio Diniz.
(·) A authora passou por alto as linhas que deixei griphadas, e em parte
interpretou imperfeitamente as outras.

fallam dos theatros, dos bailes, da cantora da moda, do escandalo do dia, sem se atreverem a dizer pelo menos uma palavra das arvores, das paizagens, das tradições, *dos costumes locaes, do conchêgo domestico da sua provincia, o que por ventura os outros lhe escutariam com melhor vontade*... Assim tambem os portuguezes, acanhados nos circulos da Europa, não ousam conferir diplomas de excellencia a coisa que lhes pertença; envergonham-se de fallar nas riquezas patrias, em quanto abrem a boca, por convenção a tanta insignificancia que, em todos os generos, a vaidade extrangeira apregôa como primores; levam o excesso da modestia, se é só modestia isso, até receiarem que a vista dos estranhos averiguem do que lhes vai por caza, engradecem com effusões de sensibilidade uma ou outra phrase de louvor que, em momentos raros, elles lhes concedem.»

«Se ousamos fallar de Camões — continua Julio Diniz — ao mesmo tempo que de Tasso, de Dante e de Milton; se ousamos apregoar o vinho do Porto, junto com o do Xerez, Chateau-Laffite e Tokay, é porque lhes deram lá fóra o diploma de fidalguia; que por nós... continuariamos, calados, a ler um e a beber o outro, sem bem conhecer a preciosidade que liamos e que bebiamos, ou pelo menos correndo-nos de uma nos parecer sublime e a outra deliciosa. (·)

(·) Este fragmento extractado do formoso romance «Uma familia ingleza» pag. 105 e 106 da 2.ª edição, só pode ser bem entendido com os periodos que o precedem, e dos quaes Lady Jackson não fez cazo, deixando assim mal applicadas as ironicas reflexões de Gomes Coelho. Os periodos omittidos dizem assim: *É costume entre nós, quando se quer exaltar, no conceito dos*

ADVERTENCIA DO TRADUCTOR

Reservam-se para notas ao texto as observações que sahiriam menos apropositadas em prefacio.

As notas não pretendem despreciar o quilate intellectual da escriptora ingleza: apontam singelamente inexactidões de pouco alcance, e algumas vezes sorriem á conta de umas excentricidades que são realmente risonhas.

No livro ha, todavia, uma inexactidão que assume as dimensões da calumnia, provavelmente involuntaria; porém, como o calumniado é o traductor, elle, conforme aos seus habitos de inercia quando as difamações o ferem, não se queixa; pede apenas a Lady Jackson licença para lhe asseverar que talvez confundisse o nome do traductor com o de outro romancista portuguez mais benemerito dos reparos da illustre viajante. Quando as phrases detrahidoras da patria, que se figuram lidas em um livro meu, me exposessem a dissabores e perigos, ainda assim farta indemnisação de jubilos me seria ver a minha terra tão egregiamente defendida das injurias do personagem do meu romance por uma senhora conterranea de uns viajantes que só deixam de parecer serios quando bebem o nosso vinho e escrevem da nossa terra. Elles têm esse máo costume que nos desforra das aleivosias que nos assacam.

Não é assim a graciosa dama que nos honrou com a sua visita e com o seu estimavel livro ha quatro annos. Tem rasão e graça quando, ás vezes, nos censura e admoesta. Por exemplo: pàra algum tanto escandalisada em frente das attitudes demasiadamente amorosas das meninas que passeiam o seu coração nos jardins de Lisboa e o evolam em fortes perfumes. Ora, estes reparos, a fallar verdade, tambem eu os tenho feito, e todas as mães de familias os fazem

reprehendendo as filhas com o cotovêllo vigilante. Bom é que os extrangeiros nos admoestem, visto que os escriptores nacionaes, nos seus papeis baratos, dão praça e convidam a que se imprimam dialogos erothicos a 20 reis a linha com abatimento de 5 $^0/_0$ para os assignantes. Em tudo mais, a auctora da *Formosa Lusitania* deixou-nos do seu espirito e da sua honestidade quatrocentas paginas de provas incontroversas. Se o traductor, uma vez por outra, implicar com as opiniões da esclarecida senhora, não se lhe acoime de desprimorosa descortezia o que não passa de desenfado em horas do aborrecido lavor de traduzir. Nós, os portuguezes, somos sempre tão delicados com os extrangeiros que nos mettem a riso que até passamos, senão por parvos, por indifferentes á calumnia.

Começamos por trasladar um livro digno e honrado; se o leitor quizer, dar-lhe-hemos a versão dos que nos injuriam, vindos principalmente da amiga Inglaterra que estremece no cordeal anceio de nos abraçar até á asfixia.

S. Miguel de Seide, 23 de setembro de 1877.

C. Castello Branco.

portuguezes. Não! nunca! A Inglaterra seria sempre a primeira nação do mundo, ainda que a nossa ilha estivesse collocada no centro da Africa, porque o estofo de que foi formado um inglez devia ser, como hoje é, talhado para se adaptar a todos os climas. Nação como a nossa não ha ahi nenhuma. A America está logo depois; mas os *yankees* são um pedacito pantaloens de mais. (·) A cabeça do mundo *somos nós* — ninguem duvida *d'isto* — ajunctou elle erguendo o copo de vinho com enthusiasmo, emborcando o liquido de dois tragos e partindo o copo contra a meza com tal murro que parecia denotar que a questão a final estava assim resolvida.

No entanto, um homemsinho fusco de olhos espertos, que abancara perto do nosso inglez patriota, conversando com um prato de figos, em quanto apontava o ouvido attento ao referido palavriado, levantou de subito a cabeça e a voz, e, respondendo ás ultimas palavras, disse:

«Os senhores são a *cabeça* das naçoens, e nós... acho eu que somos... o *rabo.*»

O inglez, extremamente sorprendido, deu um salto na cadeira, em quanto os circumstantes todos gargalhavam, sem excepção d'aquelles que não ti-

---

protectores do condemnado Arthur Orton pediram que se lhe instaurasse novo processo; e nos jornaes de Londres se annunciou que no dia 17 de abril iriam mais de cem mil pessoas pedir á camara dos deputados a liberdade do supposto filho de Rogerio Tichborne, arregimentados sob muitas bandeiras com a legenda: *Justiça de Tichborne.*

(·) Os inglezes, chacoteando os seus homogeneos dos Estados-Unidos, chamam-lhes *Yankees*, porque os negros da Virginia dão á palavra *English* um sonido semelhante áquella palavra.

nham bem percebido as palavras que tão electrica-
mente o sacudiram.

«Peço-lhe que não se offenda... Affirmo-lhe
que a minha intenção não era offender... Se eu
soubesse que o snr. fallava inglez, eu... eu...»—
gaguejou elle.

«O snr. não me offende; pelo contrario, diver-
te-me»—respondeu o portuguez em correctissimo
inglez, e proseguiu: «Vivi alguns annos na sua patria, e julguei-a melhor do que o snr. julga a minha.
Nós não merecemos tal menospreço das nações da
Europa. Por tanto, como o snr. é a *cabeça* d'ella,
appello para a sua generosidade a fim de que haja de
conceder que nós, os pobres portuguezes, sejamos
ao menos... o *rabo*.» E desfechou um franco e alegre riso que derrotou de todo o bretão. Servido de
sobre-meza, o portuguez pegou do chapeo, cortejou
cerimoniosamente aquelle «cabeça do mundo», e
foi-se embora.

Porém, o nosso patricio não era homem que se
calasse facilmente. Bamboou gravemente a fronte,
e, com um sorriso de zombaria, murmurou: «Este
sugeito andou tolamente em nos não avisar que sabia inglez; mas eu ministrei-lhe uma optima lição.
Agora fica elle sabendo, se já o não sabia, o que o
mundo pensa da sua patria.»

Este homem era, com certeza, um typo exce-
pcional do leão britannico em Portugal. Por via de
regra, este nobre animal, nas suas excursões, é
bastante manso e pacato. Se negocios ou industrias
o levam áquellas estranhas regiões, é de suppor
que elle saiba alguma coiza o idioma de lá; se o sa-

be, está mais á vontade, e revela genio bom e folga-
são; porém, se inconsideradamente quer *divertir-se*
sem poder dispôr de cinco palavras portuguezas,
então, de ordinario, a sua eloquencia é taciturna, e
no semblante lhe revê o dissabor e desprezo de um
idioma que desconhece; desabafa, por tanto, em
exclamações d'esta laia: «Ah!—puf!—brrr!—» Os
phrenesis nervosos manifestam-se-lhe nos gestos;
e não póde tolerar a facilidade com que os indigenas
desatam a torrente incessante de palavras que lhes
soam nos ouvidos como uma algaravia sem signifi-
cação.

Um passeio em Portugal, se o viajante ignora a
lingua, escasso aproveitamento ou prazer lhe pro-
porciona. Imaginar, como bastante gente imagina,
que não ha nada a lucrar com o conhecimento do
idioma portuguez, é erro fundado em mero precon-
ceito, porque as cidades de Portugal encerram interessantes memorias do passado, que merecem
mais attenção do que até hoje tem attrahido. Ha ali
grande numero de escriptores talentosos, quer antigos quer modernos, historiadores, escriptores scientificos, dramaturgos, vigorosos romancistas e outros
auctores, que encantam com a elegancia e graça do
estylo, fantasia poetica, espirito e vivacidade que
reluz em suas obras. E hoje em dia, que mais lumi-
nosas investigações elucidaram os documentos das
eras passadas e corrigiram erros que a historia trans-
mittira, os archivos nacionaes de um povo que já
foi a primeira entre as nações, por navegações,
descobrimentos e conquistas na India, com monarchas famosos por illustração, magnificencia e in-

centivo ás artes, ou bellicosas façanhas, devem necessariamente ser interessantissimos e por nenhuma
maneira desdenhados.

Ai! amesquinhado Portugal! Como é que um
paiz tão bello, cuja capital é a segunda em formosura entre as cidades da Europa, cujo povo é tão
policiado, bondoso, hospitaleiro, sem o sombrio fa-
natismo dos hespanhoes, seja enxovalhado, como
acontece, pelo restante mundo, e considerado o menos valioso e interessante dos reinos da Europa? Por
que não vão ali os nossos artistas em busca de ins-
pirações novas para o seu pincel? porque as não
procuram na Formosa Lusitania, nas encantadoras
margens do Minho, nas alpestres bellesas das ribas do Douro, do Tejo e do Mondego? Os nossos
viajantes, aborrecidos das estradas chans, e das
paisagens que por toda a parte parecem as mesmas, porque não se embrenham por aquelles ser-
tões alcantilados? Se o fizerem, decerto serão liberalmente recompensados. A perspectiva tem encantos de originalidade e frescura variadissimos: serranias escarpadas, profundas barrocas, grandes ladeiras de arvoredo e matagal, bosques de castanheiros e extensos sobreiraes, olivedos, laranjaes e limoeiros de lustrosa folhagem, compridas latadas
afestoadas de parras, montes fragosos com as cristas verdejantes de arbustos, ramarias de variado
colorido desde o opaco das sombras até ao verde
mais suave; vastas penedias vestidas de musgo,
ruinas pittorescas de castellos moiriscos e mosteiros gothicos, rapidos corregos por entre curvos sal-
gueiraes, orlados de aromaticos relvedos. De quasi

todas as cminencias, algumas leguas sertão dentro,
podem avistar-se asperrimas ribas do mar com as
suas arenosas bahias ou enseadas; ao longe, a in-
finda amplidão do Atlantico, e as suas ondas, agora scintillantes com um colorido de opala quando refrangem os raios solares, logo toucadas de
espuma, rugindo estridorosamente a quebrarem-se
em furiosas catadupas de encontro á cinta dos penhascos, a dissolverem-se em milhares de fantasticas figurações.

Posto que esta obra não pretenda servir de roteiro, pois que é simplesmente uma collecção de
extractos de um diario interrompido por cartas escriptas durante uma recente visita a Portugal, depois
de larga auzencia de annos — no decurso dos quaes
grandes mudanças e melhoramentos, em cidades e
villas, se devem ter dado, e de certo espantosas se
deram já, especialmente em Lisboa, pois que Portugal pode dizer-se um paiz renovado para quem o
conheceu e hoje compara o que *é* ao que *foi* ha vinte,
ha quinze, ou mesmo ha dez annos — ainda assim,
vem de molde dizer que quem viaja por Portugal, e
quer ver não só as cidades e os seus monumentos,
mas tambem o paiz com tudo o que ahi ha bello e
variado, já em paizagem já em lanços de vista do
littoral, não deve contentar-se sómente com os tra-
jectos na via-ferrea.

Não se faz, todavia, mister que ao viajante cum-
pra jornadear a pé ou continuamente a cavallo, como
alguem inculcou; pode as mais das vezes seguir estradas centraes e desviar-se por caminhos trilha-
dos — se a sorte lhe deparar passagem em *Diligencia,*

2

ou qualquer locomotiva, e se predispozer a soffrer, algumas vezes, as incommodidades de um máo logar. Posto que rude, o povo é bom, e pelo commum aceado; talvez um pouquinho perguntador, curioso de saber se o viajante tem familia, onde e porque a deixamos, se vamos em busca de parentella; e boa parte d'essa gente fica pasmada quando se lhe diz que viajamos só com o designio de nos divertirmos; porque os portuguezes começaram ha poucos annos a viajar com intento analogo ao dos inglezes.

É indispensavel a maxima polidez de fallas e maneiras para quem quizer que lá o recebam aprasivelmente. Como hade ser tratado por *vossa excellencia* ou *vossa senhoria*, cumpre-lhe não ser avaro no uso d'esse tractamento, quando se dirigir pouco importa a quem; e os seus desejos ser-lhe-hão satisfeitos com a maior pontualidade, se, na hospedaria ou no hotel, não lhe repugnar, quando chama os criados ou as criadas, tractal-os cortezmente, antepondo sempre aos seus pedidos um: «*snr. Manoel*,» ou «*snr.ª Joaquina, faz favor.*» etc.

Finalmente, ao leitor d'estas paginas, se a Lusitania lhe é uma região desconhecida, convidamo'l-o a relacionar-se com este interessante canto da Europa. Ainda ali ha que vêr bastantes coisas primorosas, maneiras, costumes variados, e um trajar pittoresco para realçar os quadros, e espertar o sentimento da estranheza e da novidade que não é o somenos goso de viajantes estrangeiros.

A guerra civil de Espanha impediu que eu seguisse o meu itenerario em toda a extensão da via-ferrea até á fronteira do paiz, tornando-se-me assim mais accessivel Portugal pela extrema de terra; mas o transito do mar, que talvez dissuada muita gente de visitar a Peninsula, é facil. E quem o fizer de Southampton ou Londres, raras vezes experimentará outro mais agradavel.

CAPITULO I

A VIAGEM

LISBOA, JULHO, 1873. — Deliciosissimos em todo o sentido nos derivaram os cinco dias de viagem desde Londres. Mar chão, céo azul sem nuvens, e o ar aprazivelmente suavissimo e balsamico. Confesso que senti mui intimo pezar quando intrevimos o cabo da Roca: tão rapidos chegamos ao nosso destino.

A tarde era encantadora. Bafejavam-nos docemente propicias auras, tão brandas que de leve arrugavam a superficie do mar, que relampejava doiradas faiscas sob os derradeiros raios do sol no occaso. Uma neblina côr de gaze-violeta embaciava as longiquas montanhas de Portugal. Ao mesmo tempo que o purpureo resplandor do sol-poente se esvahia, fulguravam uns pallidos relampagos cuja luz era mais viva, quando o breve crepusculo se esmaiava na escuridade: era o prenuncio do nascer da lua. Eil-a a surgir, pouco e pouco, e a pratear as collinas.

> *Já fulge a lua, e não é noite ainda ;*
> *Com ella o sol-poente a luz reparte.* (·)

É escarlate o seu ingente disco, quasi como o

(·) The moon is up, and yet it is not night ;
Sunset divides the glory with her.

do sol ao transmontar-se; porém quanto mais se
altea no céo, assim desmaia d'aquella côr de vivo
fogo, e então esplende plenamente formosa, illumi-
nando o mar, o firmamento e os montes com o seu
argentino brilho.

Os portuguezes que povoam as aldeias do littoral conservam em tradição parvoamente deliciosa
que Noé foi ao seu paiz, alguns annos depois do diluvio, expressamente para contemplar um lindo pôr-
do-sol. É certo que elle não encontraria sitio mais
accommodado ao intento. Aquella gente dá-se grande
importancia pela magnificencia do espectaculo com
que, dizem elles, galardoaram a longa viagem do
patriarcha ao occidente, como se os seus antepassados com a sua grande sciencia do scenario celeste,
houvessem arranjado tal espectaculo para deleite e
espanto de Noé. Ora, diz lá a lenda que os taes avo-
engos tinham sido mensageiros previamente enviados pelo patriarcha; e, como achassem a terra bonita, por ali ficaram. Pela vaidade, senão jactancia,
com que os rusticos contam estas coisas do seu
bello clima, imaginar-se-hia que, por effeito de processos magicos, com estes credulos se deu o caso
de collaborarem lá em cima na formação dos céos
e do seu esplendido scenario, a ponto de que o sol
se despede saudoso e de má vontade quando, por
tarde, envia o adeus á terra que tanto ama. *Sol e dó*—
é o estribilho de uma cantiga nacional e popular; e
declara a cantilena que para elles a luz do sol é
como um preservativo contra as calamidades da
pobreza—mas só na cantiga. *Sol e dó,* é muito melhor estribilho que o popular *Pan y toros* da mesma

classe, em Hespanha; ambos porém, em alto gráo, demonstram o caracter nacional. (·)

Serena, mas vagarosamente navegamos ao longo da costa. A sublimidade da scena era, a espaços, interrompida pelo odioso estrondo do implacavel parafuso. O capitão receára ficar fóra da barra até ao outro dia; mas, ao cahir da tarde, avistamos a vela branca do escaler do pratico. Com quanto passasse da meia noite quando entramos a barra, ainda assim não pude recolher-me ao meu beliche sem contemplar a «sultana das cidades» como os portuguezes denominam Lisboa, e como ella se nos figurou enlevada nos esplendores da lua. Contornavam-se-lhe nitidamente os seus castellos e torres, os seus grupos de casas brancas apinhadas, egrejas, e palacios, collinas alvejantes de magestosos edificios. Eu conhecia tudo aquillo; mas as miudezas do quadro, meio velado na profunda sombra, davam largo alento á fantazia, e enleiavam mais, como diz Camões da formosura de Dione:

Nem tudo deixa vêr, nem tudo esconde.

Vasquejam ainda luzes nas janellas de muitas casas,

(·) Esta illustre senhora levou de Portugal algumas chôchas fantasias em primeira mão. Decerto, algum portuguez mais inventivo de tolices que zeloso do bom nome dos seus compatriotas, contou a Lady Jackson o cazo da vinda de Noé a estes sitios predilectamente bons e ageitados para examinar um pôr-do-sol. Adiante veremos que a elegante ingleza tambem d'aqui levou episodios dos fastos da politica contemporanea com o mesmo cunho historico. Uma dama por mais illustrada que seja merece desculpa quando dá a parecer que o não é. Se o seu condão especial é agradar, quer escreva quer não, a extrema seriedade dos seus escriptos poderia deteriorar-lhe o referido condão.

e, ás vezes, ergue-se uma toada de vozes remotas dispersas no ar que logo se extinguem murmurosamente: isto quer dizer que Lisboa já não se deita cedo, como era seu costume não ha ainda muitos annos, quando, entre as nove e dez horas, excepto em occasiões especiaes, trevas e silencio reinavam na cidade.

Nas amplas aguas scintillantes do Tejo, mais comparavel a uma miniatura do Mediterraneo que a um rio, ancoram muitos navios de alto porte e uma esquadra de vasos somenos. Todos os mastros, mastareus e cordames distinctamente se distinguem esbatidos no profundo azul do céo. As sombras tremulam brincando nas pittorescas escadas de ló; os montes da margem esquerda do rio estão escurecidos; o Lazareto e a angrazinha de Almada parecem assim mais importantes do que examinados de dia; por entre os angulos arenosos das penedias avistam-se pedaços de verdura, e á sombra de protectoras arvores alvejam cottages e quintas dispersas entre Almada e o villar de Cacilhas. Fascinava-nos aquelle luar ao qual demos a boa noite eu e a minha companheira unica de viagem, uma agradavel portugueza de quinze annos — que se recolhia constrangida de um collegio inglez — e descemos para as nossas camaras.

CAPITULO II

DESEMBARQUE

A manhã radiou brilhante. Um bote enviado do hotel que me esperava atracou cedo a bordo. Despedi-me então do *Cadiz,* um formosissimo barco, cuja administração providenciada pelo capitão me deixou lembranças para louvor, excepto em um ponto. A excepção é a penitencia que se faz n'aquelles colchões de cortiça fornecidos pelos proprietarios aos seus passageiros. Estas camas, em caso de necessidade, podem tambem servir de boias de salvação. São formadas de pedaços de dura cortiça. Um saco de angulosos calháos comparado áquillo seria um flacido coxim; e um aspero tabuão com uma pedra ou um cepo por travesseiro julgar-se-hia um almadraque oriental, confrontado com os leitos do *Cadiz.* Se em tal cama vingaria salvar-se uma vida que desgraçadamente se lhe confiasse, parece-me coisa mui duvidosa; porque além de taes colchões serem pezadissimos pelo menos para a força de uma mulher, segundo me informaram, é preciso auxilio para atar aquillo ao corpo, e o difficil é achar quem o áte quando ha naufragio, e a esperança de salvação se apega a soccorros alheios; porque então cada qual o que tracta é naturalmente de salvar a sua pessoa. Concedido, porém, que elles sejam effi-

cazes como salva-vidas, ainda assim, taes colchões
são invenções diabolicas que não se podem tolerar.
Aquillo deve ser banido dos navios, e seja substi-
tuido por um colete de salvação em cada beliche.
As lacerações e raspadellas que soffrem as costas
pelo atríto d'aquelle instrumento de tortura talvez
sejam mais cruentas do que seriam as de um condemnado aos repellões de seis noutes no recife-de-
coral descripto pelo *Conde* ao *Doutor* nas « Bagatellas do Mar pacifico do Sul.»

O dispenseiro fez quanto pôde para remediar a
minha desgraça, emprestando-me o seu proprio en-
xergão que era menos efficaz que os outros para a
tortura, por ser um delgado colchão de crina estendido sobre os pedaços de cortiça. Os portuguezes
usam encher de palha de milho os seus enxergões
de verão. Tambem são asperos e rijos ; porém, a
minha triste provação da cama de cortiça tornou-me
deleitosissimo o repouso da noute em um colchão
d'aquelles.

Um guarda da alfandega entrou no bote da bagagem e foi comigo e com o meu creado. Dizia-se
que na alfandega era demorado e vexatorio o exame ; toda a gente me affirmava que ali se praticava
ainda o mesmo que ha cem annos ; antolhou-se-me,
pois, que teria de passar recreativamente uma bella
manhã em cata das minhas malas entregues a guardas indolentes. Em casos d'estes, se eu podesse res-
gatar o meu precioso tempo, compral-o-hia bastante
caro. Ainda assim, achei que os portuguezes de
agora *avaient changé tout cela*. Descarregou-se a
bagagem rapidamente ; deixaram de espreitar como

d'antes todos os objectos. Abriram, *pro forma,* e fecharam logo as malas, e isso mesmo faziam-no com urbana cortezia, como pedindo desculpa. Nada paguei, não me pediram o passaporte, e respondendo á minha pergunta, disseram-me que mais nada era preciso, excepto se eu sahisse do paiz por mar.

Já tambem não existiam as antigas seges de cortinas embreadas, arrastadas por machos, com os seus boleeiros de grandes botas de prateleira. Aquelles anachronicos vehiculos de balanço para os quaes a gente trepava pela altura de um covado, agarrando-se difficilmente, foram substituidos por carruagens fechadas e descobertas, tiradas por boas parelhas. Os trens de praça de Pariz são-lhes inferiores, e os de Londres estão muito longe de os egualar. O carro, que me conduziu ao hotel, era decentissimo; porém, querendo eu levar comigo a minha pequena bagagem, encarregou-se a alfandega de m'a remetter pelo velho systema. De mais a mais, dando-se a circumstancia de ser eu conhecida como *Ingleza,* e, qualidade inseparavel—*mui rica,* um patriotico sentimento me moveu — visto que não era custoso satisfazêl-o—a dispender alguns chelins, de maneira que não deslustrasse a reputação que os filhos e filhas de Portugal nosso fiel alliado adquiriram de entenderem que o generoso possuidor de superabundante dinheiro *deve repartil-o.* (·) A bagagem

---

(·) O texto diz : « deve desfazer-se d'elle » *to part with it.* Em rigorosa expressão assim devêra verter-se; todavia, o traductor que se preza de adivinhar a inoffensiva intenção da nobre dama, absteve-se de trasladar uma

de «Sua Excellencia» foi por tanto collocada em um quadrado de tabuas com uma corda em cada esquina. Estas cordas, cheias de ilhozes, pendem de uma tranca que pousa em hombros de homens; e a carga vai no meio. D'esta maneira, dois homens, quasi sempre sem chapeu, expostos a um sol abrazador, suados, descalços, a passo lento e cadencioso, carregam pezados fardos por caminhos areientos e galgam as calçadas ladeirosas de Lisboa. Com certeza, aquillo é que se chama ganhar o pão com o suor do seu rosto; que, muitas vezes, quando chegam ao seu destino, arquejantes, esbaforidos, com a cara e o pescoço denegridos a escorrer agua, parecem ter sahido do rio n'aquelle momento. Na verdade, que acerbo viver o d'aquellas pobres bestas de carga! Tentou-se ha annos introduzir melhor systema de carrear mercadorias pezadas, mais rapido, menos fatigante para homens e tambem menos dispendioso; mas houve resistencia sob pretexto de que assim se tirava aos carrejões o seu modo de vida. Nas crises turbulentas por que Portugal tem passado, soffreram resistencia da plebe as medidas tomadas áquelle respeito e a outros de publico interesse; as opposições facciosas da politica prevaleciam-se da estupidez da classe infima, e faziam-na instrumento para alcançar os seus intentos.

---

phrase pouco menos de injuriosa para o bom povo portuguez, — phrase que poderia estimular algum leitor dos *Mysterios de Londres* ou de *Les Englais chez eux* a retaliações que o levariam ao cairel do abysmo onde esteve ha poucos mezes o illustrado poeta de *D. Jayme.*

Passaram, porém, essas funestas eventualidades. A presente geração entrou na vereda do bem e da prosperidade.

Esta manhã ouvi eu dizer na alfandega que os immensos armazens d'aquella casa eram já insufficientes para o grande e crescente negocio do paiz, e tambem ouvi que já principia a realisar-se o cumprimento da prophecia de um francez que disse: «Lisboa no anno 2000 ha de ser a capital e o centro do commercio do mundo.»

Antes que isto se realise, parece-me que os antigos carros de bois, que ainda agora ringem e chiam nas ruas da cidade, sobre duas peças circulares de madeira com um páo ao centro a servirem de rodas, serão para todo o sempre exterminados. Devem de ser ante-diluvianas aquellas coisas que ali prodigiosamente se conservam: aquillo é um dos specimens preservados na Arca, e para lá trazidos por Noé quando visitou Portugal para vêr um pôr-do-sol. Porém, como por fortuna já estão assentes os *rails* para carros americanos de Lisboa a Belem, e os apertados e abafadiços omnibus vão ser varridos do transito por carros amplos e ventilados, pode ser que, sendo um progresso precursor do outro, os dias do estrondoso carro de bois estejam contados. Ainda assim, quando os seus quatro estadulhos vem afestoados de salgueiros entrelaçados com ramagem de vinha á guiza de canastra com o seu bojo cheio de cachos maduros, é coisa muitissimo pittoresca. E o caso é que o boi paciente e meditabundo é o animal mais de molde para conduzir o vehiculo patriarchal com a sua carrada de fructos sasonados.

Vi um carro assim, e, ao lado dos bois, uma rapariga de olhos ardentes, chapeu desabado e lenço
ramalhudo. Isto assim, encontrado fóra das ruas
da cidade, merecia uma linha de poesia em uma
pagina de proza.

CAPITULO III

Geralmente quem, apoz um decurso de annos, visita segunda vez logares associados a recordações de successos do mais ditoso periodo da vida, experimenta maior ou menor desillusão. Que é da belleza que elles tinham? que imaginar foi esse que os aformosentou durante a auzencia? São coisas idas com circumstancias adventicias e demasias de imaginação de que derivaram as illusões. Encaramos agora esses objectos e scenas com sensações diversas, e achamol-as apoucadas e mediocres, se as comparamos ao que eram, quando ahi passamos dias luminosos. Ora eu, posto que as houvesse presentido, não encontrei desillusões d'essa natureza.

No dia immediato ao da chegada, resolvi sahir ao acaso, mas de manhãsinha. Em Lisboa, uma brisa fresca refrigera sempre o calor, facilitando-nos, ainda na mais ardente sasão do anno, o passeiar largo espaço da manhã. Ha então sombra em um dos lados de muitas ruas; e, dado que algumas sejam muito ingremes, podem vencer-se com ligeira fadiga, se em vez de as galgar acceleradamente, *á l'anglaise,* se sobem a passo lento, com o vagar de quem passeia. Sendo assim, a divagação da manhã pode apraźivelmente prolongar-se até ás nove horas. A

rua do Alecrim, onde eu morava, é uma das principaes da cidade. A extrema inferior abre no centro
do caes do Sodré; porção do qual se avista da barra
de Lisboa. Sobe a rua sobre dois arcos, *o grande*
e *o pequeno,* sobrepostos a duas ruas, e ascende em
linha recta a consideravel altura, cruzando algumas praças em seu trajecto, até chegar ao jardim
de S. Pedro de Alcantara. Se, ao chegardes aqui,
olhaes ao longo do declivoso plano por onde su-
bistes, vereis lá ao fundo reverberarem as ondas
do rio, e os tectos das casas mais baixas, e ainda as
que ficam a meio caminho abaixo do nivel dos vossos pés.

O Passeio ou Alamêda é um bello plano, adornado de bancos sob a copa de fileiras de arvores.
D'ahi se abrange uma explendida vista da parte
oriental de Lisboa. A poucos passos, desceis ao jardim d'onde a perspectiva é mais larga e variada.

Desdobra-se então á vista embellesada, pelo menos, cinco ou seis das collinas sobre as quaes Lisboa se levanta. Na extrema direita, as ondas do amplo Tejo reflectindo tremulas os raios solares da
manhã, parecem uma corrente de ouro liquido. Lá
está a grande cathedral antiga; em cima, o velho
castello de S. Jorge, com a sua vetusta capella de
Santa Cruz do Castello; e em mais alto ponto ainda
o extincto convento e vasto templo da Graça; no
remate da ultima eminencia avista-se a igreja de
Nossa Senhora da Penha de França, a cujo sacrario a gente embarcadiça faz romaria, a pedir protecção em suas viagens ou a cumprir promessas
votadas nas tempestades pelos pescadores, quando

lhe rogam que os salve. Mais longe, no cabeço de
outro monte elevadissimo, está Nossa Senhora do
Monte. D'ali, principia a terra a descahir gradualmente; altea-se de novo e desce; prolonga-se a vista
lá para Bemfica; e, no espaço intermedio, alvejam
quintas, grupos de ridentes casaes, e aldeias, enverdecem vinhedos, jardins e pomares.

Recostam-se, nas ladeiras, vistosas cazas jardi-
nadas, e caminhos marginados de arvores. Mais
perto, onde a terra já se complana, vêdes ruas modernas e antigas, amplas e estreitas: o magnifico
largo do Rocio, com a elevada columna e estatua
de D. Pedro IV; ahi, onde outr'ora esteve o Palacio da Inquisição, está o theatro de D. Maria 2.ª
Mais chegado ainda, quasi em baixo, bem que as
franças das suas grandes arvores não attinjam esta
altura, está o vasto jardim chamado Passeio Publico com seus lagos e fontes, cysnes e estatuas,
alegretes de flores e passeios sombrios. O *tout en-
semble* forma um quadro de tão deliciosa magnificencia, que não haverá quem deixe de exclamar
como eu, no arrebatamento de taes bellesas: «Lisboa é, sem duvida, uma explendida cidade!»

O proprio jardim de S. Pedro de Alcantara,
d'onde se disfructa este formoso panorama, dado
que não seja extenso, é talvez o mais gracioso de
Lisboa. Este edensinho está cheio de variadissimas
arvores e arbustos floridos. Ali as flôres desabro-
cham com tamanha profusão que cada arvore se
figura um amontoado de differentes côres. Dão-se
lá prodigiosamente arbustos e plantas de todas as
especies. Os geranios d'este jardim são, de per si,

3

pouco menos que dignos de que se vá a Lisboa tãosomente para os ver. Cobrem grande parte da elevada muralha que o monte forma n'aquelle lado do
jardim, ao longo da qual estão plantados; as arvores
do outro lado estão canceladas por uma elegante
balaustrada de ferro lustroso. Estes geranios crescem até á altura de vinte ou trinta pés. Tem nos
troncos principaes a espessura de arvores pequenas,
e os esgalhos são proporcionaes. O maior numero
de suas flores são de um lindo escarlate ou côr de
cravo, que, em certo tempo, se vão rajando de matizes brancos; mas são dobradas todas e em cachos
grandes e abundantes como os de um lindo aloen-
dro. Estes penachos ou *bouquets* crescem tão espessos que quando as plantas, ou mais propriamente
as arvores estão em plena florescencia, elles pendem uns sobre outros nas suas longas hastes e quasi
que escondem de todo a folhagem. Aqui e acolá resalta o verde brilhante ou variegado da folhagem, e
assim realça com o encanto da sua frescura a belleza d'aquella grande pompa floral.

O lyrio do Nilo dá-se e enflora n'este jardim
como um joio indigena, e o heliotropo, em geral
planta pequena e enfezada no clima do norte, aqui
rivalisa com o geranio na exuberancia da vegetação, vestindo altas paredes, formando copas dos
seus compactos feixes de flôres de uma purpura lindissima.

O jardim é cultivado, regado e mantido em excellente ordem. Rente com uma parede lateral re-
sahe uma bacia grande e semicircular de granito,
onde por graciosa torneira de conchas jorra uma

corrente de agua limpida, sussurrando sobre fetos
e conchas. Em redor do tanque verdejam plantas
aquaticas, e lá dentro recrea-se volteando um car-
dume de peixes doirados. Uma extremidade do jardim é fechada em parte por alta sebe de espessos
arbustos que tecem com a ramaria do arvoredo um
toldo de verdura sobre o passeio. Aqui se nos deparam tambem assentos melhormente situados sob
um docel de folhagem para se gozar d'ali o formoso
panorama.

Passei horas de encanto n'este retiro deliciosamente temperado em um dia ardentissimo. Brandas
auras ciciavam nas frondes, e as aves regorgeavam
esvoaçando-se de frança em frança. Se estaes de
más avenças com o mundo, ide ali, que ficareis
izempto de turvações da alma e da mysantropia. E
agora, como nunca esteve, está bello aquillo! São
maiores as arvores, é mais densa a sombra, e o
lance de vista é tambem mais de encantar, por que
já se não avistam ruinas e esqualidas habitações —
valhacoitos da miseria, do vicio e da immundicie
que muito tempo conspurcaram aquella formosa
decoração. E' tão notavel a mudança que bem pode
dizer-se que a aridez de outr'ora, hoje em dia «sorri,
floreja, qual ramal de rosas».

A porta do jardim fecha-se ao anoitecer; mas
no Passeio de cima se nos offerece uma scena animadissima logo que Lisboa se illumina. O gaz nas
ruas, a luz jorrando de todas as janellas, ou tre-
mulando em betas na folhagem das arvores circumpostas, o lampejar radioso dos candieiros semilhante á pôpa de um navio, o murmurio da confusa

O ardentissimo calor que senti ao deix r as sombras de S. Pedro de Alcantara, advertiu-ie que era
tempo de me recolher; mas o desejo de vêr mais
longe como Lisboa se tem embellecido deiberou-me
—prevenida de grande guarda-sol e inspensavel
leque—a voltar as costas á rua do Alcrim. Seguindo á rua do Moinho-de-Vento, fi, subindo
ainda, até á Praça do Principe Real, ce n'outro
tempo era um acervo de ruinas chamilas a Patriarchal Queimada.

Poucas são as ruas ou praças de Lisoa que se
não gabem de ter dous nomes, um, antio e trivial,
outro que lhe sobrepozeram ha mais ou renos tempo; é, porém, certo que em poucos sitic os nomes
novos tiveram geral acceitação. Esta dula nomenclatura é muito embaraçosa aos extranjiros; por
que em muitas ruas succede como na Ra Augusta
que tambem se chama rua dos Mercaores—nomes que apparecem conjunctamente nas squinas—
ao passo que na Rua dos Fanqueiros, nome que
geralmente se lhe dá, em varias partes e lê « Rua
Nova da Princeza ». Em vão procurais o Rocio,
como todos lhe chamam, sendo o seu nme official
« Praça de D. Pedro »; e a Praça do ommercio
conserva ainda popularmente o antig nome de.

gina de moral! E o pador fortemente adjectivado com que ldy Jackson invectiva a trapaça do sujeito que chama irmam á espanbola. A terrible fib !
E, depois, o sobresalto da andaluza ! isso então faz lembrar pejo pudibundo
de um porta-machado. Em Inglaterra não se vê d'aquillo. Q:n quer vêr uma
rapariga a conversar com um rapaz vem ao jardim de S. Puro de Alcantara.
No decurso do livro veremos energicamente, stotiaguemente repetida a indignação d'esta senhora contra namoros nos jardins de Portul.

«Terreiro do 'aço», que lhe ficou do palacio real arrazado pelo grande terramoto.

Na cumiada encosta que eu subia existiu outr'ora um vasto templo denominado a Basilica. Devoraram-no as chammas no seculo passado; mas ainda ha pouco, aquelle local se chamava «Patriarchal Queimada». Durante annos, se conservaram as ruinas tes quaes o incendio as deixára. Houve o projecto de edificar ali o Tribunal do Thesouro. Aplanaram o terreno, caboucaram os alicerces; mas pararam as obras. Decorrido longo intervallo, pla[n]eou-se estabelecer n'aquelle ventilado sitio um vasto mercado; mas os lisbonenses impugnaram o alvitre, allegando que o ir lá tão apino todos os dias em cata de previsões era coisa de costa acima, e os cosinheiros e s dispenseiras abundaram na mesma ideia: caducou por tanto, o projecto. E o magnifico terrapleno sobranceiro á parte occidental de Lisboa, olhando para margem fronteira do Tejo, e para o longinquo oceno, lá permaneceu um grande campo juncado de pedregulho e herva, até que a Companhia das Agu o adquiriu, construindo um immenso reservator de agua e uma especie de lago com elevado repuxo. Ajardinaram o terreno circumposto, e a um ado complanaram um passeio com quatro renque de arvores que extremam duas avenidas. Sobeja aqui bancos para que, se subirdes até lá, vos senteis agradecido, e d'ahi gozeis um panorama formoso como tudo em que a vista sempre se deleita. Mas, n'esta pittoresca e linda terra, para onde olhareis ue se vos não offereçam novos encantos, como stes que se desdobram ante vossos

Detivera-s

meus antigos

scientemente .

um cazal de ju

manhã por ali

rei n'elles; ma-

vras no meu Di

os movimentos,

da extrema opp

guendo a face n

acaso os olhos n.

fitavam furiosam.

que, pela mantilh:

xou a fronte, e d

saltada que vexad

uma entrevista á s

donzellas da classe

certo aquella gente

namorados por ahi

til rapazola. Ora, d

ello e á sua guapa l

estivesse espreita

toada que se ergue da cidade, áquella hora em que milhares de pessoas divagam a gozar a aragem da noite. A's vezes, a guitarra geme na Alameda, ou a orchestra militar que toca lá em baixo no Passeio estrondêa rijamente até desfallecer n'um adejar de briza. No alto, refulgem myriades de estrellas no diaphano azul do céo, entornando um pallido brilho sobre a terra. O complexo d'esta scena fórma um quadro que rivalisa por sua magestade com a serena belleza que ali se vos depara de manhã cedo.

Detivera-me eu mais tempo n'aquelle local dos meus antigos affectos, se me não tornasse inconscientemente objecto importuno e assás suspeito a um cazal de juvenis amantes, unicos que n'aquella manhã por ali se espanejavam. Escassamente reparei n'elles; mas em quanto escrevia algumas palavras no meu Diario, observara-lhes machinalmente os movimentos, e afinal fôra sentar-me n'um banco da extrema opposta á que elles escolheram. Erguendo a face n'uma especie de *rêverie*, relancei acaso os olhos ao sujeito, e notei que os dois me fitavam furiosamente. A sua bonita companheira que, pela mantilha, conheci ser hespanhola, abaixou a fronte, e deu mostras de estar mais sobresaltada que vexada. Logo conjecturei ser aquillo uma entrevista á sucapa; não é, porém, usual as donzellas da classe burgueza inferior — á qual decerto aquella gente pertencia — irem passear com os namorados por ahi além. Era o *cavalheiro* um gentil rapazola. Ora, desejando eu despersuadil-os, a elle e á sua guapa Dulcinêa, do receio de que eu os estivesse espreitando, apontei para um edificio distante e perguntei-lhe se sabia o que era. Respondeu que não, que era *extrangeiro,* e cuidara que sua *excellencia* tambem fosse. Repliquei affirmando que sim, e acrescentei que a bellesa do sitio me convidára a entrar no jardim, onde eu sentia ter-me talvez demorado demasiadamente, por causa do grande calor que fazia. Respondeu que tinham vindo para ali attrahidos pela mesma causa elle e sua irmã! Terrivel mentira! A *senhorita* provavelmente, ficou socegada; mas, ao despedir-me, o sorriso e relance d'olhos que se trocaram entre mim e elle, fez-me crêr que de parte a parte ficou decidido que eu não engoli o embuste; mas que era bastante sympathica para guardar segredo, se preciso fosse. (·)

Quer-me parecer que não estive longe de ser considerada uma condescendente especie de antiga *dueña,* que discretamente fechasse os olhos e aceitasse a missão de acompanhar a gentil donzella, concluido que fosse o meigo *tête-à-tête.* (··)

(·) Não é curial nem senhoril que Lady Jackson a si mesma se qualificasse de «sympathica», sublinhando a palavra, na accepção que se lhe dá em Portugal. E' que s. Exc ª empregou o termo no original significado grego: sum, *com,* e pathos *sentimento*—«consentimento.» Em Inglaterra usa-se tambem o termo *sympathia,* synonino de *graça:* «*sympathisar, engraçar* com alguem». O certo é que a briosa ingleza não sentia a sympathia das entrevistas á sucapa, honra lhe seja: sentia, quando muito, e é o que era a final, uma sympathia greco-britannica, esteril e desserviçal que o seu patricio Butter, no *Hudibras,* compara a uma dadiva de mostarda sem o competente bife.

> *Sympathy without relief*
> *Is like mustard without beef*

(··) E' uma cousa que faz bem ao coração da gente e das nossas familias estes primores e melindres da virtude ingleza, posto que algum tanto maliciosa. Vejam como aquelle simples caso de se estarem dois namorados requebrando, á competencia com os pintasilgos do jardim, deu azo a uma boa pa-

O ardentissimo calor que senti ao deixar as sombras de S. Pedro de Alcantara, advertiu-me que era tempo de me recolher; mas o desejo de ir vêr mais longe como Lisboa se tem embellecido deliberou-me — prevenida de grande guarda-sol e indispensavel leque — a voltar as costas á rua do Alecrim. Seguindo á rua do Moinho-de-Vento, fui, subindo ainda, até á Praça do Principe Real, que n'outro tempo era um acervo de ruinas chamadas a Patriarchal Queimada.

Poucas são as ruas ou praças de Lisboa que se não gabem de ter dous nomes, um, antigo e trivial, outro que lhe sobrepozeram ha mais ou menos tempo; é, porém, certo que em poucos sitios os nomes novos tiveram geral acceitação. Esta dupla nomenclatura é muito embaraçosa aos extrangeiros; por que em muitas ruas succede como na Rua Augusta que tambem se chama rua dos Mercadores — nomes que apparecem conjunctamente nas esquinas— ao passo que na Rua dos Fanqúeiros, nome que geralmente se lhe dá, em varias partes se lê «Rua Nova da Princeza». Em vão procurareis o Rocio, como todos lhe chamam, sendo o seu nome official «Praça de D. Pedro»; e a Praça do Commercio conserva ainda popularmente o antigo nome de

gina de moral! E o pudor fortemente adjectivado com que Lady Jackson invectiva a trapaça do sujeito que chama *irman* á espanhola... *A terrible fib* ! E, depois, o sobresalto da andaluza ! isso então faz lembrar o pejo pudibundo de um porta-machado. Em Inglaterra não se vê d'aquillo. Quem quer vêr uma rapariga a conversar com um rapaz vem ao jardim de S. Pedro de Alcantara. No decurso do livro veremos energicamente, *shokinguemente*, repetida a indignação d'esta senhora contra namoros nos jardins de Portugal.

«Terreiro do Paço», que lhe ficou do palacio real arrazado pelo grande terramoto.

Na cumiada da encosta que eu subia existiu out'rora um vasto templo denominado a Basilica. Devoraram-no as chammas no seculo passado; mas ainda ha pouco, aquelle local se chamava «Patriarchal Queimada». Durante annos, se conservaram as ruinas taes quaes o incendio as deixára. Houve o projecto de edificar ali o Tribunal do Thesouro. Aplanaram o terreno, caboucaram os alicerces; mas pararam as obras. Decorrido longo intervallo, planeou-se estabelecer n'aquelle ventilado sitio um vasto mercado; mas os lisbonenses impugnaram o alvitre, allegando que o ir lá tão apino todos os dias em cata de provisões era coisa de costa acima, e os cosinheiros e as dispenseiras abundaram na mesma ideia: caducou, por tanto, o projecto. E o magnifico terrapleno sobranceiro á parte occidental de Lisboa, olhando para a margem fronteira do Tejo, e para o longinquo oceano, lá permaneceu um grande campo juncado de pedregulho e herva, até que a Companhia das Aguas o adquiriu, construindo um immenso reservatorio de agua e uma especie de lago com elevado repucho. Ajardinaram o terreno circumposto, e a um lado complanaram um passeio com quatro renques de arvores que extremam duas avenidas. Sobejam aqui bancos para que, se subirdes até lá, vos senteis agradecido, e d'ahi gozeis um panorama formoso como tudo em que a vista sempre se deleita. Mas, n'esta pittoresca e linda terra, para onde olhareis que se vos não offereçam novos encantos, como estes que se desdobram ante vossos olhos, tendo cada ponto de vista uma fascinação peculiar sua, sem que saibamos a qual d'ellas se ha de dar a palma da belleza?

Na Praça do Principe Real edificaram-se e estão em obra soberbas casarias. E' um lindissimo local para residir e talvez o mais sadío de Lisboa. Ali perto ha muitos estabelecimentos scientificos, e de educação, e as casas que elles occupam, pelo que apparentam, dão a entender que este bairro da cidade, com o seu novo e florescente jardim da Patriarchal, se tornou o mais elegante e *distingué.*

CAPITULO IV

A DESCER

Eram dez horas quando entrei no hotel. No retrocesso, sempre a descer, e *calorosa bastante,* vim muito a passo, notando as coisas antigas e modernas que encontrei. (·)

Entre as modernas é notavel a formosa praçasinha dedicada a Luiz de Camões. Foi construida em frente do Largo das Duas Egrejas, no chão de uns casebres povoados antigamente por pobres,— um labyrintho de pardieiros aglomerados, que davam de si o mais estreito, torto e sujo bêco de Lisboa; e isto que era a maxima das suas indecencias estava na parte mais central e melhor do bairro mercantil da cidade. Este escandalo dos olhos

---

(·) Estas palavras em italico, e as mais que assim vieram differençadas, são do original. Conservo-as na versão para mostrar que a auctora conhece menos mal a linguagem do paiz que honrou com a sua visita. Não obstante, ousarei uma vez por outra emendar descuidos desta natureza: «*dois* egrejas—*ré* soldado — *verdadeira* portuguez — Torre de *Marco* — Tudo está mui *limpa* — *Muitos* mulheres tam valente *que* ella — etc. E' possivel que brevemente se escreva assim o portuguez; mas, por em quanto, não temos grammaticas philosophicas em que assentemos a authoridade da elegante escriptora, por maneira que a possamos constituir nossa fiel aliada em linguagem

foi exterminado ha poucos annos, e o terreno expurgado, e já então rodeado de excellentes edificios, está murado por uma gradaria de ferro com uma fileira de graciosas e copadas pimenteiras, originarias da America do Sul, que ali prosperam maravilhosamente. Em deredor d'este cerrado ha assentos, e no centro se erigiu em 1867, volvidos 218 annos sobre o trespasse de Camões, a primeira estatua do grande poeta nacional, erguida pelos seus conterraneos. (·)

A estatua mede cerca de quinze pés de altura, e assenta sobre um pedestal octogono de vinte e tres pés. Em cada um dos oito angulos ha um plintho em que assenta uma estatua menor de altura de sete ou oito pés. São estas as estatuas de oito principaes escriptores nacionaes, historiadores e poetas. E' este monumento valiosamente reputado. Victor Bastos, esculptor portuguez, delineou-o e executou-o.

O circuito exterior da praça é uma das estações dos *trens de aluguer,* que são de excellente apparencia. Quizera eu que Londres assim os tivesse.

Existe ainda dos nossos antigos conhecimentos, o aguadeiro gallego. Soou-me ao ouvido familiarmente o seu estirado *Aú-Aú!* Mas que é do barril? Já não existe aquelle barril alegremente pintalgado que era um enlevo dos olhos. Encontrei tres ou quatro d'estes homens quando me recolhia; todos le-

---

(·) Pedimos venia para emendar o lapso que faz Luiz de Camões 69 annos mais novo. O poeta morreu em 1580; decorreram, pois, 287 annos desde o seu fallecimento até á inauguração da estatua em 1867.

ESTATUA DE LUIZ DE CAMÕES.

vavam barris côr de chumbo ou de alcatrão. Havia no tampo de um d'elles uma listra vermelha desbotada, *triste* recordação dos dias em que brilhavam pintados com matizes variadissimos de barras e laçarias. O proprio gallego tornou-se melancolico e sujo como o seu barril. Algum tempo, havia o que quer que fosse caracteristico no seu trajar : quando um grupo de aguadeiros estava sentado nos seus barris variegados, ou se reclinava nas escadas do chafariz, era isso uma vista que refrigerava a gente. Pode ser que o gallego se compenetrasse da convicção de que vai ser a pouco e pouco delido e dissolvido pela Companhia das Aguas.

«Ha cá reservatorio d'agua, senhora Maria?» perguntei eu á creada de quarto logo que entrei. «*Sim, sim, Vossa Excellencia* — respondeu ella, como espantada da minha pergunta — não tem cá tanta quanta quer?» «Sim, sim; mas é que eu cuidei que já não vinha do chafariz a agua».

A senhora Maria é uma robusta e trabalhadeira mulher dos arrabaldes do Porto. Ao que parece, nunca está quieta nem consente que estejam occiosas as outras que ella dirige ; ainda assim, uma vez por outra cavaqueia um poucochinho com os *hospedes,* acabando sempre por dizer: *Agora vossa Excellencia hade escuzar-me ; com licença, que vou para outra parte.* Informou-me, pois, uma vez, a senhora Maria que toda a agua necessaria para beber e cosinhar era ainda trazida do chafariz por gallegos. Ninguem se lhe importa de uzar em tal emprego da agua menos fresca e pura encanada pelos tubos da Companhia; d'ahi se originam coleras e outras doenças; e, com receio d'isso, ainda se não adoptou geralmente a canalisação da agua para as cazas.

Disseram-me que a canalisação tubular feita, ha annos, em Lisboa, ainda antes de uzada, fôra destruida: tamanho era o damno que a agua recebia atravez dos tubos. Ouvi dizer que a Companhia actual ensaia, em nova canalisação, aperfeiçoamentos de construcção e de materia; e, se a conveniencia e economia resultarem da experiencia, provavelmente todas as casas terão agua dentro.

Orçam ainda por tres mil os gallegos aguadeiros em Lisboa. O preço do barril d'agua ouvi dizer que subira de vintem a quarenta reis, conforme a distancia do carrêto. (·) Cada barril parece não levar mais de 14 a 16 canadas. O trafico do aguadeiro, posto que menos prospero, provavelmente não acabará n'um paiz cujos habitantes bebem tanta agua como os portuguezes, e em quanto existirem tão bonitos chafarizes a golfarem a bebida predilecta, tão lympidamente clara e d'um frescor voluptuoso. (·) Um dos chafarizes principaes foi removido. Estava no Largo das Duas Egrejas, ao pé do antigo Hotel Peninsular. Entenderam que tal adorno destoava da epoca actual; a praça tornou-se mais elegante com a concurrencia dos sujeitos que por ali se agrupam.

(·) Não pude ler no *Times* a impressão que fez em Londres esta noticia. Só uma dama seria capaz de penetrar nos segredos da cosinha lusitana, pesquizando o que vae do antigo vintem ao moderno pataco do barril de agua.

(·) *Luxuriously*. Tambem só uma senhora ingleza, para desdizer dos seus conterraneos, podia achar *voluptuosa* a agua dos nossos bonitos chafarizes—*handsome fountains*.

A Praça de Camões e outros melhoramentos alterou a especie de gente que frequenta o sitio. Volveu-se aristocratico o *local,* e o aguadeiro e mais o seu chafariz lá foram banidos dos precinctos do *fashionable* Chiado, que absorveu o referido Largo das Duas Egrejas.

Outro grito conhecido me retinia nos ouvidos quando descia para caza: Uma *esmola,* ou uma *esmolinha,* isto dito em termos de mui carinhosa lisonja — «*Minha riquissima menina,* pela sua saude, pela salvação da sua alma, em memoria das cinco chagas de Jesus Christo, dê-me uma esmola!» Ouvi dizer que os mendigos actualmente em Lisboa eram menos que em outro tempo, por que aos sãos e escorreitos é prohibido vagamundearem calaceiramente a pedir esmola; e, se transgridem, a policia toma-os á sua conta. Isto bem está; ainda assim, os mendigos são tantos que se deve, em geral, responder ao velho peditorio com a velha resposta: *Tenha paciencia, não pode ser agora,* ou: *Tenha paciencia, e vá com Deus, homem.*

Esta manhã, accrcou-se de mim um d'aquelles, cujo requerimento se ouve de bom rosto, principalmente pelo modo originalissimo e divertido por que o homem me exprimiu a sua necessidade. Trajava assás limpamente, como, na verdade, trajam muitos mendigos e mendigas de Lisboa. Voltava eu do Jardim de S. Pedro de Alcantara, e atravessava a Alameda, quando o homem ia sahindo; elle, porém, como reparasse em mim, retrocedeu, e n'um tom brusco, precipitado e cavernoso, exclamou: *Excellentissima!* Voltei-me para elle como quem interroga.

Fitou-me com a maxima gravidade, sacou da algibeira uma caixa de rapé, abriu-a e poz-m'a deante
dos olhos, com um gesto que parecia dizer: «Veja
isto! nem uma pitadinha!» A' primeira vista, fiquei
pasmada com a rapidez do acto; todavia, o olhar significativo do homem—que não proferira senão uma
palavra—e a pertinacia com que me mettia á cara a
caixa vazia, restituiu-me logo á consciencia do meu
dever, que era simplesmente encher-lhe de rapé a
caixa. Immediatamente a fechou, metteu-a no bolço,
e arqueando-se em solemne cortezia disse que mui
cordealmente desejava que eu tivesse muita saude e
felicidade n'este mundo e no outro, e que eu nunca
experimentasse o que era a necessidade de uma pitada. E, ao retirar-se, quando eu menos o esperava,
riu-se de mim. A' vista d'isto duvidei se elle seria
na realidade um pobre, ou algum farçola meio-apar-
valhado.

Um cavalheiro, porém, a quem contei a passagem, affirmou-me que o homem realmente es-
molava; que já lhe tinham fallado d'elle; que a
sua caixa estava sempre vazia, e que sómente ás
senhoras, *par préférence,* se dirigia para lh'a en-
cherem; e, com este excentrico systema de pedir,
as mais das vezes, apanhava a sua prata miuda em
logar de um vintem, que era o mais que poderia
render-lhe um peditorio trivial.

Com quanto sejam muitos os mendigos, parece-me que são menos impertinentes que os d'outros
paizes. Bem vestidos, passeando comvosco nos jardins hombro a hombro, refestelando-se nos bancos,
assaltam-vos de improviso com uma invocação á

vossa caridade. Outras vezes, examinando as vitrines das lojas, e commentando naturalmente com
os parceiros a qualidade das fazendas expostas,
de repente vos rodeiam e imploram com urgencia
que os soccorram; depois, attendidos ou não, atam
de novo a palestra, e vão-se chegando para outra
vitrine.

A infima escala d'esta parte da communidade —
os que dormem nas lages, nos recantos escuros, e
assoalham suas desgraças e indigencias — poderiam
achar pão e agasalho nas caritativas instituições do
paiz, se não preferissem vida solta e vagabunda. O
clima é propicio á vida ao ar livre, e os portuguezes
são de si caridosissimos.

Rudes miserias, sem duvida, soffrem muitos
d'esses mendigos; mas tambem os ha que vivem
vida folgada por essas ruas, e andam melhormente
vestidos que muitos operarios que se esfalfam a
trabalhar. A exposição de horrendas disformidades e esqualidas doenças anojavam n'outro tempo
os viandantes. Não vi bastante de Lisboa para affirmar que esta ulcera foi expungida da sua belleza;
mas ouvi dizer que sim.

D'esta vez, observei que havia lá muitos cegos; mas sempre ahi houve numerosos desgaçados d'essa enfermidade: a poeira arenosa do estio
e o brilho do sol molestam os olhos da gente que
trabalha exposta á sua funesta influencia. Aquelles
que precisam de oculos fazem bem usal-os; mas
não será mais por moda ou affectação que por necessidade de auxiliarem a vista, o uso que as senhoras geralmente fazem de lunetas pendentes de

Fitou-me com a maxima gravidade, sacou da algibeira uma caixa de rapé, abriu-a e poz-m'a deante
dos ol os, com um gesto que parecia dizer: «Veja
isto! nem uma pitadinha!» A primeira vista, fiquei
pasmada com a rapidez do acto; todavia, o olhar significativo do homem—que não proferira senão uma
palavra—e a pertinacia com qe me mettia á cara a
caixa vazia, restituiu-me logo, consciencia do meu
dever, que era simplesmente enche-lhe de rapé a
caixa. Immediatamente a fecha, metteu-a no bolço,
e arqueando-se em solemne cortezia disse que mui
cordealmente desejava que euivesse muita saude e
felicidade n'este mundo e no outro, e que eu nunca
experimentasse o que era a necessidade de uma pitada. E, ao retirar-se, quando eu menos o esperava,
riu-se de mim. A' vista d'isto duvidei se elle seria
na realidade um pobre, ou algum farçola meio-apar-
valhado.

Um cavalheiro, porém, a quem contei a passagem, affirmou-me que o homem realmente es-
molava; que já lhe tinham fallado d'elle; que a
sua caixa estava sempre vaza, e que sómente ás
senhoras, *par préférence*, se dirigia para lh'a en-
cherem; e, com este excentrico systema de pedir,
as mais das vezes, apanhava sua prata miuda em
logar de um vintem, que era o mais que podia
render-lhe um peditorio trivial.

Com quanto sejam muitos os mendigos, parece-me que são menos impertinentes que os d'outros
paizes. Bem vestidos, passeando comvosco nos jardins hombro a hombro, refestando-se nos bancos,
assaltam-vos de improviso em uma invocação á

vossa caridade. Outras vezes, examinando as vitrines das lojas, e commentando naturalmente com os parceiros a qualidade das fazendas expostas, de repente vos rodeiam e imploram com urgencia que os soccorram; depois attendidos ou não, atam de novo a palestra, e vão-se chegando para outra vitrine.

A infima escala d'esta parte da communidade — os que dormem nas lages nos recantos escuros, e assoalham suas desgraças e indigencias — poderiam achar pão e agasalho nas caritativas instituições do paiz, se não preferissem ida solta e vagabunda. O clima é propicio á vida ao ar livre, e os portuguezes são de si caridosissimos.

Rudes miserias, sem duvida, soffrem muitos d'esses mendigos; mas tambem os ha que vivem vida folgada por essas ruas, e andam melhormente vestidos que muitos operarios que se esfalfam a trabalhar. A exposição de horrendas disformidades e esqualidas doenças anojavam n'outro tempo os viandantes. Não vi bastante de Lisboa para affirmar que esta ulcera foi espungida da sua belleza; mas ouvi dizer que sim.

D'esta vez, observei que havia lá muitos cegos; mas sempre ahi houve numerosos desgaçados d'essa enfermidade: a poeira arenosa do estio e o brilho do sol molestam os olhos da gente que trabalha exposta á sua funesta influencia. Aquelles que precisam de oculos fazem bem usal-os; mas não será mais por moda ou affectação que necessidade de auxiliarem a vista, o que senhoras geralmente fazem de lu...

elegantes cadeias? Um cavalheiro hespanhol galan-
temente me disse : «Faz pena que as senhoras portuguezas escondam assim o fulgor dos seus brilhantes olhos negros!» (·)

(·) Todo os viajantes, desde que ha oculos, reparam nas nossas lunetas. Um
que veio a Portugal ha perto de 150 annos, escreveu que nós eramos curtos
de vista por trez cauzas: a frequente sangria, brilhantismo da luz, e a incon-
tinencia extraordinaria dos nossos costumes. Destas trez rasões subsiste apenas, como causa ophtalmica, a intensidade da luz; os costumes de hoje são
continentes, e já ninguem se sangra. Actualmente a rasão das myopias e pres-
byopias é o muito estudo.

CAPITULO V

«Iremos para a direita ou para a esquerda?» perguntou o amigo que me acompanhava, quando sahimos do hotel, com o proposito de ir ao *Regent Streets* e *Bond Streets* de Lisboa vêr os estabelecimentos *fashionable*. Decidi pela esquerda, apezar de ser ladeira. Depois que subimos parte da nossa rua, que é recta, direita e polida pelo asphalto, o nosso passeio havia de proseguir ladeira acima ou caminho chão: concluimos por ir caminhando até um sitio onde repouzassemos.

Fomos subindo á sombra de um altissimo muro. No topo, verdejavam algumas arvores, visiveis de muito longe a quem voltasse o rosto para aquella banda. «Como chegaram lá?» dizeis vós. E' embaraçosa a resposta; mas quem conhecer a enredada topographia d'esta cidade, sobe circularmente e vai sahir ao topo da rua mais proxima áquella d'onde sahiu. E' como é Lisboa. Um pedaço acolá em cima, outro pedaço acolá em baixo, fragmentos dispersos costa acima, outros no respaldo do outeiro, por toda a parte assim. Quem olha para aquellas colinas, cujo numero entre grandes e pequenas, tanto pode orçar por setenta como por sete, não imagina quantos annos de paciente lavor e fatigante esforço fo-

ram precisos para reedificar aquella cidade, e co-
brir-lhe as eminencias e declives de grandes edificios, egrejas e palacios que actualmente se alteam
em redor de nós. Se o terreno, aqui e além, houvesse sido complanado, e os cabeços derribados dos
outeiros se convertessem no aterro das cavidades,
divagariamos por ali muito mais commodamente,
mas com o desvantajoso sacrificio do accidentado
pittoresco á facilidade do tranzito.

Taes ideias naturalmente nos occorreram quando
subiamos para a praça ou jardim chamado Largo
do Barão de Quintella, em frente do qual se ergue
o sumptuoso palacio que foi do referido barão e de
seu filho, o famoso conde de Farrobo, já fallecido.
Actualmente é occupado o palacio por uma associa-
ção lettrada, o *Gremio litterario,* que é uma assem-
blea de todos os litteratos, nacionaes e extrangeiros,
residentes na capital. (·) O actual conde, que herdou
pouco mais que o titulo, posto que seu pai haja sido
um dos mais opulentos fidalgos de Portugal, não
pôde manter tão dispendiosa e luxuosa residencia
nem a outra dos arrabaldes — a bella quinta das Larangeiras. Em seguida, e do mesmo lado do palacio,
está a egreja da Encarnação, cuja portaria faz um
angulo do Largo das Duas Egrejas. Talvez gos-
tasseis, *en passant,* de entrar ali um momento. Muitas egrejas somenos de Lisboa dão ares de umas

---

(·) A instituição do *Gremio litterario* parecia cuidar de lettras. Fizeram-se ali alguns ensaios felizes de eloquencia. Depois, como a nossa gente
é pouco caroavel de palavriado, e as linguas inspiradas ganhassem saburro
nas lides parlamentares, as lettras fugiram de lá, rethoricamente fallando,
porque todos os socios abrigam fundos conhecimentos do alphabeto.

enormes salas aderessadas festivamente. São frescos e agradaveis retiros, guarnecidos a primor, e por tanto convidativos; mas não impressionam religiosamente. Em geral, tem duas, trez, e mais pinturas boas; mas faz horror o processo de restauraração que lá empregam em algumas. A miudo se encontram optimas esculpturas, em pedra e madeira, obras de artistas portuguezes, que sempre realçaram n'esta arte. Defronte da Encarnação, está a egreja do Loreto, a mais «da moda» em Lisboa. N'outro tempo, foi explendorosa, mas já duas vezes o fogo a devorou. Está ainda opulentamente ornamentada, e é por egual attractiva como a Encarnação.

Pouco abaixo está a egreja dos Martyres, o mais antigo templo de Lisboa. (·) É fundação de D. Affonso Henriques, celebrado conquistador, e primeiro rei de Portugal, para commemorar a conquista de Lisboa. Os martyres a quem foi dedicado como logar de sua sepultura eram os cruzados, cavalleiros extrangeiros, que aportaram a Lisboa de viagem para a Terra Sancta, e se alistaram sob o estandarte de Affonso contra a moirama, auxiliando-o na entrepreza da cidade.

As egrejas fecham-se ao meio dia. Até esta hora, está á porta um homem, entrajado n'uma longa e ampla vestimenta, o que quer que seja entre a capa

_____

(·) A egreja que a auctora viu não é a antiga, nem era aquelle o seu primitivo assento. O templo fundado por D. Affonso Henriques existiu até 1755, trez vezes restaurado, em sitio que hoje faz parte da rua do Ferregial de Cima. A fundação da existente egreja dos Martyres é posterior ao grande terramoto.

ram precisos para reedificar aquella cidade, e co-
brir-lhe as eminencias e declives de grandes edificios, egrejas e palacios que actualmente se alteam
em redor de nós. Se o terreno, aqui e além, houvesse sido complanado, e os cabeços derribados dos
outeiros se convertessem no aterro das cavidades,
divagariamos por ali muito mais commodamente,
mas com o desvantajoso sacrificio do accidentado
pittoresco á facilidade do tranzito.

Taes ideias naturalmente nos occorreram quandó
subiamos para a praça ou jardim chamado Largo
do Barão de Quintella, em frente do qual se ergue
o sumptuoso palacio que foi do referido barão e de
seu filho, o famoso conde de Farrobo, já fallecido.
Actualmente é occupado o palacio por uma associa-
ção lettrada, o *Gremio litterario,* que é uma assem-
blea de todos os litteratos, nacionaes e extrangeiros,
residentes na capital. (·) O actual conde, que herdou
pouco mais que o titulo, posto que seu pai haja sido
um dos mais opulentos fidalgos de Portugal, não
pôde manter tão dispendiosa e luxuosa residencia
nem a outra dos arrabaldes — a bella quinta das Larangeiras. Em seguida, e do mesmo lado do palacio,
está a egreja da Encarnação, cuja portaria faz um
angulo do Largo das Duas Egrejas. Talvez gos-
tasseis, *en passant,* de entrar ali um momento. Muitas egrejas somenos de Lisboa dão ares de umas

---

(·) A instituição do *Gremio litterario* parecia cuidar de lettras. Fizeram-se ali alguns ensaios felizes de eloquencia. Depois, como a nossa gente
é pouco caroavel de palavriado, e as linguas inspiradas ganhassem saburro
nas lides parlamentares, as lettras fugiram de lá, rethoricamente fallando,
porque todos os socios abrigam fundos conhecimentos do alphabeto.

enormes salas aderessadas festivamente. São frescos e agradaveis retiros, guarnecidos a primor, e por tanto convidativos; mas não impressionam religiosamente. Em geral, tem duas, trez, e mais pinturas boas; mas faz horror o processo de restauraração que lá empregam em algumas. A miudo se encontram optimas esculpturas, em pedra e madeira, obras de artistas portuguezes, que sempre realçaram n'esta arte. Defronte da Encarnação, está a egreja do Loreto, a mais «da moda» em Lisboa. N'outro tempo, foi explendorosa, mas já duas vezes o fogo a devorou. Está ainda opulentamente ornamentada, e é por egual attractiva como a Encarnação.

Pouco abaixo está a egreja dos Martyres, o mais antigo templo de Lisboa. (·) É fundação de D. Affonso Henriques, celebrado conquistador, e primeiro rei de Portugal, para commemorar a conquista de Lisboa. Os martyres a quem foi dedicado como logar de sua sepultura eram os cruzados, cavalleiros extrangeiros, que aportaram a Lisboa de viagem para a Terra Sancta, e se alistaram sob o estandarte de Affonso contra a moirama, auxiliando-o na entrepreza da cidade.

As egrejas fecham-se ao meio dia. Até esta hora, está á porta um homem, entrajado n'uma longa e ampla vestimenta, o que quer que seja entre a capa

---

(·) A egreja que a auctora viu não é a antiga, nem era aquelle o seu primitivo assento. O templo fundado por D. Affonso Henriques existiu até 1755, trez vezes restaurado, em sitio que hoje faz parte da rua do Ferregial de Cima. A fundação da existente egreja dos Martyres é posterior ao grande terramoto.

e o cazacão. A droga é sarja vermelha com cabeção
de panninho verde. Traz na mão uma bandeja em
que recebe esmolas dos tranzeuntes e dos que entram na egreja. Quando o templo se fecha, eil-o ahi
vai com o mesmo habito de porta em porta, á cata
d'aquelles que ficaram em caza, a fim de contribui-
rem para o sancto padroeiro da *Irmandade,* cujos interesses elle agenceia. Ordinariamente, no portico de
cada egreja está uma, ou estão duas velhas tão encarquilhadas, tão resêcas e carcomidas que a gente
quasi que recusa acreditar que aquellas decrepitas caras hajam sido novas! Depois de lhe esmo-
lardes alguma coisa «pela salvação da vossa alma»,
espreitai a egreja dos Martyres tambem. Aquella
antiguidade veneravel pareceu-me a mesma que eu
vira annos antes exceptuando os renovados e agradaveis ornatos. Muitissimo aceio em tudo.

Parece-me, porém, que lhe ouço dizer: «Principiou a sua carta por me annunciar que o proposito
da sua sahida era observar as lojas e visitar a lusitana *Regent,* ou *Bond Street;* e, em vez de me relatar isso, dá-me um esboço da sua ascenção da Rua
do Alecrim, com um volver de olhos ás casas e egrejas por onde passou». Assim é; mas, *paciencia,* como
os portuguezes gostam de exclamar. Não ha loja
nenhuma em quanto se não passa a egreja do Loreto onde se pode dizer que o Chiado principia. Não
sei a que se deve este exquisito nome. *Chiado* poderá vir da chiada estridula das rodas dos carros nos
seus eixos; e tal estrondo acho eu que em parte nenhuma de Lisboa é tamanho. Anteriormente ao uso
das carruagens, os ouvidos haviam de ser menos

atormentados n'este local; e quando os velhos carros de bois por aqui passavam com a sua horrivel chiadura, não seria isto ainda uma passagem aristocratica, pelo menos nos primeiros tempos em que o Chiado recebeu tão extravagante nome. (·) Mas, seja o que fôr, o *fashionable* Chiado, que lá se lhe figura direito e plano, em vez de uma rua ladeirenta, se o visse, que surpreza a sua, e que desillusão provavelmente lhe mando! E', comtudo, um lindo sitio; e, como não ha, creio eu, photographia, e difficil seria conseguil-a em tal posição, tentarei descrever-lh'o.

Quem nunca viu o nosso *Regent Street,* ou sequer lhe imaginou a extensão, chamava d'antes ao Chiado o *Regent Street* de Lisboa; e, ainda então, eram as lojas muito inferiores ao que são hoje, e muito menor a actividade e algazarra, por que as senhoras, sahindo para outros pontos, raro vinham aqui. Imagine-se em *Bond Street,* mesmo no centro da rua, justamente no *Conduit Street,* e figure-se, se pode, que o *Picadilly* de. lá se decliva, formando o Chiado d'aqui. *Bond Street* tem vantagem no comprimento;

(·) O *Chiado* é conhecido desde o seculo XIV, como calçada insignificante, e egual aos becos e travessas circumjacentes que o terramoto arrasou. Quer alguem que o ex-frade poeta Antonio Ribeiro *Chiado* desse o nome á localidade em que residira; mas a denominação precede em centenares de annos a existencia do poeta que recebeu, provavelmente, o apellido da localidade. Antes de 1755 a rua aristocratica e de mais concorrencia era a Rua Nova d'El-rei, ou dos Marcadores que está sotterrada nos alicerces da rua dos Capellistas. Media 13ᵐ 60 de largura (60 palmos). Em riquezas da China e Japão ultrapassaria os valores da brilhante farrapagem do actual Chiado. Quanto a este nome, a hypothese da escriptora não é nova nem sua. Já Constancio no seu *Diccionario da lingua portugueza* escreveu: *Chiado: nome de uma calçada de Lisboa assim chamada da chiadura dos carros que a sobem.*

e o Chiado é um pouco mais largo; mas não ha differença na largura e estylo dos ladrilhos. Ha boas lojas
no Chiado como lá, e em muitas ostentam-se mais
manufacturas de França e Inglaterra que de Portugal. Ha sedas de Lyão, rendas de Bruxellas e va-
lencianas, musselinas suissas e inglezas, e *langeries
de Paris;* instrumentos muzicos e maquinas de costura americanas, leques hespanhoes, luvas do Porto
que rivalisam com as de Jouvin; quinquilharias e
manufacturas parisienses.

D'onde procedem as «opulentas» como os elegantes escriptores dizem, e ondeadas tranças negras
que estão á venda nos estabelecimentos dos cabel-
leireiros da côrte? Não pretendo sabel-o; mas ha
aqui abundancia de bandós, tranças e spiraes de caracoes, negros como azeviche. Tranças louras são
quasi nenhumas. *Madame Marie* e Mad.^{elle} Virginia
de Lisboa possuem o seu estabelecimento n'este
predilecto sitio, e tem mais lunetas que o melhor
oculista. E bem assim, *botinhas de Paris*, e lindas
chinellas para os *pés pequenos* de Portugal e Hespanha. As *senhoras*, n'esta questão de calçado pequeno,
reclamam a primasia sobre qualquer franceza ou ame-
ricana; ao passo que magnanimamente concedem ás
inglezas bastante juiso e conhecimento de si proprias para se não incluirem entre as suas rivaes. Porém, contra esta sua pretenção offerece-se-me ensejo de vir com embargos, pois que fui agora favorecida com a amostra de umas botinhas de certa
bella condessa e de uma donosa *senhorita*. Pois, so-
lemnemente protesto que muitas inglesas da mesma
estatura podiam metter ambos os pés em cada uma

das botas, sem contar o que ha illusorio nos saltos. É
basofia de mais! Concordo, *en revanche*, que as men-
cionadas botas tem tacões duas vezes mais altos que
os maiores que eu tenho visto. Esta moda é boa para
as damas se fazerem grandes; mas assevero a suas
Excellencias que isto lhes redunda em prejuiso, em
vez de lhes augmentar a elegancia do seu pizar, por
que as obriga a estorcegões de pés quando sobem ou
descem o ingreme Chiado. A altura que lucram com
o tacão perdem-na com a curvatura, que ás vezes
lhes dá uma irrisoria e insolita proeminencia ao *puf*
do vestido, e muita exageração nas sobresaias, á
grega, provocando o riso, como muitas vezes presenciei, dos profanos espectadores do outro sexo. (·)

Recruzam-se no Chiado trens fechados e descobertos, particulares e de praça. Levando em conta
que o mundo *fashionable* de Londres ou Paris não
é bem aquelle, acharieis esquisita graça, se succede
intrecorrer uma arreata de seis ou oito machos. Os
costaes são sacos de riscado de algodão pendentes
de cada lado; o macho dianteiro leva na cabeça um
ou dois chocalhos que dão brio aos outros; o almo-
creve traja jaqueta com grandes broches, corrente de
prata, e chapeu de abas largas com borlas de retroz. Muitas vezes, vê-se um pesado carro-a-bois —
á ilharga de uma carroagem armoreada com lacaios
agaloados—trepando com um enorme calháo de marmore ou granito; o pobre boi a descahir sobre o la-

---

(·) Tradusi froixamente «insolita proeminencia». Parece-me que a auctora, carregando mais no adjectivo, com pudor saxonio, quizesse dizer: «proeminencia *illicita*» — *undue* prominense.

do direito do caminho apéga a custo, e arranca violen-
tamente costa acima, excitado pelos gritos do carreiro, que o repuxa por uma corda amarrada aos galhos.

Ranchos de damas portuguezas, quasi sempre
em numero de tres ou quatro, se acotovellam no estreito ladrilho; que meninas solteiras nunca andam
sosinhas. Vai n'isto grande infracção das velhas
usanças e tão somente as senhoras de ideias mais
avançadas, e iniciadoras da emancipação, ousam
mostrar-se fóra de casa. Trajam de côres vivissi-
mas, e conformes á ultima· moda do mais recente
Journal de Modes. Os chapeus, segundo o moder-
nissimo modelo parisiense, brilham de flores, de fitas e plumas, no tôpo dos altos edificios de tranças
e rôlos, laços e pufs que estão agora na moda.

As hespanholas (metade da população portugueza, n'esta occasião, parecia castelhana) tambem rivalisam com as portuguezas em exhibições de elegancia. Que deslumbramento não faz o vibrar dos
seus pequenos leques! O Chiado deve ser um.logar
fresco! Mas o veu, o gracioso e tão nativo veu hespanhol, raro o vereis, salvo nas que chegam de viagem pelo sul, ou usado por algumas que trajam á
antiga ou de classe inferior; mas as recem-chegadas
dão-se pressa em depôr o veu, e adoptam, emquanto estão, o chapeu que as afeia e desfigura.

Á porta de muitas lojas e dentro dos *Cafés*, per-
maneco a tribu dos vadios, *janotas* (·), os *dandies* de

( ) A auctora escreve *genottos*. Não é feia a corrupção da coisa. Seria
bom talvez adoptal-a, e chamar-lhes *genottos* aos vadios, se é que escapou
algum á mathamorphose do *aba* e do *faia*, emanações putridas do *marialva*.

Lisboa; e, de envolta no confuzo tropel, superabundam os mendigos de ambos os sexos. O uso do capote e lenço de cambraia parece que está a desapa-
recer de todo de Lisboa. Este foi n'outro tempo o
mais viavel trajar commum de todas as classes: a
qualidade da fazenda do capote e a finura e bordados
dos lenços marcavam as distincções.

Ha aqui dous hoteis bons, a melhor *casa de pasto,*
e o principal *café.* Nas ruas lateraes, ha theatros, livrarias publicas, o muzeu, outras instituições, e quarteis de tropa. Tudo isto, excepto os theatros, está estabelecido em extinctos mosteiros. O Chiado é sem
duvida, o coração da cidade, o centro de um tecido
de ruas e praças, a mais animada e frequentada
passagem de Lisboa.

CAPITULO VI

NA PLANEZA

Vamos descendo até ao fim do Chiado; agora, queira imaginar que desceu a sua supposta ladeira *Bond Street* até parar em *Picadilly* com menos de metade da largura do que está affeito a vêr lá. Por mais que apure a fantasia, por mais estreita que se lhe pinte, não achará provavelmente a analogia que se dá entre essa parte de Londres com esta parte de Lisboa. A rua é aqui mais escarpada que o restante Chiado, e pareceu-me ser o tôpo de outra collina de menor elevação. Não se lhe avista a sahida, que se bifurca em ruas encadeadas por um grande palacio, em cujo peristilo estão dous ou tres creados de libré. Esta casa é um dos extinctos conventos, convertido em morada particular, e propriedade actualmente de um fidalgo portuguez.

Quantas casas grandiosas, quantos palacios, bellos jardins, quarteis enormes, azylos de caridade, magnificas assemblêas de variadas instituições scientificas, livrarias publicas, muzeus, e outras corporações vieram a poder do estado quando D. Pedro secularisou os mosteiros e conventos! A julgar pelo grande numero d'aquellas religiões extinctas, dir-se-hia que metade de Lisboa vivera d'essas paredes a dentro. Como quer que seja, aquelles reclusos

levavam vida socegada e calaceira, consoante o que
ouvi e li a tal respeito. E, se a cleresia e a Inquisição
foram austeras com os pobres e obscuros no tocante a preceitos de religião e moral, por outro lado
concediam ao rico e ao fidalgo a maxima indulgencia
em analogas materias. Que paiz theocratico foi aquelle! E, mórmente, depois da morte de el-rei D. José —
quando, para deslustre da memoria da sua successora, o grande ministro, marquez de Pombal, o Richelieu portuguez foi demittido de seus altos cargos, os
planos de reedificação e aformoseamento da cidade
—planos que proseguidos gradualmente são hoje o
orgulho dos portuguezes—foram pospostos, e as boas
coisas que elle realisára desfizeram-nas, tanto quanto era possivel : isto sob influencia de cortezãos corruptos que temiam e odiavam o incorruptivel ministro, e tambem da insidiosa clerezia que dominava o
doentio espirito da filha de D. José, D. Maria 1.ª (·).

Deixemos, porém, o Chiado. A torrente dos pedestres divide-se n'este ponto. A rua do lado direito
é a rua Nova do Almada: a meia descida, á direita,
está a mais ingreme rua de Lisboa. Um dos lados é
calçado ou cortado em degráos que amenisam a subida. Ladeiam-na excellentes edificios até ao cimo,
d'onde se gosa tão ampla vista que vale a pena fazer a fadigosa peregrinação até ao alto. Do lado es-

---

(·) Primeiramente, a cortezia que se deve a damas, depois a inoffensiva
innocencia dos seus testemunhos no tribunal da historia, e, por ultimo, a natureza fragil d'esta obra feminil, são trez impedimentos que me estorvam de
vir com embargos a este periodo, como a gentil ingleza fez aos pés pequenos
das senhoras portuguezas. Verdade é que a historia ensinada nos nossos com-
pendios não é mais critica e esclarecida que a de Lady Jackson.

querdo, ha uma travessa por onde podeis baixar á
Rua do Ouro, e entrar finalmente em chão terreno,
perto da Praça do Commercio.

Foi o meu amigo F. de parecer que voltassemos
ao lado esquerdo, pela Rua Nova do Carmo. O tranzito por ali pareceu-nos mais atravancado que no
Chiado pela estreiteza do ladrilho, menor largura da
rua, e grande altura das casas. Abrem-se ali diversas
lojas boas de moderna apparencia; as restantes são
pelo gosto antigo, meras tendas, corredores escuros,
conforme o seu fundo, e da largura sómente da porta
que lhes dá entrada. Não tem janella, excepto uns
quadrados de vidraça na porta que se fecha á noite,
ou quando faz máo tempo. Parte d'estas bocetas ou
tegurios permanecem justamente como as construiram ha um seculo; em algumas porém, nas lojas
de luvas, por exemplo — (as luvas são uma *spé-
cialité* nacional) — emprehenderam melhoramentos
e ornatos no pequeno recinto vasando uma entrada,
com aspecto de almario, para o interior, collocaram
ahi sobre um rebôrdo semi-circular um espelho que
parece ampliar a loja, ornaram as paredes de com-
partimentos com cartões de luvas, e pozeram a
fiscalisar o negocio uma galante *dame de comptoir.*
A loja tambem é ornada de uma ou duas cadeiras,
destinadas ás damas que vão comprar de manhã, e
aos cavalheiros á tarde, quando vadiam por aquellas alcovasinhas graciosas não tanto para comprarem luvas como para damejarem com a caixeira emquanto fumam um charuto. Quando chegamos ao
fim da rua, entramos logo no immenso largo do
Rocio, ou praça de D. Pedro IV, cujo pavimento é

levavam vida socegada e calacera, consoante o que ouvi e li a tal respeito. E, se a chresia e a Inquisição foram austeras com os pobres cobscuros no tocante a preceitos de religião e moral, por outro lado concediam ao rico e ao fidalgo anaxima indulgencia em analogas materias. Que paiz ieocratico foi aquelle! E, mórmente, depois da more de el-rei D. José — quando, para deslustre da memcia da sua successora, o grande ministro, marquezle Pombal, o Richelieu portuguez foi demittido de sus altos cargos, os planos de reedificação e aformseamento da cidade —planos que proseguidos gradalmente são hoje o orgulho dos portuguezes—foram pospostos, e as boas coisas que elle realisára desfizei m-nas. tanto quanto era possivel : isto sob influcina de cortezãos corruptos que temiam e odiavam cincorruptivel ministro, e tambem da insidiosa clerzia que dominava o doentio espirito da filha de D. José, D. Maria 1.ª (·).

Deixemos, porém, o Chiade A torrente dos pedestres divide-se n'este ponto. A rua do lado direito é a rua Nova do Almada : a mea descida, á direita, está a mais ingreme rua de Lisoa. Um dos lados é calçado ou cortado em degráosque amenisam a subida. Ladeiam-na excellentes dificios até ao cimo, d'onde se gosa tão ampla vist.que vale a pena fazer a fadigosa peregrinação at‹ao alto. Do lado es-

---

(·) Primeiramente, a cortezia que se deve damas. depois a inoffensiva innocencia dos seus testemunhos no tribunal a historia, e, por ultim tureza fragil d'esta obra feminil, são trez impedimentos que me vir com embargos a este periodo, como a gent ingleza fez a das senhoras portuguezas. Verdade é que a hioria ensina pendios não é mais critica e esclarecida que ale Lad

querdo, ha uma travessa por onde podeis baixar á
Rua do Ouro, e entrar finalmente em chão terreno,
perto da **Praça** do Commercio.

Foi o meu amigo F. de parecer que voltassemos
ao lado esquerdo, pela Rua Nova do Carmo. O tranzito por ali pareceu-nos mais atravancado que no
Chiado pela estreiteza do passeio, menor largura da
rua, e grande altura das casas. Abrem-se ali diversas
lojas boas de moderna apparencia; as restantes são
pelo gosto antigo, meras toucas, corredores escuros,
conforme o seu fundo, e da largura sómente da porta
que lhes dá entrada. Não tem janella, excepto uns
quadrados de vidraça na porta que se fecha á noite,
ou quando faz máo tempo. Parte d'estas bocetas ou
tegurios permanecem justamente como as construiram ha um seculo; em algumas porém, nas lojas
de luvas, por exemplo — (a luvas são uma *spé-
cialité* nacional) — emprehenderam melhoramentos
e ornatos no pequeno recinto vasando uma entrada,
com aspecto de almario, para o interior, collocaram
ahi sobre um rebordo semi-circular um espelho que
parece ampliar a loja, ornaram as paredes **de** com-
partimentos com cartões d luvas, e pozeram
fiscalisar o negocio uma galante *dame de com*
A loja tambem é ornada de uma ou **duas** ca
destinadas ás damas que vão comprar de
aos cavalheiros á tarde, quado vadia
las alcovasinhas graciosas no tanto
rem luvas co   para d   rem co   s,
quanto fu   Qua   da
fi   o   t ao
                                           se as

plano. A ponto me occorre que não vi, durante este passeio e o anterior, as vazilhas de agua que antigamente os logistas eram obrigados a ter á porta, na estação calmosa, para refrigerio dos muitos cães que vagavam pelas ruas. Aqui ha annos, os cães corriam a cidade amatilhados, á cata de alimento ; cada matilha infestava um bairro ; travavam ás vezes sanguinolentas luctas se as vitualhas eram poucas, e uma horda de cães repellia a outra invasora. N'aquelle tempo despejava-se á rua toda a especie de refugo, e os cães limpavam o pavimento da parte comestivel d'aquelles despejos. E, pois que exerciam o mister da limpeza da cidade, recompensavam-os com agua que elles encontravam a todas as portas para se dessedentarem.

Recordo-me d'esta pessima circumstancia, porque, ha poucos annos ainda, a coisa mais molesta de Lisboa era a profusão dos cães vadios (·). Então pensei que a cêlha de agua em cada porta era uma prevenção para que os animaes se não damnassem, abrasados de sêde n'aquellas ruas calcinadas pelo calor. Disse-me pois F. que desde que matavam os cães, a hydrophobia acabára. As ruas são agora varridas todas as noutes, regadas de manhã pelo ve-

---

(·) Já em 1842, trinta annos antes que esta dama mencionasse no seu livro, escripto em 1873, a caniçalha de Lisboa, escrevia o principe Licknowsky que, antes da sua chegada a Lisboa, haviam sido mortos, em uma semana, 900 cães. Chamava elle a isto—proficuo banho de sangue. O duque de Palmella, n'aquelle tempo, prophetisou que os cães seriam exterminados, diz o principe. E foram. Já foi penetração e pulso valente de ministro que desinçou Lisboa de cães, sem empregar o exercito, como modernamente fizeram outros estadistas com os gafanhotos do Alemtejo.

lho systema da pipa, e de tarde com mangueiras á semelhança de Pariz; os carros da limpeza circulam diariamente, os cães vagabundos são mortos a peçonha, e a hydrophobia é quasi desconhecida.

Este melhoramento deu azo a que a plebe, que ali é estupidissima, murmurasse algum tempo da postura que prohibe a nojenta usança de limparem as ruas as preciosas matilhas de cães famintos. Em harmonia com este pensar, ha nos paizes quentes raças de cães, que são uma especie de varredores providenciaes; exterminal-os considera-se um peccado, como acto attentatorio dos designios da Providencia. Lá lhe vem por isso o castigo na frequente calamidade de uma mordedura de um cão hydrophobo. Quem póde ahi dizer se aquelle pobre cão não é o derradeiro sobrevivente da florescente matilha que vivia, senão em luxo, ao menos, ditosa no seu monturo na rua, actualmente erma de cães que a mão do homem impiedosamente destruiu?

Aconteceu ultimamente, na Ameixoeira, suburbana de Lisboa, um caso de hydrophobia. Um rapaz havia sido mordido por um cão de fóra oito ou quinze dias antes, quando, em vez de lhe cauterizarem a ferida—logo que houve suspeitas de estar damnado o cão—prometteu elle uma ou duas velas a Sancta Quiteria de Meca, rogando-lhe que o livrasse dos effeitos da dentada, e assim se deu por contente como se houvesse feito quanto era necessario ou praticavel a fim de se livrar dos sustos. Volvidos dez dias, pouco mais ou menos, appareceram os signaes da hydrophobia. Nem assim recorreu ao hospital ou ao cirurgião. Offereceu mais velas á sancta—como se as

já offerecidas não bastassem a captar-lhe o patrocinio.—A fim de movel-a com rogos, o misero infer-
mo foi levado pelos seus amigos ao relicario d'aquella boneca de páo. (·)

Peorou como era de esperar, rapidamente, a ponto de já lhe não valer algum soccorro humano, quando algumas pessoas menos crendeiras chamaram o
doutor que chegou a tempo de lhe ouvir os gritos e
de o vêr agonisar.

Quer-me parecer que esta rustica superstição
corre parelhas com os sabidos ritos das tribus selvagens. Os nossos negros na Africa, se algum incommodo os molesta, costumam enfarinhar a cara,
e rojar-se por terra, e pedir aos seus hediondos ma-
nipanços, desde o amanhecer até á noite, o remedio
que nunca chega. Convencidos emfim da crueza ou
incapacidade dos seus cepos e calháos, põem-se de
pé e descompõem-os, ameaçam-os—expressões d'elles—que d'hora avante hão-de apegar-se a outros
deuses mais capazes. Se alguma differença existe
nos dois casos, é com certeza a favor dos selvagens,
que não voltam a adorar deuses que deram prova
de não prestarem para nada.

O governo portuguez póde ser mais cuidadoso

(·) A auctora é protestante como se deprehende d'esta irreverencia á
imagem de uma sancta que, se não cura a hydrophobia, deve ser respeitada
como symbolo de uma vida sem macula, como concordemente asseveram os
agiologios. A sancta não tem culpa se ha infelizes que, em suas afflicções,
dão mais pela fé que pela cauterização depois que viram morrer os cauteri-
zados. Chamar-lhe boneca de páo, *wooden doll*, é uma inglezia byroniana que
não accerta bem com o espirito delicado de uma senhora lutherana que viaja
entre catholicos que nem se quer a queimaram.

do que ha sido em alargar a area da educação, proporcionando a todos, pelo menos, o saberem lêr e escrever a sua lingua. Sem embargo, ha muitos lyceus de primeira e segunda classe a expensas do estado, e bem assim associações pias e particulares. Abundam estabelecimentos publicos de primeira ordem em todos os ramos de ensino, com professores eminentissimos.

Esta digressão, se digressão póde chamar-se, veio a proposito das vasilhas de agua;—que o meu proposito é meramente notar tudo o que me impressionar n'estas minhas divagações por estes sitios queridos desde muito, quer seja bom quer mau, antigo ou moderno, modificado para melhor ou para peior.

Estamos, emfim, no Rocio. Que linda praça esta não é! Dizem ser a maior da Europa: mede 270 jardas de comprimento, e 165 de largura. Em todo o caso, é maior e—embora as suas casas sejam menos sumptuosas e d'ahi se não aviste o Tejo—mais plana que a Praça do Commercio. Quando D. Pedro imperador do Brazil aqui esteve, na sua visita á Europa, ha um ou dois annos, costumava todas as manhãs dar duas voltas á Praça, com o chapeu na mão, os olhos fitos na estatua de seu pae, e comprimentava-o. (·) A estatua de D. Pedro IV, o *rei soldado,*

(·) Isto não é verdade, nem chistoso, se a auctora pretendeu com o seu sorriso ironico desemborrascar as frontes bruscas de seus bretões. O imperador do Brazil descobriu-se deante da estatua de seu augusto pae, quando ali foi a primeira vez. As enormes ridiculezas a respeito de estatuas e cortezias a pedras pertencem aos inglezes que destapavam os seus craneos algidos deante da irrisoria estatua de Wellington em Hyde-Park, nua, á feição

como os portuguezes o denominam, foi erigida em
1870. É de bronze sobre uma grande columna de
marmore branco, collocada em pedestal de granito.
Tem na base quatro figuras allegoricas ás virtudes
que mais realçaram no heroe: Prudencia, Justiça,
Valor e Temperança. Resaltam em cima as armas
de deseseis cidades principaes de Portugal. Está vestido de general o imperador com a carta constitucional na mão. Os marmores e granitos são de pe-
dreiras nacionaes; a estatua e columna são obra de
artistas francezes.

Em trez lados da praça ha lojas geralmente boas
e amplas; luveiros e estabelecimentos de musica,
marceneiros, retrozeiros, confeiteiros, etc.; e, á parte
occidental, ha um deposito de excellente vidraria fabricada na Real Fabrica da Marinha Grande.

Pouca gente, talvez, ainda viu as formosas amostras que tem produzido esta fabrica de vidros. Propen-
do a crêr que fóra de Portugal escassamente sejam
conhecidas, dado que esta manufactura fosse estabelecida originalmente, ha longos annos, desde o mea-
do do seculo passado, por um inglez chamado Stephens, sob o patrocinio do marquez de Pombal. (·)
O que sei a tal respeito, tanto quanto pude colher

---

de Achilles, offerecida ao heroe ainda vivo pelas senhoras de Londres. Uma
estatua nua, á custa das myladis! O *schoking* e aquellas nádegas collossaes
do vencedor de Waterloo!

(·) *Originalmente,* não é exacto. Já ali havia fabrica de vidraça e copa-
ria ordinaria, quando Guilherme Stephens abriu os alicerces da fabrica
actualmente existente. O marquez de Pombal mandou dar áquelle inglez
32:000$000 reis, sem juro, e concedeu-lhe isenções e privilegios importan-
tissimos. João Diogo Stephens fez doação da fabrica e todos seus pertences
á nação portugueza, em 1826.

dos catalogos dos seus productos de artigos de grande
bellesa artistica, adquiri-o recentissimamente quando visitei uma portugueza, minha amiga, affeiçoada a
collecções de loiça da China e vidraria rara e formosa. Aconteceu que um inglez, um *connoisseur* de
tudo quanto ha, lá estava na mesma occasião. Naturalmente relançou a vista muitas vezes para os
armarios que encerravam os valiosos thesouros da
minha amiga, entre os quaes sobresahia uma urna
de vidro de exquisito molde, com delicados relêvos
de grinaldas e arabescos. D'ahi a pouco, sendo a
urna trazida ao exame e admiração, disse a minha
amiga quando o *connoisseur* a observava : «Comprei
isso em Portugal; mas espero que me esclarêça qual
seja a sua verdadeira nacionalidade».

Seguiu-se longa pausa. «Lindissima, lindissima!
—murmurou elle compassadamente. E, feita outra
pausa, proseguiu :

«Duvido que isto seja francez ou portuguez. Vi
uma em Vienna, que se parecia alguma coisa com
esta; mas era das proprias manufacturas de lá. Isto,
a meu vêr, provavelmente, é inglez».

Em ar de provocação, disse a minha amiga sorrindo : «Eu acreditei sempre que isto fosse portuguez».

«Então, sinto muito haver levado a duvida ao espirito de *vossa excellencia;* porém, lembro-me... não
affirmarei que é, ... persoado-me porém que deva
ser inglez... muito provavelmente é inglez.

«Pois eu affirmo a *vossa excellencia* que isto é
verdadeiro portuguez—redarguiu a dona do cristalino

thesouro, repondo-o no seu logar.—Isto foi feito na Marinha Grande.

«É possivel?—exclamou o *connoisseur*.—Eu cuidava que essa fabrica produzia tão sómente artigos do uso vulgar, de boa qualidade, decerto...

«É verdade, e muitas vezes preciosas bagatellas como tantas que o snr. tem admirado.

«Onde é a Marinha Grande? Quero lá ir ámanhã —disse elle.

«É no districto de Leiria. A via-ferrea passa distante, e de mais a mais não encontra lá d'estas coisas. Fizeram um par de jarros para a exposição de Pariz; um d'elles desgraçadamente quebrou-se; era tarde para fazer outro: e esse que foi, e o snr. viu, vendeu-se por 500$000 reis.

«Cêrca de 100 libras, creio eu; menos do que vale—respondeu o *connoisseur*.—Não sahirei de Portugal sem visitar a *Real fabrica da Marinha Grande*.

Não sei se elle lá foi ou irá; o certo é que o conversarmos do deposito de vidros trouxe-me este caso á lembrança.

F. e eu adoptamos em nossas excursões uma maneira que será tambem a sua em espirito, se acceder ao nosso convite. (·) Se já reparou n'um par de velhotes que vão passeando e tagarellando, decerto notou que um d'elles pára a miudo, fila o outro por uma caza do botão, e não o larga sem lhe transmittir integralmente uma idéa repentina que lhe occorreu; depois, vão indo, tornam a parar, e

_____

(·) A auctora já nos disse que escreve o seu livro em forma de cartas.

THEATRO DE D. MARIA II., NO ROCIO OU PRAÇA DE D. PEDRO IV.

a vinte varas de distancia fazem a mesma cousa:
de egual modo, nós, deixando o *Deposito da Real fabrica da Marinha Grande*, á imitação dos taes velhotes, palestreamos a respeito de vidros, parando
de quando em vez.

O theatro de D. Maria 2.ª occupa o lado seten-
trional do Rocio ou Praça de D. Pedro. O theatro
é um vasto edificio, apesar do seu desgracioso tecto, que já houve intenção de reformar, ou dis-
farçar com uma balaustrada. Este é o principal dos
nove theatros de Lisboa; não é tamanho como o de
S. Carlos, ou caza-da-opera, em um largo contiguo
ao Chiado, mas está ornamentado com superior
accio. Está agora fechado, como todos os outros;
porque a estação theatral começa no outomno. O
italiano abre-se em 29 de outubro, anniversario na-
talicio de D. Fernando, muito protector de musica
e artes, e tambem musico e compositor de relevan-
tissimo merito.

A principal frontaria do theatro de D. Maria 2.ª
é elegantissima; tem ao sopé uma larga escadaria,
sobranceada por um alto portico assentado sobre seis
columnas, coroadas por uma empena, com altos relevos, imagens allegoricas, e estatuas dos cinzeis
de mui insignes esculptores.

Em redor do trilho dos trens circula um passeio
sombreado por dupla fileira de arvores, e adornado
de bancos pouco intervalados. O centro é empedra-
do, conforme o uso vulgar de Lisboa, de mozaico,
com pedrinhas brancas e pretas, formando uma especie de raias ondulantes que produzem exquisito
effeito pela regularidade dos seus contornos em uma

superficie dilatada; o certo é que, ao atravessal-a,
sente-se a gente obrigada a erguer o pé incommo-
damente a cada passo que dá como quem quer es-
quivar-se a topar nas apparentes elevações que faz
o pavimento. Ouvi dizer que os marinheiros inglezes, tendo experimentado as mesmas sensações, deram ao Rocio o terceiro nome de *Rolly-pooly Square*.
(·) Porém, o pobre *Jack* (··) em terra, está sempre
em pleno *Rolly-pooly;* e, quanto a elle, póde dar-se
esse nome a todo o terreno que piza.

Quem olhar por sobre os edificios da parte occidental d'esta praça, verá, sobranceiros aos tectos, e
topetando com o azul do firmamente, os bellos arcos
ponteagudos do antigo templo gothico da Senhora
do Carmo ou do Vencimento. Isto que não passa de
umas ruinas pittorescas está assim tal qual o deixou
o grande terramoto, ameaçando esboroar-se; mas
aquella compacta massa de granito revela ainda a
enorme solidez da sua primitiva edificação. Occupa
o muzeu archeologico a parte que se figura mais segura, posto que algum tanto mais perpendicular;
porém, d'este muzeu a principal curiosidade, como
com razão se tem dito bastantemente, é o *local* onde
está. Esta interressante reliquia de passadas eras
foi fundada pelo grande condestavel de Portugal, o

(·) *Rolly-pooly* é um jogo em que, para se ganhar, ha-de uma bola ir
cahir a certa cavidade por um conducto tortuoso. Da tortuosidade do conducto tirou a analogia da praça o inglez embriagado : pelos modos, elle é a
bola que, a fallar a verdade, não escolhe cavidade onde caia. Para o marujo
inglez toda Lisboa é de mozaico.

(··) *Jack* é o diminuitivo de *John*, que significa menospreço, e é tambem,
na passagem do texto, nome generico de marinheiro, como n'estas phrases :
Jack tar, marinheiro velho, *jack fresh water,* marinheiro de agua doce.

valente D. Nuno Alvares Pereira em memoria da victoria de Aljubarrota e em cumprimento do voto que fizera ao romper o prelio com os castelhanos. N'aquelle templo esteve antigamente a sua sepultura; mas, ao presente, as cinzas de D. Nuno jazem em S. Vicente de Fora no jazigo da caza de Bragança. Converteram parte do espaço do antigo convento em quartel da guarda municipal, que está situado em alegre e copada praça a meio caminho das nuvens. Jorram ali no centro as bicas de um elegante chafariz, rodeado de arvores e bancos. A musica do famoso batalhão caçadores 5 vem aqui tocar uma tarde em cada semana. N'este largo está o *Club-lisbonense* que abre os seus bellos salões a bailes explendidos e outros recreios frequentemente.

As senhoras hespanholas que principiam a dar-se a iniciativa n'esta especialidade de coisas, constituiram moda o club; pelo que actualmente, o pequeno *pateo* ou Largo do Carmo—que não pertence ao numero das *Praças,*—tornou-se tumultuoso; grande fallarío, risadas, namoros—não sómente namoros de leques—desde as sete até ás dez da noite, como em grande *reunião* particular. Um moderno *galope,* do compositor portuguez Almeida, abriu a sua estreia no Carmo, e produziu completo *furore.* (Veja o *Appendice*). As musicas regimentaes já o vulgarisaram á noute nos jardins publicos. Chama-se *Galope burlesco;* mas o seu nome popular é *galope cantante,* porque tem um côro; e, quando todos os pares se recruzam galopando, a animação e a vertigem são taes que é difficil conter-se a gente de pular tambem. As palavras já são de si adequadas ao effeito :

Vou dançar este galope, com furor, com furor, até ao dia.

Eu já disse que na Praça do Rocio ha mais vida e movimento que no Terreiro do Paço : aqui são negociantes e empregados publicos os principaes frequentadores ; acolá são os *vadios* ou *flâneurs* de Lisboa. Entre estas duas praças estão quatro principaes ruas parallelas : a rua Augusta, a do Ouro, da Prata, e dos Fanqueiros, as quaes são interceptadas e atravessadas por outras somenos que quasi todas tiram os seus nomes do negocio que exclusivamente as occupava d'antes, e que ainda agora mais ou menos tem : douradores, correeiros, capellistas, etc.

Se sahir do Rocio pelo lado occidental, defronta-se com a formosa entrada do Passeio Publico, o Passeio *par excellence,* onde grande parte dos *lisbonenses* se ventilam e passeiam por noites estivas até ás onze horas, ouvindo, ás vezes, as harmonias das musicas regimentaes e particulares, que tocam em um corèto central ; ou, o que é melhor, «segredando meigas babozeiras» aos condescendentes ouvidos das damas ; ou ainda — o que é mais provavel — favoneados por aquelle tremulo vacillar com que a luz das estrellas se mescla aos lampejos do gaz, filtrando-se pela folhagem das curvas ramarias, dardejam olhares apaixonados que são apaixonadamente correspondidos, de traz de um leque fluctuante, em quanto as mamãs estão entretidas com a maledicencia de alguma amiga. Peço que me não tome isto como aleivosia, ou mera demasia de censor severo, n'aquelle alto tom moralista repassado da sociedade ingleza. Eu propriamente vi bastantes scenas indecorosas, estando sentada no Passeio, hontem á noite; e com razão me senti chocada (*I was shocked*). (·)

F. estava comigo, e foi testemunha presencial. «Coisas taes se podem dar» comecei eu; mas a citação foi logo ferida na aza pelo velho estribilho: «*Paciencia, paciencia, senhora!*» «coisas taes» se podem dar, e as nossas filhas serem tão virtuosas e boas como as da sua terra, onde naturalmente «coisas taes» acontecem tambem. E differença entre ellas não ha nenhuma—proseguiu elle—senão a que resulta do clima. Que se désse o facto de um galanteio dissimulado e moderadamente escandaloso no seu park por uma fresca manhã de estio, ou que o facto se dê por noite balsamica nos nossos jardins debaixo das estrellas, tudo isso não passa de uma *espiéglerie*».

Tambem algumas vezes aquelles insensatos galans— para ultrapassarem o supplicio que inflige o *Times* aos que se sentem morrer sobre as suas gravidas columnas — destillam nos jornaes matutinos de Lisboa em prosa campanuda ou perfurante rima os seus ardentes votos de immortal paixão, pedindo e esperando um encontro no Passeio Publico. Ali, ao empardecer do crepusculo, na convidativa obscuridade dos passeios lateraes, transporta-os um rapido instante de bem-aventurança—fugaz prelibação do céo na terra,—e juram que os fados, incen-

---

(·) Bem sei que o *chocada* tresanda a gallicismo; mas o anglicismo deve adoptar-se em obsequio ás senhoras inglezas. Os mestres da lingua verteriam *offendida*, ou *affrontada;* todavia, no meu uso particular, applicarei aquelles adjectivos portuguezes ás damas de qualquer nação, tirante a Gran-Bretanha. *Lady shocked* traduzirei sempre *senhora chocada*; e, quando ella fôr muito rabugenta, não duvidarei chamar-lhe *choca*.

siveis a rogos e lagrimas, jámais vingarão apartar os palpitantes corações d'aquelle apaixonado cazal. Facilmente se conhece a qual classe pertencem aquellas almas afflictas para quem «correntes do casto amor» não derivam mansamente, a julgar pelo sobresalto em que ficam se escutam um inesperado rumor de pés. Se entraes de subito por uma das avenidas do passeio, e caminhaes para elles, denunciam-se-vos logo pelo suspiro, pela fixidez dos olhos e precipitado das fallas. Demoram-se pouco na intervista: um aperto de mãos, ás vezes um beijo clandestino (*furtive kiss*); (·) e a *senhora* ou *senhorita* lá se escôa a toda a pressa por veredas escuras para o coupé que a conduziu, e o trem larga rapidamente, em quanto o seu galan se vai com azas sentimentaes por entre o arvoredo, seguindo o esvoaçar das pregas da *mantilha* de seda que afinal se lhe escondem. Em lances d'esta natureza é que a mantilha e o leque devem, de ser trastes de grande utilidade. Quando as senhoras se rebuçam na mantilha com uns geitos socegadamente mysteriosos, e destramente se arranjam um biombo com o leque, o disfarce é tão completo como seria o de um dominó.

Isto é apenas uma amostra das *coisas de Lisboa* que podeis vêr e ouvir em redor de vós, n'este e n'outro Passeio, se ahi vos demorardes bastante

_____

(·) Eis aqui uma palavra que eu imaginava um luxo quasi illicito, nos diccionarios britannicos, apenas usada em Inglaterra, quando muito nas caricias maternaes. Fiquei sabendo agora que as senhoras inglezas conhecem os beijos clandestinos, mas não os dão, penso eu! só os imprimem... em lettra redonda.

tempo e applicardes olhos e ouvidos attentamente.
O que não podereis descortinar, ao lusco-fusco do
luar ou da claridade das estrellas, é a mania de pompear adornos que por ali se estadeiam como se sahis-
ses a passeio de cavallo ou carro, na sasão da casqui-
lhice, em pleno dia, por entre a espantosa multidão de
Hyde Park; aquelle é o ponto em que o arbitro da
moda mais realça o luxo das damas aristocraticas e
a convergencia dos maridos, irmãos e filhos embel-
lesados no esplendor d'aquellas constellações. Aqui,
decerto, como em toda a parte não falta joio funesto
que se insinue entre as flores; mas ainda ha uma entre
ellas estranha ao contagio; e, se como é de suppôr,
estas ostentações continuarem, o remedio é esperar
que as senhoras portuguezas se descartem dos antigos preconceitos das exterioridades—o que ha de
acontecer opportunamente, creio eu—e vivam e flo-
resçam resguardadas.

CAPITULO VII

m uanto nos detivemos no Passeio, subiu o sol, e o ar aqueceu, pouco menos de insupportavel. As mulheres e raparigas, que vendem agua na Praça, faziam bom negocio. Collocam-se á sombra do arvoredo, tem ao pé de si as porosas bilhas de barro, e nas mãos um objecto gradeado, algum tanto semilhante a um galheteiro, que contém dois copos pintados. «*Agua fresca, agua fresca, senhores!*» Se vos appetece um copo, o preço é simplemente cinco reis.

Porém, se tiverdes mais sede, e poderdes beber trez quartilhos—como fazem muitos dos seus freguezes—podeis havel-os por dez reis; e tende em conta que a tal agua que vos offerecem, sorrindo, é pura, lympidamente clara, e chegada fresquinha do chafariz.

Mas a multidão agglomera-se. Converge gente de todas as direcções para um trem que estanceia no trilho mais estreito da praça, debaixo da copa mais frondosa do arvoredo. Não é um som da trombeta que assim os attrahe pressurosamente, é um mugido excruciante que obriga a gente a tapar os ouvidos e fugir. É a toada de um instrumento, cujo inventor, persuado-me eu, não foi pessoa menos distincta que sua magestade o proprio diabo. Chamar-lhe-hei um instrumento de tortura, posto que ouvi chamar-lhe com bastante propriedade uma «machina infernal». Estas machinas viajam por toda a parte, e em grande numero na nossa grande Babylonia, ás costas de uma legião de impios, diabolicamente com-missionados para irritarem com rancores profundos as almas amantes da paz, e arrancarem insidiosa-mente dos labios da gente palavras de abominação de todo ponto improprias para soarem em ouvidos melindrosos. Tal é o execravel som do realejo! Pela primeira vez na minha vida, eu o vi a moer pela mão de um joven de elegante apparencia, (·) que o levava a par de si dentro de uma carruagem. Graças a Deus! aquelle mugido cessou, e quero crêr que já não o ou-viremos mais, por que a tampa foi reposta, e o joven dardejou um satisfeito lance de olhos sobre a multi-dão embasbacada, que á volta d'elle se agrupara em numero de duzentas ou trezentas pessoas. É bem parecido e traja limpamente. Recosta-se algum tem-po em uma, ao que parece, almofada confortavel forrada de carmezi, com borlas amarellas, e com um alvissimo lenço enxuga o suor das faces. Tira uma luva. Já vistes um moleiro de musica enluvado com irreprehensivel esmero? Aqui o tendes; e não

---

(·) *Joven de elegante apparencia:* fiz esta economica versão d'esta esti-rada coisa: *gentlemanlikelooking* (tudo isto é uma palavra) *young man* Os inglezes deram em germanisar palavras d'aquelle tamanho desde que Henry Heine escreveu (*Reisebilder*) que elles mastigavam um punhado de monossi-labos e os atiravam á cara da gente quando fallavam. Tratam pois de nos convencer que possuem palavras que medem vinte letras, quasi o alphabeto todo. A's vezes fazem-nas de quatro pedaços, *quatre morceaux*, como diz Phi-larete Chasles; por exemplo: *poet-musician-director-ship;* isto quer dizer *director musico e poeta.*

pára n'isto: leva a mão nua ás guedelhas negras e
anneladas, que vêdes no momento em que elle ergue
ligeiramente o amplo chapeu, e então vos offusca
com o lampejo de um rutilante annel, um diamante... de primeira agua decerto. Não tinha ainda proferido palavra; mas alteava uns olhares ao céu como
se a inspiração lhe houvesse de baixar das alturas.
As turbas estão silenciosas, e as attenções pendentes. Bom é que o genero *gamin* não vigore, ostensi-
vamente, nas ruas de Lisboa, aliás poderiamos, á
conta de uma palavra ou brado *mal-à-propos*, ser
ridiculisados rudemente, pelo sublime extasis, em
que por espaço de minutos nos mantivemos guin-
dados por aquelle espirito superior do seculo actual.

«*Quem é?* perguntei, á puridade, a F. que estava ao meu lado; mas eu não sabia bem se deveria
perguntar: «Quem é sua *excellencia*?» ( )

«É um charlatão hespanhol» respondeu elle immediatamente—«É um dos *Dulcamaras*, raça inex-
tinguivel como a geração de Duncan.

N'este em meio, ergueu-se o nosso homem do
seu almadraque, e com o braço direito estendido,
sacudiu graciosamente o lenço, chamando o auditorio para lhe escutar umas prelecções á cerca da
verdadeira natureza da magia. Explicava-se elle
com grande prestreza em portuguez, lardeado de

(·) Lady Jackson, como fosse a miudo tratada de *excellencia* em Portugal, griphou a «excellencia» ao charlatão. Tambem nós, os portuguezes, res-
peitavel dama, costumamos griphar as excellencias que prodigalisamos aos
extrangeiros, ...excepto ás extrangeiras. A's senhoras damos sinceras *excellencias* sem nos importarmos com pragmaticas. É o que temos mais á mão depois que se acabaram as senhorias.

hespanhol. Era, a um tempo, altamente dizerto e la-
conico. Fiz quanto em mim coube por entendel-o;
porém, á simelhança do restante auditorio, logo
percebi que a materia só poderiam percebel-a os
iniciados. Não obstante, pude concluir que o seu
intento era mostrar-nos o como e o por que elle
percorria o universo philantropicamente proporcionando á algibeira do pobre as pompas do rico; ou,
mais claro, que elle forneceria a cada um dos ouvintes que o rodeavam uma bonita cadeia de ouro
da ultima moda parisiense pela diminuta quantia de
dois tostões.

E magicamente — porque ninguem percebeu
d'onde aquillo surdiu — apresentou uma scintillante massa aos olhos da turba espantada. Todos met-
teram instinctivamente as mãos aos bolços. Eu disse a F. que desejava uma, e fosse adiante comprar-
m'a; elle, porém, sacudindo a cabeça, murmurou:
«Nada, nada, aquillo é lixo, é lixo». E, como estavamos de fóra da bruta assembleia, onde apenas se
viam duas mulheres de capote e lenço, não me atre-
vi a ir adiante fazer a compra; mas, um sujeito, que
estava ao pé de nós, logo que pôde haver á mão
uma d'aquellas mercadorias para eu a examinar,
offereceu-m'a dizendo, consoante o uso nacional:
É para sua excellencia. Na verdade, em relação ao
preço, a corrente não era má. Quando lh'a restitui,
o homem repetiu urgentemente que ella era para
mim; eu, porém, que não podia acceital-a, e enten-
dera que seria offensivo, em troca, metter-lhe na
mão dois tostões, recuzei agradecendo muito, o offerecido mimo. O genuino ouro das cadeias era garan-

tido por doze mezes; terminado o anno, o philan-
tropico promettia voltar e comprar todas as cadeias
que lhe quizessem vender a 150 reis cada uma. Algumas duzias eram já distribuidas, quando elle, como quem agradece o bom acolhimento dos frregue-
zes, propôz mostrar aos circumstantes uma torcida
a arder com agua. Exhibiu então um candieiro e uma
garrafinha, que continha um liquido claro, que elle
affirmava ser agua. Pingou algumas gôttas em um
pedaço de papel que accendeu, e pegou o lume ao
candieiro, com grande assombro dos espectadores. «Isto, disse elle, não é obra de magia: é o ultimo segredo que a sciencia arrancou á natureza.
Com isto, grangeei enthusiastica recepção em todas
as côrtes do universo, e não só o vosso applauso,
meus illustrados amigos, mas tambem os louvores
do mundo scientifico.»

E, cerrando a parlenda com esta grandiloca pe-
roração, deixou-se cahir languidamente no seu almadraque, acenou ao cocheiro que largasse, e cortejou graciosamente a turba que impedia o transito da carruagem destinada a ir representar a mesma farça n'outro ponto. Quando elle partiu, esta-
lou uma grossa gargalhada; mas não era a espantosa revelação do segredo da natureza que fazia rir
o publico intelligentemente: era o irrisorio espa-
vento do sugeito. Esta especie de espectaculo — o
charlatão estadeando-se a miudo sob diversos disfarces — parece cahir muito no gôto das turbas ocio-
sas.

CAPITULO VIII

A porção de Lisboa que mais lembra ao inglez e a outros estrangeiros que alli estanceiam poucos dias, e ás vezes um ou dois tão somente, chegados em navios entrados com destino para lá, ou escala para outros paizes, reduz-se a *Gold Street* (Rua do Ouro), *Silver Street* (Rua da Prata), e *Blackhorse Square* (Praça do Cavallo Preto). Como que se persuadem que os portuguezes tambem assim denominam aquelles sitios, os quaes juntamente com a *Belem Tower* (Torre de Belem) formam, com pouco mais, a totalidade de Lisboa. Tractam de saber onde isso está, e figura-se-lhes que vão vêr o que quer que seja com ares inglezes.

Aquellas duas ruas e a chamada Augusta, que lhes corre pelo meio, são de certo a porção mais magnificente e negociosa da cidade. São largas, bem ladrilhadas, predios altos, edificados regularmente, e todos tem lojas. Prolongam-se aquellas ruas em linha recta por todo o espaço interposto ás duas praças principaes. Infelizmente, a rua Augusta, em cuja extremidade está o sumptuoso arco que forma a ampla entrada para a Praça do Commercio, defrentando com a bella estatua de D. José, com o rio e as montanhas fronteiras d'Alem-Tejo — desemboca em uma ilharga do Rocio. Se esta rua abrisse em frente da estatua de D. Pedro e da principal fachada do theatro de D. Maria 2.ª, nem Londres nem Pariz teriam tão formosa rua, rematando por duas tão grandiosas extremidades.

As lojas da Rua do Ouro são ainda na maior parte ourivesarias. Não ha muito que ellas eram acanhadas e asótadas como outras que já apontei. Agora mesmo não são muito espaçosas, posto que, em algumas casas, se reduziram tres a uma; todavia, houve renovação de portadas e vitrines ao lado das portas. Os aformoseamentos exteriores realçam grandemente, porque, entre as janellas e portas, e no intervallo das casas, poliram as paredes da côr de marmore pardacento ou amarello, como no Chiado — o que na verdade é de bonito effeito.

O grande *Café*, chamado «Aurea Peninsular» está na Rua do Ouro; porém, como os *Cafés* lisbonenses não tem o pavimento coberto de mezas e cadeiras, são por isso menos notaveis que os de Paris. O que ha lá dentro mais attractivo n'elles é o bilhar, o baralho, e, *on dit,* os jogos de azar.

Dá para esta rua uma das frontarias do Banco de Portugal, que é principalmente construido de granito e ferro, como precaução contra os incendios, cujas assolações são frequentissimas e enormes n'esta cidade. A variedade do negocio é maior na Rua Augusta que na do Ouro: grandes livrarias, oculistas, estabelecimentos de instrumentos mathematicos, relojoarias, etc., em lojas extensas e sumptuosas. Havia numerosas casas de antigalhas em Lisboa, e restam ainda duas ou tres n'esta rua.

N'outro tempo, encontravam-se lá coisas curiosis-
simas, raras e apreciaveis: gravuras e livros antigos, esculpturas em marfim, pinturas, louça do Japão, baixella, joias, collares, que se obtinham por
insignificantes quantias. Agora, ha menos coisas á
venda e de pouco valor; todavia pedem por isso
dinheiro exorbitante: ainda hontem o experimentei
em um dos maiores estabelecimentos onde não consegui comprar uma gravura antiga.

Pareceu-me vêr na Rua da Prata, chamada tambem Rua Bella da Rainha, menos argentaria que
d'antes; é natural que, á imitação dos outros negociantes, os ourives de prata, depois que Lisboa se
ampliou, seguissem a direcção occidental, onde agora ha bellissimas lojas.

Não ha n'estas ruas a laboriosa apparencia que
era de esperar no principal centro de uma grande capital. Faz pena que a moda não escolha para os seus
passeios da manhã as amplas e planas Ruas do Ouro e Augusta, em vez do estreito pavimento do de-
clivôso Chiado. Os *beaux* e as *belles* bem podiam
assoalhar-se por alli mais suavemente, e pompear
as suas *toilettes* com maior vantagem. Todavia, se
a multidão é pequena, a gente que as frequenta sup-
pre em berraria o que lhe falta em distincção; que ás
vezes, os gritos e o alarido dos peixeiros, dos regatões de fructa e outros comestiveis é atroador. Que
alentados pulmões deve ter aquelle gentio! O vozear
das mulheres ultrapassa o dos homens em profundeza e valentia de volume. Ouve-se o gargantear
monotono do amola-navalhas — «plangente, muitissimo canoro» — e resalta de continuo, á laia de

estribilho, que vos estruge os ouvidos, aquelle estridente apregoar matutino : *O Illustrado, Noticias, Popular,* etc. Assim se chamam os jornaes mais em voga, cuja distribuição me pareceu ser exclusivo principalmente de uma classe de mulheres e raparigas indigentes.

Estes e outros jornaes vendem-se a milhares nas ruas. Custam 10 reis. São editados por alguns dos principaes litteratos. Publicam espirituosós folhetins collaborados pelos escriptores de mais renome e popularidade. O principal periodico litterário chama-se *Lettras e Artes;* este, porém, não anda na berra nem faz fortuna posto que seja um bello periodico mensal, excellentemente impresso, illustrado, e escripto por distinctos escriptores. (·)

Que outro pregão é este que se ouve e desde o alvorecer do dia me quebra os ouvidos, requintando o estridulo fallarío das ruas que se engrossa pelo dia adiante, e muitas vezes nem depois da meia noute se cala? Dois gaiatos correm, sem descanço, acima e abaixo por ambos os lados da rua; e por toda a cidade vereis, ao mesmo tempo, homens e rapazes, na mesma azáfama. Trazem nas mãos uns massos de papelinhos. Um dos dois que nos estão mais perto, berra de um lado: *mil seis centos e setenta e nove;* do outro lado responde o outro: *oito centos e*

(·) Este periodico, que não parecia portuguez pelo primor raro do aceio typographico, pelo arrojo das dispendiosas reproduções em gravura, pela magnificencia dos adornos e selecção da escripta—por isso tudo cooperou para a fallencia do seu benemerito proprietario, e acabou ha poucos mezes. O unico periodico de lettras que está medrando em Portugal, e já vai sendo conhecido na America, é a *Borboleta*, de Braga.

noventa e dous; e ambos a um tempo levam ao phre-
nesi a gritaria : *Hoje anda a roda — h-o-j-e — a-n-d-a
— a — r-o-d-a!*

Mas que roda é esta que, rodando hoje, faz toda
esta algazarra? É a roda da fortuna, que gira ao
meio dia e decide do destino dos possuidores de bilhetes. Até ás dez horas é permittido vender bilhetes e cautellas, e provavelmente durante a ultima
meia hora vendem-se mais aos jogadores impacientes
do que em todo o curso do dia antecedente. A roda
da fortuna meche-se alli de dez em dez dias. Se vos
apraz arriscar cinco mil reis, comprais o direito a
que um acaso vos favoreça com o premio grande —
cinco contos de reis.

Exterminar estas loterias seria um acto benemerito. Ha muito quem assim pense, e no espirito dos
que governam ha vontade de abolil-as; mas receiam
dar o golpe; por que a medida seria impopular, e
vigorosamente impugnada por quem lucra com a
conservação do pernicioso systema.

«As loterias — dizem os seus protectores — são
sanctificadas pelo seu fim, pois que, estando affectas
á *Santa Casa da Mizericordia,* são destinadas a obter fundos para a beneficencia publica, ao mesmo
tempo que da venda dos bilhetes pelas ruas vivem
muitos homens e rapazes pobres, que aliás ficariam
reduzidos á mendicidade.» É certo isto; mas tambem não passe despercebido que acubertam muitas
especulações deshonestas, e o peior é que avivam
o gosto do jogo nas classes pobres. Na verdade, os
expedientes da caridade devem ser menos sujeitos
a contestações.

Todavia, o sermão é inutil, e nem sequer converte o prégador, que, fascinado pelo apregoar de taes
numeros, não pode resistir á attracção de tentar fortuna e empregar alguns centos de *reis* na compra
de cautellas. — «*Ho rapaz! — venha cá — ho rapaz!*»
Não fui eu comtudo, mas o meu amigo, quem chamou assim por aquelles gaiatos nas ruas de Lisboa,
servindo-se da palavra «ho!» de que usam sempre
hespanhoes e portuguezes quando se dirigem a um
inferior — *Ho, Senhor José — Ho Marianna,* — e que
faz lembrar aquella outra da nossa velha phrase
«What, ho!»

Acudiram logo á chamada os dois gamenhos, e
emquanto eu lhes estou a mercar a ambos, chega
outro homem e diz «Loteria Hespanhola, Excellencias — Cautelas de Madrid.» A venda d'estes bilhetes é rigorosamente prohibida em Lisboa, mas não
a compra, o que fez cahir em desuso a prohibição
da venda, de tal modo que toda a gente compra.
Dom F., desencaminhado pelo meu mau exemplo,
vae tambem comprando cautellas e prefere as hespanholas.

Outro numero ainda — o n.º 1102 — é apregoa-
do pelo «*pobre cego*», que vem caminhando guiado
por um rapaz. Pensa-se que os numeros vendidos
por elle obtem premios mais frequentemente que
os comprados a outro qualquer: e, quando acontece
sahir-lhe algum premiado, nunca deixam os jornaes
de dar rebate do caso. Provavelmente suppõem,
cuido eu, que a fortuna, que é cega, simpathisa com
elle de modo a fazei-o medianeiro dos seus favores.
Seja como fôr, é certo que o pobre homem é o ven-

dedor mais popular de bilhetes de loteria e portanto
pode mais facilmente vender de vez em quando algum que não saia em branco. Compartilhando a ve-
neração supersticiosa da multidão pelo cego agente
da cega fortuna, não deixamos escapar o ensejo de
lhe comprar tambem. E assim possuo agora seis
cautellas que me custaram seis centos *reis*. O tempo dirá o que tenho a ganhar.

Esta pequena especulação deteve-nos na Rua da
Prata mais do que tencionavamos. Não obstante,
daremos ainda uma volta e uma vista de olhos pela
Praça da Figueira, que nos fica defronte, posto que
já devam ter sahido ou estejam a sahir as senhoras,
—boas donas de casa, que de manhã cedo lhe dão
uns certos ares de elegancia. Ha em Lisboa seis ou
sete mercados onde se vendem por grosso e a re-
talho grãos, vinho, azeite, peixe, carne e outras
provisões: este porém é o principal e mais central,
e occupa tanto terreno, ao que parece, como o de
Covent Garden. Comtudo a sua disposição é diversa.
Alli se vendem legumes, fructas e flôres, tambem
caça, gallinhas, ovos, queijo, leite, carne etc., e
de tudo está bem abastecida. Ha no meio algum
arvoredo, mas as vendedeiras e os seus generos
abrigam-se em fileira de barracas que bordam os
lados do quadrangulo, e as que não teem um logar á sombra formam tendas com os seus immensos guarda-soes. As portas de ferro fecham-se sempre á mesma hora que as do Passeio, excepto na
noite de S. João e Santo Antonio, quando, brilhantemente illuminado, se faz alli uma feira animadissima.

Mal entramos, uma chusma de gallegos armados de grandes gigos pedem logo lhes concedamos a honra de nos levar as vitualhas a casa. Persuadem-se que á fina força havemos de comprar, apezar de lhes significarmos que aguardem *com paciencia* a clientela das nossas *excellencias*, para quando voltarmos com o intuito de fazer provisões.

Não passemos todavia adiante sem notar desde já um curioso costume, cuja origem desconheço, e que desde tempos antigos se conserva n'este mercado. É o caso que todos os annos na manhã de Natal costumam distribuir um abundante almoço de grãos ás pombas domesticas que apparecem aqui. Centos d'estas aves, dizem-me, acodèm então e é altamente divertido ver-lhes dar de comer. Consoante a crença popular, as pombas não só conhecem a usança, mas o seu instincto ou antes a sua intelligencia é tamanha que lhes permitte distinguir o dia de Natal de qualquer outro, de modo a reunirem-se em bandos para a pitança annual. Como se não pode suppôr que as pombas vivam muitos annos, esta informação é provavelmente transmittida de paes a filhos. Quanto a mim, confesso-me sceptica no assumpto, e, apezar de me affirmarem o contrario, estou convencida que as pombas são trazidas de proposito pelos seus donos. (·)

Na minha volta observo que as arvores que nos

(·) Este conto das pombas a ninguem o ouvimos antes de o lêr n'este livro; mas Lady Jackson com certeza o não inventou.

outros sitios de Lisboa vicejam e florescem tão vigorosamente, parecem pelo contrario languecer e de-
finhar-se aqui. Os ramos mal vestidos de rara folhagem e como outoniça apenas fazem uma pobre
sombra aos raios ardentes do sol. — «Porque será
isto?»—pergunto dirigindo-me a um velho que está
a vender soberbos camarões. Lembro-me de o ter
visto, ha annos, e cuido que a elle ou a algum irmão chamavam o «rei dos pescadores.» Não me
engano. É sua magestade em pessoa, que me respondeu assim: «Como quer *sua excellencia* que as
arvores venham bem, se lhes falta chão para estenderem e desenvolverem as raizes? debaixo de nós
e não muito dentro da terra jazem muitas casas e
egrejas da antiga Lisboa.»

«Este é um dos sitios—continuou elle,—onde em
1755 a terra abriu uma grande guéla, e outra maior
ainda perto do Correio Geral justamente onde ha
agora uma costeira a pique. Muitas vezes ouvi contar esta grande calamidade, e a miseria que se lhe
seguiu, a minha avó, que era então mocinha dos
seus dez annos e que escapou, como por milagre,
á sorte que tiveram muitas mil pessoas n'aquelle
terrivel dia de Todos os Santos. E comtudo a manhã nascèra clara e côr de rosa como de costume,
e a gente tinha sahido a ouvir missa pela alma cada um dos seus parentes defunctos, mal cuidando,
coitados! que o seu momento estava tambem chegado.»

Realmente, foi então que cêrca das nove horas
se ouviu um estranho rumor, simelhando o trovão
que resaltasse das entranhas do globo. Retumbou

gos arma-

. Persua-
prar, ape-

ne, para

ndas de pro-

itios de Lisba vicejam e florescem tão vigo-
ite, parecem pelo contrario languecer e de-
e aqui. Os umos mal vestidos de rara fo-
e como outoiça apenas fazem uma pobre
aos raios ai entes do sol. — «Porque será
-pergunto dirgindo-me a um velho que está
er soberbos amarões. Lembro-me de o ter
a annos, e dido que a elle ou a algum ir-
amavam o rei dos pescadores.» Não me
. É sua magestade em pessoa, que me res-
assim : «Como quer *sua excellencia* que as
venham ber, se lhes falta chão para esten-
desenvolvem as raizes? debaixo de nós
muito dentro la terra jazem muitas casas e
da antiga Lisboa.»
te é um dos sitios—continuou elle,—onde em
terra abriu uma grande guéla, e outra maior
perto do Correio Geral justamente onde ha
uma costeira pique. Muitas vezes ouvi con-
i grande calmidade, e a miseria que se lhe
a minha av, que era então mocinha dos
z annos e que escapou, como por milagre,
que tiveram muitas mil pessoas n'aquelle
dia de Tods os Santos. E comtudo a ma-
scera clara ccôr de rosa como de costume,
te tinha sahlo a ouvir missa pela alma ca-
dos seus paentes defunctos, mal cuidando,

itros sitios de Lisboa vicejam e florescem tão vigorosamente, parecem pelo contrario languecer e desinhar-se aqui Os ramos mal vestidos de rara foliagem e como outoniça apenas fazem uma pobre sombra aos rios ardentes do sol. — «Porque será isto?» —perguto dirigindo-me a um velho que está a vender sobêbos camarões. Lembro-me de o ter isto, ha anno, e cuido que a elle ou a algum irmão chamávan o «rei dos pescadores.» Não me engano. É su magestade em pessoa, que me respondeu assim «Como quer sua excellencia que as arvores venham bem, se lhes falta chão para estenderem e desevolverem as raizes? debaixo de nós e não muito entro da terra jazem muitas casas e egrejas da anga Lisboa.»

«Este é un dos sitios—continuou elle,—onde em 1755 a terra ariu uma grande guéla, e outra mais ainda perto o Correio Geral justamente onde está agora uma coteira a pique. Muitas vezes ouvi contar esta grane calamidade, e a miseria que se lhe seguiu, a minha avó, que era então mocinha dos seus dez annos e que escapou, como por milagre á sorte que veram muitas mil pessoas n'aquelle terrivel dia de Todos os Santos. E comtudo a manhã nascêra clara e côr de rosa como de costume e a gente tinha sahido a ouvir missa pela alma cada um dos seus parentes defunctos, mal entendia coitados! que o seu mento estava tambem cá

de novo mais estrepitosamente e o solo foi sacudido
com espantosa violencia. A população espavorida
fugiu das casas e egrejas, cahindo sobre o chão que
tremia. O sol obscureceu-se, o firmamento tornou-
se livido, um vento de borrasca soprava nuvens de
poeira negra, e o Tejo encapellado revolvia-se com
a furia do mar tempestuoso. Torna-se a ouvir terrivelmente outro longo mugido; chammas occultas
serpeam d'entre fendas enormes, e tudo se preci-
pita no abysmo, ricos e pobres, novos e velhos, as
mães e os filhos, no meio das mais angustiosas sup-
plicas á misericordia divina, e dos gritos de agonia
que sobrelevam o terrivel estridor da terra a arque-
jar. Palacios, egrejas, mosteiros, edificios publicos,
habitações de nobres e plebeus, tudo desappareceu
debaixo do solo que se lhes fechou em cima. O grande rio, erguendo-se desmesuradamente, atirou-se sobre a margem qual muralha d'agua, despedaçando e
engulindo nas ondas ferventes as embarcações pequenas e grandes que meia hora antes se lhe recli-
navam serenamente no seio tranquillo.

Medonha calamidade apenas comparavel á destruição de Pompeia e Herculanum !

Mais de quinze mil pessoas pereceram n'este
funesto dia, assim como foram destruidas innumeras casas e vinte e quatro edificios publicos,
ao passo que muitos outros, abalados pela base,
reduziram-se a ruinas desmoronadas. Onde d'antes se estendiam risonhas planicies levantaram-se
depois desgraciosos monticulos, e altos aterros
afundiram-se deixando em seu logar profundos valles.

Mezes ainda depois d'esta terrivel convulsão, o solo tremia e abalava-se por vezes, aterrorisando constantemente os miseraveis habitantes sem casa nem
recursos.

Sobrevieram os horrores da fome, e dos incendios
frequentes que iam destruindo o que tinha escapado
ao terramoto. É consolador relembrar que por esta
occasião o Parlamento inglez votou 100,000 lb. para
soccorro d'esta população afflicta — o maior dona-
tivo que jamais fez, segundo creio.

Nenhuma d'estas particularidades me narrou o
velho pescador, mas vieram-me á lembrança pela
sua observação — «Deus nos livre de uma calamidade simelhante.» Bastantes pessoas pensam que
a repetição é muito provavel; e de facto o aspecto
do paiz atormentado por convulsões vulcanicas, e os
repetidos abalos que se sentem perfeitamente, posto
que até hoje tenham sido inoffensivos, auctorisam-
nos a crêr que o fogo ha tanto tempo sopitado, não
está comtudo totalmente extincto.

Mas vai sendo tempo já de nos irmos embora.
Os Gallegos, a cujo olho penetrante não escaparam
os nossos manejos, apenas notaram de longe que
tinhamos comprado uma ou duas duzias de camarões (e são famosos em Lisboa) precipitam-se em
massa sollicitando a honra de os levar. «*Obrigado;
obrigado,* gallegos. Os portadores seremos nós mes-
. mos : pesa-nos o vosso desapontamento»; mas *paciencia, homens, paciencia,* que é um supremo remedio para desillusões. «Pobres gallegos! Que seria o
lisbonense sem elles, não deixando com tudo nunca
de lhes fazer a maxima injustiça, como em Madrid, de

os assimilharem com ar desdenhoso ao que ha de
mais estupido e despresivel.» Ah! verdadeiro gallego! ou «só um gallego lhes leva as lampas.»

E comtudo ha pouquissimas casas de alguma
importancia, onde o gallego não seja o *major domo*
e o senhor das chaves, sendo raros os casos de in-
fidelidade. Os melhores criados, mais trabalhado-
res, honestos, briosos e fieis são gallegos, assim
como os carregadores, aguadeiros e a maior parte
dos padeiros de Lisboa. Se a gente precisa d'um
portador fiel, chama um gallego. Nenhum serviço
domestico lhe repugna contentando-se com salarios
moderados; e em virtude do seu genio trabalhador e
poupado, não raras vezes fazem economias e se es-
tabelecem com negocio seu proprio.

Porque será então que a palavra «gallego» é usada como termo de mofa e de opprobrio, e o possuidor
de tão boas e uteis qualidades anda sempre mettido
á bulha ou apparece em scena como figura grottesca
e despresivel?

Não sei: mas a verdade é esta. O proprio gallego parece não tomar isto muito a peito. Algumas
vezes dir-se-hia sensibilisado, quando exclama «*paciencia!.paciencia!*» mas geralmente fecha os olhos e
os ouvidos ao que não quer vêr nem ouvir, labuta
com affinco no seu ram-ram de todos os dias e me-
dra. Assim seja sempre.» *Adeus, gallego; e sê prospero!* (.)

(·) A benevola Lady escreve assim em linguagem portugueza a sua ultima saudação ao sympathico filho da Hespanha: « Adeus, Gallego, e sê
prospero!» D'esta amostra se deprehende que a ingleza se exprimia n'um

Voltando ao hotel seguimos pela Rua dos Fanqueiros, onde se topam ainda muitas lojas de mercadores no estylo antigo. No fim, tomando á direita, e deixando á esquerda a Sé e a Alfama ou Mouraria — o antigo e interessante bairro mourisco que escapou ao terramoto—entramos na Praça do Commercio, passando pelas escadas do Ministerio da Guerra. As columnatas, o arco de triumpho, os palacios dos ministerios, as frontarias finamente esculpturadas, a grande estatua equestre, as fileiras d'acacias e o Caes chamado das Columnas, d'onde se avista o esplendido panorama das margens oppostas do largo Tejo, imprimem a esta grande praça o realce da magnificencia.

Toda esta parte central de Lisboa foi reedificada sobre as ruinas do terramoto pelo infatigavel Marquez de Pombal segundo os planos que elle mesmo suggeriu ou approvou.

O merito da estatua equestre do grande D. José — grande sómente pela grandesa do seu ministro — tem sido muito contestado. Conta-se a este respeito uma anecdota assás curiosa. Dizem que um dia se reuniram no *atelier* do esculptor Machado de Castro, alguns amigos com o fim de examinarem a obra. As opiniões emittidas, se não eram absolutamente desfavoraveis, não o lisongeavam todavia. O cavallo carecia de vivesa, a acção de fogo, e de energia a forma e a *pose* da cabeça. Se as orelhas fossem

portuguez bastante levantado, ainda quando fallava com gallegos. «Sê prospero!» Judiciosamente nos disse Lady Jackson na *Introducção* que em Portugal é muito mais interessante viajar para quem lhe conhece o idioma.

collocadas d'uma maneira differente, a cabeça mais
altaneira, as pernas em outra posição e assim por
diante, o animal pareceria mais natural e mais vivo.

Estas observações contrariavam mais do que
convenciam o artista dos seus erros. N'este comenos, ouve-se arranhar e ganir á porta; aberta, entrou o cão de um dos visitantes, que, vendo o cavallo, recúa e começa a ladrar furiosamente; e, la-
drando, ora avança ora retrocede, não se querendo
aproximar muito da pata levantada com receio sem
duvida de ficar esmagado. «Senhores»—diz então
o artista—eis um critico competente: a sua opinião
inteiramente opposta á vossa consola-me do pouco
apreço que déstes á minha obra. Elle vê e sente que
ha n'ella naturalidade e vida e não hesita manifestar o seu juizo em alto e bom som.» (·)

No museu da academia das *Bellas-Artes* vê-se
um prato ou travessa que pertencia ao serviço mandado fazer expressamente para o sumptuoso banquete offerecido aos fidalgos pelo Marquez de Pombal por occasião da collocação da estatua sobre
o seu esplendido pedestal. Cada peça tinha uma
representação do monumento, que foi levantado a
expensas da população de Lisboa, e cada conviva
era presenteado com um prato ou outra peça da baixella, como *souvenir* do auspicioso acontecimento.
Um busto em bronze do grande marquez foi collo-
cado no lado do pedestal que olha o Tejo: quando

(·) A anedocta é bonita; ressabe ás coisas que se contam analogas dos
Zeuxis e Apelles; mas não a encontramos referida em alguma das monogra-
phias respeitantes á estatua de D. José 1.º

porém, a pobre idiota D. Maria I subiu ao throno, o busto foi arrancado d'alli por suggestão dos cortezãos intrigantes que *então subiram* ao poder, para ser reposto em 1833 sómente por D. Pedro IV depois da expulsão de D. Miguel.

Passando pelo Arsenal, que se estende desde a extremidade da Praça do Commercio até ao fim da Rua do Arsenal, o nosso caminho atravessa o Largo do Pelourinho, em cujo centro se divisa uma columna torcida de bello marmore, com delicados lavores, rematada por uma esphera oca, feita de estreitas fitas de metal. N'este sitio eram antigamente executados os fidalgos portuguezes quando condemnados á morte por qualquer crime; mas o apparelho de ferro para esta horrivel ceremonia foi removido, ha muitos annos já. (·) No lado oriental está agora em construcção um formoso edificio para a Camara Municipal. As esculpturas de pedra que adornam a fachada principal são um bello especimen do intelligente trabalho nacional. As outras casas que bordam o largo elevam-se a grande altura; mas se a gente lhes olha para os cumes, vê outras que se levantam muito mais, de modo que as portas de entrada d'estas ultimas habitações aerias estão muito mais altas que os telhados das que ficam em baixo.

Continuamos pela Rua do Arsenal, atulhada como sempre d'uma multidão nada agradavel. Duas

---

( ) Isto não é verdade. Foi executado no Pelourinho de Lisboa unicamente, em 1790, um cadête fratricida. Os ganchos de ferro que encimavam o monolitho desappareceram em 1833.

correntes de peões caminhando em linhas oppostas
abalroam-se perto das portas do Arsenal, ou são
obrigadas a parar em virtude d'outra corrente, que
irrompe d'alli, de enfarruscados operarios ou de mais
sujos ainda carreteiros de carvão com cestos enormes. O passeio estreita-se justamente n'este ponto
e a projecção do portico, que dá entrada para o Arsenal, faz um angulo que embaraça notavelmente o
transito; mais adiante continua a ser obstruidopelas
paragens de pessoas conhecidas que, passando, ou
se comprimentam de chapeu, apertam a mão ou
trocam á pressa uma ou duas palavras. Ora são dous
ou tres officiaes de marinha que se encontram; outras vezes um maritimo aborda um companheiro,
ou dous soldados reconhecem um camarada; e a
sentinella á porta, esquecendo a sua obrigação, pára
a fital-os, forçando-nos a deixar-lhe o passeio. Um
capitão de marinha mercante de hombros largos,
vermelho e perfeitamente britannico marcha a passos largos; empregados de agencias maritimas atravessam a rua precipitadamente com as mãos cheias
de papeis; provincianos que acabam de descer d'um
omnibus ou de desembarcar d'um vapor param e ficam a olhar para o portico; uma velha com jornaes
debaixo d'um braço, uma cesta de fructa no outro,
e as mãos empregadas a fazer meia vae vagarosamente achando expedientes de se safar sem prejuizo
da sua triple occupação. Um cauteleiro corre em
todas as direcções por entre esta turba confusa,
apregoando numeros e mettendo-nos os bilhetes á
cara. Mendigos de ambos os sexos tambem não faltam.

É possivel que uma grave *senhora* de meia idade ou outra, moça ainda, passem acompanhadas, de volta para casa; mas geralmente a multidão veste de preto ou de escuro; apenas se descobre aqui e alli um chale vermelho ou côr de laranja e um lenço estampado de seda ou algodão, que no mundo feminino popular supplantaram o aceado capote de panno e o lenço branco de cambraia.

Vem agora a proposito observar que só lentamente desapparecem os prejuizos nacionaes; e consoante um d'estes que ainda subsiste em Portugal, posto que consideravelmente modificado, não é do estylo que as damas saiam desacompanhadas. Por este motivo quasi todas as ruas, apesar de bastante concorridas, apresentam um aspecto lugubre, difficil de explicar ao principio: mas não tarda muito a gente a notar que a causa provêm de serem as figuras proeminentes individuos do sexo masculino, cujo costume é nada pittoresco; e, na verdade, ha ahi nada mais triste que vêr constantemente homens vestidos de preto, passeando, andando, ou agrupando-se emfim de qualquer forma, mas sós entre si?

De facto as toilettes brilhantes, as flôres, as fitas, e todos os *chiffons* femininos emfim, não abundam ainda tanto, que se estendam muito além do Chiado. E, comtudo, ha poucos annos, se me não engano, encontravam-se tão poucas damas nas ruas, que se poderiam considerar desertas as de então, se as compararmos com as de hoje. Com certeza o primeiro passo está dado; e talvez a afluencia de familias hespanholas, que os ultimos acontecimentos

)ssivel que uma grave *senhora* de meia idade
·a, moça ainα, passem acompanhadas, de
ιra casa; mas eralmente a multidão veste de
u de escuro; penas se descobre aqui e alli
ıle vermelho u côr de laranja e um lenço
ado de seda α algodão, que no mundo fe-
popular suplantaram o aceado capote de
ɔ o lenço braro de cambraia.

ı agora a proosito observar que só lenta-
lesapparecem)s prejuizos nacionaes; e con-
um d'estes que ainda subsiste em Portugal,
ue consideravlmente modificado, não é do
ue as damassaiam desacompanhadas. Por
tivo quasi toc s as ruas, apesar de bastante
ıdas, apresenum um aspecto lugubre, dilli-
xplicar ao piicipio: mas não tarda muito
ɑ notar que i causa provêm de serem as li-
roeminentes dividuos do sexo masculino,
stume é nadapittoresco; e, na verdade, ha
ɑ mais triste que vêr constantemente homens
ɑ de preto, psseando, andando, ou agru-
ɑe emfim de αalquer forma, mas sós entre

acto as toil·tes brilhantes, as flôres, as li-
dos os *chiffon* femininos emfim, não abunda tanto, qu se estendam muito além do

de Hespanha trouxeram a Lisboa, tem dado causa
a que muitas *senhoras* deixassem as suas sacadas
ou a penumbra das suas *gelosias*. Apezar da situação perturbada e irrequieta do seu paiz, os hespanhoes regalam-se espantosamente aqui. Nem só em
Lisboa se deleitam, mas por toda a parte, segundo
se diz, invadem a «formosa Lusitania.»

Antes de lhes servir de refugio, Portugal era
para quasi todos uma *terra incognita*. Agora ficam
sorprendidos por achar que a capital é mais bella
que a sua—que as estrádas são melhores que as de
Hespanha, que o paiz está livre de salteadores, e
que podem viajar por onde quizerem com um perfeito conforto e segurança. A paz, a liberdade dos
habitantes, e a liberdade que disfructam, são feições
tam agradaveis, se comparadas com a discordia, a
oppressão e derramamento de sangue da sua patria, que a um emigrado d'alguma distincção ouvi
dizer que ao passar a fronteira lhe parecia «ter sahido do *inferno* para entrar no *paradiso*.»

A principal preoccupação das *senhoras* hespanholas é evidentemente ostentar vistosas *toilettes* e aproveitar todos os divertimentos que o seu novo parai-
so lhes pode proporcionar; todavia n'esta epoca
não abundam muito excepto as que de noute se ex-
hibem *al-fresco*. São ellas as que frequentam principalmente os jardins e os passeios publicos, que apparecem mais regularmente nas corridas de touros, e assistem em maior numero ás recepções ou
reuniões de varias sociedades philarmonicas, litte-
rarias, clubs, etc., onde todos os extrangeiros rece-
bem o mais cortez acolhimento, quando são devi-

BARRA DE LISBOA, VISTA DO CAES DO SODRÉ.

mente apresentados. Posto o exemplo, as damas portuguezas, e as jovens sobretudo, começam a mostrar-se bem dispostas a seguil-o.

Chegamos por fim ao Caes do Sodré, ou mais propriamente á Praça dos Romulares. Um grande espaço circular, no meio cercado de arvoredo, e bem illuminado a gaz, é calçado a musaico, como o Rocio, mas com desenho menos complicado. Em todos os lados da Praça ha cafés, bilhares e hoteis. É o Rialto dos commerciantes e principalmente dos que fazem o commercio maritimo : juntam-se aqui em grande numero ao entardecer para discutir os seus negocios, quer passeando quer agrupando-se debaixo das arvores.

Sahindo d'alli, subimos pela Rua do Alecrim. O passeio foi sem duvida excessivamente longo para uma ardente manhã de estio. Se não tivessemos tomado pelo terreno plano da Cidade Baixa, antes de ter percorrido ametade do caminho, confessar-me-hia completamente «estafada», releve-se-me o termo, por que exprime exactamente as minhas sensações n'este momento.

Apenas chegamos á porta do hotel, entregaram-nos um telegramma em resposta ao que tinhamos expedido para Cintra na occasião da nossa passagem pela Praça do Commercio. Lembrei-me de ir a Cintra esta tarde, pois que Lisboa se está tornando terrivelmente quente ; mas o telegramma diz — «Tudo cheio ; nenhuns quartos para os dias proximos». Bem : esperando, tractaremos de nos divertir : Lisboa está-se preparando para celebrar condignamente o anniversario da expulsão de Dom Miguel e a entrada triumphante na capital do *Conde de Tho-mar,*—depois Duque da Terceira, com o exercito victorioso em 24 de Julho de 1833. (·)

Queria dizer *conde de Villa-Flôr.* Não admira que esta senhora, indo de Portugal, levasse os titulos embaralhados na sua memoria Seria bom numeral-os para uso dos extrangeiros. Sua Excellencia tambem confundiu o snr. conde de Avila *T* (parece que os distinguia alphabeticamente como se faz ás portas do mesmo algarismo) com um imaginario conde de S.ta Quiteria. Logo veremos isso.

CAPITULO IX

Encerrando-se a gente em um quarto escuro, a coisa mais natural do mundo, nas horas calmosas do dia, seria dormir a *siesta*. Muita gente faz isso, e diz que assim mais á fresca melhormente se dispõe para se divertir á tardinha. Como quer que seja, aqui o dormir a sesta é pouquissimo necessario, nem vos pode ser suave repouso esse estado de somnolencia perturbado pelo sussurro longinquo da cidade. Nos climas tropicaes, isso sim; porque ahi faz-se um silencio solemne e mysterioso que vos incute a supposição de que toda a natureza dorme, e por isso deveis tambem dormir. Não volita uma ave, não se esvoaça uma borboleta, não bole folha, insectos e reptis numerosissimos quêdam-se immoveis ou acolhem-se ás suas lapas e esconderijos. Até as palreiras linguas da negraria se entorpecem. O unico rumor que se ouve, e tem o que quer que seja de soporifero, é o monotono zumbir do mosquito que nunca dorme.

De portas a dentro de casa soffre-se bem o calôr mesmo em julho e agosto: o tempo da calma será uma occasião agradavelmente opportuna para a gente se assentar com socego a um canto e lêr.

Então podemos avaliar bem se o nosso auctor tem a habilidade de nos prender a attenção de maneira que o livro nos não caia das mãos e as palpebras se nos não cerrem em dôce somnolencia.

Durante estas detençosas horas de insulamento, relacionei-me com algumas obras modernas portuguezas—a litteratura ligeira do dia. Entre outras, li as novellas e romances do muito popular e fecundissimo author Camillo Castello Branco. Cada uma d'estas novellas encerra mais enredo e peripecias que as que eu tenho achado em meia duzia de algumas que li em 3 volumes. Quasi todas correm em 4.ª e 5.ª edição. Os assumptos são sentimentaes, e nem sempre aprasiveis, ao meu palladar. O auctor ordinariamente demora-se nos delictos e desgraças resultantes 'de um systema, não ha muito extincto, de violentar as meninas de nascimento illustre a fazerem-se freiras, afim de augmentar a herança dos outros membros da familia. Os vicios e viver estragados da clerezia são-nos relevantemente exhibidos. E as suas mulheres, em geral imaginadas umas tristes peccadoras primeiro, e depois umas sanctas, nem sempre nos captivam sympathia. No que elle é eminentissimo é na habilidade com que enreda os entrechos e destreza com que os numerosos personagens introduzidos estão descriptos desde a entrada até ao gradual desenvolvimento. —O author não concede que um fio da teia que urdiu seja quebrado antes do tempo, ou deixe perceber qual venha a ser o desfecho; e todos estes enredos, mais ou menos intricados, nunca elle os descura. N'isto é elle admiravel.

Muito mais agradaveis são as novellas do fallecido Julio Diniz, cujos incidentes, menos, invero-
simeis, se recortam na experiencia da vida commum. Ouvi dizer ultimamente que um dos seus
contos «As pupillas do senhor reitor» ia ser traduzido em inglez. Duvido que tenha bom acolhimento na Inglaterra, em quanto durar aqui a ridicula
opinião, de que não tem importancia e pouca attenção merece tudo quanto diz respeito a Portugal,
aliás a verdadeira patria do romance. (·)

Ha por ventura nada mais encantador, que a
proza e a poesia do V. d'Almeida Garrett? Que exquisita graça e fluente estylo! e que formoso caracter o da Joanninha nas «Viajens na minha terra»
—uma obra que já tem 5 ou 6 edições e que é ape-

(·) Um dos melhores cryticos da Europa, Philarète Chasles, fallecido ha
trez annos, escreveu um livro — o ultimo, — posthumamente publicado com
o titulo: *La Psychologie sociale des nouveaux peuples*. Aqui se nos de-
pára uma apreciação de Gomes Coelho (*Julio Diniz*) muitissimo honrosa para
a memoria do amoravel romancista, e para nós todos os que o admiramos por
que escrevia formosos livros portuguezes sem os gafar de costumeiras estranhas. Eis-aqui a pagina de Philarète Chasles que não expurgamos de umas
preoccupações insensatamente politicas e humilhantes para a nossa independencia... «Portugal, ha coisa de meio seculo, a fallar verdade, não passa de
«colonia ingleza. D'esta situação analoga, sem ser identica, á vassalagem
«hindustanica sob a pressão ingleza, resulta que muitos dos pontos da vida
«intellectual se modificam entre os homens mais esclarecidos de Portugal.
«A historia, como depois mostrarei, anda em averiguações de documen-
«tos authenticos, recolhe cartas e dyplomas; e esse pequeno paiz, que ja foi
«tão opulento de heroes e poetas, gloria-se de ter visto nascer um dos pri-
«meiros romancistas do nosso tempo, muitissimo da escola de Dickens, de
«Foë e Fielding,—alma terna, eroticamente sentimental algum tanto, espi-
«rito brando e delicado, de melindres um pouco subtis, mas muito dado a
«extremar e *nuancer* o colorido e as maneiras dos caracteres. Julio Diniz
«(*Dinir*) faz lembrar, posto que mais ameno e gracioso, o auctor genebrez do
«*Presbytere* e dos *Menus Propos*. O calido raio do sol africano e as suaves

nas um fragmento do que o autor tencionava fazer. (·)

Infelizmente os limites do meu jornal não me permittem avançar mais com as minhas criticas de hoje sem atravancar a pagina destinada para ámanhã. Todavia o estylo pittorescamente descriptivo de Antonio A. T. de Vasconcellos, os espirituosos folhetins e agradaveis «Contos e descripções» de Pinheiro Chagas, os esboços cheios de vida de Cesar Machado e Eduardo Coelho, pedem-me *en passant* uma palavra de saudosa recordação, ainda que tam somente pelas horas aprasiveis que me proporcionaram.

Notarei ainda comtudo quanto ás damas escriptoras que são tão raras em Portugal como vulgares na Inglaterra. Não obstante uma senhora

---

«auras que, desde o mar, vem a doudejar nas florestas que envolvem o mos-«teiro da Batalha, collaboram no encanto d'essas creações mixtas, septen-«trionaes pela paciencia do estudo, orientaes pelo movimento: os *Saroens de* «*Provincia, Uma familia ingleza, As pupillas do senhor reitor* (Seigneur Re-«cteur!) Marco este phenomeno, symptoma e presagio de uma litteratura «europea e universal, gerada por todas as influencias, bafejada por todas as «brisas, filha de todos os raios, echo de todas as modalidades do pensamen-«to: aquillo, em fim, que o grande philosopho Gœthe esperava e predisia».

Depois d'esta apreciação tão larga, tão farta de horisontes e prevista de destinos, faz pena que um mestre da critica portugueza, o snr. Ramalho Ortigão, escreva assim de um romancista que F. Chasles reputou um dos primeiros da Europa: «A obra de Julio Diniz pertence á litteratura de *tricot* cultivada «com ardor na Inglaterra pelas velhas *miss*. Apezar das suas qualidades pai-«sagistas, do seu mimo descriptivo, da sua feminilidade ingenua e pittoresca, «as novellas de Julio Diniz não tem alcance social, são meras narrativas de «salão». (*Farpas*. T. III da *Nova serie*, pag. 85).

Sem leve offensa á opinião do elegante escriptor, não vacillo em affirmar que o romance de mais alcance social que se tem escripto em portuguez é o intitulado *Os fidalgos da casa mourisca*.

(·) A escriptora confundiu este romance com a *Helena*, talvez. As *Viagens* são obra perfeita em todo sentido.

com o pseudonymo de «D. Forneirina de Avilar» acaba de publicar uma novella no Porto, da qual se diz muito bem. (·)

Mas os raios do sol, começando já a projectar-se obliquamente, permittem-me levantar uma das *gelosias*, e olhar para o terraço que me fica defronte —no mesmo flanco da minha janella. D'este lado na Rua das Flôres ha menos barulho, que do outro a que chamam a frente da casa—na Rua do Alecrim, por onde constantemente seguem, da cidade baixa para a alta, carros de bois ou de miseraveis cavallos e mulas—verdadeiras ossadas a cambalear. Vêl-os debaterem-se em esforços para vencerem a encosta, tirando um carro antiquado, algumas vezes a vergar com a pedraria para as novas construcções, é um doloroso espectaculo, mas que não deixa em certas conjunturas de provocar o riso.

O carreteiro ou carroceiro caminha sempre a pé, conduzindo os animaes por uma corda que lhes amarra á cabeça. Vae se não quando, ou porque não podem ou porque não querem, ou porque embirram as rodas da velha carroça—eil-os que estacam. Em todo o caso, quer avancem quer recúem, o peso da carga impelle-os ao fundo, e o bom do homem repuxa-os para cima.

Quando assim acontece, o carroceiro torce os braços de afflicto, atira o açoite ao chão e arranca pe-

(·) Allude a um romance desconhecido da senhora D. Amelia Dulce de Serpa Pinto, que o escreveu com o peseudonymo de *Fornarina de Avellar*. Simultaneamente escreviam D. Maria Amalia Vaz de Carvalho e D Guiomar Torrezão, das quaes a escriptora ingleza não levou noticia nem informação·

lo cabresto com toda a força; mas quasi sempre sem resultado nenhum. N'este transe corre freneticamente d'um lado para o outro, inspeccionando a posição do carro e pedindo o auxilio d'algum transeunte cazual. Raramente deixará de ser soccorrido. Então·dous ou tres homens por cada banda, outros tantos á trazeira, e a diante a puxar pela corda o carreteiro, rouco já á força de berrar ameaças contra as pobres bestas, pegando todos ao mesmo tempo, empurrarão talvez carro e mulas — uma jarda ou duas, pela costeira acima.

Mas as mulas proverbialmente teimosas só desistem á ultima; e apezar de escanceladas quando querem, agarram-se á terra com firmeza por bastante tempo. Se as não moverem, debalde os homens moverão o carro, que tornará a voltar para traz; e, se o carroceiro se põe de frente a fital-as de face, vociferando-lhes á cara horriveis imprecações, ellas, se não são cegas as desgraçadas, respondem com certo olhar diabolico, que parece dizer «Lá te avêm! etc.»

Porfim perdem a paciencia — ajudantes e expectadores; e o mesmo carreteiro estafado assenta-se melancholico no degrau de uma escada. As mulas então quer por um capricho de momento, quer por já estarem satisfeitas de ter vencido, atiram-se em zig-zag pela rampa acima, e fazendo um esforço supremo talvez chegam ao topo antes do conductor. Correm logo seguindo-as homens e rapazes, agarrando cada um o que durante a rixa tinha posto de lado, ou o açoite ou o chapéo, ou jaqueta, ou o lenço do pescoço, ou qualquer outra semilhante coisa. É assim acaba a dolorosa scena.

Felizmente as furias e imprecações do carreteiro são apenas palavras vãs que quasi nuncam terminam por azorragar ou mal tractar o animal. A crueldade consiste unicamente em empregar n'um trabalho tam pesado animaes esfalfados, a morrerem de fome e com os ossos a contarem-se-lhes á flôr da pelle. Na volta o dilemma é terrivel : ou correm ou ficam esmagados—*pobres diabos*!

Na Rua das Flôres ha menos d'estas impertinencias. A subida não é tão ingreme e o solo fica mais baixo de modo que o segundo andar do hotel para a Rua do Alecrim é o terceiro para a outra.

O terraço, que tanto me deleita, forma o telhado d'uma grande casa da esquina fronteira. Quasi tam comprido e largo, como New Burlington Street e ladrilhado em xadrez a lousas brancas, é fechado na ponta estreita, que vejo da minha sacada, por uma grade delgada de ferro, e do lado por uma balaustrada de pedra faceando a outra parte da casa, que se alteia com cinco janellas a dominal-o. Adornam-o renques de laranjeiras em caixões, entermeadas de jardineiras de flôres brilhantemente coloridas e artisticamente agrupadas, assim como vazos de plantas com folhas variegadas. No fim, mais ao longe, veem-se passeios guarnecidos de arvores, que pertencem a um jardim adjuncto, cujo terreno mais alto foi trazido ao mesmo nivel. Uma abertura entre as casas deixa-me avistar uma nesga da parte occidental de Lisboa; e da minha sacada podem-se descobrir as collinas da outra banda do Tejo.

Os quartos superiores dominam uma extensa e bella vista, mas o meu agrada-me mais pela commodidade.

Todas as tardes, a esta hora, quando o sol se afunde no occidente, uma senhora idosa e um filho passeam sempre pelo terraço com um cãosinho branco, que invariavelmente mette a cabeça por entre as grades e sauda-me com um ladrido, cordeal sem duvida, pois que abanando a cauda parece dizer-me «Boa tarde, visinha, porque não vem passar aqui um instante comnosco?» e de facto não hesitaria acceitar o convite, se a dona o tivesse confirmado. Ainda assim é uma formosa coisa áquella pequena distancia. Se me assento no fundo do quarto, parece uma continuação da minha varanda; quando, porém, ao pôr do sol o envolve um diluvio de luz dourada, com as cazas e os montes ao fundo, ou quando nuvens côr de rosa lhe espargem uma dôce aureola durante o rapido crepusculo, então, se não por muito tempo, pelo menos emquanto o contemplo, sinto deante dos olhos «uma belleza e uma delicia».

Tambem por vezes os alegres e famosos carrilhões se deixam ouvir durante estas horas crepusculares, tocados com tal vivacidade que as creanças dançam-lhes ao som na loja do hotel. Valsas, polkas, galopes e passagens de operas são tam primorosamente executadas pelos intelligentes *corillonheiros,* que não poucas vezes enchem de assombro e deleitam os viajantes extrangeiros. Mas ultimamente os toques a fogo são mais frequentes que os repiques de festa. Sobresaltam-nos tres ou quatro vezes por dia, e de noute atterram-nos ainda mais, quando, accordados de subito, nos pomos a contar com anciedade o numero das badaladas a vêr se a catastrophe é perto ou longe de nós.

Como a causa de tam repetidos incendios era na maior parte desconhecida, muita gente veio a crêr que eram postos de proposito por agentes secretos dos *Internacionalistas* hespanhoes que resolveram lezar Portugal a ferro e fogo, para o obrigar a levantar-se contra o systema de governo actual e fazer causa commum com os revolucionarios de lá. É difficil de conceber como se podem executar taes planos, pegando fogo a casas particulares; que muito mais mal lhes fazia este expediente, visto o grande resentimento da população contra os *petrolistas* — suppostos destruidores dos seus bens. É certo todavia haver alguns exemplos de se ter encontrado, antes do incendio se atear, palha e farrapos embebidos em petroleo, dispostos nas escadas da entrada ou em quejandos sitios d'onde facilmente poderia o fogo lavrar para o resto. Seja como fôr, é fóra de duvida que recentemente muitas casas tem sido destruidas por incendios, e muitas familias tem ficado pelo menos temporariamente sem recursos, senão reduzidas á miseria.

Ha na verdade em Lisboa um verdadeiro panico, que força toda a gente a segurar os seus haveres; e tendo-se dado a circumstancia de pegarem os incendios em predios por segurar, muitas pessoas tiveram a loucura de crêr que as companhias de seguros não lhes eram extranhas, para assim augmentarem os seus interesses. Portas de rua que

d'antes ficavam abertas, são agora cuidadosamente
fechadas, e os porteiros, onde os ha, não perdem
d'olho quem entra e sae, e imaginam que todos os
desconhecidos lhes chciram a petroleo. Mas por mim
vejo a cada instante Portuguezes, cavalheiros e não
as *senhoras,* (menos dadas a fumar que as suas irmãs de Espanha) que podem dar causa a incendios, pelo costume de deitar indifferente e negligen-
temente ao chão charutos e *cigarrettos* a arder : e
comtudo nunca lhes occorre que estando tudo sêcco
como isca, este descuido pode occasionar uma catastrophe.

Outro dia ainda aconteceu começar a arder um
carro carregado de palha — não sei se embebida ou
não em petroleo. Quem poderá contar a enorme vo-
zearia e a frenetica confusão, antes de soltarem os
bois e abafarem a fumaça com uma torrente d'agua?
Não tentarei fazel-o e prefiro deixal-o á imaginação
do leitor, pois ouço uma certa campainha que me
não é desconhecida. Tocando com o som agudo d'um
despertador, annuncia que cinco minutos depois de
se ouvir outra vez, todas as coisas estarão promptas
para o festim de todos os dias na *mesa redonda,* como aqui se diz.

Este jantar é um negocio de costa acima ; dura
duas boas horas desde a sôpa até ao café e *cigarrettos.*
O calor tambem opprime-nos excessivamente, pois
jantamos ás cinco horas. Tudo isto seria insupportavel, apezar da fresca brisa que tentamos fazer com
os leques, se não fosse o divertimento que me pro-
porcionam as maneiras e palestras que se dão em
alguns d'estes repastos. Os hospedes permanentes,

se assim póde chamar-se a certo numero de extrangeiros sem periodo definido de residencia, são principalmente hespanhoes. Mas tambem ha alguns
ilheus, da Madeira e Açôres, que costumam vir aqui
no verão, um francez ou dous, uns poucos *habitués*
da casa e portuguezes fluctuantes que n'esta estação
oscillam entre Cintra e Lisboa.

Temos aqui estrellas de primeira grandeza —
*marquezes, pares do reino, condes, condessas, barões e
baronezas*, etc., mas, avaliando pelos nossos habitos
á meza em Inglaterra, difficilmente os supporiamos
taes. Temos tambem muitas *senhoras* de differentes
nações, sendo as hespanholas as menos engraçadas
a comer; mas passemos adiante: ha tanto tempo já
que jantamos juntos que deixamos de nos admirar
e chegamos a tolerar-nos mutuamente os vêsos de
cada um. Quando nos encontramos «á meza redonda», aliás estreita e comprida, saudamo-nos com
uma inclinação cortez ou cheia de cortezias, murmurando «Excellencia». Depois cada um á sua vontade conversa, fuma, ri, debruçando-se sobre os
cotovellos com o palito ao canto da bocca, ou em-
punhando o garfo, como o tridente de Neptuno,
espeta aqui ou ali uma azeitona, um rabanete, um
figo, ou qualquer coisa emfim ao seu alcance que
deseja. Tambem por vezes aquella gente aprovei-
ta os intervallos durante o jantar para embrulhar
os *cigarrettos*, ou deitar bocadinhos de gêlo (gêlo artificial da fabrica de Lisboa) no *vinho de pasto*, emquanto que outros sáem fóra por um instante ao
terraço a refrescar o appetite.

Occasionalmente variam mais os convivas: ora

8

são Anglo–Portuenses, que vieram ao sul passar aqui alguns dias por negocios ou recreio;—ora um par de noivos, que faz uma digressão durante a lua de mel; e, assentando·se, apertam-se as mãos imaginando que ninguem vê, porque tudo se passa debaixo da meza;—ora viajantes que desembarcando com demora de uma ou duas horas apenas chegaram para jantar, e entre estes algum que vem completar as suas notas para a obra projectada: «Esboços da vida e costumes na Peninsula» —; todos estes frequentadores de accaso são recebidos por nós, hospedes permanentes, com ar severo e altivo.

Fazemos-lhes sentir que não são ninguem, olhando-os de modo a desconcertal-os. Vigiamol-os de perto para os impedir, se não teem vergonha, de se apropriarem dos melhores bocados, que de direito nos pertencem; e fazemos–lhes emfim taes pirraças, que se não são cabeças fortes, indifferentes aos nossos manejos, geralmente levantam-se antes de terminado o banquete. Então as suas *gaucheries* e a sua *mauvaise honte*, ou as excentricidades dos toilettes de viagem, dão logar a piedosas observações, que são tomadas por complacencia como bons dictos de fino espirito. .

Porfim, e, como se um mesmo pensamento nos colhesse simultaneamente, depostas as facas e garfos, pontas de charuto, ou qualquer coisa assim semilhante, eis-nos a pé todos d'um jacto. Irão uns ao terraço aspirar um sorvo de ar fresco ou tomarão o café alli, emquanto outros subindo ás carruagens, que estacionam á porta, darão um passeio pela tarde.

Mas ouço já o segundo toque de campainha, e tambem a voz do meu visinho de cadeira. Não ha duvida; lá tem a sua garrafa debaixo do braço. É um grande provador de vinhos, e productor dos melhores de Xerez, segundo creio. Forçaram-no a ausentar-se do seu paiz, como ao maior numero de hespanhoes que estão em Lisboa. Todavia, arranjou-se de tal modo, que os trouxe comsigo, ou de qualquer maneira se forneceu com os melhores vinhos de Hespanha.

Algumas vezes ao jantar enche-me de vinho o meu copo, como o seu. «*Vino puro* — dizendo, «*Vino de Xerex*». Fez-me notar que d'esta qualidade não vae para Inglaterra, que custa na Hespanha á razão de duas libras a garrafa, pois é «*puro, puro, p-u-r-o!*» m uanto o provo, observa-me a physionomia, que trato de compôr de modo que não revele o que me passa pela mente. «Ah!—«diz elle», *mui bueno! Eh!*» —Respondo trivialmente—«*Ó muy bueno! delicioso!*» Sorri-se de satisfação, e eu tomo outro golo. O meu verdadeiro pensamento era: «Que charopada! é chá de macella!» É de mais para um paladar estragado. Mas emfim é força ir, pois que Senhor Romão ainda sacode aquella irritante campainha até que todo o rebanho se ajunte.

CAPITULO X

Realisamos, á tarde, um longo e aprasivel passeio. Safamo-n'os cedo da *meza redonda* e descemos ao Caes do Sodré, onde se alugou trem descoberto, tirado por uma bella parelha de cavallos, como nunca os eu vira parados na estação ou á porta dos hoteis esperando freguezes. Tomamos para a direita do Caes, e seguimos ao longo do Atterro da Boa Vista, amplo, chão e bonito passeio, com a sua *alameda* plantada de quatro renques de arvores de cada lado, uma fileira de magestosos edificios e dous graciosos jardins publicos de fronte. É o Atterro uma das mais admiraveis obras que se prefizeram em Lisboa n'estes ultimos annos. Aquelle gracioso cómoro que já vai marginando o rio por espaço de mil metros, e promette avançar até Belem, era, ha poucos annos, um terreiro desprezivel, lameiro sordido e tremedal infecto. Quando se concluir, o Atterro realisará um dos planos do grande Pombal na reedificação aperfeiçoada da cidade.

Por tardes de verão, duas ou tres vezes semanalmente, ha muzica nos jardins, convidativa de concorrentes; mas, de inverno, se o sol inunda a alameda, avultam mais os passeantes, depois do meio dia, desde que a rainha, que ali vae quasi quotidia-

Pombal, que ...
formu...
palacio resid...
za de Braganç...
ella morreu, fe...
de vai leiloar...
me dizem abund...
cos e obras theol...
d'esta princeza, d...
ainda assim, a au...
que tambem educ...
finou de consump...
esquivarem a todos...
os da côrte, foi me...
laridade que algum...
zes como viuva de...
berdade.»

Proseguindo em ...
por muitas mais estreitas, ...
chegamos a final ao dia...

antara O recio d'este magestoso edi-
rgo, cm uma fonte a um lado coroa-
tua deNeptuno. No outro lado está
mho elgantemente cultivado, de um
j graçico e tão esmaltado de flôres,
pedacino de verdura, com o seu marinheiro em pé sob a copa do arvoredo,
los nos bucos, tam lestos e limpos na
a, é um rorigerio de olhos, quando ines-
nte vos sa de rosto, como oasis em de-
momento in que sahis de alfurjas estrei-
:uras.

ntara é loca de grande labutação, miniatu-
Manchester, com muitas fabricas de lanifi-
e que se fornecm alguns lugares de Hespa-
ambem tem ibricas de refinação de assucar

las importante onde se empregam milhares
s.

) fallecido rei L Pedro V fundou em Alcanta-
Asilo de infanci, onde as creancinhas das mu-
res empregadas as fabricas são alimentadas du-
te o dia em quanto os paes trabalham. Ha em
cantara ainda ouras instituições de caridade. É
uillo um mundonho á parte. Lá tem as suas
stas, e raro é busar divertimentos fóra das suas
onteiras. É um local altamente philarmonico: tem
inco bandas musicos; uma é de rapazes flautistas
e bandurristas, as otras são instrumentaes a valer:
s musicos são obeiros e rapazolas das fabricas.
m Alcantara trablha-se toda a semana; mas o

namente com seus filhos, camaristas e damas, deu o exemplo ás senhoras portuguezas. Com tal exemplo, necessariamente suas Excellencias deviam de ser attrahidas em grande escala e em *grande toilette,* transfigurando assim aquelle que foi uma mephytica orla de rio em paradeiro de elegancias e predilecto confluente dos aristocratas *beaux* e *belles* de Lisboa.

Da extrema do Atterro, subimos em direitura para um ponto elevado, seguindo a rua das Janellas Verdes. Passamos pela antiga egreja de Santos, o Velho, e pelo magnifico palacio do marquez de Pombal, que se defronta com um dos chafarizes mais formosamente esculpturados de Lisboa. N'este palacio residiu algum tempo a imperatriz duqueza de Bragança, viuva de D. Pedro IV. Desde que ella morreu, fechou-se o palacio, excepto a sala onde vai leiloar-se em breve a sua vasta livraria que me dizem abundar especialmente em livros mysticos e obras theologicas. É costume, quando se falla d'esta princeza, denominal-a «excellente e piedosa»; ainda assim, a austera reclusão em que vivia e em que tambem educou sua filha — a princeza que se finou de consumpção na Madeira — a ponto de se esquivarem a todos os divertimentos, sem exceptuar os da côrte, foi motivo para perder muito da popularidade que algum tempo gosou entre os portuguezes como viuva do «rei soldado, restaurador da liberdade.»

Proseguindo em nossa *route* por largas ruas e por muitas mais estreitas, já subindo já descendo, chegamos a final ao Quartel dos Invalidos da Marinha em Alcantara. O recio d'este magestoso edificio é um *largo*, com uma fonte a um lado coroada pela estatua de Neptuno. No outro lado está um jardimzinho elegantemente cultivado, de um verdejar tão gracioso e tão esmaltado de flôres, que aquelle pedacinho de verdura, com o seu magote de marinheiros em pé sob a copa do arvoredo, ou reclinados nos bancos, tam lestos e limpos na apparencia, é um refrigerio de olhos, quando inesperadamente vos sae de rosto, como oasis em deserto, no momento em que sahis de alfurjas estreitas e escuras.

Alcantara é local de grande labutação, miniatura de Manchester, com muitas fabricas de lanificios, de que se fornecem alguns lugares de Hespanha. Tambem tem fabricas de refinação de assucar e salitre para a polvora, e de vidraria, e outras industrias importantes onde se empregam milhares de braços.

O fallecido rei D. Pedro V fundou em Alcantara o *Asilo de infancia,* onde as creancinhas das mulheres empregadas nas fabricas são alimentadas durante o dia em quanto os paes trabalham. Ha em Alcantara ainda outras instituições de caridade. É aquillo um mundozinho á parte. Lá tem as suas *festas,* e raro é buscar divertimentos fóra das suas fronteiras. É um local altamente philarmonico: tem cinco bandas musicaes; uma é de rapazes flautistas e bandurristas, as outras são instrumentaes a valer: os musicos são obreiros e rapazolas das fabricas. Em Alcantara trabalha-se toda a semana; mas o domingo é dia cheio de folia; ali é que se usa mais popular a cantilena do *Sol e dó.*

Algum tempo, Alcantara gosou pessima reputação. Lisboa não se tinha ainda prolongado a oeste povoando o vasto espaço que então medeava entre a cidade e os arrabaldes. N'esse tempo, a ladroeira era coisa vulgar, e os assassinos ás vezes embuscavam-se ao anoitecer por aquellas viellas e congostas. Não havia lampeão que raiasse um clarãosinho, salvo, a longos intervallos, a frouxa lanterna de algum nicho da *Virgem Santa* ou de qualquer santo. Este bruxulear incerto em vez de tirar de perplexidades o caminheiro nocturno, levando-o pela estrada direita, desencaminhava-o. As estradas eram abysmos; quem se erguia de um, cahia logo em outro, escorregava no cascalho, ou dava com a cara sobre lixo e lama. As mais frequentadas ruas da propria cidade parece que não eram muito melhormente illuminadas; um desgarrado que por alta noite se recolhesse sósinho expunha-se ao azar de ser filado pelo gasnete, ao passar por algum recanto escuro.

Diz-se que a policia se esmerava então em manter, de dia, a decencia e a boa ordem nas ruas; porém, não podia obstar aos crimes perpetrados nas trevas da noute, nem se atrevia a perseguir os scelerados nas suas cavernas, e entregal-os á justiça. «Quando alguem era roubado—refere um escriptor portuguez—em vez de ir queixar-se á policia para se pesquizar o ladrão, ia antes de mais nada relatar os pormenores do roubo e a especie do objecto roubado a um velho coixo que mendigava á entrada de uma das secretarias na Praça do Commercio. Este homem, que já estava como aposentado no exercicio da ladroagem, era ainda o chefe e director de uma malta de larapios, cujos roubos recebia. Com elle se negociava a restituição dos roubos. Por via de regra, estes negocios eram tractados com tal segredo, que tanto o ladrão como o receptador ficavam impunes.» (·)

Bonita coisa, não ha duvida! mas provavelmente corria parelhas com o que se praticava, não ha muito tempo, nos arredores de Londres. Todavia, acontecia isto no Portugal desmantelado por facções politicas quando, ás temporadas, uma facção desbancava a outra, e o *Limoeiro* — antigo paço real convertido hoje em carcere — escancarava as suas portas e despejava com os prezos politicos aquellas maltas de criminosos que vagavam ás soltas na cidade, commettendo violencias.

Conta-se uma engraçada anecdota de um encon-

(·) A auctora não nomeia o escriptor portuguez de quem extrahiu a lenda do coixo; mas, sem duvida, traduziu como pôde alguns fragmentos de um folhetim de Julio Cezar Machado, que nos contava assim o caso com aquella jovial facilidade das suas primorosas narrativas:... « Já d'antes tinhamos bastantes ladrões; mas eram verdadeiramente o que se chama em linguagem jornalistica «ladroeira frequente» porém pouco importante. Ladrões timidos, neophitos inexperientes, discipulos de um professor que não podia mexer-se, o famoso coixo que estacionava no Terreiro do Paço, á porta da Aula do commercio. Toda a gente conhecia esse coixo; todos os homens que tem hoje quarenta e tantos annos se lembram d'elle, ladravaz reformado, caixa dos furtos... Pessoa a quem nas ruas houvessem roubado a bolsa ou relogio, ia procurar o coixo; um ou outro, por conhecer menos os costumes, dirigia-se á policia, o que não tinha conveniente senão o de uma pequena demora; porque iam em seguida consultar o coixo, a policia e elles.» Este folhetim faz parte do recreativo livro, publicado com o titulo *Lisboa de hontem.*

tro de um gatuno com o Senhor Domingos A. — (·)
muito conhecido pela sua pilhéria, e que ainda vive.
Quando elle era novo, o guarda-portão das cazas
suburbanas de Lisboa, ao que parece, era quasi
sempre um sapateiro-remendão, que habitava e
exercia o seu officio em uma cazinhola do pateo ao
fundo da escada. As cazas não dotadas de tal sentinella, assim que entardecesse, eram cuidadosamente trancadas e aferrolhadas, em portas e janellas
de primeiro andar. Em uma caza d'estas vivia o Senhor Domingos. (··) Recolhendo-se, tarde, em uma
noite de verão, muito encalmado de calor, abriu as
janellas, que eram ao rez da rua, deitou-se, e, á
cautela, collocou ali á mão um par de pistolas. Cêrca de uma para as duas horas, um leve rumor ex-
terno, deu-lhe rebate de alguma visita nocturna, que,
d'ahi a pouco, assumou com a cabeça na janella es-
cutando e espreitando subtilmente para o interior
do quarto; e, como satisfatoriamente ouvisse resso-
nar Domingos que fingia dormir, e se cuidasse seguro, entrou muito de mansinho. Estava elle abrin-
do uma gaveta com a maior subtileza, quando Domingos se assentou no leito, agarrou o gamenho
pelo pescoço, e abocando-lhe uma pistola á cabeça,
bradou-lhe com a maior serenidade:

(·) A inicial pertence ao appellido do snr. Domingos *Ardisson.*
(··) Faz pena que o gentil Ardisson de 1840, o creador de umas pittorescas bandarrices que ainda fazem soluçar de saudade as reliquias da juventude que fez parte das sociedades que raptavam actrizes, á sabida dos theatros, e beijavam senhoras cazadas, por aposta, no Passeio Publico—faz pena, repito, que o celebrado Ardisson seja hoje citado em Inglaterra por esta
espalmada nomenclatura : o *Senhor Domingos!*

—Que dinheiro trazes comtigo? quanto trazes ahi?

O ladrão, tremulo de pavor, quiz ajoelhar-se, mas Domingos, que o tinha filado nas valentes garras, bradou-lhe:

—De pé, nada de attitudes! dize-me quanto trazes!

—Só tenho dezeseis *testões*, senhor!

—Só isso? então põe-m'os sobre essa meza.

—Mas o dinheiro é meu, *senhor!*

—Se não queres que eu te metta uma bala na cabeça, põe immediatamente os dezeseis *testões* sobre essa mesa.

O larapio afflictissimo despejou as algibeiras, e fez um geito de safar-se de salto pela janella; mas Domingos, com elle ainda agarrado, deu-se uns ares de cortezia, e disse-lhe:

—Não consinto que vossa *excellencia* saia pela janella; serei eu mesmo quem tem a honra de o conduzir com segurança á porta; mas, como tenho as mãos occupadas, incommodarei vossa excellencia pedindo-lhe que leve um d'estes phosphoros.

O ladrão parecia não querer prestar-se.

—Custa-me—tornou Domingos—o ter de lhe cravar uma bala no caco, desejando eu tão somente que vossa excellencia saia sem receio de minha casa; e eu lhe asseguro que se me trouxer dezeseis *testões* por cada visita pode vir todas as noites que me hade achar sempre prompto a recebêl-o, e acompanhal-o com a mesma ceremonia.» O ladrão conheceu que a melhor sahida era obedecer. Desceu as escadas; e, ao pôr o pé no ultimo degráo, Domingos ajudou-o a sahir com um vigoroso pontapé. (·)

Differença-se o bairro Alcantara dos outros de Lisboa só em ser mais laborioso, e talvez mais ruidosamente alegre na occasião das suas *festas*. Deparam-se por lá não muitos d'uns sujeitos de vida airada chamados *fadistas*, uma especie de *improvisatori*, grandes tangedores de guitarra, cujos cantares, privativos de Portugal, se chamam fados. Supponhámos qualquer toada popularmente nacional; se lhe pertence lettra propria os cantadores começam com ella; mas, logo depois, os trovistas começam a cantar, e pegam de fazer variações tanto na lettra como na musica, a bel-prazer da fantasia

---

(·) O *pontapé* é de invenção ingleza. Ardisson foi mais delicado que a fantasia da mimosa auctora. Esta anecdota, liberrimamente traduzida, forneceu-lh'a tambem um folhetim de Julio Cezar Machado, que nos conta o cazo com mais verosimilhança e concisão sem *excellencias* nem *testões*. (··) Depois de nos esboçar risonhamente a valia dos sapateiros de escada, *typo essencialmente, completamente portuguez* — para a segurança dos predios e *garantia dos moradores*, accrescenta Julio Machado: « Em casa que não tivesse este guarda amigo, estava-se sempre em cuidados de não deixar aberta a porta da rua. Os ladrões, ainda pittorescos, entravam então pela janella. Um dos homens mais engraçados d'essa epoca, vivo ainda hoje, o snr. Domingos Ardisson, sabendo que era esse o costume d'elles, não se deu ao encommodo de fechar a janella do seu quarto n'uma noite de verão. Unicamente por precaução de scenario, pôz um par de pistolas á cabeceira. Pelas trez horas da noite, o ladrão appareceu, esprei-

---

(··) Os inglezes ainda os mais lettrados não se ageitam a escrever *tostão*. O snr. *John Latouche* (pseudonymo do actual e esclarecido consul da Gran-Bretanha no Porto) publicou, ha pouco, a 2.ª edição do seu livro *Travels in Portugal*. Este douto cavalheiro, que parece conhecer bastante da lingua portugueza, ainda não conhece orthographicamente o nosso *tostão*. Diz, tão pouco chistosamente quanto o seu amigo americano era verdadeiro, o seguinte : «Um cavalheiro americano meu conhecido disse-me que nunca passára por dois portuguezes a conversarem que lhes não ouvisse estas duas palavras *testão* ou *rapariga.*»—«finanças ou amor.» Estes financeiros de cem reis e mais os amorosos que divinisavam os seus amores chamando-lhes *rapariga*, eram todos dignos da espionagem do americano. O livro de Latouche é que não era digno da parvoiçada.

ou habilidade; e por fim retrocedem do seu longo e caprichoso devanear até á toada e á lettra por onde começaram. Usam os fadistas um particular feitio de chapeo preto; largas pantalonas escuras, jaqueta justa ao corpo, e cabellos até ás espaduas. Gosam pessima reputação, porque são uns *vauriens* de costumes dissolutos. Aconchavam-se com os taberneiros convisinhos das fabricas para engodarem os operarios, no dia da feria, a fim de lhes apanharem os salarios nas beberagens e no jogo.

Por vezes, alta noite, ouvi um *fadista* tangendo guitarra, e com dous ou trez sucios, cantando — mais *sotto voce* que em Alcantara — o seu fado, subindo a rua das Flores a passo rapido, mas caden-

---

tou, e entrou. Logo que o viu, agradavelmente entretido, abriu uma gaveta o snr. Ardisson, sentou-se na cama, apontou-lhe uma pistola, e com serenidade:

— Ponha para ahi o que traz comsigo! lhe disse.

O ladrão queria ajoelhar.

— Nada de attitudes. Quanto traz comsigo? conserve-se de pé...

— Senhor...

— Conserve-se de pé, e responda!

— Desoito tostões, senhor!

— Deixe-os vêr.

— Que os deixe vêr?! para quê?

— Para os pôr ahi quietinhos. Quer antes um tiro?

Gesto negativo.

— Venham os desoito tostões.

O ladrão, com ar mortificado, despejou o bolso e ia de novo saltar pela janella, quando, por attender aos preceitos da hospitalidade, o snr. Ardisson lhe offereceu um phosphoro.

— Um phosphoro?

— Para descer a escada!

E convidou-o gentilmente a sahir pela porta, assegurando-lhe sob palavra de honra que por egual preço poderia voltar quando lhe approuvesse. »

(*Lisboa de hontem,* pag. 17-19.)

ciado. Iam recolher-se provavelmente ao seu *quar-
tier*. Aquella estranha melopea, e o cantar reque-
brado e dôce dos trovistas, são coisas agradaveis
de se ouvirem então, quando a toada gradualmente
se aproxima e gradualmente se esvaece no silencio
de uma suave noite de estio.

Chegados ás portas antigas da cidade — pois Alcantara é a extrema occidental de Lisboa, *intra-mu-
ros* — carregamos ao norte e fômos indo algum espaço de par com os velhos muros. Ao pé da pequena porta que abre sobre larga e plana estrada construida á ilharga do cemiterio dos Prazeres, paramos a carruagem, antes de entrar em Lisboa, para
retroceder a vista ao grandioso panorama que se
nos havia desenrolado a espaços, quando subiamos
a collina.

Oh! se eu podesse fielmente pintar aquella formosa paisagem! Que vasta campina — ajardinada
com ferteis valles e declivosos vinhedos, de cujas
ramadas resaltavam os assucarados fructos a receberem o beijo do sol! Os alvejantes *cottages* agrupados em redor de hervecidos terraplenos a verdeja-
rem, doirados por laranjaes, limoeiros e limeiras,
d'onde até nós chegava o perfume trazido pelas olorosas brizas! Asperrimos alcantis nas serras longinquas — a pittoresca mescla de rochas, arvoredos, agua, e o esplendor do sol-poente no momento em que transpunha a amplidão do mar! O Tejo,
a barra, e o oceano além relampejando umas scintillações côr de roza; e, ao passo que o sol se atu-
fava nas ondas, o ceu a listrar-se de barras cham-
mejantes d'ouro e azul, suavemente tingidas, no

horisonte, de um verde esmaiado e côr de laranja!
Mais no alto, grandes massas de scintillante, purpura de nuvens, com as orlas côr de oiro, embalan-
do-se com magestosa belleza, ou parecendo repou-
sarem-se em amplos cingulos de carmezi a des-
maiar-se em côr de rosa. Era um espectaculo sublime! Extasiamo-'nos largo tempo e silenciosos
n'aquelle explendor, até que o crepusculo o escu-
rentou e as estrellas começaram a tremeluzir no
limpido azul do ceu.

Scismei nos idolatras da luz e n'aquellas tribus
de negros que eu já vi ajoelharem reverentes ao
brilhar de um arraiar e trasmontar de sol tropical;
e a mim me quiz parecer que o ajoelhar e adorar
espectaculos assim coloridos pela mão celestial do
creador seria não só acção benemerita de indulgencia, mas até um acto natural em si.

Transpozemos as portas, e os guarda-barreiras
sahiram logo a espreitar, mas attenciosamente, o interior da carruagem. Seguimos pelo cemiterio dos
Prazeres, — denominação que impressionava muitissimo a gente quando lh'a pozeram. Porém, ainda que tal nome lhe quadra mais do que parece —
porque a vida é na verdade um pezo grande para
quem ante-vê com prazer a morte que lhe será allivio — não se attribua a qualificação *dos Prazeres* a
intuitos sentimentaes de viver e morrer. Foi por
que no centro do terreno hoje encerrado em cemiterio houve uma ermida dedicada a nossa Senhora
dos Prazeres. Ha aqui bellos moimentos de marmore; e o mais pretencioso é talvez o do duque de

Palmella. As ruas são orladas de cyprestes, e a capella reedificada é ampla e magnificente.

Diversissimo do dos Prazeres é o nome de Valescuro que tem o cemiterio do outro lado da cidade. Encerra duas significações este nome: além de ser o «val-escuro» da morte, é tambem o local destinado para aquelles cuja rasão se escureceu — pois que ali se sepultam os que morreram alienados. (·)

Á sahida dos Prazeres, o snr. Dom F., meu guia, philosopho e amigo, e eu, contra o parecer do cocheiro, resolvemos seguir a estrada nova até onde se podesse. Resultou d'ahi enterrarem-se as rodas de repente em um entulho de terra fôfa da estrada ainda em construcção. A terra por fortuna estava sêcca e sôlta; as rodas apenas se enterraram de modo que um pequeno esforço as fez retroceder até onde se poderam desandar. Tornamos para dentro, — porque o desastre nos fizera apear, e obrigára F. a metter litteralmente os hombros á roda — e seguimos á pressa pela estrada inferior que é larga, plana, e esmeradamente plantada de arvoredo, semilhando um bello *boulevard*. Passamos pelo *pateo* (terreiro) e *calçada* do palacio das Necessidades, assim denominado, como provavelmen-

---

(·) Lady Jackson guiou-se, ás vezes, pelo *Novo guia do Viajante em Lisboa* (1863*)* e leu talvez, a pagina 150: «*Val Escuro*». *Cemiterio dos «irracionaes»*. Entendeu *alienados* por *irracionaes;* e, sentimentalisando o melhor que pôde entre Val-Escuro e rasão-escurecida, creou em Lisboa um cemiterio especial de mentecaptos, *graveyard of lunatics*. Boa rasão teve a illustrada auctora para aconselhar os seus conterraneos a estudarem, como ella, a nossa lingua.

te sabe, porque foi edificado em terreno contiguo a uma ermida dedicada a Nossa Senhora das Necessidades — miraculosa imagem á qual D. João V, edificador da capella e do palacio, attribuiu o restabelecer-se de grave doença.

Depois do mysterioso fallecimento do joven monarcha D. Pedro V, e de seus irmãos os infantes D. Fernando e D. João, o palacio está deshabitado. A fachada principal é moderna e bem assim o elegante chafariz e o obelisco de granito escarlate que se ergue no terreiro. (·) Encerram-se preciosidades no muzeu, e livros rarissimos e manuscriptos na livraria. A quinta das Necessidades recordo-me que era linda; e os jardins, que é de crêr sejam agora menos cuidados, continham magnificos exemplares das mais raras plantas exoticas, viveiros de passaros e lagos com seus bandos de aves aquaticas.

Na visinhança d'estes sitios tambem demora o vasto e extincto mosteiro de benedictinos, em cujos aposentos espaçosos as *cortes* se reunem. São vastas, apropriadas e elegantes as camaras dos pares e deputados. A dos primeiros reputa-se superior á dos senadores em Luxembourg pela primasia de sua opulenta decoração, em primores de esculptura, e com especialidade pela magnificencia artistica do throno. A caza da livraria tambem é magestosa, com as formosas pinturas do seu tecto.

(·) Leves emendas: A fachada não é moderna: o terreiro, e não *pateo*, como diz a auctora, é que tinha sido modernamente aformoseado. O infante D. João não morreu no paço das Necessidades: foi no de Belem. Nada houve mysterioso no fallecimento do rei e dos infantes: succumbiram ao typho palludoso como succede aos pobres, que morrem sempre sem mysterio.

9

128

Palmella
pella re
    Div
escuro
de. En
ser o
tinade
que :
    /
gui
do
o

eiro ᴐteve as redeas á porta do
la; poὀm, como estivesse a anoi-
ui tivesᴄ vindo mais de uma vez de
nos deᴛᴠemos momentos a admirar
iros-roᴢᴂ, que eu nunca vejo sem
ᴉomenagm. Chegam ali á altura de
ᴉte pés; ᴦondejam grande ramaria,
estava ᴄoᴉo em fechado caramanchel
res escarlᴂes. E de uma delicada belle-
orescenciaᴎ ᴎe se arredonda abafando a
té ao tôpo ᴑ arvore, e, vestindo os an_
figura um ᴄᴏᴦᴉᴉe ramilhete. Ha duas ou
simaᴤ logo ᴉ entᴦada do Jardim da Es-

ᴊardim ó o ᴉᴉaᴏᴦ dos passeios publicos de
ᴜstá alinhadᴏ ᴄᴉᴉ menos prumᴏ que o Pas-
blico; tem ᴄaᴤᴄtas, estufas, canteiros, pas-
rtuosos abobadᴉos de arvoᴦedo, uma gruta
ᴉ e um sèrᴦᴏ dᴏᴉᴉde podem tirar-se vistas
ᴏras de Lisbᴏᴂ do Tejo.

ᴤses attraᴄtios, está alli um hello leão,
iste na ᴤᴜᴦleoneira. Uma manhã, me
le má ᴄaldura ᴇ rugiu terrivelmente

ᴏm os restᴉtes cinco tomos, que entregou a D. Ma-
ᴉtando estᴉᴉonarcha legou a Biblia aos monges de
ᴉiva, diz *Item mando que se dê ao Mosteiro de N.*
ᴉ ᴉ ᴉ ᴇ ʃ *Gil Vicente para a dita casa, e a Cruz
uro, ᴈ fez o dito Gil Vicente, e asy as Biblias
ᴎ e ᴎ ᴉᴉha guarda roupa as quaes são guarne-
veludᴑ ramezim.* Quanto ao resgate do manus-
ᴉrou a uantia. Os herdeiros do marechal Junot
ᴉᴏsto ᴈ o snr. conselheiro Soriano o historia-
ᴏso, diᴈ 80:000.

O *Archivo real da Torre do Tombo,* collecção preciosa de velhos documentos, está em outra secção do mesmo extincto convento. Vieram para ali depois que o grande terramoto assolou a torre do Castello. São papeis coevos da origem da monarchia portugueza, comprehendendo não só as chancelarias regias, mercês e tractados, mas tambem todos os processos da infame Inquisição. N'estas recordações historicas quantos romances pungentes se não encerram! A historia de Portugal é com certeza a mais romantica das historias.

N'este archivo está a celebrada Biblia dos Jeronymos enviada pelo Papa Leão X a D. Manoel, que, em testamento, a deixou ao mosteiro de Belem. Consta de sete tomos em pergaminho bellamente escriptos, com esplendidas illuminuras, e rica encadernação de velludo carmezi, com chapas e guarnições de prata lavrada e dourada. Estes inestimaveis livros roubara-os Junot quando os francezes occuparam Lisboa; e o governo portuguez, restabelecida a paz, reclamou-os. Luiz XVIII admittiu a reclamação, e restituiu a Biblia a Portugal, comprando-a á viuva de Junot por 80:000 francos. (·)

(·) A escriptora, que não viu a Biblia, reporta-se a alguma inexacta descripção que leu. A encadernação não é *velludo-carmezi*; é *marroquim encarnado*. Primitivamente, porém, a Biblia viera de Florença com as luxuosas capas que lhe dá lady Jackson. Participa esta senhora do erro bastante commum de que a Biblia foi um presente do Papa Leão X a D. Manoel. Eis o resumido extracto da historia da procedencia d'esta obra prima, como a referem antiquarios de credito : Em 1495 veio a Portugal Adamanto Florentino com os 1.º e 2.º tomos da Biblia a fim de os negociar. D. João 2.º comprou-lh'os por 6666 e dous terços da moeda *justo* em ouro. (Proximamente 4.000:000 reis.) Condicionou, no entanto, ao vendedor que a Biblia constaria de sete tomos. O negociante, fechado o contracto, foi para Florença,

O nosso cocheiro reteve as redeas á porta do
Jardim da Estrella; porém, como estivesse a anoitecer, e eu já aqui tivesse vindo mais de uma vez de
manhã, apenas nos detivemos momentos a admirar
os bellos loureiros-rozas, que eu nunca vejo sem
lhes prestar homenagem. Chegam ali á altura de
desoito e vinte pés; frondejam grande ramaria,
sob a qual se estava como em fechado caramanchel
de lucidas flôres escarlates. E de uma delicada belleza aquella florescencia que se arredonda abafando a
folhagem até ao tôpo da arvore, e, vestindo os angulos, se afigura um enorme ramilhete. Ha duas ou
tres lindissimas logo á entrada do Jardim da Estrella.

Este jardim é o maior dos passeios publicos de
Lisboa. Está alinhado com menos prumo que o Passeio Publico; tem cascatas, estufas, canteiros, passeios tortuosos abobadados de arvoredo, uma gruta
artificial e um sèrro d'onde podem tirar-se vistas
encantadoras de Lisboa e do Tejo.

Afora esses attractivos, está alli um bello leão,
sósinho e triste na sua leoneira. Uma manhã, me
encarou elle de má catadura e rugiu terrivelmente

---

d'onde voltou em 1501, com os restantes cinco tomos, que entregou a D. Manoel, já rei desde 1485. Quando este monarcha legou a Biblia aos monges de
S. Jeronymo, na verba relativa, diz: *Item mando que se dê ao Mosteiro de N.
Senhora de Bellem a Costodia que fez Gil Vicente para a dita casa, e a Cruz
grande que está em meu thesouro, que fez o dito Gil Vicente, e asy as Biblias
escriptas de penna que andam em minha guarda roupa as quaes são guarnecidas de prata e cobertas de veludo cramezim.* Quanto ao resgate do manus-
cripto, a illustre viajante dobrou a quantia. Os herdeiros do marechal Junot
receberam 40:000 francos, posto que o snr. conselheiro Soriano o historia-
dor contractado e mui copioso, diga 80:000.

como se estivesse muito aborrecido d'aquelle êrmo. Disse-lhe eu então: «Queres sahir d'ahi?» A creatura cresceu para mim logo como se me entendesse, e parecia dizer-me que estava prompto a escapulir-se de um pulo, se eu lhe abrisse a porta. Voltei-me então para o guarda, que, imaginando ser este meu movimento susto do leão, me disse: *He muito manso, minha senhora, não tem duvida.* «É uma crueldade — repliquei eu — tel-o aqui prezo. Porque o não deixa sahir?» O homem quasi ficou tão pasmado com estes meus dizeres como o proprio leão. Fitou-me desconfiado, posto que a sorrir-se, e eu comecei a scismar se o sujeito me imaginaria demente — e, na verdade, é de crêr que sim. Mas, como eu não estava sósinha, talvez se lhe applacasse o medo de que eu tentasse algum arrojado esforço para soltar o leão. Miserando bruto! Se é dotado de phantasia, póde ser que se imagine nas suas selvas n'um impeto de saudade, porque o cercam ramalhosas arvores, que ali cresceram em pouco tempo prodigiosamente. (·)

De feito, o todo d'este prosperado jardim é com-

(·) O leão da Estrella morreu de nostalgica semsaboria em 1876. Ha poucos dias que um periodico de Lisboa commemorava o trespasse do leão. Não posso louvar-lhe a excentrica methaphysica pelo que respeita ao destino das almas das bestas-feras. Diz assim: «... D'antes (o *Passeio da Estrella*) tinha um grande attractivo para as creanças, para os soldados da municipal, e para as creadas de servir—o leão. Elle, porém, coitado, deu a alma a Deus, e a pelle ao embalsamador da rua do Moinho de Vento, e deixou a jaula que enchia com os seus urros collossaes, pela eternidade da palha e estopa comque vai encher a sala do snr. Paiva Raposo».

Gilberto (Diario da Manhã).

parativamcnte de moderna formação. Foi plantado
em um vasto terreno sáfaro, que, no volver de poucos annos, se tornou um dos mais adornados passeios publicos d'esta bella cidade.

A entrada principal defronta com a Basilica do Coração de Jesus, ou Igreja da Estrella, a mais formosa de todas no exterior, tirante a dos Jeronymos. (·)
De quasi todos os pontos de Lisboa se lhe avista
o zimborio. No interior é por egual formosa: capellas, altares e pavimento são formados dos mais
excellentes e variegados marmores portuguezes. Os
jazigos da fundadora, D. Maria I, e do arcebispo seu
confessor, são tambem ostentosos. O templo foi edificado pelo estylo de S. Pedro de Roma, e, á maneira de outros templos erigidos n'este paiz, é o
cumprimento de promessa feita pelo nascimento do
herdeiro do throno.

Deixamos a egreja e os jardins, e voltamos á esquerda pela Estrellinha ou hospital militar que tem
uma lindissima cêrca de recreio para os convalesceu-
tes que podem passear. D'aqui, passando por grandes casas e bellos palacios de fidalgos, chegamos
ao cemiterio inglez. Perto da porta gosa-se uma das
encantadoras perspectivas de Lisboa que tantas ve-

(·) Custa a indulgenciar esta menos de feminil critica na aproximação
que esta senhora faz do convento de Jesus com a egreja dos Jeronymos
Se é possivel graduar comparações entre a architectura mal denominada
Manuelina do templo de Belem e a fachada da egreja de D. Maria 1.ª!—
« caricatura da caricatura » como lhe chamou A. Herculano, confron-
tando a caricatura de Mafra com a caricatura da Basilica do Coração de
Jesus.

zes nos enlevam, quer subamos ou desçamos no trajecto de um curto passeio!

A capella é como um vasto e alto salão, correctamente plano, limpo e claro, com suas bancadas
de assentos de palha. As janellas abrem-se a grande
altura em um dos lados, e são em parte sombreadas
pelas frondes das grandes arvores que bracejam ao
pé do templo. Na presente estação, porém, é fatigante ir á egreja por causa do calôr, ainda mesmo
para quem lá mora ao pé. Fui assistir ali ao officio
divino no domingo passado. Estava um sol ardentissimo; e não tive a cautela de ajustar com o cocheiro antes de entrar, pensando ser desnecessario
alugar-lhe o trem para me esperar, ou ir depois buscar-me. Disse-me que estava justo para ir á *cidade
baixa,* não querendo, supponho eu, esperar-me duas
horas ao sol, ou subir outra vez a encosta. A consciencia absolveu-o de pregar-me a mentira de que
perto d'ali se alugavam seges. Ainda assim, não me
foi pequena consolação, quando eu voltava a pé, encontrar outras pessoas da mesma congregação que
soffreram igual incommodidade.

A capella, ao que parece, é bem arejada, mas o
afogueado da temperatura prevalecia. Havia no ar
uma certa modorra calida que pesava sobre as palpebras. Ora, se as cadeiras tivessem confortaveis es-
paldas, não seria desagradavel, se isso fosse licito,
deixar-se a gente adormecer e sonhar em coisas diversas d'aquelles objectos circumstantes que de vez
em quando nos prendem a attenção. Porém, não
sendo isto exequivel, entalam-se uns nos outros em
suas cadeiras, hombros com hombros, sustentam

assim as cabeças ao alto, e parece conchavarem-se
n'um só espirito de intrepidez para reagirem aos ata-
ques do somno; entretanto, attentas as circumstancias, se a carne é fraca e com pouco succumbe, o adormecer alli não me parece cazo para espantos, antes
o acho digno de desculpa. Quanto a mim, para evitar que as palpebras se me fechassem, appliquei os
ouvidos e escutei as chilreadas notas dos passari-
nhos, que se gosavam na fresca sombra das ramarias que as leves auras baloiçavam defronte das janellas, e era ahi que as aves cantavam o seu officio
divino em dulcissimos gorgeios e jubilosos trilos.

O cemiterio circumposto á capella é geralmente
muito conhecido pelos «Cyprestes», — por causa
dos muitos e magnificos que tem. Tristonha seria
esta mansão se o lugubre aspecto d'aquellas esguias
e torvas arvores não fosse dulcificado pelos feixes
de flores e arbustos que as cercam, e pelos risonhos
bosquetes de geranios cujas brilhantes florescen-
cias, pelo contraste, parece convidarem os anoja-
dos que visitam aquellas sepulturas «á tristeza que
esp'ranças suavisam.» (·)

Alguns annos antes tinha eu visitado aquella capella com uma menina de dez annos. Era em diversa
estação — no mez de fevereiro; o caminho, que é
todo em declive até á rua do Alecrim, era então
aprazivel. Foi n'um domingo de carnaval, o primeiro dos trez dias ali chamados *dias da intruda*, quan-

---

(·) Costuma Lady Jackson cerrar entre aspas umas phrazes que soam poe-
ticamente; mas não as auctorisa nem nós as conhecemos; ainda assim,
quando as encontramos, bem ou mal, deu-se-lhes uns geitos de rythmo.

do as loucuras carnavalescas refinam. (·) Como não
reparassemos no dia que era, iamos tranquillamente
recolhendo a casa, quando do primeiro predio que to-
pamos nos deitaram de uma janella, como nuvem
de borboletas, uma mão cheia de pétalas de flores.
Logo adiante, atiraram-nos uma saraivada de con-
feitos que nos zuniram nas orelhas; e a final os
projectis já eram menos limpos, porque nos despe-
javam por cima abadas de favas e ervilhas. Apres-
samos o passo, mas em todas as janellas havia
gente que espreitava e atacava os transeuntes com
arroz, sal e pós; e, ás vezes, dos andares mais altos desciam esguichos de agua como despejados por
um regador. (··)

A minha companheirinha começou a chorar, e
eu mesma ia assustadissima porque havia por ali
muitas caraças, posto que não se dirigissem a nós.
Espreitamos para dentro de varios cazebres; mas
em toda a parte havia dominós ou mascarados gru-
tescamente vestidos, mais azados para zombarem
do nosso medo que para nos protegerem. Sege não
se via uma, a não ser carrejando variegados freguezes para os pontos mais frequentados da cidade; e nós, miseras perseguidas e espavoridas creaturas tinhamos ainda muito que andar. A nossa
unica esperança de salvação em tão afflicto aperto
estava no acaso de ter sido enviado um moço da

(·) *Dias da intruda* diz a escriptora insulana como se quizesse pôr tambem mascara na lingua de Camões.

(··) Lady Jackson escreve *watering-pot;* parece que deveria, se viesse o
objecto com que a esguicharam, escrever *syringe,* se em livros inglezes é licito estampar-se aquella palavra representativa de um instrumento funesto.

casa á nossa procura. Entretanto, ninguem apparecia, e as coisas peoravam, quando um *não-disfarçado* cavalheiro, que reparára no nosso infortunio, sahiu de uma porta, offereceu-se acompanharnos até encontrarmos um trem, e mandou logo o seu creado procural-o, em quanto nos deu o conhecimento de duas amabilissimas senhoras, sua mãe e sua esposa.

Duas vezes voltou o creado com a desagradavel noticia de que não havia seges, porque os donos as não alugavam senão a mascarados e por alto preço. Terceira vez partiu o creado, dizendo que achára um que nos levaria a casa por uma certa quantia — trez vezes mais que o aluguer uzual. Acceitouse satisfatoriamente a proposta. D'ahi a pouco rolava a solavancos a carruagem: era ainda a antiga sege tirada por machos hirsutos com o bolieiro na sela. O nosso bemfazejo protector ajudou-me a subir, e poz-me dentro a menina, cerraram-se cautamente as cortinas de coiro; mas, com a tropeada que fazia o carro á desfilada, desafiavamos os projectis que nos atiravam de todos os lados, ao mesmo tempo que o boleeiro estallejava e brandia o chicote para dispersar os mascaras que por vezes tentaram parar o trem, ou trepavam ao estribo para nos espreitar pelos oculos das cortinas.

Quando entramos em casa havia grande anciedade na familia por nossa causa. Já tinha mandado em nossa procura o creado que tão preciso nos fôra, e por lá andava a vêr se voltariamos sem perigo. O meu conhecimento com F. data d'este

episodio carnavalesco, pois foi elle quem nos salvou da perseguição dos mascarados.

Acabava de se illuminar Lisboa, quando passavamos no Moinho de Vento, pelo passeio de Alcantara e Jardim de S. Roque. (*) Propuz que desces-
semos em trem pelo Chiado, cujas lojas abrilhanta-
das pelo gaz resplandeciam notavelmente. Passea-
va-se muito: parecia estar por ali toda a gente, a não
ser uma ou outra dama, i e além, de leque na
mão, á janella, provavelmente á espera do *namorado*.
A briza da noite desenamora-nos do quebranto do
calido dia; havia animação; as lanternas das carruagens coruscando de todos os lados realçavam a
geral actividade e ruido *mouvement* da scena. Umas
carruagens iam cheias de senhoras bizarramente
trajadas; outras, levavam homens sómente — disposição que muitas vezes notei; mas não a entendo
nem approvo. Record-me da velha usança portugueza de ficarem as *senhoras* a um lado da sala, e
os *cavalheiros* ao outro; porém, o maximo numero
dos occupantes das carruagens iam para algum dos
passeios publicos onde as orchestras militares; e
ahi, com certeza, é que deveria dar-se a desconfu-
são mais natural e secreta dos dois sexos. (**)

Do Chiado passamos a dar um giro no Rocio,
que de noite é bello ver-se com as suas lojas e

(*) Este Jardim de S. Roque　　　　　memoria.

(**) Isto é assim. Se as senhoras sahem acanhadas nos seus trens para o
Passeio Publico, e lá se ajuntam aos sujeitos seus conhecidos, porque não
hão de sahir logo de suas casas com os referidos sujeitos nas suas seges? o
conselho é bom, e vem de boa tça em tudo que toca a sãos costumes.

luzes numerosas de gaz scintillando por entre a buliçosa ramagem do arvoredo. Quando entravamos
na rua do Ouro, lembrou-me perguntar pelo resultado da minha entrada na loteria. Caso maravilhoso!
F. ganhou cinco mil-reis, com o seu *cruzado;* quanto
aos meus numeros. «*Brancos, todos brancos!*» foi a
resposta. Bem, bem! Não tentarei mais a Fortuna.
Não foi esta a primeira vez que eu lhe paguei o
meu tributo por egual feitio, e nunca lhe mereci um
sorriso. Adeus, pois, inconstante deidade, adeus!

Voltamos pelo alegre Chiado e fômos apear ao
Gremio, cujos jardins são ultimamente muito concorridos de senhoras hespanholas, que estão dando
o tom. Na noute passada estiveram lá bastantes.
Muitas são abelhudas e namoradiças; poucas se podem considerar bonitas; quanto á espirituosas, haverá uma ou duas, a fallar verdade. Estas senhoras
desde que trocaram os seus trajes nacionaes pelas
extravagantes modas chamadas parisienses — (que
as francezas de fino gosto não usam, e que são meras
exportações dos caprichos americanos) perderam
aquelle indefinivel encanto que lhes davam o amplo
vestido de seda e a graciosa mantilha, embora não
fossem bonitas; e, só assim trajadas, lhes ia bem a
garridice e destreza com que vibram o leque.

Poucas senhoras portuguezas estavam no Gremio; mas, por via de regra, a sua auzencia faz-se
sentir menos que as das suas irmãs de Hespanha.
Falta-lhes o *prestige* de belleza que tam presumpço-
sas torna as hespanholas, e como que não armam
ás homenagens que as outras, ao que parece, cui-
dam que se lhes deve. Ha ahi que farte *meninas*

portuguezas formosas, e no geral, esbeltas e elegantes; posto que, ao descahir da juventude, pegam de nutrir enormemente. Talvez se deva isto ao muito que vivem por caza, ao uso dos largos trajos cazeiros, e á inercia da janella que preferem ao exercicio na rua. (·)

Mas, n'esta parte, os seus costumes tem mudado muito nos ultimos annos; e as meninas da geração nova, quanto a donaire, educação e maneiras em nada desmerecem das hespanholas; antes pelo contrario, distinguem-se por uma meiguice e delicadeza que é o contraste da *brusquerie*, muito parecida com a rusticidade, que se observa, ás vezes, nas senhoras hespanholas, especialmente nas que se enfeitam para captivarem as attenções de todos os circumstantes. Muito me divertia ao vêl-as, na noite passada, tão mal succedidas, apezar dos seus requebros galanteadores, e dos pennachos e grinaldas, e flammulas dos seus chapeus-*Rabagas* — desgraçados, desgraçadissimos substitutos da elegancia, da faceirice, da mystica belleza do veu hespanhol.

(.) N'outro lanço deste livro a auctora recommenda ás damas portuguezas que vivam resguardadas em suas casas e se deixem de andar «ao faino» (boa palavra lusitana para quem não gostar do *flaner*). Agora, para que as formosas não se avolumem com tecidos adyposos resultantes da inercia e do desatavio dos trages cazeiros, diz-lhes que se espartilhem, que saiam da janella, e que vão para a rua. Este conselho é melhor que o outro, porque o exercicio é bom, e ao exercicio grande, bazeado na fortaleza dos pés, devem as senhoras inglezas a compleição fina que as torna incisivas sobre agudas.

CAPITULO XI

Esta manhã, lembrei ao meu companheiro de passeio — intelligente moço de quinze annos — que fôssemos á egreja de S. Roque e visitassemos a famigerada capella erigida por D. João V, e dedicada ao seu santo tutelar. A lembrança agradou ao meu joven amigo, que, vivendo em Lisboa, apenas conhecia de oitiva as maravilhosas bellezas da celebradissima capella. É raro o ensejo de a poder visitar, a menos que nos recebam como visita especial, porque sómente em certos dias se faculta ao publico.

Eu já a tinha visitado, aqui ha annos; e lá voltei ainda outra vez, arranchada com umas damas que, a meu pezar, conseguiram levar-me comsigo. Andavam ellas por ali tão distrahidas a palrarem, consoante a costumeira de mulheres, que as já desbotadas memorias que eu ainda conservava d'aquella portentosa capella mais se deliram do que reverdeceram com tal visita. No enthusiasmo da sua admiração, chamavam-me para vêr isto, para vêr aquillo; e, sem me deixarem examinar o que eu tinha deante dos olhos, apontavam para cima, para baixo, para aqui, para alem, tudo ao mesmo tempo; de sorte que eu imaginei-me n'um redemoinho de columnas, de esculpturas, dourados, pinturas, lampadarios sem poder distinguir onde uma coisa principiava e acabava a outra. O proprio sachristão quedara-se mudo e estupefacto, submerso n'uma torrente de perguntas que lhe disparavam n'um francez detestavel que aquellas senhoras, ignorando a lingua portugueza, imaginavam que o triste do homem devia entender.

Tinha elle comsigo um masso de impressos em diversas linguas com informações respectivas á capella.

É lá costume entregar a cada visitante um dos impressos; porém, como elle não podesse descortinar qual fosse a linguagem d'aquellas trêfegas creaturas, voltou-se para mim, perguntando: «senhoras allemans?» Sacudi a cabeça; e elle, entregando-lhes todo o masso dos impressos, disse-lhes em portuguez: «Procurem as senhoras. A sua lingua está ahi?»

Um rancho de mulheres que viajam desprotegidas (·) é sempre um espectaculo *triste* e humilhante. Quer esse grupo se componha de meninas solteiras, animosas, projectando instruirem-se, corajosas para se arrostarem com obstaculos que assustam as menos resolutas, desapressadas de bagagens, trajando chapeus amolgados e *waterproofs* lamacentos, e desprovidas da protecção de um homem; — quer seja esse grupo formado de companheiras sem proposito designado, com o simples intuito de se di-

_____

(·) *Desprotegidas*, entenda-se «desacompanhadas de homem.»

vertirem, protegendo-se reciprocamente, á maneira
do canavial cujas hastes frageis mutuamente se am-
param, — a situação, em qualquer das hypotheses,
é sempre a mesma.

Quem precisa viajar, e não póde ter a companhia de esposo, filho, irmão ou sobrinho, nem póde
assoldadar os serviços de mordomos ou aias, o mais
acertado é que viaje sósinha. Observei sempre, aqui
mesmo n'este paiz onde raro se dá o caso de uma
dama jornadear sósinha, que se presta mais corte-
sia e respeito á viajante que vae só do que ás mulheres que viajam ás duas, tres e quatro. Presumem
ellas que mutuamente se dão o auxilio e amparo
que a outra, que anda sósinha, naturalmente parece
pedir á benevolencia das pessoas com quem de passagem se relaciona.

Como quer que seja, as senhoras de que venho
fallando não eram um rancho feminil de viajantes
em Portugal; mas iam de passagem para os seus
parentes da America do sul, e haviam saltado em
terra por poucas horas «para vêr tudo que houvesse
que vêr em Lisboa» como alguma gente cuida que
em breve espaço de tempo se póde fazer.

Imagine que, durante esta digressão, subimos a
costeira rua, e chegamos a S. Roque. Está aqui
situada a santa Casa da Misericordia, onde nos
disseram que encontrariamos um velho de cabellos
brancos, a cargo de quem está obter licença de
abrir a capella. Os expostos são recebidos n'esta
Santa Caza, e a pobresa invalida de ambos os sexos subsiste dos meios proporcionados pelas loterias. Havia na rua grande turba á espera, creio eu,

dos bilhetes. Presume-se que os comprados á Santa Caza são mais afortunados do que os vendidos
pelo cego. Numerosas velhinhas de capote e lenço
sobem e descem a vasta escadaria.

Em cima estão outros velhos que parece esperarem a esmola, e lá ao cabo de um longo e largo
corredor não está sómente um velho de cabellos
brancos, mas trez, ou quatro sentados, de penna
em punho, á volta de uma ampla escrivaninha. O
bulicio do jogo, dos bilhetes que se mercadejam em
baixo, e o trafego da caridade lá em cima, dá á Santa Caza as exterioridades de uma grande labutação
mercantil.

Respondendo satisfatoriamente á pergunta que
nos fizeram — se sabiamos quanto deviamos pagar
por vêr a capella expressamente aberta para nós —
sahimos e endireitamos para a egreja, onde dous
graves personagens, um com as chaves e outro com
os impressos, nos surgiram detraz de um reposteiro
que dava communicação para a Santa Caza. O mais
que póde encarecer-se das bellezas da capella de S.
João Baptista conhece-o já muita gente pelas descripções.

É, na verdade, uma joia inapreciavel — sumptuoso capricho de D. João V, o fundador da soberba
Mafra — o mais extravagante dos monarchas portuguezes. Chamam-lhe o Magnifico, o Magnanimo, o
Rei Edificador para o estremarem dos seus homo-
nymos.

Procurei uma photographia da capella; mas não
ha nenhuma. Rocchini, o primeiro photographo de
Lisboa, ou, mais correctamente, de todo o Portu-

gal, esforçou-se por tiral-a; mas não lhe deram licença. Recearam que os visitantes, em vez de pagarem para vêr a capella, comprassem a photographia, e que assim a egreja ficasse lesada no seu privilegio de se mostrar. Mas, com certeza, estão enganados, porque nenhuma photographia póde dar uma ideia do azul-escuro das estrias *lapis-lazuli* das oito elegantes columnas que formam a capella; — da exquisita côr do *verde-antigo* do altar; dos artisticos embutidos de amethysta, cornelina e alabastro egypciaco; dos degraus de porphydo, e do pavimento de jaspe, jolde-antigo, granito e marmore romanos. As esculpturas de marmore de Carrara da abobada são a mais delicada e perfeita obra de arte; todavia, o preciosissimo entre os portentosos primores contidos n'esta capella *bijou* são os tres formosos quadros de mozaico, representando o «baptismo de Christo», segundo Miguel Angelo, a «Annunciação», segundo Guido, e a «Descida do Espirito Sancto», segundo Raphael Urbino. (·) Quinze annos trabalharam n'isto os mais egregios artistas de Italia. Cada quadro é uma reconhecida obra de primeira execução, suave como a pintura mais mimosa, com harmoniosa combinação de côres e perfeição de claro-escuro. Se, onde tudo é optimo, póde haver escolha, talvez caiba a preferencia ao quadro do Baptismo; ainda assim, a angelical expressão da Virgem, na «Annunciação»

(·) O abbade de Castro, antiquario de fama, escreve que os originaes dos trez quadros referidos foram inventados e pintados em Roma pelo insigne artista Agostinho Massucci. Este pintor veio a Portugal em 1747 e fez alguns quadros a oleo para a egreja de Mafra. (*Carta dirigida a Sallustio*, pag. 31).

10

é para muita gente a mais encantadora. O centro do
pavimento do mozaico representa uma esphera ar-
millar. Os homens, que mostram a capella, dizem
que a esphera quer significar que «o mundo não contém mais famosos objectos que os referidos quadros».

Os lampadarios e castiçaes são massiços de prata
dourada, esculpturados a primor. São seis os castiçaes com sete ou oito pés de altura. A capella foi toda
construida em Roma; e, afim de ser sagrada pelo
Papa Benedicto XIV, esteve algum tempo em S.
Pedro. Sua Santidade disse n'ella a primeira missa, pela qual se affirma que D. João V dera 200:000
cruzados. A totalidade do custo da capella diz-se que
ultrapassára um milhão de libras esterlinas. (·) Em
1746, nove annos antes do grande terramoto, foi a
capella erigida na egreja de S. Roque. Parece quasi
prodigio que S. Roque e a sua celebrada capella es-
capassem integralmente ao abalo, que destruiu em
1755 tudo em redor, e, no local contiguo mais emi-
nente, a explendida egreja do Carmo! E mais singular ainda é que a devastadora garra dos francezes
invasores de Lisboa não roubasse nem destruis-
se os thesouros da capella. Conta-se, e póde ser
verdade, que Junot tanto se agradára da belleza do
tout-ensemble, que resolvêra, quando se lhe propor-
cionasse ensejo, transferir para França a capella
com as suas preciosidades. Felizmente não se lhe
ageitou occasião de executar tal projecto.

(.) Cem mil cruzados em ouro foi quanto o monarcha enviou a Benedicto XIV, a titulo de esmola pela missa. Em trez milhões de cruzados calcu-
laram os escriptores coevos a importancia da capella de S. Roque.

Visitar a capella de S. João não era o exclusivo
intento do nosso passeio matinal. Antes de entrar
em S. Roque, conseguiramos coisa não menos ur-
gente que segurar bons logares para a corrida de
touros, á tarde. A toirada, tanto professional como
de curiosos, é actualmente o mais popular divertimento de todas as classes. Estamos agora no ponto culminante da estação toureira; que o tempo de
maior calma é o melhor que desejar-se pode, porque então recresce a braveza e sanha dos touros.

Alguns *curiosos fidalgos* ultimamente foram con-
vidados a ostentarem no Porto suas proezas, e parece que conquistaram «brilhante renome», na *leal
e invicta cidade,* como aos seus habitantes apraz
chamar-lhe. Por esta especial occasião, as *senhoras,* que acompanharam os denodados heróes do
momento, mandaram buscar os seus vestidos ao
grande *homem das modas,* M. Worth. As que não
lograram a dita de serem observadas por elle, receberam em Lisboa os periodicos com uma perfeita descripção d'aquellas «maravilhas do gosto e elegancia parisiense», largura e qualidade de *«volants
et rouleaux, comprimento de cauda»,* etc., etc.

O rancho jornadeou em duas «explendidas» carruagens-salões. Muitos trens a quatro, com os
cavallos enfeitados de fitas, os esperavam á chegada, onde tiveram espaventosa recepção. As ruas
e praças por onde transitaram os *distinctos curiosos*
foram adornadas de bandeiras e grinaldas. A decoração da praça ou circo dos touros era, segundo
ouvi, digna dos aristocraticos toureiros e dos espectadores. Annunciara-se que os touros eram so-

pella de S.João não era o exclusivo
;o passeio 1atinal. Antes de entrar
conseguiraıos coisa não menos ur-
rar bons lçares para a corrida de
. A toirada,tanto professional como
actualment(o mais popular diverti-
; as classes.Estamos agora no pon-
la estação turcira; que o tempo de
o melhor qe desejar-se pode, por-
:sce a bravea e sanha dos touros.
*iosos fidalgo.*ultimamente foram con-
1tarem no Prto suas proezas, e pa-
1istaram «b lhante renome», na *leal*
e, como ao seus habitantes apraz
'or esta especial occasião, as *senho-*
1panharam (, denodados heróes do
1ndaram busır os seus vestidos ao
1 *das modas,* M. Worth. As que não
ta de serem bs rvadas por elle, re-
Lisboa os per ídicos com uma perfei-
d'aquellas «maravilhas do gosto e ele-
:nse», larguro qualidade de *«volants*
ımprimento decaudi», etc., etc.
jornadeou emluas «explendidas» car-
:s. **Muitos tens** a quatro, com os
itados de fit., os esperavam á che-

berbos bichos; e eu creio' que elles procedessem como convinha, combatendo com *cavalheiros de alta jerequia.* (·)

Escreveu-me testemunha ocular: «que os touros se comportaram com a mais cavalheiresca mansidáo; que os cavalleiros habil e dextramente se desviavam do menor perigo; que não houvera arranhadura de parte a parte; que os bois sahiram coroados de louro; que os *cavalheiros* sahiram carregados de canastras de ramos, lenços de algibeira e outros projectis com que as meninas enthusiasmadas lhes atiraram; e, emfim, que o divertimento acabara tumultuosamente applaudido.

«Depois da corrida, houve lauto banquete (envio-lhe o *menu*). Depois do banquete, baile, em que Lisboa e Porto dançaram de mãos dadas até ao romper da manhã. No dia seguinte, veio uma procissão de carruagens a quatro á despedida. Á noite, entravam nas carruagens-salões.· As *senhoras*, quando entramos em Lisboa ao apontar do sol, traziam os carões espantosamente desfigurados. Ajuntara-se gente na estação para nos saudar. Penso que esta gente cuida que a ovação adquirida pelos seus concidadãos relumbra uns pallidos lampejos sobre as suas pessoas. Quando as carruagens dos *fidalgos-toureiros* largaram, retumbaram *vivas* estrondosos e prolongados.»

D'esta descripção póde inferir que o correr tou-

(·) Deve acceitar-se o neologismo *jerequia* para não confundir toureiros com representantes de genuina *jerarchia* Devemos, pois, a esta escriptora duas novidades na lingua: a *jerequia* e os *ginottos.*

ros é aqui um divertimento aristocratico, c em toda a parte do reino é commum predilecção dos mancebos. É isto um acto menos covarde, e, consoante o costume de Portugal que diverge muito de Hespanha, bem menos cruel que atirar aos meigos pombos. Mas, na maior parte dos casos, uma tourada de amadores é tão estupida e fatigante como uma representação de curiosos.

Durante a estação, ha touradas em Lisboa todos os domingos, e ás vezes ás quintas feiras. Se os toureiros são hespanhoes, ha maior enthusiasmo; porém, se algum d'elles tem fama, camarotes, *cadeiras*, todos os logares se enchem, e a familia real provavelmente concorre. Urge, todavia, que os hespanhoes se submettam ao estylo portuguez. Comparado com Hespanha, o tourear em Portugal está na mesma proporção d'um esgrimir de floretes comparado a um combate de morte á espada. Nunca se matam os touros; sobrevivem para nova corrida; alguns d'elles já se conhecem ha muito, e, segundo me disseram, não desgostam do *sport;* em todo caso, parece que vão da melhor vontade quando os antagonistas são *curiosos;* porque então entram n'aquillo como brincadeira, posto que, uma vez por outra, brinquem um pouco brutalmente.

O que hoje vi é um famoso hespanhol *matador de Espada*—o que dá no touro o *coup de grâce*. Estes astros toureiros são em geral conhecidos em Lisboa, em Madrid e outros sitios de Hespanha por um *sobriquet* predilecto; e, se os homens são gentis ou seductores, causam terriveis commoções nos corações das *meninas* sensiveis. E então, que chuveiro

ahi vai sobre elles de flôres e suspiros, fitas e meigos olhares, poesias e cintas de seda! E, melhor
ainda, os camarotes a trasbordar, e o estrepito
das palmas enthusiastas! Desde que entram na arena
até que sahem, é uma scena de triumpho; e seria
até uma apotheóse, se lhes succedesse algum desastre: tal é o delirio dos seus admiradores!

Ao norte da cidade, e não longe, no campo de
Sant'Anna, está a Praça dos touros. Para lá chegar,
antes de principiar o combate, é·preciso sahir cedo
de casa. As carrugens têm grande extracção, e os
cocheiros condicionam altos preços, como sempre
fazem em occasiões analogas. Galgamos pois a
trote a subida que leva ao Campo, de par com outros trens, na maior parte cheios de damas. Muita
gente a pé seguiu o mesmo caminho, e viam-se entre a turba muitas *senhoras* com os seus veus hespanhoes.

O campo, vasto terreno aberto, com arvoredo
em roda e no topo de uma ladeirosa collina, estava
juncado de vehiculos de variado feitio que haviam
trazido os espectadores mais prevenidos. Estavam
sentinellas ás portas do circo, e as turbas apinha-
vam-se nas cazinhas onde se vendiam bilhetes de
logares á *sombra* ou ao *sol* no amphitheatro. Com
quanto espaçoso, o circo não é elegante, nem solido
apparentemente. Ha na sua estructura um esfarra-
pado, um não sei quê de mollêza de papelão pela
fórma em que o construiram, que a gente receia
vêr arrazar-se tudo aquillo antes de findar o espectaculo. Não obstante, a casa está mais segura
do que parece, e é bem bom saber-se que ella se

aguenta com milhares de pessoas todos os domingos.

Não podiam ser melhormente escolhidas as nossas cadeiras. Ficamos na fileira da frente, para onde subimos por uma rampa escadeada. Estavamos a salvo da visita dos touros, e mais perto do circo do que os camarotes, que tem a desvantagem de gosar o espectaculo de demasiada altura. Tendo vindo de Queluz o rei e a rainha, e de Cintra D. Fernando, decerto não faltariam a realçar a alegre scena com a sua presença. Todavia, só de per si a fama do heroe enchera de roldão todos os logares do amphiteatro. Não admira, pois, que as *meninas,* que nunca lhe tinham captivado um relance de vista, almejassem o seu apparecimento. Para excitar curiosidade e espectativa bastava alcunhar-se o toureiro *El Pollo,* que em Hespanha sôa como «o guapo moço». (·) Afóra isso, estava, annunciado que, na lucta do guapo moço com o boi, se veriam *maravilhas de habilidade e atrevimento.*

A porção *bruta* dos espectadores, apenas se apossou dos seus logares, rompeu logo em assobios e algazarra, chamando «*El Pollo*» e recusou callar-se, quando tocou a mediocre orchestra de musicos cegos. De vez em quando agitavam-se uns ligeiros tumultos: dois ou trez homens transpunham as trincheiras e corriam uns atraz dos outros no circo. Estes casos davam-se nos logares da sombra; no outro lado, onde

---

(.) É sobremodo imaginosa a versão de *Pollo* para *pretty fellow* — «guapo » ou «esbelto moço ». *Pollo* em hespanhol é *frango*; e, se assim lá alcunharam o toureiro, não se segue que fosse esbelto moço por lhe chamarem frango, nem o alcunhassem de frango por ser bonito.

mitiva d'este galhardo cavalleiro, vinham *mat* *de espadu* e seis *bandarilheiros* ou *capihas*, qu investem contra o boi a pé. Todos se desﾑzeram m cortezias ao publico.

Apóﾑ estes, seguiam-se os *moços de forcado*, ue pegm do boi pelos paus, (*) e se lhe depenluram a cabeça entre elles. Afinal entraram os *ndaril* , rapazolas, ao que parecem, aprendizes le tour os, cujo encargo é distribuir as garrochas, erguerdo chão as capas, e as farpas que se queram.

Apóﾑste *magestoso cortejo,* conforme o programna, deu im ou dois passos á frente o *Espada — el Pollo;* com effeito, demonstrou que era um notavel bonib moço. Foi recebido com trovoada de palmas, ima celeuma de alaridos, um arremessar le chapés e carapuças, um estrondear de chapeus le sol e e cadeiras e calcanhares no pavimento, e os lenço brancos a fluctuarem, e o bello sexo a conclamar r etidos *vivas!* Foi uma recepção que fazia assombr e terror! E as damas nossas visinhas exclamavat exprimindo o seu espanto: *Oh! que cara*

(*) A escriptora diz *horns* (cornos). Esta excrecencia é tão innocente em Inglaterra quﾑté a casta lu s a tem. Consente-se lá isso apenas nos astros, quer-me parer. Exemplos: uma prosadora illustre, Mﾑs Barbauld, na descripção da *Noﾑt* «There is the *moon* bending *her bright horns....*» e tambem o dramaturg ome no acto 2.ﾑ de *Douglas:*»

• This *moon* . . . . . .
Had not yet filled *her horns*».

⟨ ⟩ Parece, ﾑavia, que, entre os inglezes, os cornos não são exclusivos da ﾑﾑ Elles, os inglezes, tem para o seu uzo social o verbo *To horn*, e a phraze *To wear ti horns.* É como cá, pouco mais ou menos, acho eu.

o sol dardejava ardentemente ainda, formara-se uma especie de arraial de chapeus de sol. Dous touros, estreitamente encurralados debaixo de nós, quando farejaram a sua vez de irromperem ao curro, escoucearam, mugiam e escabujavam para sahir. Tinham as pontas emboladas para não poderem ferir homem ou cavallos.

Afinal, desappareceu do circo o sol, que era a causa da demora; mas ainda os seus vividos raios aqueciam a variegada multidão dos logares expostos.

Em dia de tanta calma devia de ser penosissima a situação d'aquella gente, que, pela paciencia com que a supportou tanto tempo, de sobra mostrava extraordinaria paixão pela *tourada*. Quando o preludiar das trombetas annunciou que o director da *corrida* entrara na tribuna, foi tambem signal para se gritar: *Abaixo os chapeos de sol!* — o que promptamente se cumpriu.

De uma avenida fronteira á tribuna, que ressalta inferiormente ao camarote real, entrou um cavalleiro armado de lança, trajando casaca verde-escura, com canhões altos, amplas lapellas, camisa de bofes, gravata de grande laço, chapeu tricorne empennachado, calções brancos e botas de montar até ao joelho. Era novo, bem apessoado; e, de chapeu na mão, gentilmente rodeou a arena com o cavallo a furta-passo, comprimentando a assembléa em globo, e especialmente as *senhoras* que occupavam numerosas cadeiras. O conjuncto do seu aspecto podia servir ás fantasias romanticas para descreverem um Paulo Clifford, ou outro fascinante salteador de antigas eras.

Na comitiva d'este galhardo cavalleiro, vinham o *matador de espada* e seis *bandarilheiros* ou *capinhas,* que investem contra o boi a pé. Todos se desfizeram em cortezias ao publico.

Após estes, seguiam-se os *moços de forcado,* que pegam do boi pelos paus, (·) e se lhe dependuram da cabeça entre elles. Afinal entraram os *andarilhos,* rapazolas, ao que parecem, aprendizes de toureiros, cujo encargo é distribuir as garrochas, e erguer do chão as capas, e as farpas que se quebram.

Após este *magestoso cortejo,* conforme o programma, deu um ou dois passos á frente o *Espada — el Pollo;* e, com effeito, demonstrou que era um notavel bonito moço. Foi recebido com trovoada de palmas, uma celeuma de alaridos, um arremessar de chapeus e carapuças, um estrondear de chapeus de sol e de cadeiras e calcanhares no pavimento, e os lenços brancos a fluctuarem, e o bello sexo a conclamar repetidos *vivas!* Foi uma recepção que fazia assombro e terror! E as damas nossas visinhas exclamavam exprimindo o seu espanto: *Oh! que cara*

(·) A escriptora diz *horns* (cornos). Esta excrecencia é tão innocente em Inglaterra que até a casta lua a tem. Consente-se lá isso apenas nos astros, quer-me parecer. Exemplos: uma prosadora illustre, Mis Barbauld, na descripção da *Noute:* «There is the *moon* bending *her bright horns* . . .» e tambem o dramaturgo Home no acto 2.º de *Douglas:*»

« This *moon* . . . .
Had not yet filled *her horns*».

Parece, todavia, que, entre os inglezes, os cornos não são exclusivos da lua. Elles, os inglezes, tem para o seu uzo social o verbo *To horn,* e a phraze *To wear the horns.* É como cá, pouco mais ou menos, acho eu.

sympathica—que bom gosto! E os leques arfavam febris, e os olhos coruscavam mais scintillantes de excitações. (·)

. . . .

Á sahida estava cheio de gente o Campo de Sant'Anna, muito mais do que na *Feira da ladra* que ali se faz semanalmente, e onde um dia estive. «Feira de farrapos» é o merecido nome que lhe dá o inglez. Costumou-se n'outro tempo ir ao Campo de Sant'Anna na primeira terça-feira de cada mez : era uma especie de vadiagem, que tinha ali o seu ponto de reunião. Quasi com certeza se encontravam por ali alguns amigos divagando por entre as collecções de expostas velharias. Mas a gloria da feira da ladra evaporou-se como a de outras muitas instituições. Afóra farrapos e refugos, nada se encontra. Antigamente entre ferros velhos, e sapatos velhos, e casacos velhos e velhas trapalhices de todo o feitio, achavam-se livros antigos curiosos, qua-

_____

(·) Lady Jackson descreve diffusamente as miudezas de uma corrida de touros, calculando ser agradavel aos seus leitores de Inglaterra para quem a selvageria de tal espectaculo tem um mordente interesse. A nós, porém, enfastiam-nos os pormenores descriptivos que tantas vezes temos lido ou deixado de lêr nos periodicos. Refugamos, pois, grande parte d'este enfadonho capitulo, e de boa vontade correriamos discreta esponja sobre phrazes pouco menos de indelicadas com que a senhora ingleza encarece o delirio das damas portuguezas pelo toureiro hespanhol. Que a perspicaz escriptora lhes penetrasse o enthusiasmo na prodigalidade das palmas e na fluctuação dos lenços, é admissivel á solercia de uma ingleza fina; mas dizer que ellas suspiravam, é entrar-lhes muito peito dentro no machinismo secreto da respiração. As exclamações que ella ouviu ás suas visinhas indicam apenas que Lady Jackson tinha uma visinhança muito desgraçada. As senhoras portuguezas, pelo que respeita a suspiros, não distinguem entre o toureiro hespanhol e o seu aguadeiro — tudo gallegada a quem, quando muito, as senhoras dizem como a authora, a pag. 94 : « Sê prospero, gallego !»

dros de valor, antigas gargantilhas de preço, esculpturas de marfim, pratos velhos e raros, louça do japão estimadissima, e outras preciosidades semelhantes.

Com grande satisfação do boleeiro, ajustamos para na volta a mesma carruagem que nos levou. Pela rapidez com que nos trouxe, bem podia voltar fazer outro frete. Descemos as ingremes ladeiras a todo o trote com a descautela que lá se uza; mas por fortuna chegamos ao fim da Rua do Alecrim ainda vivos e sem membro fracturado.

Não se espante das minhas predisposições toureiras, por quanto «*l'appétit vient en mangeant.*» Parece-me que, se ámanhã se repetir a toirada, eu e o meu juvenil companheiro lá estaremos no campo de Sant'Anna, na primeira fila de cadeiras. Com toda a certeza iremos, se *el Pollo* tornar; corre, porém, o boato de que «a alma d'elle é triste» porque um contracto para outra parte presentemente o priva da ventura de obtemperar a certos olhares tão graciosamente convidativos das lisboetas.

CAPITULO XII

Nos dois passados dias, 23 e 24 de julho, *festejamos* o baque da tyrannia, pela expulsão de D. Miguel em 1833, e restauração da liberdade com a acclamação da rainha D. Maria 2.ª e proclamação da *Carta Constitucional*. Por cauza dos actuaes successos de Hespanha, e d'uns rumores que vogam de secretos esforços que se empregam para induzir os portuguezes a deporem o seu rei e confederarem-se com os *Internacionalistas*, maior realce que o do costume se deu á celebração d'aquelle anniversario.

No dia 23 o cardeal patriarcha de Lisboa celebrou missa na egreja dos Martyres, suffragando as almas dos heroes da liberdade que pereceram na expedição de 1833. Commandado pelo marechal conde de Villa Flor, depois duque da Terceira, (·) o exercito bateu as forças miguelistas em Cacilhas e Almada; no dia seguinte passou o Tejo e assenhoreou-se de Lisboa clamorosamente saudado pelo povo a quem ia redemir da oppressão e crueldade que o esmagaram durante a usurpação do despotico Miguel. A egreja dos Martyres carecia espaço para conter a multidão. Os que vieram cedo empilharam-se junto do altar-mor, soffrendo taes entalações e an-

---

(·) Já era desde 8 de novembro de 1832 duque da Terceira.

gustias que pareciam sacrificar-se mui espontanea-
mente ao martyrio. A missa levou duas arrastadas horas; mas apezar dos bastantes desconfortos
e penas corporaes que as solemnidades religiosas
infligem, aquillo impressionava grandiosamente.

Alem d'isso, o gentio que debalde tentara entrar
na egreja, esperava lá fóra para contemplar os homens distinctos, na milicia, na politica e nas lettras,
que tinham assistido á missa, e d'ali se destinavam
á egreja de S. Vicente de Fóra — templo magnifico
cimentado por D. Affonso Henriques, conquistador
da moirisma, e consagrado á memoria dos que morreram a seu lado propugnando o resgate do seu
paiz.

Na egreja de S. Vicente está sepultado o duque
da Terceira. O duque de Loulé, o marquez de Sá
da Bandeira, e diversos fidalgos e homens eminen-
tes visitaram-lhe a sepultura, oraram e deposeram
sobre ella uma grinalda de perpetuas. O orador,
panegyrista dos patrioticos sentimentos que impul-
sionaram os feitos do finado duque, declarou solemne e energicamente que «identico era o pensar
da nação portugueza. Os seus conterraneos — disse
elle — se levantariam como um só homem para se
desafrontarem do minimo aggravo feito á sua liberdade, e rebateriam até á ultima qualquer tentativa
contra os gloriosos feitos que prefizeram em san-
guinosas luctas.»

Vivas á liberdade retroaram então nas abobadas
e reboaram por entre os sepulcros dos reis. Extra-
nhei tal gritaria na mansão da morte! Disseram-me
que assim se proclamava a alliança travada entre

os principios da antiga monarchia portugueza e a democracia do actual regimen estabelecido pela *Carta Constitucional*. Como quer que seja, o possivel desfecho do movimento carlista, e a influencia que o seu bom exito póde vir a ter, alentando as esperanças do ainda existente posto que diminuto partido miguelista; e, de mais a mais, o saber-se que em Lisboa e em outras cidades existem emissarios internacionalistas hespanhoes — tudo isto é causa a que se ligue importancia, que em outro tempo não se daria, a actos e palavras dos homens publicos. Affirma-se que o governo pretende assim manifestar que está de sobreaviso e disposto a repellir qualquer tentativa, quer externa quer interna, tendente a perturbar o socego do paiz.

Em geral, os portuguezes repugnam totalmente á ideia de união, que por vezes tem sido inculcada como enlace propicio ás duas nações. «*Nunca! nunca!*» é o grito geral onde quer que tal ideia se suscita. Allegam que tem patria independente, e jámais consentirão ligar-se provincialmente a Castella, ainda mesmo que lhes propuzessem acceitarem o seu proprio rei; e, na hypothese d'alguma tentativa hostil de Hespanha em absorver Portugal, exclamam: «*Perseguidos podemos ser, vencidos nunca!* Na grande batalha de Aljubarrota o jugo de Castella cahiu para sempre».

Setubal, Almada, Cacilhas e outras povoações alem-Tejanas, por onde o duque com a sua expedição passara victoriosamente, depois que aportára no Algarve, tiveram os seus festejos preliminares no dia 23. Os vapores que de meia em meia hora nave-

gam entre Lisboa e Cacilhas, transportavam immenso concurso de gente. Os botes embandeirados de pôpa á proa, iam fretados por gente que fazia grande algazarra e assim alegrava os dez minutos da viagem. Tanto á ida como á vinda, deitavam foguetes que são sempre elemento obrigado nas *festas* portuguezas. Todo o dia se ouviam; posto que, á grande luz do sol, se lhes não vissem os vestigios. Em Lisboa ouviamos os de Cacilhas, que de noute subiam ás centenas de cada vez, formando com a illuminação da villa uma linda vista para quem estivesse á orla do rio.

O dia 23, em Lisboa, correu em laboriosos preparativos para celebrar devidamente o remate feliz da expedição do duque da Terceira; por quantó a *tomada* (·) de Lisboa não só terminou o cerco do Porto

---

(.) *Taking of Lisbon,* escreve a escriptora. Não foi *tomada* ; mas sim *entrada,* porque o duque da Terceira não encontrou resistencia. A este proposito, lê-se no «Portugal — Recordações do anno de 1842» pelo principe Lichnowski, uma nota confirmativa do reparo que faço ao texto. O duque escreveu de Cacilhas ao imperador, no dia 23, annunciando-lhe a derrota de Telles Jordão, e confiado na esperança de datar o seu ulterior boletim no Castello de Lisboa. O principe possuia o authographo. Escreve elle: «sobre este officio que tem o cunho da modestia e simplicidade dos antigos, escreveu a rogos meus a formosa duqueza da Terceira o seguinte sobrescripto: *Carta do Duque da Terceira ao Imperador na vespera da entrada em Lisboa.* Tomei a liberdade de lhe propôr que substituisse por *tomada* a palavra *entrada,* ao que retorquiu immediatamente o duque : « *Tomada* não, porque o inimigo não sustentou a sua posição: foi unicamente uma entrada.» Quantos afamados redactores de boletins (accrescenta o viajante) seriam capazes de dar uma resposta semilhante ?»

O principe Lichnowsky foi assassinado em Francfort em 18 de outubro de 1848, em sedição popular, sendo deputado. Já quando sahiu de Portugal por Hespanha, o tentaram matar em Barcelona, onde foi reconhecido como caudilho de D. Carlos. O seu livro é um dos mais benevolamente escriptos por extrangeiros ácerca de Portugal.

que durára um anno; mas generalisou de prompto o resgate de todo Portugal do ferreo despotismo do seu oppressor. D. Pedro IV é o heroe por excellencia do dia 24; no 23, é o marechal duque da Terceira, o amigo-fiel do rei soldado e de sua filha, a pobre D. Maria 2.ª. Póde dizer-se que elle lhe foi fiel até á morte, em quanto muitos lhe desmentiram a jurada lealdade.

Conta-se que elle, alquebrado de idade e achaques, ao avisinhar-se a extrema hora, mandou chamar o confessor. Alguem com o miseravel intento de servir ignobilmente intuitos politicos substituiu o padre que se esperava por outro da parcialidade miguelista. O sacerdote, ao abeirar-se-lhe do leito, principiou a exhortar o moribundo veterano, em nome de Deus, perante quem ia apparecer, á contricção, e a pedir perdão do crime que commettera arrancando tantas vezes da espada em defeza da causa espuria contra seu soberano natural e legitimo rei de Portugal, o excelso Dom Miguel de Bragança. Ouvindo taes palavras, parece que se reaccendeu no velho general um relampago de vida. Descerraram-se-lhe as palpebras cabidas, e fixou no padre um olhar de supremo desdem. Por momentos lhe relumbrou no aspecto aquella antiga inergia que o caracterisava. Estendeu o braço a uma campainha e tangeu-a. Abriu-se logo a porta. O duque imperativamente lhe apontou com o dedo, e o padre sahiu. Depois, recahindo como exhausto no travesseiro, passados poucos minutos, o duque expirou.

11

Os folgazões voltaram da *festa* de Cacilhas entre meia noite e uma hora, justamente no momento em que principiavam os festejos em Lisboa. Mal era passada a «seductora hora nocturna» em que a gente dulcissimamente se restaura no primeiro somno, quando acordei abalada por um estampido capaz de despertar o mais entorpecido dormente de cabeça sopitada em fofa travesseira. «É terramoto? Ha fogo em caza? Os hespanhoes bombardeiam Lisboa?» Exclamei eu aterrada. Saltei da cama impetuosamente, fui á sacada, e vi, a subirem e a descerem, estalando aqui e acolá, correndo uns pelos outros em angulos rectos, e voltando em todas as direcções, centenas e milhares de *foguetes*, que inflammavam plenamente o espaço aerio. Parecia que as estrellas se precipitavam todas. E como se esta enorme explosão de jubilo não fosse assaz retumbante para prefaciar tão auspicioso dia, em todas as torres das egrejas de Lisboa badalavam repiques de sinos, a cuja troada se misturavam uns gritados *vivas á liberdade*, e mais outras estridurosas demonstrações de alegria da gentalha, que estanceava pelas ruas em grupos de vinte ou mais *sujeitos*.

Que pensariam os alliciadores castelhanos, que por aqui intrigam, ouvindo aquellas expansões de lealdade e liberdade? Provavelmente, dando uma volta nos seus leitos, ringiram os dentes, e vociferaram um anathema á liberdade, á *Carta* e á *Constituição* a que os portuguezes tanto querem.

Prolongaram-se por mais de hora estes festejos preliminares. Depois interpozeram-se alguns minutos de socego, que eu bem queria ir aproveitando em fugitivo dormitar; mas não era possivel. Apenas rompeu a manhã, trovejou o Castello de S. Jorge uma *salva* de vinte e um tiros, aos quaes respondeu retroando rio acima a corveta *Bartholomeu Dias.* Foi este o signal para que ao mesmo tempo rebentassem em varios pontos da cidade *girandolas* de mil foguetes cada uma.

Dir-se-hia a explosão de um armazem de polvora. O hymno constitucional tocado por bandas militares e de curiosos, retinia em todos os pontos d'onde irrompiam as girandolas. Todos os portuguezes leaes, por via de regra, cantavam o tal hymno, ou se esforçavam o melhor e mais louvavelmente que podiam para o cantar ao mesmo tempo que os carrilhões de Lisboa tambem tintilavam os cantares dos livres.

O effeito d'este subito ribombo de trons combinados era tão encommodo como uma symphonia de Wagner. Deu-se o cazo justamente á hora em que as ruas eram varridas. A descompassada gritaria tamanho abalo fez nos varredores da minha rua, que eil-os desatam a berrar: *Viva a carta! Viva a liberdade! Viva o Rei!* — e floreavam as suas vassouras com tal bravura que levantaram ondas de poeira em honra do dia. Pouca gente provavelmente, ficaria na cama, porque as ruas, antes do nascer do sol, já estavam cheias, e das janellas abertas já pendiam cobertores. Á vista d'isto, era um quasi dever resistir-se á tentação do somno, e corajosamente predispôr-se a gente a saborear as delicias programmatisadas no decurso de um dia tão auspiciosamente principiado.

Todos os navios pompeavam galhardetes de variegadas côres. Mastos venezianos, arcos triumphaes, festões de flôres, cordas embandeiradas ornamentavam as ruas principaes. A bandeira azul e branca fluctuava em quasi todos os edificios. Grandes explosões de foguetes estallaram successivamente durante todo o dia com breves intermittencias.

«Para mais de dez mil pessoas» de Cacilhas, Almada e Barreiros madrugaram hontem para vêrem os magnates da capital. A maxima parte das *senhoras* e *meninas* vestiam de azul e branco. Tambem os camponios e pescadores d'aquelles sitios, e das aldeias bastante affastadas de Lisboa, vieram arrebanhados. Vapores, falúas, omnibus, transportes aldeãos inclassificaveis trouxeram o seu subsidio a representar inconsciamente a parte de que não podia prescindir-se na scena festival—o pittoresco e mescla das turbas nas ruas a trasbordar. E a par d'isto, as extravagantes perguntas e reflexões que de vez em quando nos chegavam aos ouvidos, eram mais divertidas que os espectaculos e cerimonias que attrahiam aquella gente; porque a sua inquieta curiosidade lhes dava uma verdadeira *naiveté* ao sincero e ardente jubilo, n'aquelle dia festivo, nacional e grandioso, por toda a parte celebrado, e por todas as classes, desde o rei até ao saloio, e ainda até ao mendigo. Nem sequer esqueceram — digamol-o em abono dos portuguezes — os prezos no carcere, os enfermos no hospital, os pobres nos azylos, o verdadeiro indigente na sua miseravel mansarda, nem ainda os que mendigam nas ruas. Pro-

videnciou-se para que de certo modo fulgurasse um
relampago — se não mais rapido ainda — de alegria
nas mais lugubres vivendas e entre os mais des-
herdados da fortuna; e com isto a festa nacional
com certeza mais se nobilitou do que pelas visuali-
dades espectaculosas do dia.

Logo de manhã, queimava tão intensamente o
sol que só os grandes enthusiastas da liberdade —
que na verdade pareciam ser ás legiões — se arros-
tariam pelo dia adiante com aquella athmosphera.
O vento noroeste, que nos inculcaram um refrigerante, veio peiorar a situação, levantando grossas nuvens de poeira, como sabem os que já experimen-
taram o que é um redemoinho de pó n'estes sitios e
n'esta estação do anno. Não obstante, cêrca das
quatro horas e meia, fomos a S. Domingos, pelas
ruas do Arsenal e da Prata, passando sob uma
quasi ininterrupta abobada de bandeiras e estan-
dartes, arcos triumphaes de flôres e verduras. O
hymno constitucional, quer vocal quer instrumental-
mente, ressoava por toda a parte.

Perpassamos por uns grupos festeiros que bem
quizeramos bosquejar ou possuir photographados.
Ranchos de saloios, principalmente de homens que
usam ainda, mais do que as mulheres, os antigos
costumes portuguezes, trajavam os seus chapeus
guarnecidos de fitas e borlas, vistosas faixas escarlates, alvissimas camizas, lenços azues laçados folgadamente no pescoço, jalecas e calças de belbutina
escura ou cinzenta, alamares de prata, alguns de
antigo feitio, com bonitos engastes e invasaduras,
especie de vinculos de familia. As mulheres — que

quanto mais afastadas vivem da capital mais pittorescamente vestem — em geral, enfeitam-se menos
com ouro do que as mulheres das outras partes do
norte e sul de Portugal. Ainda assim, d'esta vez,
davam a pensar que traziam todos os seus haveres
convertidos em arrecadas, grilhões, contas e cruzes. Tafulavam tambem de saias e chailes pantafaçu-
dos, e na cabeça lenços de seda de ramagens e côres garridas; e não lhes vai mal o lenço, como ata-
vio de cabeça, quando o ageitam com arte e o atam
por baixo da barba de um rosto rozado, fresco e esbelto.

S. Domingos, a maior egreja de Lisboa, fica á
direita da Praça de D. Pedro, a quem vai da *cidade
baixa*. Estava magnificamente ornamentada para as
ceremonias do *Te-Deum* e Acção de graças; por fóra,
muita bandeira azul e branca; por dentro, muitos
cyrios e lampadas. O altar mór, apillarado de fino
marmore com bellas esculpturas em alabastro, resplandecia brilhantissimo de lumes. O espaço central
ou pavimento da egreja tinha alcatifa, sobre a qual
mil e duzentas cadeiras aguardavam os espectadores; além d'isto, havia bancadas lateralmente ao
correr dos altares. As cadeiras do rei e da rainha,
armadas sob um docel, eram de damasco azul e
amarello, com molduras douradas de extremada esculptura. O patriarcha tambem tinha ahi a sua cadeira, mas em docel apartado. Com quanto resplan-
decesse tanto como as reaes, eu não podia descor-
tinal-o atabafado pelos magnificentes ornamentos
de gala que só de per si embellesavam os olhos.
Pompeava antigas e riquissimas rendas que deviam

de fazer inveja ás damas. A mais de uma occorreu
talvez a irreverente idéa de guarnecer um vestido
de velludo com as rendas do patriarcha.

A rainha, com quanto não seja bonita, figurou-
se-me interessante, amavel e *mui sympathica*, no dizer dos portuguezes. Trajava um bello vestido de
seda clara guarnecido de barras de setim azul, e
chapeu branco enflorado. O rei vestia uniforme de
general, com que depois passou revista á tropa.
Parece-se muito com sua mãe, a fallecida rainha.
Branco de rosto, louro de cabellos, mais branco
e louro parecia ainda — e quasi singular por isso —
entre os personagens de tez trigueira e bronzeada
que formavam o seu cortejo. Tem disposições para
o *embonpoint*, o que lhe torna mais sensivel a semilhança com D. Maria 2.ª.

D. Fernando e D. Augusto — que é alto, e mais
á feição do pai que o rei — entraram juntos antes da
chegada de D. Luiz e da rainha: parece que é isto
etiqueta uzual, observada nas solemnidades em que
o rei e o *rei viuvo* concorrem. D. Fernando vai en-
canecendo; mas notei-lhe os mesmos ares cortezes e donairoso garbo d'outro tempo. É, quanto
merece sêl-o, popular como sempre; pois que,
além da benefica influencia que tem exercido nas
artes, Portugal deve-lhe muito. Tem-se mostra-
do sempre sincero amigo da sua patria adoptiva
Deram-se crizes em que o reino, alterado pela anar-
chia das facções politicas, durante o periodo tumultuoso do reinado de D. Maria 2.ª, foi salvo pela prudencia e moderação dos seus conselhos. E tambem,
pelo modo como elle e a rainha dirigiram a educação

de seus numerosos filhos, deram exemplo aos fidalgos e abastados do reino, que felizmente lh'o seguiram. Resultou d'ahi o ampliar-se mais a instrucção, cujos beneficos effeitos vão abrangendo gradualmente ambos os sexos e todas as classes.

Entre as damas que assistiram ao *Te-Deum*, reconheci muitas *senhoras* hespanholas, trajando vestidos ou laços azues e brancos: folguei de as vêr assim proceder delicadamente com os festejos do dia, na cidade que lhes deu abrigo. Ainda assim, é de crêr que as esturradas do partido carlista não levassem tão longe a sua *obsequiosidade*.

Os cavalheiros que assistiram ao *Te-Deum* eram, até certo ponto, mais brilhantemente espectaculosos que as damas. Deslumbravam com os seus uniformes militares, navaes, diplomaticos, e profusas commendas que estadeavam; e os que não podiam exhibir ornatos d'esta especie, contentavam-se com a improvisada decoração de um raminho de *immortelles* com fita azul.

O *Te-Deum,* obra de compositor portuguez, era grande, solemne, e sahia bem no vasto templo de S. Domingos. Noventa vozes amestradas cantavam no côro, e os solos executaram-os cantores de fama. O final *«in te, Domine, speravi»* foi cantado com musica do hymno constitucional. Terminou a religiosa cerimonia antes das cinco e meia; e, consoante o programma dos actos do dia, passou-se á parada immediatamente. Eu bem quizera vêl-a, como apaixonada «das pompas e aprestes de guerra»; mas tamanhos obstaculos me estorvaram sahir da egreja, que a parada concluiu-se em quanto eu atravessava

o espaço que vae d'ali até á Praça de D. Pedro.
Esta Praça extravasava de povo, e todas as janellas
estavam cheias de senhoras e creanças. Parte da
tropa atravessou-a e saudou a estatua do «*Rei soldado*»; emquanto eu, acceitando o favor de um amigo
que tinha carruagem, fui para a rua do Alecrim. Por
esta ingreme rua marchou parte da infanteria, seguida de artilheria e cavallaria.

Consta que os portuguezes são optimos soldados,
posto que entrem com repugnancia no serviço militar: tão adversos lhe são que não é raro mutilarem-
se os mancebos para se esquivarem ao recrutamen-
to. Nos Açores vigora uma lei nova que obriga toda a pessoa elegivel a servir no exercito por certo
numero de annos: é provavel, se a não abolirem,
que aquellas ferteis e formosas ilhas occidentaes se
transformem em absoluto dezerto. Noticia-se que o
povo emigra em grande escala para o Brazil e Estados-Unidos, preferindo expatriar-se e buscar sua
vida n'outros paizes a servir militarmente em Portugal. Entendem que, durante os mais viçosos annos
da existencia, a desgraça no desterro lhes é menos
infallivel que em sua terra.

Não obstante, o exercito portuguez actualmente
attinge um gráu de melhoria a que não chegára ha
muitos annos, pelo que respeita a armamento e dis-
ciplina. Ha pouco recebeu de Inglaterra 30,000 ca-
rabinas-Remington, e espera outra remessa. Tambem se negociaram ou estão em ajuste em Inglaterra ou Allemanha peças de artilheria; e tanto
os regimentos de infanteria como de cavallaria estão numericamente preenchidos. Em breve estarão

preparados os portuguezes para affrontarem os incidentes bellicosos que lhes possam advir do lado de Hespanha.

A meu vêr, a cavallaria é que mais elegante se ostenta. Os soldados montam bons cavallos e são excellentes cavalleiros os portuguezcs. Os *lanceiros da rainha* constituem um *corps d'elite.* Uzam bonito uniforme, e parece que a preceito lhes quadra a honra de serem commandados pelo infante D. Augusto.

A infanteria, quando trepava a rua do Alecrim, levava ares de esfalfada e esbaforida, e razão tinham para isso, — pobres rapazes! — porque estiveram formados na Praça do Commercio durante quatro horas; que o rei e seu estado maior quando ali chegaram eram seis menos um quarto. Mas a parada foi cousa de momentos. Da guarnição de Lisboa estavam somente seis mil homens, e em menos de meia hora tudo tinha desfillado para quarteis. Muitos d'elles eram *basané, bronzé,* quasi negros.

Assistiram á parada os poucos Veteranos da Liberdade, heroes de 1833, que ainda vivem — porção do já em si pequeno exercito com que o duque entrou em Lisboa. — Alguns vestiam os seus antigos uniformes, que cuidadosamente pouparam, e faziam espantar de velhos que eram. Um pobre veterano trazia a condecoração da *Torre e Espada* no uniforme do *Azilo de Mendicidade.* Figurou-se aquillo uma hedionda nodoa no espectaculo militar, e fizeram-se alguns exforços para delil-a. *Pro tem.,* (·)

(·) Abreviatura de *Pro tempore*, provisoriamente, temporariamente.

o bravo ancião recebe a sua quota parte de 100 libras destribuidas por setenta ou oitenta veteranos que ainda vivem. (·)

Salvaram, ao terminar a parada, o castello e os navios de guerra ancorados. O rei e a rainha com seus filhos (o mais velho tem dez annos e trajava o uniforme de lanceiros) voltaram para a Ajuda pela rua do Alecrim, em trem descoberto, sem escolta, e com dous batedores.

Faltava-nos ainda visitar as mais explendidas decorações da cidade.

m̃ uanto jantamos, illuminou-se Lisboa, e as villas da outra margem do rio imitaram-na logo. Com certeza todo mundo andava nas ruas, excepto a gente que enchia os theatros, gratuitos e franqueados ao publico n'esta occasião. Soprava então uma d'aquellas brizas perfidas e frias de vento norte que, depois de um dia de calma, são tão frequentes em Lisboa, funestando aquello clima na presente estação. Porém, não obstante, depois que vimos a es-

---

(·) Se á mão de Lady Jackson chegar esta pallida versão do seu livro, e s. exc.ª desejar saber o degrau de prosperidade a que subiram em Portugal os veteranos da phalange de Pedro IV, aqui lhe trasladamos as seguintes linhas cheias de opprobrio, extrahidas da *Revista Politica* do «Commercio do Porto» de 11 de dezembro de 1877 :

« Parece que no ministerio da guerra téem tido grandes demoras os processos para a concessão dos tantos reis por dia, que uma lei recente authorisou para os poucos bravos do Mindello que ainda sobrevivem ás doenças, aos annos e á ingratidão dos politicos, arrastando uma existencia miseravel.

« A alguns, que logo fizeram os seus requerimentos, o despacho agora sómente seria aproveitavel, applicando o competente subsidio vencido a suffragio por alma d'elles.

«Emquanto esperavam que a mãe-patria lhes acudisse com a esmola, morreram á fome! Infelizes, que nem tinham voto.»

tatua de D. Pedro illuminada por luz electrica, resolvemos vêr o completo effeito de toda a illuminação do lado do rio, que era o local mais azado ao intento. D'ali, pois, contemplamos uma perspectiva cuja belleza excede a imaginação — a «cidade sultana» scintillantemente illuminada no seu throno de montanhas.

Raras cazas havia que não tivessem duas fileiras de luminarias. Aqui e além, viam-se legendas taes como «*Liberdade*» e a data do successo commemorado; ou, como no quartel de caçadores 5, onde a disposição das luminarias simulava a fachada de um castello. Ao nivel da *Ribeira*, e entre o arvoredo e jardins do *Aterro* havia mastos venezianos, e profuzos balões chinezes. Desde a margem·do rio até ás cumieiras das collinas toda a cidade era um resplandecer de luzes. As embarcações, grandes e pequenas, estavam mais ou menos illuminadas, e o reflexo que faziam na agua era de um effeito magico. Mas o mais formoso espectaculo da noute era um encadeamento de dez grandes barcos, illuminados com arcos de lanternas e lampadas coloridas. Cada bote encerrava uma porção de musicos e cantores que tocavam e entoavam o hymno da carta e outras arias nacionaes, em quanto vogavam Tejo abaixo até ao caes de Belem e retrocediam á Praça do Commercio. Grande numero de pessoas os acompanhava pela ourela do rio e os esperava na volta dando-lhes estrondosos *vivas!*

Ao de cima de tudo isto, o azul profundo entornava os scintillantes lampejos dos seus astros, que, na immensa claridade da athmosphera, pareciam globulos de fogo pendentes; ao mesmo tempo, estirando-se atravez do firmamento, rutilavam duas infindas listras da via-lactea, lucilando em paroxismos, como se nos estivessem espargindo uma chuva de diamantes.

O caes do Sodré — palco do ultimo acto da tyrannia e crueldade miguelista — parecia uma lavareda, toda a noite; e ahi festejava-se a *Liberdade* com maiores explosões de girandolas, e mais estrondosos *vivas* prolongados e triumphantes que nos outros sitios. O acto a que acima alludi foi a execução de oito ou nove mancebos, estudantes de Coimbra, e officiaes que ali estavam aquartelados. Accusados como *suspeitos* de conspirarem para a queda do execrado Miguel, foram agarrados, prezos e, como traidores, sentenciados á morte, e suas cabeças expostas em espeques no caes do Sodré.

D. Miguel affizera a plebe de Lisboa a tão horrorosas scenas; ainda assim, a desventura d'aquelles mancebos excitou muita compaixão. Os amigos de um d'elles, D. José Augusto Leal, conde de Santa Quiteria, par do reino, subornaram parte das guardas e quadrilheiros que escoltavam os presos para o deixarem escapulir-se, ao que estes promettveram acceder, se possivel fôsse, na occasião em que a chegada dos reus promovesse confuso tumulto. Devia fazer-se a execução ao pôr-do-sol; porém, quando os padecentes eram levados, um d'elles desappareceu. Favorecidos pelo lusco-fusco do rapido crepusculo d'aquella latitude, os amigos do conde contavam facilitar-lhe ensejo de fugir despercebido. Tinham-lhe na passagem um cavallo prestes; mas,

apenas elle metteu pé no estribo, avisaram-no logo
as vigias que uma patrulha de cavallaria lhe ia na
pista. Elle cravou as esporas no cavallo; e, como
quem foge á morte, despediu a galope pela rua do
Ouro, conseguiu distanciar-se logo dos perseguidores, entrou no Rocio — n'aquelle tempo escuro e
solitario como as ruas circumvisinhas, temivel depois que anoitecia, e mui diversa praça do que é
hoje — e, em vez de proseguir para diante, desandou
por uma das ruas lateraes, e, entrando na dos Fanqueiros, foi dar á Praça do Commercio. O conde,
vendo que, ao menos por instantes, desorientara os
perseguidores, desmontou de um salto, prendeu
o cavallo ás grades da estatua de D. José, desem-
baraçou-se do boldrié e da espada, que levava comsigo, trocou a jaqueta por um capote e um lenço de
cabeça que um amigo lhe havia mettido debaixo do
braço, desatou a fugir a pé, e vingou metter-se em
refugio seguro.

N'este comenos, um mancebo francez, segundo
dizem, atravessando a Praça, deu tento do cavallo
que saltava e escouceava para se desprender; e, di-
rigindo-se para elle, reparou no cinturão e na roupa
que o outro deixára. Apanhou o boldrié; e, quando
o joven francez estava a examinal-o á froixa luz do
lampeão, eis que chegam os soldados que perseguiam
o fugitivo, e o filam. Debalde protestava elle que
não era a pessoa que buscavam, que não era portuguez, e não estava disfarçado como elles affir-
mavam. Cingiram-no com o boldrié que elle tinha
nas mãos; e, como aconteceu estar-lhe á medida da
cintura, concluiram evidentemente que era elle. Le-

varam-no ao local do patibulo. Ahi, rogos e suppli-
cas valeram-lhe tanto com os homens da justiça,
cujo encargo era completar o numero dos sentenciados, como tinham valido com os soldados que o pren-
deram. Elles eram responsaveis por um certo numero de padecentes; se um dos reus se tinha sa-
fado, estava ali outro que o substituisse, e em cir-
tancias que o condemnavam. Foi por tanto degolado, protestando até morrer sua innocencia, e que
não tivera parte no crime, que lhe imputavam, e do
qual não tinha sequer noticia.

Os successos agora celebrados seguiram-se quasi depois d'aquelle infame acontecimento. O san-
guisedento tyranno foi expulso, e o esconder-se o
fugitivo já não era necessario. Elle falleceu ha um
ou dois annos sómente. O amigo que me referiu esta
historia da fuga, ouviu-a da propria boca do fugitivo. (·)

(.) Quem seria o amigo que abusou da credulidade infantil d'esta historiadora? Ou quem seria aquelle *conde de Santa Quiteria, par do reino*, que
contou ao amigo de Lady Jackson uma historia tam verdadeira como o seu
condado!? Convém saber que o conde fugitivo, primeiramente, no livro d'esta
dama, chamava-se *conde de Avila de T., par do reino*, e assim figura no texto;
mas a authora, *melhor informada*, escreve uma errata que diz:

«*Conde de Avila de T.* leia *D. José Augusto Leal, conde de Santa Quiteria*».

Isto peorou a verosimilhança do conto; mas salvou o snr. conde de Avila, hoje marquez, e presidente de ministros, de figurar tão deploravelmente
no cannibalismo dos estudantes que por justas causas foram enforcados, no
caes do Tojo, e não do Sodré, como diz a authora, em 20 de junho de 1828.

Assevero que a historia não foi alinhavada pela credula dama. Houve
ahi invencioneiro que deu azo a essa lenda pueril, e não receio calumniar
ninguem imputando a patarata ao fantastico conde D. José Augusto, que
fazia parte do verdadeiro visconde de Santa Quiteria, José Antonio Soares
Leal, sujeito de boas trêtas.

Esmiucemos isto. José Antonio Soares Leal pertencia ao regimento de

na dos Fan-
o. O conde,
entara os
to, prendeu
osé, desem-
levava com
um lenço de
o debaixo do
etter-se em

segundo
o do cavallo

na roupa
e, quando
ixa luz do
perseguiam
ra elle que
era portu-

o local do ptibulo. Ahi, rogos e suppli-
n-lhe tanto om os homens da justiça,
;o era compleu o numero dos sentencia-
iniiam valide com os soldados que o pren-
es eram re~pusaveis por um certo nu-
adecentes; s um dos reus se tinha sa-
-a ali outro qe o substituisse, e em cir-
-e o condemnvam. Foi por tanto degola-
tando até mrrer sua innocencia, e que
parte no crime, que lhe imputavam, e do
inha sequer oticia.
cessos agora celebrados seguiram-se qua-
d'aquelle infime acontecimento. O san-
o tyranno foi expulso, e o esconder-se o
já não era necessario. Elle falleceu ha um
unnos sóment O amigo que me referiu esta
da fuga, ouvira da propria boca do fugi-

m seria o amigo que fusou da credulidade infantil d'esta histo-
i quem seria aquelle *nde de Santa Quiteria*, par do reino, que
migo de Lady Jacks uma historia tam verdadeira como o sou
Convém saber que o cole fugitivo, primeiramente, no livre d'uol
ava-se *conde de Avilse T.*, par do reino, e assim figurava todos
ra, *melhor informad* escreve uma errata que diz
: *de Avila de T.* leia . *José Augusto Leal, conde de Santa* Qui

orou a verosimilhanç lo estouvamento salvou o snr. co
arquez, e presidente ministros, de figurar tão
lismo dos estudantes e por justas causa
jo, e não do Sodr co diz a
ero que a histo
ioneiro qne
impn
e
ual
que

A ultima toada que me feriu os ouvidos n'este
longo dia de jubilo, que principiou antes da manhã
de 24 e ainda não tinha acabado perto da mesma
hora do dia 25, foi a d'uns freneticos *vivas á liberdade e independencia nacional,* conclamados com acom-
panhamento da estridente guitarra, com certeza devi-
dos não só ás frequentes libações de vinho e cerveja
da Baviera, mas tambem ao enthusiastico e ululante
patriotismo d'aquelles berradores; mas, n'esta conjunctura de vehementissimas demonstrações de tal
especie pela noute fóra, nada occorreu digno da in-
terferencia da policia. A moderação e ordem que rei-
naram entre a plebe deve considerar-se, n'este paiz,
um depoimento da sinceridade dos leaes e patrioticos sentimentos que tão acrisoladamente exprimi-
ram durante os festejos.

O unico incidente conhecido deu-se em uma senhora que contava noventa e nove annos. Morava

---

infanteria 4 que se revoltou em 21 de agosto de 1831. Pôde evadir-se, quando
os seus cumplices eram agarrados, e alcançou aportar á Ilha Terceira. Em
julho de 1832 veio com D. Pedro para Portugal, fez a campanha, e, resta-
belecido o novo governo, entrou na diplomacia com bastante merito e não,
vulgar instrucção. Foi feito barão de Santa Quiteria (no concelho de Alem-
quer) em 8 de agosto de 1855, e visconde em 6 de agosto de 1859. Morreu
em Baden-Baden sendo nosso embaixador em Vienna de Austria, ha poucos
annos, de um tétano, em consequencia de não consentir que lhe amputassem
uma perna que quebrára, na volta de um baile, em resultado da queda da
carruagem.

Agora, entende-se a confusão. *José Antonio* desfigura-se em *Dom José
Augusto,* e promove-se a conde. Como fugiu em 1831 de capote e lenço, des-
pindo a farda e o boldrié, deu margem a que Lady Jackson imaginasse o
estudante sentenciado á pena ultima, no caminho da forca, trajando fardeta
e talabarte, safando-se da escolta, montando a cavallo, galopando pela Baixa
por aquelle deserto da rua do Ouro, praça do Rocio, e rua dos Fanqueiros
até que se apeia, e ata as redeas da cavalgadura ás grades da *Memoria.*
Como este academico, *conde e par do reino,* mal poderia pertencer a uma

ella em uma das ruas confluentes para outra por onde a tropa e o real cortejo passaram e repassaram durante o dia. Na anciedade de vêr — pois que era contemporanea dos successos commemorados— debruçou-se tanto na sacada que perdeu o equilibrio e malhou comsigo na rua. Felizmente que foi de um primeiro andar, e á maior força do tombo accudiu-lhe a gente que a levantou. Levaram-na sem sentidos, mas, a não ser alguma contusão e o susto, esperava-se que a decrepita senhora não soffresse grande injuria, e podesse sobreviver áquelle desastre para completar os seus cem annos.

---

conjuração de homicidas, com seu tanto de salteadores de bahus, a ingleza conta-nos que os estudantes foram condemnados meramente como *suspeitos* de attentarem contra o usurpador, e arranja o fusco e rapido crepusculo da nossa latitude para desculpar a cegueira da escolta, tendo sido aliás os reus justiçados entre as 3 e 4 horas de um clarissimo dia de junho.

E o francez que foi enforcado em logar do estudante (*degolado* diz o texto : *beheaded*) simplesmente porque o boldrié lhe servia, e porque era preciso enforcar um determinado numero de sujeitos ?

Contam-se lá fóra coisas de Portugal que elevam a um grau cristalino de tolice as pessoas que as escrevem. Eu dou bastante pelo siso da nossa hospeda, e desculpo-lhe as crendices proprias do seu sexo e da sua luz crepuscular em historia e chronologia; mas dá-me vontade de degolar os meus patricios que armam á pascacice maravilhada dos estrangeiros contando-lhes casos que desparam em affronta propria. Que dirá a França quando souber, ainda agora, que nós lhe degolamos um filho, porque era necessario preencher o numero de nove justiçados! E a Inglaterra que pensaria do nosso actual e honrado presidente de ministros, se Lady Jackson não faz a errata que exime o joven conde de Avila de assassinar dois velhos no Cartaxinho?

CAPITULO XIII

PARA CINTRA, NO LARMANJAT

Á excepção das pessoas captivas do seu emprego ou negocio, pouca gente fica em Lisboa n'esta epoca; ainda assim, no passado mez de julho, quando a calma era ardente estava a cidade cheia. E ainda agora estão occupados todos os hoteis, apezar do penetrante sol de agosto impedir que se abra uma janella á claridade do dia e ao bafejo do ar, que entra abrazeado e abafadiço. São, porém, as noutes que farte arejadas para que os nervos, alquebrados da languidez do dia, se restaurem. O passear nos jardins publicos é sempre convidativo pelo recreio das orchestras militares.

O que mais afflige e impacienta a gente em Lisboa é a difficuldade que ha em residir fóra; que, a respeito de calôr, tirante as ruas estreitas no mais baixo da cidade, Lisboa não é mais quente que algumas localidades frequentadas pela moda. Ha banhos dôces, caldas, barcaças no Tejo, banhos em Cacilhas e Pedroiços, de mar em Paço d'Arcos, Caxias, e Cascaes, posto que só comece em setembro a quadra dos banhos. Mas aquellas povoações, balnearias estão já cheias de banhistas como nunca estiveram. Certo é que onde quer que vades ou tencioneis ir dir-vos-hão que tudo está occupado por

CAPITULO XIII

Á excepção das pessoas captivas do seu emprego ou negocio, pouca gente fica em Lisboa n'esta epoca; ainda assim, no passado mez de julho, quando a calma era ardente estava a cidade cheia. E ainda agora estão occupados todos os hoteis, apezar do penetrante sol de agosto impedir que se abra uma janella á claridade do dia e ao bafejo do ar, que entra abrazeado e abafadiço. São, porém, as noutes que farte arejadas para que os nervos, alquebrados da languidez do dia, se restaurem. O passear nos jardins publicos é sempre convidativo pelo recreio das orchestras militares.

O que mais afflige e impacienta a gente em Lisboa é a difficuldade que ha em residir fóra; que, a respeito de calôr, tirante as ruas estreitas no mais baixo da cidade, Lisboa não é mais quente que algumas localidades frequentadas pela moda. Ha banhos dôces, caldas, barcaças no Tejo, banhos em Cacilhas e Pedroiços, de mar em Paço d'Arcos, Caxias, e Cascaes, posto que só comece em setembro a quadra dos banhos. Mas aquellas povoações, balnearias estão já cheias de banhistas como nunca estiveram. Certo é que onde quer que vades ou tencioneis ir dir-vos-hão que tudo está occupado por

rante o dia,
particula
'or aqui
corri-
'i se

CAPITULO XIII

PARA CINTRA NO LARMANJAT

Á excepção das pess as captivas do seu
ou negocio, pouca gente ca em Lisboa n'
ainda assim, no passa mez de i
calma era ardente estaa a e
agora estão occupados d
penetrante sol de ago
janella á claridade d
entra abrazeado
tes que farte
brados da l

que al-
da. Ha ba-
rejo, banhos em
em Paço d'Arcos,
se só comece em setem-
Mas aquellas povoações,
s de banhistas como nunca
nde quer que vades ou ten-
ae tudo está occupado por

familias hespanholas; e, se quizerdes tomar quartos em hotel ou casa particular com alguma demora, sabereis que desde tal dia em diante estão tomados por uma familia hespanhola.

Um cavalheiro portuguez que foi ás Caldas da Rainha para alugar caza por trez mezes, contou-me que, notando ao dono d'ella — um ferreiro aposentado — a exorbitancia do aluguer, elle lhe replicára: «Decerto que o preço é puxadinho para gente portugueza; mas eu estou á espera de alugal-a aos hespanhoes, que trazem as algibeiras recheadas para Portugal, e podem e querem pagar bem. V. Exc.ª queria que eu atirasse fóra o grãosinho maduro que o ceu nos deita no regaço, e que me fosse por ͺahi fóra apanhar o palhiço?»

«E que resposta lhe deu o senhor quando o seu patricio tão cortezmente o comparou com um palhiço?» perguntei.

«Que havia de responder eu a tal sujeito? Encolhi os hombros, voltei-lhe as costas, e fui-me embora; que não fosse elle com outra que tal faisca da sua bigorna pegar o fogo ao palhiço.

Litteralmente, estes hespanhoes põem a gente no olho da rua. Cintra superabunda tambem n'isso. Quem não pertencer ao escasso numero dos afortunados que ali tem quintas, grandes ou pequenas, é obrigado a conformar-se com o quartel que poder obter afim de respirar um ambiente mais fresco e puro. E, ainda assim, é á tardinha que se sente o beneficio de melhor temperatura; que, de dia, é quasi igual á de Lisboa; mas em Cintra, por noute, em ͺvez d'aquella aragem que traspassa o corpo gelando-nos o sangue que estuou febril durante o dia, goza-se viração suave, balsamica, sem particula de humidade. Todavia, é de mais a gente por aqui —uma populaça folgazã toda afreimada em corridas, theatros e bailes, divertimentos, uns que já se dão e outros que se esperam, de todo avêssos á indole do prazer que naturalmente ides procurar em theatro só de per si tão magestoso e sublime.

Espera-se que a via Larmanjat, inaugurada ha poucas semanas, transforme Cintra em um d'aquelles confluentes de patuscadas onde passem um dia regalado os lisboetas que não tem tempo nem cabedal para se andarem á cata de felicidades um pouco mais longe de casa. A experiencia, porém, que tenho do Larmanjat auctorisa-me a dizer que tãosomente uns para quem economisar uma hora e um ou dois mil reis é negocio importantissimo, poderão jornadear segunda vez por tal transporte. Contruiram-no segundo um systema que em França foi experimentado, ouvi dizer, com insignificante exito e diminuta protecção. Disseram-me uns engenheiros que a invenção se malograria a final, porque, sendo o *rail* de madeira, assim que chove, o pau pega de inchar e descarrila o vehiculo. Está quasi concluida outra via para Torres Vedras pelo mesmo systema. As carruagens são de duas classes, primeira e *terceira;* a segunda virá depois. Compõem-se a primeira de dois bancos centraes, costas com costas, separados por uma divisão que sobe quasi até ao tejadilho da carruagem. Tem duas portinholas de entrada de cada lado, e um postigo com vidraça e cortina defronte de cada passageiro. Quanto á terceira classe

essa não é dividida nem envidraçada: tem uma grosseira cortina em vez de janella. Empregam uma escova na remoção do lixo e cascalho ou outros
impecilhos ao tranzito. A velocidade é moderada;
andam dezeseis milhas em duas horas e um quarto.

Entendemos logo que levar as janellas fechadas
era morrermos abafados; porém, como n'este tempo, se alastra uma camada de pó de altura pelo menos
de um pé nas margens da estrada, assim que abri-
mos a janella invadiu-nos a poeira que litteralmente
nos cobriu desde a cabeça até aos pés. Descemos a
cortina que era de uma franzina gaze, e não melho-
ramos de situação. Encheram-se-nos as bocas e os
olhos d'aquelle saibro irritante, que nos atacava ás
ondas com a picante impressão de vidro moído. Toda
a gente parecia levar cabelleira polvilhada, ou ter en-
canecido á ultima hora. Tapavamos a cara com os
lenços para evitar a cegueira ou a asfixia — o que
provavelmente aconteceria sem taes resguardos.

E então os solavancos!

Nunca os esquecerei... tão desapiedadamente
lá fui manteada! Ás vezes iamos sacudidos de encontro ao tecto; e então não só aconchegavamos
reciprocamente os joelhos por causa da estreiteza
do vehiculo, mas até os fincavamos uns contra os
outros, preferindo isto a sahirmos cheios de con-
tuzões negras e azuladas da pancadária que levas-
semos de encontro ás ilhargas do carro. E, no entanto, a machina ia trapeando, arfando, silvando
e rugindo como eu nunca tinha ouvido machina nenhuma. Demais a mais, uma grande sineta ia n'um
perpetuo repicar avisando os viandantes e os boliei-

A NOITE

ros dos trens que se desviassem do caminho do
«grande Larmanjat» (·) Certo é que não podiamos
vêr senão um dos lados da estrada; mas isso era o
menos; porquanto, ainda que perpassassemos pelos
mais deleitosos quadros da natureza, n'aquella desgraçada conjunctura, que bellezas teriam elles para
nós? O que principalmente vimos foi poeira desde o
começo até ao cabo da jornada. As paragens eram
muitas; e como o Larmanjat ainda tinha sabor de
novidade, os aldeãos despegavam do trabalho ou
sahiam dos cazebres para nos contemplarem e ri-
rem-se de nós. Um rancho de mendigos de ambos
os sexos e de todas as idades, esperavam o carro
nas estações. Este lastimava-se, aquelle arreganha-
va os dentes, aquell'outro berrava, e todos juntos
estridulamente pediam uma «*esmolinha para sua
saude.*»

Acho que *en passant* deitei um lance de vista aos
arcos maiores dos aqueductos, e outro a Queluz,
emquanto paramos n'estas melancholicas estações.
Os nossos companheiros de viagem eram brazileiros que fallavam como só os brazileiros sabem fallar, e fumavam pelo mesmo theor. Levavam um

---

(·) Trasladou-se a descripção pungente do objecto extincto, porque o
Larmanjat parece facto já esvahido na profunda noite dos tempos prehisto-
ricos. A gente, ao lêr os periodos commoventes da senhora ingleza, cuida
que está entrevendo nas brumas do passado uma cousa lendaria como a carroça dos Atilas e Alaricos. A viação Larmanjat parece mytho como a passa-
rola do jesuita Bartholomeu Lourenço de Gusmão. Ainda vivem, porém,
pessoas que viram os carros em 1874; mas recordam-se d'isso como dizem
que ha um vago recordar de factos occorridos em uma vida anterior. O Larmanjat e os vehiculos de Amphytrite e Apollo correm o pairo nas phantasias
lidas nas metamorphoses ovidianas. O Champolion d'esta antigalha é Julio
Cezar Machado em um livro delicioso intitulado LISBOA NA RUA.

ros dos trens que se desviassem do caminho do
« grande Larmanjat » (·) Certo é que não podiamos
vêr senão um dos lados da estrada; mas isso era o
menos; porquanto, ainda que perpassassemos pelos
mais deleitosos quadros da natureza, n'aquella desgraçada conjunctura, que bellezas teriam elles para
nós? O que principalmente vimos foi poeira desde o
começo até ao cabo da jornada. As paragens eram
muitas; e como o Larmanjat ainda tinha sabor de
novidade, os aldeãos despegavam do trabalho ou
sahiam dos cazebres para nos contemplarem e ri-
rem-se de nós. Um rancho de mendigos de ambos
os sexos e de todas as idades, esperavam o carro
nas estações. Este lastimava-se, aquelle arreganha-
va os dentes, aquell'outro berrava, e todos juntos
estridulamente pediam uma « *esmolinha para sua
saude.* »

Acho que *en passant* deitei um lance de vista aos
arcos maiores dos aqueductos, e outro a Queluz,
emquanto paramos n'estas melancholicas estações.
Os nossos companheiros de viagem eram brazileiros que fallavam como só os brazileiros sabem fallar, e fumavam pelo mesmo theor. Levavam um

---

(·) Trasladou-se a descripção pungente do objecto extincto, porque o
Larmanjat parece facto já esvahido na profunda noite dos tempos prehisto-
ricos. A gente, ao lêr os periodos commoventes da senhora ingleza, cuida
que está entrevendo nas brumas do passado uma cousa lendaria como a carroça dos Atilas e Alaricos. A viação Larmanjat parece mytho como a passa-
rola do jesuita Bartholomeu Lourenço de Gusmão. Ainda vivem, porém,
pessoas que viram os carros em 1874; mas recordam-se d'isso como dizem
que ha um vago recordar de factos occorridos em uma vida anterior. O Larmanjat e os vehiculos de Amphytrite e Apollo correm o pairo nas phantasias
lidas nas metamorphoses ovidianas. O Champolion d'esta antigalha é Julio
Cezar Machado em um livro delicioso intitulado Lisboa na rua.

ros dos trens que se desviassem do caminho do
«grande Larmanjat» (*) Como é que não podíamos
vêr senão um dos lados da estrada; mas isso era o
menos; porquanto, ainda que ora passassemos pelos
mais deleitosos quadros da natureza, n'aquella desgraçada conjunctura, que bellezas teriam elles para
nós? O que principalmente vimos foi poeira desde o
começo até ao cabo da jornada. As paragens eram
muitas; e como o Larmanjat ainda tinha sabor de
novidade, os aldeãos desapegavam do trabalho ou
sahiam dos casebres para os contemplarem e rir-
rem-se de nós. Um rancho d'montijos de ambos
os sexos e de todas as idades, esperavam o carro
nas estações. Esta lastimava-se, aquelle arreganha-
va os dentes, aquell'outra berrava, e todos juntos
estridulamente pediam uma *caridadinha para sua
saude.*

Acho que *ha passado* dei xam lances de vista aos
arcos maiores dos aqueductos, e outros a Queluz,
emquanto paramos n'estas melancholicas estações.
Os nossos companheiros de viagem eram brazileiros que fallavam como só os brazileiros sabem fallar, e fumavam pelo mesmo theor. Levavam uns

os trens que se esviassem do caminho do
de Larmanjat » (· Certo é que não podiamos
não um dos lados la estrada; mas isso era o
s; porquanto, ai l que perpassassemos pelos
deleitosos quadr da natureza, n'a a des-
da conjunctura, qe bellezas ter s para
O que principalmote vimos fo desde
eço até ao cabo da ornada. A ns e
tas; e como o Larnanjat ain sabo
idade, os aldeãos dspegava alh
iam dos cazebres ra nos ren
se de nós. Um ran le
sexos e de todas a n
estações. Este lasti
os dentes, aquell
ridulamente pe
ide.»

Acho que e
cos maiore
nquanto pai
s nossos co
s que falla
r, e fuma

(·) Traslado
rmanjat pare
os. A gente,
e está entrev
ça dos Atila
la do jesui
·ssoas que
c he um
injat e
las ne
zar

crianço derrancado pelo mimo que, como era de esperar, ia enraivecido contra a poeira; a sua negra
ama de leite, que tagarellava sempre, tractava de em-
buçar o traquinas em um capotilho; mas isso nada
valia que o rapaz ia quasi, suffocado. Não houve, até
final, modo de vencer o flagello da poeira.

Se quizer ir a Cintra, vá em maio; e, se partir
de Lisboa, seja qual fôr a estação, nada de Larmanjat. Alugue uma carruagem com um tiro de bons
cavallos, e um cocheiro attencioso e que saiba. O
passeio assim ser-lhe-ha delicioso, se o Larmanjat
lhe não destroncar a parelha, e espedaçar a carruagem, e o não pozer ás portas da morte, ou matar
de todo, e mais ao boleeiro — que, ainda na semana
passada, succedeu um caso semelhante com um rancho de gente que ia para Cintra; mas é provavel
que semelhantes encontros se não repitam muitas
vezes.

A estrada é magnifica, e, de vez em quando, offerece lindas paisagens. E até mesmo ha ahi bellezas
pittorescas, d'um certo agreste que lhe dá relêvo e
realce, até chegar ás collinas verdejantes que se vos
antepõem como guardas avançadas da romanesca
região onde ides entrando e não descobristes ainda.
É agradabilissimo o contraste das encostas herve-
cidas com os pincaros penhascosos, cujos fantasticos recortes desde muito longe vos appareceram.

A par e passo que avançaes, estas collinas ma-
tizam-se de pomares e vinhedos, cheios de pomos
sasonados, jardins deleitosamente floridos, e moitas de arvoredo da mais formosa vegetação que encontrei no trajecto, mais espessa de ramagem de

um verde mais vivo e variado. Passa-se logo depois pelo já famigerado palacio de Ramalhão com seus pomares de cidras e larangeiras, e, seguindo as sinuosidades de um fertil e magnifico torrão, ao desdobrar de um respaldo da serra, apparece Cintra.

Está como fechada ao sopé d'aquella enorme fileira de rochedos, outr'ora chamados *Monte da Lua*, d'onde irrompem a topetar com os astros no mais alto viso o Castello de Peña, e pouco distante o Castello dos Mouros, que surge d'outro cabêço do espinhaço da mesma serra.

Á villa, ou mais exactamente ao burgo de Cintra é vulgar chamar-se «Portal do Paraizo». (·)

Se viesseis de carruagem, assim o imaginarieis tambem, porque podieis espairecer a vista por magnificencias que de toda a parte avultam; mas, se vindes no Larmanjat, nada vereis do tal portal, e entendereis que um mais prosaico epitheto diria melhor com aquelle grupo de mediocres cazas velhas e cazinholas, com fatigantes ruas mal-gradadas, tortas e estreitas.

O Larmanjat apeia os passageiros no arido da estrada, meia milha distante, onde não ha carro de hotel que os espere e transporte da estação á villa. Uma chusma de gaiatos maiores e menores, porcos

---

(·) Não é vulgar chamar-se a Cintra *Portal do Paraizo.* A auctora leu isto com insufficiente percepção no *Novo Guia do Viajante em Lisboa.* Francisco Maria Bordalo, encarecendo a quinta dos marquezes de Vianna situada á entrada de Cintra, escreveu : « é como a sala de espera de um palacio de fadas ; diz logo ao visitante : Estás ás *portas de um paraizo.* » Lady Jackson foi muitas vezes enganada pelo *Guia* impresso. É pena que esse livro tão abaixo esteja do nome que o auctorisava.

e esfarrapados, agarram-se á gente para nos guiar
ou levar-nos as malas ou alugar-nos os burros se
queremos ir aos castellos e conventos. Se se lhes
dispensam os serviços, pedem-vos uma esmolinha
pela salvação da vossa alma.

Quando, á chegada, me desencaixotei do Larmanjat, estava tão moída, esfalfada e empoada da
viagem, que o tranzito até á villa, apezar de curto,
figurou-se-me laboriosa peregrinação. Obsequiosa-
mente se houve um empregado da estação ajudando
o amigo que me acompanhava, a sacudir-me e esco-
var-me o saco de pó e areia, que eu levava no
chapeu e na capa, afim de que a minha presença
não espavorisse os indigenas ou magoasse as sensi-
bilidades do *beau monde,* se topassemos d'isso no
caminho. Descer á estação á chegada do Larmanjat
para vêr descarregar os fardos de poeira é uma das
regalias de Cintra; o mesmo acontece em Folkes-
tone e Bolonha, onde os ociosos se divertem agrupando-se no desembarque para escarnecerem dos
viajantes que chegam descadeirados das tormentas.

Todavia, como chegáramos de manhã, escapa-
mos ao espectaculo, que é divertimento para de
tarde; e assim despercebidos, seguimos ladeira acima uma vereda tortuosa sombreada por copado
arvoredo. Passamos por diversas quintas cujos altos muros se vestiam, a intervallos, de musgo e flores agrestes. Como era dia de feira, a risonha villasinha dava-se uns ares de agitação negociosa. Pouco
posso dizer do local da feira, que parecia uma fileira
de cubiculos com tecto acaçapado; mas eram tenta-
dores a fructa, os legumes, o queijo e a manteiga

fresca de Cintra que é em Portugal uma preciosidade; mas em Lisboa e n'outras partes pouca se gasta; que a irlandeza tem maior consumo. Os mais bellos morangos, pecegos e damascos procedem de Cintra, onde se cultivam com muitissimo esmêro; fóra d'ali cuida-se tão sómente nas vinhas; por isso, o que é fructa, á excepção de uva, figo e laranja, posto que abundante, raro é ser bôa. Havia na feira muitas canastras de frangos brancos, que parece serem lá mais apreciados que os de plumagem colorida, e por isso os apartam. As gallinheiras tanto em Cintra, como em Lisboa, quando acontecia eu entrar na Praça da Figueira, cuidavam que eu ia sempre em procura de franguinhas brancas. « *Veja, senhora*—diziam ellas—*são todas brancas e mui boas.*»

O curto trajecto até á villa era tão gracioso, que, antes de lá chegarmos, já se nos haviam olvidado os horrores da jornada no Larmanjat. Á sua mão direita está o *Palacio real*, a Alhambra dos reis mouros de Portugal, em parte reconstruido e occupado temporariamente no estio pelos seus reis christãos. (·)

Prendem áquelle palacio recordações de grande interesse historico e romantico.

Quando eu estive em outra epoca n'este formoso

(·) Devêra dizer: *reis mouros de Lisboa*, uma das cidades da provincia mussulmana de Belatha, a não querer dizer mais correctamente *wallis* ou alkaids. Portugal (Porto-Cale) quando Lisboa era alternadamente mourisca ou sueva, e, ainda no seculo XI, não passava para além do Vouga, ao occidente. A denominação «Portugal» ampliou-se á proporção das conquistas; e generalisou-se quando a nova monarchia se desmembrou do reino de Leão. Portugal constituiu-se reino em 1140.

local parece que não havia tantas cazas aninhadas
entre arvoredo e fragas. Santa Estephania (·) que
ha annos começou a edificar-se e foi depois abando-
nada, renasce agora com direito á nossa consideração. Está-se creand o uma povoação, e brevemente se
abrirá ali um magnifico hotel. A cumprir-se parte
do programma d'este estabelecimento em beneficio
e conforto dos visitantes, Victor, que tem o melhor
hotel de Cintra, deve extremar-se em zelo da sua
casa, se quizer continuar no gozo da primazia. Está
situada na estrada nova de Mafra, e dista de Cintra
um kilometro. É formosissima a sua situação; ro-
deam-na graciosas cazas engastadas entre bosques
e jardins, por onde serpeam regatos de cristalina
agua que rega nas suas orlas uns hervaçaes oloro-
sos que, se os pizam, exhalam suavissimos perfumes. Gentil Estephania! Dizem que o *rail* Larmanjat hade lá ir dar. Se assim acontecer, ainda que
o purgatorio da jornada possa devotamente tragar-
se com a mira posta n'aquelle paraizo, por tal meio
não heide eu alcançal-o.

Aqui ha dezeseis annos houve o projecto de uma
via-ferrea de Lisboa a Pedrouços, defronte de Belem, a terminar na Estephania, onde algumas bonitas cazas se edificaram na esperança de formar um
suburbio de Cintra. Estava já traçada a linha do *rail*
e organisada uma empreza que a executasse. Grande parte do traçado até á barreira de Lisboa es-

_____

(·) *Santa* é canonisação da auctora, que desfaz no prestigio da nossa
santa Quiteria e nos enriquece com uma santa Estephania. Simplesmente
«Estephania» é o projecto de uma *villa*, que tinha dez cazas quando Lady
Jackson lá esteve em 1874.

tava já principiado quando Cintra ganhou ciumes
antevendo provavelmente que os forasteiros n'aquella
estancia encantadora prefeririam aquartelar-se na
Estephania, cuja situação tem mais attractivos que a
da antiga villasinha. Ao novo *rail* e ao formoso suburbio atravessaram-se fortes opposições promovidas
por poderosas influencias que vingaram inutilisar os
dous projectos.

Parece-me que melhor exito se offerece agora á
rival de Cintra com o patrocinio dos frequentadores.
São por ella muitas vantagens : a estrada chã para
Cintra plantada de arvores e arbustos que ali frondejam depressa, é um passeio de predilecção; depois,
a nova Praça de touros — distracção cuja necessidade
ninguem pensaria que se fizesse sentir em Cintra —
está perto de Estephania. O estabelecimento de banhos de *douche,* aos quaes muita gente expressamente concorre, está no caminho de Mafra. A es-
chola do conde de Ferreira que interessa a muitos,
está a dous passos; e a jornada a Mafra, com a in-
terposição de Estephania, é menos fadigosa.

Tem Cintra varios hoteis; mas o de mrs. Lawrence, depois do de Victor, é o mais favorecido dos
inglezes. Mrs. L. é mulher já de annos adiantados,
que tem vivido em Portugal, senão em Cintra, quasi
toda a sua vida. Um dos rapazes conductores entrou por engano no seu hotel pelas trazeiras da
casa, por uma especie de desvão assotado da cosinha, onde uma mulher idosa, que eu suppuz ser a
cosinheira, descascava ervilhas. Ergueu a cabeça,
e fitando-nos atravez dos oculos, disse : «Boa! que
é o que desejam? »

—*Queremos almoçar*— disse o meu faminto companheiro algum tanto impacientado, emquanto eu lhe perguntava: «É mrs. Lawrence?»

—Sou eu, sem duvida nenhuma; e a snr.ª é ingleza? Este cavalheiro fallou-me em portuguez. (·)

—Queremos almoçar immediatamente—replicou elle em genuina lingua ingleza.

—Bem, snr., faz favor de subir as escadas e dizer o que quer almoçar que eu tracto já d'isso. Vieram no Larmanjat? Se vieram, hão de querer refrescar-se n'um banho, acho eu? Acho que tambem querem quartos, pois não querem? Mas eu n'esta occasião não tenho nenhum; ha ahi um de uma gente que não está cá, mas pagou-o para o ter seguro quando viesse.

Depois de uma pequena conversação, a velha senhora que ao principio se mostrava aspera, suavisou-se prodigiosamente em palavras prazenteiras, e tornou-se mui de grado curiosa a nosso respeito. A filha e a neta, cuja historia ella me contou, appareceram, quando eu examinava o hotel. Mais despida e desconfortavel cousa difficilmente haverá. Parte dos quartos está ao rez da rua. A mobilia de uma das saletas contiguas sem vista para parte nenhuma, era trez ou quatro mezinhas oblongas com seus guarda-pés de musselina branca, e cobertas de fustão á maneira do que se usa nas bancas de toucador; um

---

(·) Não temos vocabulo equivalente que, sem redundancia, exprima o *young gentleman* (o cavalheiro-moço) que acompanhava a illustre hospeda de mrs. Lawrence. O que temos é a certeza de que a talentosa viajante era acompanhada de um joven patricio nosso, cujo nome está mysteriosamente resguardado nas 400 paginas do livro.

sophá comprido, de encovado assento, estreito, de espaldar alto, com almofadas redondas, embuçado todo em festão, e trez ou quatro poltronas fundas e altas, de costas estreitas, e tambem ensacadas, algumas estampas velhas, e um copo n'um pires de barro completavam a decoração.

Penso eu que a mobilia d'esta saleta desperta uma pallida reminiscencia da moda predominante em Portugal em passadas eras, e ainda hoje se encontram nas cazas antigas, onde mezas, cadeiras, armarios e tremós se cobrem de pannos escarlates ou damasco de qualquer côr. Vi muitas vezes esta especie de esmerado adorno em S. Paulo de Loanda, onde, como em muitas colonias, as velhas usanças e modas subsistem longo tempo, já muito depois que se tornaram obsoletas na metropole. Eu mesma lá tive uma sala assim mobilada commodamente. Cadeiras e mezas carunchosas, assim atabafadas, fingiam explendidos trastes; os bofetes pareciam altares, de mais a mais, com a semelhança de candelabros, etc.

Ora as mussellinas e fustões de Mrs. Lawrence eram alvos e limpos; e, havendo limpeza, seria de esperar que uma sincera enthusiasta do bucolismo se contentasse com isso, e d'isso mesmo prescindisse se o seu destino era viver entre as paisagens da pittoresca Cintra. Porém, eu cá pela minha phylosophia, folgo, depois de contemplar em extasis as magnificencias da natureza, achar-me em casa confortavelmente recheada de cousas bonitas e bem dispostas, para ahi repassar na mente, e contemplar de novo as formosas visões que me fluctuam ante

—Queremos almoçar—disse o meu faminto companheiro algum tanto impacientado, emquanto eu lhe perguntava: «É mr.ᵃ Lawrence?»

—Sou eu, sem duvida nenhuma; e a snr.ᵃ é ingleza? Este cavalheiro fallou-me em portuguez. (*)

—Queremos almoçar immediatamente—replicou elle em genuina lingua ingleza.

— Bem, snr., faz favor de subir as escadas e dizer o que quer almoçar que eu tracto já d'isso. Vieram no Larmanjat? Se vieram, hão de querer refrescar-se n'um banho, não eu? Acho que tambem querem quartos, pois não querem? Mas eu n'esta occasião não tenho nenhum; ha ahi um de uma gente que não está cá, mas pagou-o para o ter seguro

Depois de uma pequena conversação, a velha senhora que ao principio se mostrava aspera, suavisou-se prodigiosamente em palavras prazenteiras, e tornou-se mui de grao curiosa a nosso respeito. A filha e a neta, cuja historia ella me contou, appareceram emquanto eu examinava o hotel. Mais despida e desconfortavel cousa difficilmente haverá. Parte dos quartos está ao rez da rua. A mobilia de uma das saletas contiguas sem vista para parte nenhuma, era tres ou quatro mezinhas oblongas com seus guardanapos de musselina branca, e cobertas de fustão á maneira do que se usam nas bancas de toucador; um

<hr>

(*) Não temos verdade equivalente que, em redundancia, exprima o *pretty gentleman* (o cavalheiro asseiado) que acompanhava a illustre hospeda da snr. Lawrence. O que temos de certeza de que a talentosa viajante era acompanhada de um joven *pretty gentleman*, cujo nome está mysterioso resguardado nas 400 paginas do livro.

sophá comprido, de enovado assento, estreito, de espaldar alto, com almcadas redondas, embuçado todo em festão, e trez o quatro poltronas fundas e altas, de costas estreita, e tambem ensacadas, algumas estampas velha, e um copo n'um pires de barro completavam a decoração.

Penso eu que a mobilia d'esta saleta desperta uma pallida reminiscencia da moda predominante em Portugal em passadas eras e ainda hoje se encontram nas cazas antigas, onde mezas, cadeiras, armarios e tremós se cobrem de panos escarlates ou damasco de qualquer côr. Vi muitas vezes esta especie de esmerado adorno em S. Paulo de Loanda, onde, como em muitas colonias, as velhas usanças e modas subsistem longo tempo, já muito depois que se tornaram obsoletas na metropole. Eu mesma lá tivo uma sala assim mobilada commodamente. Cadeiras e mezas carunchosas, assim atabafadas, fingiam explendidos trastes; os bofetes pareciam altares, de mais a mais, com a semelhança de candelabros, etc.

Ora as mussellinas fustões de Mrs. Lawrence eram alvos e limpos; e havendo limpeza, seria de esperar que uma sincera enthusiasta do bucolismo se contentasse com isso, e d'isso mesmo prescindisse se o seu destino ca viver entre as paisagens da pittoresca Cintra. Porém, eu cá pela minha phylosophia, folgo, depois e contempl   is as magnificencias da natureza, acha   n-fortavelmente recheadale co postas, para ahi repas de novo as formosas

—Queremos almoçar—disse o meu faminto companheiro algum tanto impacientado, emquanto eu lhe perguntava: «É mrs. Lawrence?»

—Sou eu, sem duvida nenhuma; e a snr.ª é ingleza? Este cavalheiro fallou-me em portuguez. (*)

—Queremos almoçar immediatamente—replicou ella em genuina lingua ingleza.

— Bem, snr., faz favor de subir as escadas e dizer o que quer almoçar que eu tracto já d'isso. Vieram no Larmanjat? Se vieram, hão de querer refrescar-se n'um banho, achou ou? Acho que tambem querem quartos, pois não querem? Mas eu n'esta occasião não tenho nenhum; ha ahi um de uma gente que não está cá, mas pagou-o para o ter seguro

Depois de uma pequena conversação, a velha senhora que ao principio se mostrava aspera, suavizou-se prodigiosamente em palavras prazenteiras, e tornou-se mui de grado curiosa a nosso respeito. A filha e a neta, cuja historia ella me contou, appareceram, quando eu examinava o hotel. Mais despida e desconfortavel cousa difficilmente haverá. Parte dos quartos está ao rez da rua. A mobilia de uma das saletas contiguas sem vista para parte nenhuma, era tres ou quatro mezinhas oblongas com seus guarda-pós de musselina branca, e cobertas de fustão á maneira do que se usa nas bancas de toucador; um

(*) Não tenho vontade equivoca que, em redundancia, exprima gratidão (o cavalheiro que me acompanhava e illustre do snr. Lawrence. O que tenho é a certeza de que a talentosa comparada de um jovem partido que cujo nome está resguardado nas 640 paginas do livro

sophá comprido, de ecovado assento, estreito, de espaldar alto, com altofadas redondas, embuçado todo em festão, e trazou quatro poltronas fundas e altas, de costas estreitas, e tambem ensacadas, algumas estampas velhas, e um copo n'um pires de barro completavam a decoração.

Penso eu que a mobilia d'esta saleta desperta uma pallida reminiscencia da moda predominante em Portugal em passadas eras, e ainda hoje se encontram nas cazas antigas, onde mezas, cadeiras, armarios e tremós se cobrem de annos escarlates ou damasco de qualquer côr. Vi muitas vezes esta especie de esmerado adorno em S. Paulo de Loanda, onde, como em muitas colonias, as velhas usanças e modas subsistem longo tempo, já muito depois que se tornaram obsoletas na metropole. Eu mesma lá tive uma sala assim mobilada commodamente. Cadeiras e mezas caruuchosas assim atabafadas, fingiam explendidos trastes; e bofetes pareciam altares, de mais a mais, com semelhança de candelabros, etc.

Ora as musselinas e fustões de Mrs. Lawrence eram alvos e limpos; e, havendo limpeza, seria de esperar que uma sincera enthusiasta do bucolismo se contentasse com isso, e d'isso mesmo prescindisse se o seu destino era viver entre as paisagens da pittoresca Cintra. ' ... pela minha philosophia, folgo, depoi

magnificencias da

fortavelmente r

postas, para

os olhos d'alma, e podel-as assim gravar na tela da
memoria. Os aposentos ignobeis são de ordinario
nocivos á retentiva duradoura das vivas impressões
de cousas grandes sublimes quer em belleza de poesia, quer em agreste romanesco. Posto que de envolta com as idéas grandiosas apenas resvalem inconsciamente pela alma os desconfortos do corpo,
é certo que o sentil-os macúla os quadros; e, se,
passado tempo, a gente os avoca á lembrança,
acha-os nublosos, sem relèvo, e já incapazes de es-
pertarem um dôce recordar. Mas, se aquella meditação se passou nos commodos regalos de uma boa
caza, as recordações, qual renascido encanto de
olhos, renovam-se deleitosamente.

Ha gente que professa o gosto d'aquillo que elles chamam «o selvatico». Algumas viragos do sexo
brando protestam que se deliciam quando topam a
natureza bruta; mas essa gente acho eu que não vê
nem sente o bello, ainda que diga comvosco em
chamar belleza áquillo que lhe mostraes. Tem o que
quer que seja de *athlétes;* contam proezas que fizeram de jornadas a pé, perigos que affrontaram, serras que treparam, choças que habitaram, os pães e
os queijos que devoraram; mas o que viram é raro
dizerem-no. Provavelmente o que elles viram mais
interessante foi as suas proprias pessoas, ou não tiveram tempo de reparar em mais nada. São d'uns
viajantes da natureza de uma «forte» dama e de um
cavalheiro, que, ha pouco, me disseram que o selvatico lhes era recreativo, e que o esfalfarem-se lhes
era agradavel para variarem. Quizeram elles que eu
os acompanhasse n'uma excursão de trez ou quatro

dias; mas não me quadrou a proposta. A tal dama, descobrindo nas minhas palavras que eu, n'isto de prazeres de viagem, destoava muito d'ella, disse ao marido: « Não entendes, querido, que ella vai muito a passo pelo sublime acima?»

Voltemos a Mrs. Lawrence. É de justiça dizer que a sua caza, se não está tão graciosamente situada como as outras, é limpa. Dá almoços e jantares excellentes, posto que as nuvens de moscas disputem a posse de cada bocado que se come. Quanto a preços, paga-se moderadamente.

CAPITULO XIV

Acabamos de almoçar café, *pão hespanhol*, manteiga fresca de Cintra, morangos, pecegos e figos, sem que os burrinhos chegassem. Já os tinhamos alugado no caminho, antes de entrarmos na *Hospedaria Lawrence*; mas o burriqueiro occultou-nos que elles estavam então na feira, e andavam desde a madrugada a carrejar generos de um lado para outro. Elle, ainda assim, desculpando-se da demora, contou-nos isso; mas esqueceu-se de que augmentára ao preço usual, inculcando que a excursão que propozemos era mais extensa do que lá é costume. Os burros, porém, saíram mais honrados que o dono. Com certeza previam futuros funestos, quando se recusaram a levar-nos lá cima á Pena, impugnando que os montassemos. Despedimos, pois, os pobres brutos expostos á flagellação da chibata; e, montando outros que vieram, partimos a trote.

Não sei que rasão obriga a gente a subir o monte, n'aquelle chouto de burros. O caminho está melhor do que era a ultima vez que o subi; e, comquanto de ronda, é de suave pizo, de modo que bem se podia lá ir em carros tirados por garranos ou jumentos. Tratei logo de me apear, e subi a pé mais de metade do caminho aproveitando somente o ju-

CAPITULO XIV

CASTELLO DA PENA, ETC.

Acabamos de almoçar café, *pão hespanhol*, manteiga fresca de Cintra, morangos, pecegos e figos, sem que os burrinhos chegassem. Já os tinhamos alugado no caminho, antes de entrarmos na *Hospedaria Lawrence*; mas o burriqueiro occultou-nos que elles estavam então na feira, e andavam desde a madrugada a carrejar generos de um lado para outro. Elle, ainda assim, desculpando-se da demora, contou-nos isso; mas esqueceu-se de que augmentára ao preço usual, inculcando que a excursão que propozemos era mais extensa do que lá é costume. Os burros, porém, saíram mais honrados que o dono. Com certeza previam futuros funestos, quando se recusaram a levar-nos lá cima á Pena, impugnando que os montassemos. Despedimos, pois, os pobres brutos expostos á flagellação da chibata; e, montando outros que vieram, partimos a trote.

Não sei que rasão obriga a gente a subir o monte, n'aquelle chouto de burros. O caminho está melhor do que era a ultima vez que o subi; e, comquanto de ronda, é de suave pizo, de modo que bem se podia lá ir em carros tirados por garranos ou jumentos. Tratei logo de me apear, e subi a pé mais de metade do caminho aproveitando somente o ju-

CAPITULO XIV

CASTELLO DA PENA, ETC.

Acabamos de almoçar café, *pão hespanhol*, manteiga fresca de Cintra, morangos, pecegos e figos, sem que os burrinhos chegassem. Já os tinhamos alugado no caminho, antes de entrarmos na *Hospedaria Lawrence*; mas o burriqueiro occultou-nos que elles estavam então na feira, e andavam desde a madrugada a carrejar generos de um lado para outro. Elle, ainda assim, desculpando-se da demora, contou-nos isso; mas esqueceu-se de que augmentára ao preço usual, inculcando que a excursão que propozemos era mais extensa do que lá é costume. Os burros, porém, saíram mais honrados que o dono. Com certeza previam futuros funestos, quando se recusaram a levar-nos lá cima á Pena, impugnando que os montassemos. Despedimos, pois, os pobres brutos expostos á flagellação da chibata; e, montando outros que vieram, partimos a trote.

Não sei que rasão obriga a gente a subir o monte, n'aquelle chouto de burros. O caminho está melhor do que era a ultima vez que o subi; e, comquanto de ronda, é de suave pizo, de modo que bem se podia lá ir em carros tirados por garranos ou jumentos. Tratei logo de me apear, e subi a pé mais de metade do caminho aproveitando somente o ju-

mento nos lanços mais escarpados, porque a albarda miseravel, velhissima e improvisada em selim, escorregava-lhe do lombo, e eu via-me em trabalhos de equilibrio para me salvar d'um desairoso trambolhão.

Seguiam-nos de perto um rancho de dez ou doze damas hespanholas e cavalheiros, com quem trocamos «vivas» !

Duas ou trez adoptaram o meu exemplo apeando-se, e acharam-se bem, confessaram ellas. Verdade é que, ás vezes, encontravamos na estrada barrancos de cascalho ; mas era-nos menos custoso passal-os a pé do que transpôl-os no chotar dos jumentos. Além d'isso, ia a gente mais livre para poder vêr o que nos rodeava, e sem a fadiga de repuchar os burros quando saíam do trilho ou tangel-os quando lhes dava na veneta de estacarem. Porção da ladeira é sombria de espessa folhagem ; e de vez em quando encontram-se grutas e fontes com grossas bicas, e assentos em que os peregrinos cançados podem desfadigar-se sob a tremula ramaria das agradaveis pimenteiras, e sentirem-se, além de descançados, venturosos ; por quanto, Cintra,

«Quem descançado á fresca sombra tua
«Sonhou senão venturas ?»
ALMEIDA GARRETT.

A direita, erguem-se as empinadas e denticuladas cristas da serra. No respaldo da montanha, que, assombrosa mescla de rochas denegridas, de pinhaes, moitas de arbustos pendidos, scintillantes cascatas e luxuriante vegetação, por entre a qual se re-

cortam as ameias da muralha que se prolonga até ao
Castello dos Mouros! Á esquerda, lá ao fundo, ex-
tensissimo tracto de terra ondulosa fertilisada por
uma torrente que se despenha espumejante da serra,
e se espraia por jardins e pomares, formando um panorama não tão alpestremente romantico como o primeiro, mas que lhe não cede em encantos de poesia.

Uns inglezes, vindos ha pouco a Cintra, dispen-
saram-se de admirar-lhe as suas bellezas, allegando
que conheciam as paisagens da Ilha de Wight. Com
certeza, a paisagem do ilhéo, em alguns sitios,
é magnifica; mas não comporta o confronto com
a de Cintra, cujas levantadas penedias têm maior
grandeza e altura; e, quanto a vegetação, é aqui muito mais opulenta e variada. Podeis, com muita propriedade, comparar a vista de Londres, de Greenwich Park, á de Lisboa, tirada de Almada, como já
um consumado inglez John Bull comparou, dando
a preferencia— está claro — á vista de Greenwich.
Provavelmente as duas «vistas» são agora mais bellas do que eram quando se fez a ciumosa compa-
ração, porque eu li isto em um velho livro de viagem
de 1816 ou 1817.

Dizem tambem outros que Cintra deve ao enthusiasmo de Byron e de outros poetas modernos a
sua prestigiosa belleza; mas é mais provavel que
ella o deva á sua propria formosura. Antes de Byron escrever, já Lisboa e Cintra eram mais conhecidas e frequentadas por inglezes do que o são agora, exceptuando a concorrencia dos negociantes;
porque então era costume os enfermos de thysica
procurarem allivio no inverno de Lisboa, e é de crêr

que quem aqui se detivesse até á primavera não
deixasse de passar alguma temporada em Cintra.
Possúo cartas escriptas por uma senhora que aqui
esteve com suas filhas em 1791. Escreve ella:
« m uanto estanciei n'este magico logar li o *Paraizo perdido* de Milton, e muito me impressionou a descripção do Éden pelo que tem de semilhante com este local. De facto, acho aqui uma descripção de Cintra, e ainda não li outra que tão ao
justo lhe quadre.» A muitos respeitos é verdade
aquillo, porque de Cintra com certeza póde dizer-
se :

«Espessas, rudes, espinhosas e altas
«Brenhas em torno d'ella o accesso vedam.
«Em cima o cedro, o pinho co'a palmeira
«Que eguaes estende os ramos seus, o abeto
«Formavam n'uma altura alcantilada
«Gratas sombras de scenas campezinas,
«E amphitheatro de arvores copadas,
«De vista arrebatante.. » (·)

Este trecho e muitos outros podem quadrar a
Cintra; mas na descripção do Eden não entram
aquelles resvaladiços fragoedos das ribas do mar,
e a perspectiva tão grande, tão magestosa do infindo oceano.

Entre as varias pennas que tentaram descrever
Cintra, só conheço uma que vingasse fazer-lhe
sentir a belleza: foi Beckford. Aspira elle menos a
descrever as scenas do que exprimir o effeito d'aquella

(·) Versão de Targini.

magia que lhe fascina a indole sentimentalmente
poetica. Escreveu entre 1788 e 1794. E a mim me
quer parecer que Cintra era então mais agradavel
que actualmente; pelo menos concorriam ali mais
viajantes por prazer. Não havia então corridas de
touros nem de cavallos; mas é de crêr que houvesse fadas e nymphas, ou o que lá lhe aprouver imaginar; mas, se em alguma parte da terra houve sères
d'essa especie, devia de ser n'aquella encantada e
encantadora região. Dir-se-hia que os pyrilampos
e as moscas phosphoricas ainda relampejam nas orgias das bruxas que por ali se vão mirrando. Em
noites estivas, podeis vêl-as no «Passeio dos amores» ou em qualquer bosque fechado. Todavia, não
divague por lá sósinho; porque as graças da natureza realçam, se a um companheiro de consentaneo
gosto cabe um quinhão dos nossos gosos e extasis.
Quando lá se ouve o solfejar dos rouxinoes e o luar
se escôa d'entre as ramarias, e a suavissima viração bafeja perfumada do aroma dos laranjaes, dos
jasmins, da murta em flôr, das rozas, da alfazema e do heliotropio, pode imaginar então, respirando aquelle ar balsamico, que está, pelo menos, no lumiar do paraizo.

Emfim, trepamos a montanha, e sem grande fadiga, se attendermos a que subimos mil metros acima do nivel do mar. Entramos por uma formosa
avenida, longa abobada tecida pelas grimpas inclavinhadas do arvoredo, e logo adiante entrevimos o
Castello da Pena, o palacio alpestre de D. Fernando, — *rei artista*.

Entabolei conversação por momentos com duas

que quem aqui se detivesse até á primavera não deixasse de passar alguma temporada em Cintra. Possúo cartas escriptas por uma senhora que aqui esteve com suas filhas em 1791. Escreve ella: « m uanto estanciei n'este magico logar li o *Paraizo perdido* de Milton, e muito me impressionou a descripção do Éden pelo que tem de semilhante com este local. De facto, acho aqui uma descripção de Cintra, e ainda não li outra que tão ao justo lhe quadre.» A muitos respeitos é verdade aquillo, porque de Cintra com certeza póde dizer-se :

«Espessas, rudes, espinhosas e altas
«Brenhas em torno d'ella o accesso vedam.
«Em cima o cedro, o pinho co'a palmeira
«Que eguaes estende os ramos seus, o abeto
«Formavam n'uma altura alcantilada
«Gratas sombras de scenas campezinas,
«E amphitheatro de arvores copadas,
«De vista arrebatante.. » (·)

Este trecho e muitos outros podem quadrar a Cintra; mas na descripção do Eden não entram aquelles resvaladiços fragoedos das ribas do mar, e a perspectiva tão grande, tão magestosa do infindo oceano.

Entre as varias pennas que tentaram descrever Cintra, só conheço uma que vingasse fazer-lhe *sentir* a belleza: foi Beckford. Aspira elle menos a descrever as scenas do que exprimir o effeito d'aquella

---

(.) Versão de Targini.

magia que lhe fascina a indole sentimentalmente
poetica. Escreveu entre 1788 e 1794. E a mim me
quer parecer que Cintra era então mais agradavel
que actualmente; pelo menos concorriam ali mais
viajantes por prazer. Não havia então corridas de
touros nem de cavallos; mas é de crêr que houvesse fadas e nymphas, ou o que lá lhe aprouver imaginar; mas, se em alguma parte da terra houve sères
d'essa especie, devia de ser n'aquella encantada e
encantadora região. Dir-se-hia que os pyrilampos
e as moscas phosphoricas ainda relampejam nas orgias das bruxas que por ali se vão mirrando. Em
noites estivas, podeis vêl-as no «Passeio dos amores» ou em qualquer bosque fechado. Todavia, não
divague por lá sósinho; porque as graças da natureza realçam, se a um companheiro de consentaneo
gosto cabe um quinhão dos nossos gosos e extasis.
Quando lá se ouve o solfejar dos rouxinoes e o luar
se escôa d'entre as ramarias, e a suavissima viração bafeja perfumada do aroma dos laranjaes, dos
jasmins, da murta em flôr, das rozas, da alfazema e do heliotropio, pode imaginar então, respirando aquelle ar balsamico, que está, pelo menos, no lumiar do paraizo.

Emfim, trepamos a montanha, e sem grande fadiga, se attendermos a que subimos mil metros acima do nivel do mar. Entramos por uma formosa
avenida, longa abobada tecida pelas grimpas inclavinhadas do arvoredo, e logo adiante entrevimos o
Castello da Pena, o palacio alpestre de D. Fernando, —*rei artista*.

Entabolei conversação por momentos com duas

que quem aqui se detivesse até á primavera não deixasse de passar alguma temporada em Cintra. Possúo cartas escriptas por uma senhora que aqui esteve com suas filhas em 1791. Escreve ella: « m uanto estanciei n'este magico logar li o *Paraizo perdido* de Milton, e muito me impressionou a descripção do Éden pelo que tem de semilhante com este local. De facto, acho aqui uma descripção de Cintra, e ainda não li outra que tão ao justo lhe quadre.» A muitos respeitos é verdade aquillo, porque de Cintra com certeza póde dizer-se :

> «Espessas, rudes, espinhosas e altas
> «Brenhas em torno d'ella o accesso vedam.
> «Em cima o cedro, o pinho co'a palmeira
> «Que eguaes estende os ramos seus, o abeto
> «Formavam n'uma altura alcantilada
> «Gratas sombras de scenas campezinas,
> «E amphitheatro de arvores copadas,
> «De vista arrebatante.. » (.)

Este trecho e muitos outros podem quadrar a Cintra; mas na descripção do Eden não entram aquelles resvaladiços fragoedos das ribas do mar, e a perspectiva tão grande, tão magestosa do infindo oceano.

Entre as varias pennas que tentaram descrever Cintra, só conheço uma que vingasse fazer-lhe *sentir* a belleza: foi Beckford. Aspira elle menos a descrever as scenas do que exprimir o effeito d'aquella

---

(·) Versão de Targini.

magia que lhe fascina a indole sentimentalmente poetica. Escreveu entre 1788 e 1794. E a mim me quer parecer que Cintra era então mais agradavel que actualmente; pelo menos concorriam ali mais viajantes por prazer. Não havia então corridas de touros nem de cavallos; mas é de crêr que houvesse fadas e nymphas, ou o que lá lhe aprouver imaginar; mas, se em alguma parte da terra houve sères d'essa especie, devia de ser n'aquella encantada e encantadora região. Dir-se-hia que os pyrilampos e as moscas phosphoricas ainda relampejam nas orgias das bruxas que por ali se vão mirrando. Em noites estivas, podeis vêl-as no «Passeio dos amores» ou em qualquer bosque fechado. Todavia, não divague por lá sósinho; porque as graças da natureza realçam, se a um companheiro de consentaneo gosto cabe um quinhão dos nossos gosos e extasis. Quando lá se ouve o solfejar dos rouxinoes e o luar se escôa d'entre as ramarias, e a suavissima viração bafeja perfumada do aroma dos laranjaes, dos jasmins, da murta em flôr, das rozas, da alfazema e do heliotropio, pode imaginar então, respirando aquelle ar balsamico, que está, pelo menos, no lumiar do paraizo.

Emfim, trepamos a montanha, e sem grande fadiga, se attendermos a que subimos mil metros acima do nivel do mar. Entramos por uma formosa avenida, longa abobada tecida pelas grimpas inclavinhadas do arvoredo, e logo adiante entrevimos o *Castello da Pena*, o palacio alpestre de D. Fernando, — *rei artista*.

Entabolei conversação por momentos com duas

ou trez pessoas do rancho hespanhol. Portuguezes e hespanhoes entendem-se facilimamente entre si, cada qual no seu idioma, posto que, orgulhosos da sua distincta nacionalidade, uns e outros professam mutua ignorancia da linguagem alheia. Estas familias eram, a um tempo, delicadas e divertidas. Propuzeram que constituissemos todos um grupo de romeiros; não acceitei; mas agradeci-lhes no convencional estylo empolado e ceremoniatico que lá se usa.

Fomos indo muito de passo, porque esperavamos um empregado da caza real que nos havia de dar entrada em parte do castello vedada aos visitantes, quando D. Fernando está em Cintra. Justamente por aquelle tempo, andavam muito espreitados os hespanhoes que visitavam palacios, templos e edificios publicos, porque o numero dos incendios nocturnos augmentava cada vez mais em Lisboa; e, como raramente se lhes acertava com a causa, imputavam-na a emissarios clandestinos dos revolucionarios de Castella; por tanto, os empregados dos estabelecimentos publicos tinham restrictas ordens, como um d'elles me informou, de nunca largarem de vista por um só instante os grupos d'aquelles *«malditos hespanhoes»*.

Uma ponte-levadiça conduz á portada principal do castello, que tem esculpidas as armas de Portugal e Saxonia. Está ali, em estatua, um cavalleiro armado de lança e escudo, no qual avulta o brasão de armas do barão d'Echwege, sob cuja direcção correram as obras de engenharia delineadas por el-rei D. Fernando.

É costume tomar guia logo que ali se chega,

para vos conduzir por aquellas circumvoluções do delicioso labyrintho de boscagens e jardins. Os jumentos levados pelos burriqueiros passaram para o outro lado do castello, por um caminho de caracol, que flanqueia a serra, de modo que, ao sahirdes pelo outro lado, achaes a *monture* que vos espera fóra das portas. Apresentaram-se-nos dois ou trez homens para guias, propondo uma avultada paga dos seus serviços, e protestando que era baratissimo, antes que lh'a regateassem; mas estava com elles um rapaz franzino, esguio, de quatorze annos pouco mais ou menos, vestido de azul ferrete com faxa escarlate, e descalço. Silencioso e recolhido comsigo, com a sua grande carapuça de lã vermelha nas mãos, esperava, ali posto a um lado, o desfecho d'aquillo que devia de parecer aos espectadores uma altercação entre os seus companheiros mais idosos e mais brutos. Elles, porém, o que faziam era sustentar cada um as suas pretenções; e logo que um se ajustasse accommodavam-se os outros; porque eu creio que elles dividem entre si tudo que podem arrancar aos visitantes—no que se consideram privilegiados. Gostei da attitude do rapaz. Os seus olhos negros e suaves de gazella, cara intelligente e ar pacifico contrastavam agradavelmente com os desvariados, turbulentos homens, e com a sua «muita bulha para nada.» (·) Escolhi-o, pois, para nosso conductor. Os homens encolheram

---

(.) *Much ado about nothing* corresponde ao proverbio portuguez: *São mais as vozes do que as nozes;* parece-nos, porém, que a auctora quiz applicar á altercação dos guias o titulo d'uma peça de Shakespeare.

os hombros dando a perceber que o rapaz era um *ignoramus*. (·)

Eu de mim achei-o pittoresco e *sympathico*. Perguntei-lhe se sabia bem os rodeios da quinta. «*Ó, sim, senhora, sim*», respondeu elle. É quanto bastava. As historias e lendas do castello já eu as conhecia.

«— Quanto hei de dar-te?» perguntei.—«O que a *senhora* quizer», respondeu baixinho olhando receoso para os homens; elles, porém, que o ouviram, gesticularam outra vez com os hombros. N'esta occasião, faziam-no com pena do pobre rapaz, cuidando que eu abusaria do parvoinho dando-lhe um vintem ou dous pelo seu trabalho.

Difficilmente se póde, eu não pelo menos, bosquejar uma condigna idéa da variada belleza d'aquelle torrão do Castello da Pena. As cumiadas e flancos da serra já são vulgares e de diversos pontos se conhecem as vistas mais grandiosas:—a planicie e ferteis valles que se desdobram no decurso de leguas, as serras de Alemtejo e Extremadura, a Estrella e outros edificios que coroam Lisboa, e, com superior sublimidade, os arrojados pincaros e desfiladeiros

---

(·) Este *ignoramus*, que a escriptora quiz orthographar em portuguez, quer dizer *ignorante*. A Inglaterra está apanhando bastante do nosso idioma. Agora mesmo acabei de lêr o preconisado livro *Travels in Portugal by John Latouche* (o snr. Oswal Crawflord, consul inglez no Porto e collaborador do «The New Quartely Magasine»). A pag. 192 da 2.ª edição tracta elle dos cães em Portugal, e escreve o seguinte: «Os portuguezes, bem que movidos por ʳcaprichos de delicadezʳ, repugna-lhes proferir a palavra *cão..* »

Depois faz uma chamada e accrescenta ao *cão* esta incrivel nota: «Mesmo nos impressos illidem a reprehensivel palavra, pondo somente a inicial com duas estrellas, do mesmo modo que nós, em nosso tracto cortezʳ

de Cintra; e, lá em baixo, o vasto atlantico sem limites. Que magestoso deve ser, visto d'ali, o sol no occaso! A vista não é interceptada pelas torres e minaretes d'aquelle aerio palacio que se firma no pinaculo da montanha; e já quando as sombras da noute empardecem o valle e Cintra, ainda lá em cima explendem languidos os raios do sol-poente.

Ha ali pedaços de verdura d'um verde como o das montanhas de Kent, sebes de geranios, moitas de cravos brancos e violetas, delicias dos olhos. Os jardins são primorosamente cuidados. Norte e sul, as zonas torrida, frigida e temperada, contribuiram a adornal-os com os seus mais raros arbustos, flores e arvores, que, transplantadas para aquelle solo benigno, realçaram em grandeza e formosura que não tinham no seu torrão natal.

Atravez da rocha menos rija abrem-se largos caminhos; e á ourela refrigerante das veredas copadas pela ramagem entretecida do arvoredo impenetravel ao sol, derivam ribeirinhos que murmuram debaixo de graciosos pontilhões, ou então borbulham em cristalinas fontes. Tendes kiosques, caramancheis, viveiros, cazas de fresco, e assentos sobran-

---

notamos um «vocabulo depravado» O nome de um sitio conhecidissimo em Lisboa, *Fonte do olho do cão,* vi-o eu assim impresso : *Fonte do olho do c *.* Pode ir mais longe a delicada susceptibilidade ? »

Não poderia de certo ir mais longe, mr. John! Mas aqui ha um pequeno desconto a fazer. Este c** não é *cão* em portuguez, assim como, em inglez, *breech* não é *dog.* Em Portugal diz-se francamente e cynicamente *cão*; mas, se precisamos escrever a *outra* cousa, á qual uma anathomia assás phantastica dá *ôlho,* costumamos estrellar o dito objecto. E os inglezes nem ainda á luz das duas estrellas o enxergam, nem o conhecem pelos modos, nem pelo feitio. É cegueira maior que a do objecto estrellado !

ceiros a bellas vistas de mar; e, se o sol aperta, vos convidam a descançar sob um docel de folhas e flores.

Quando eu passava pela vereda tortuosa que desce para a estufa e vergel chamado o *Jardim de Madama*—a condessa d'Edla, esposa de D. Fernando — estava uma cobra enroscada á beira d'um lagosinho. O meu guia pegou d'uma pedra para lhe atirar; mas a creatura, logo que nos lobrigou, sumiu-se de mergulho. Teria trez pés de comprimento, e era lindamente matizada; mas não sei se era peçonhenta. O rapaz não se deleitava muito em vêl-a, porque todo o seu empenho era esperal-a para dar cabo d'ella; todavia, como tal caçada não me deliciava, fui-me d'ali divagando e admirando as moitas de flores tão artisticamente dispersas entre penedias e ressaltos de rochas como que atiradas para ali a êsmo pela mão da natureza.

Florescem n'aquelles jardins boscagens de camelias brancas e variegadas, e outras plantas tão raras n'estas latitudes que sómente lá se vos deparam os unicos exemplares conhecidos em Portugal e Hespanha. Excede toda a belleza a collecção das exoticas de estufa. O jardineiro que m'as mostrou, e que parecia muito vaidoso d'ellas, desvanecia-se grandemente com as minhas repetidas exclamações: «*Bellissima! bellissima!*» emquanto elle me historiava algumas flores do seu thesouro. Prometteu-me vastos esclarecimentos do seu methodo de cultivo quando tivesse, disse elle, *o mui grande prazer, de tornar a vêr, a senhora*. Receio, porém, que toda sua erudição florista se desperdiçasse commigo, porque eu ao deixar aquelle palacio-ramilhête, apenas me lembrarei da esquisita formosura das suas flores.

Basta dizer-lhe que o soberbo castello normando-gothico, suspenso como por encanto nos cabeços das rochas, foi construido em parte sobre as ruinas d'um antigo convento fundado em 1503 por D. Manoel para frades Jeronymos, e dedicado a Nossa Senhora da Pena.

m uanto o meu companheiro com o guia foi em busca do cicerone que tinha de mostrar-nos parte do castello, sentei-me em uma pedra debaixo das janellas de um dos aposentos defêsos, ao lado de uns degraus que conduziam a uma porta aberta, sobre a qual se via um entablamento esculpturado de lavores os mais caprichosamente phantasticos. Eis que ouço fallar, e logo umas phrases soltas de canto acompanhadas de piano. Apoz este breve preludio, a voz femenina, não de grande força, mas suavemente trinada e sem duvida bastantemente cultivada, cantou uma aria um tanto meiga e melancholica. Em tal logar, quando tudo em redor era de molde a excitar a imaginação, a voz da cantora invisivel figurou-se-me um cantar de fada cazeira d'aquelle magico alcaçar. Abriam-se á minha beira as urnas das flores; em frente verdecia um muro de folhagem vestido por trepadeiras entrançadas com vimes e conformada em parreiral. As torres e minaretes fronteiras, uma arcaria de grande aspecto monastico, e tudo mais que me rodeava era para enlêvos a alma, por breves instantes ao menos, em suavissimo arrôbo. De repente, cessou o cantar. Não tornei a ouvil-o, nem vi ninguem, até á volta dos meus companheiros, de quem soube que eu tinha ouvido cantar e tocar a condessa d'Edla e Dom Fernando, e que elles provavelmente haviam saído do castello por outra porta para irem pescar aos lagos.

O mosteiro estava a desabar quando D. Fernando o comprou, depois da secularisação das casas religiosas. Parte do mosteiro subsiste em bom estado, ou foi restaurado ; no exterior, quanto á fachada e torreões, foi alterado em harmonia com o traçado de refazimento e remodulação do edificio. A torre grande d'onde contam que D. Manuel costumava subir a vêr se vinha a frota do Vasco da Gama na volta da expedição á India, foi derruida e reedificada. Houve accrescentamentos de torres, cupulas, muralhas com ameias, ponte levadiça, torreões e avenidas em arcada.

Os relevos que ressaltam das ombreiras e cornijas de portas e janellas, tanto no exterior como por dentro, são primorosos, elegantes, e ricos de engenhosas phantasias. Ao estylo architectonico ajusta-se o da mobilia. A casa de jantar é vasta, com pilares ao centro, e uma grande meza em ferradura.

Domina o terraço do Castello extensissima perspectiva ; mas o espectaculo não agrada tanto d'ali como de outros pontos, porque a campina que se avista é menos fertil e pouquissimo accidentada. Fez-me lembrar o ponto de vista do terraço de S. Germain, que, a meu vêr, deve mais a sua celebridade á magnitude do que á belleza variada da paisagem.

Do terraço ha uns suaves degraus que conduzem ao templo e claustro, que são os antigos do convento sem alteração. Posto que pequenos, são interessantissimos. Instaram-nos para que vissemos secretamente o explendido *sacrario* do altar mór, que foi tirado, ou antes arrancado d'entre o altar e retabulo. Figurou-se-me aquello acto uma irreverencia, senão um sacrilegio. Esta reflexão, porém, devêra suggeril-a um catholico romano e não um protestante.

O sacrario é de transparente alabastro, com lindas esculpturas em baixo relêvo, figurando a paixão do nosso Salvador. É obra tão prima o desenho, e tão esmerado o lavor que esta peça não tem rival no paiz.

Assenta sobre grinaldas de flôres esculpidas tambem no precioso alabastro e lindamente afestoadas em columnas de porphydo preto. Disseram-me que faz bello effeito quando lhe encerram uma lampada, da qual transluz bastante claridade para que o celebrante possa lêr no missal. Veio de Italia este sacrario, comprado por D. João 3.º, filho de D. Manoel, e enviado como dadiva ao convento da Pena em 1529. É para espantar que os francezes, que espoliaram os mosteiros e levaram tudo que era bom, não cuidassem em remover este primor d'arte.

Ha na egreja uma janellinha pintada, que dizem ser coeva do sacrario; representa Vasco da Gama ajoelhado deante de D. Manoel, que parece tel-o ali para o admirar, como cousa o quer que seja semelhante a um passaro em gaiola; mas assim o copiaram de um modelo da *Torre de Belem*. Ha no claustro outra janella pintada, e dous ou tres curiosos paineis antigos. Egreja e claustro constituem actualmente a capella particular do castello. (·)

Voltando ao terraço, reparei na granjasinha suissa do plano inferior: chama-se o *Chalet de Madama*, e dá uns vislumbres do estylo do *chalet* do *Petit Trianon*. Do terraço descemos aos lagos, que são pittorescamente bellos. Marginam-os, a espaços, ramalhosos salgueiros e vastos bosquetes de fuchsias plantadas rentes com as abras dos lagos e debruçadas com os seus festões de flores que rossam á flôr da agua. Aqui nos encontramos outra vez com a ranchada hespanhola, da qual não acceitei a camaradagem em nossas excursões. Estavam esperando ali por D. Fernando e pela condessa, que ainda não tinham chegado; mas o barquinho e mais o barqueiro com os utensilios da pesca e todos os accessorios necessarios, estavam já apercebidos.

(·) Não sei porque transformações passou o carcere d'este santo azylo de monges, que, ao parecer de Byron, iam para ali *penar* os seus delictos Como entendido em lingua portugueza, dizia elle que o convento da *Pena* chamava-se assim do *penar* dos monges; depois, em ulteriores edições, emendou a mão, fazendo *pena* synonimo de *penha*, rocha, etc. Mas que ali penaram frades acorrentados no carcere ou tronco do convento não ha duvidal-o em presença das queixas que o finado abbade de Castro ainda lá viu escriptas em 1841. Refere o indigesto antiquario na *Memoria historica sobre a origem da fundação do real mosteiro de N. S. da Pena*, o seguinte: «O carcere do Mosteiro ficava no corredor do claustro baixo. Tinha 10 palmos de largo e 15 de comprido, com uma estreita fresta na parede que lhe dava alguma claridade; a um dos lados havia um banco de pedra, e no meio do vão estava, no pavimento, um annel de ferro; as paredes eram caiadas, e n'ellas ainda se observam muitas inscripções romanticas, sentenças, maximas e queixas, feitas com algum instrumento agudo; porém, de todas a mais notavel é a seguinte:

Adeus convento ingrato, adeus tirano,
Cruel executor do meu triste fado.

LIVRARIA PORTUENSE—EDITORA.

CASTELLO DE MOUROS.

Não esperei pelo embarque dos pescadores; e, depois de andar ao acaso deliciosamente pelos jardins sobranceiros aos lagos, despedi-me do guia — que foi, creio eu, tão contente de mim quanto eu fiquei d'elle. Transpondo um vasto portal de ferro, fui ao castello dos Mouros, que assenta em uma eminencia menos alta, pouco afastada da Pena. Aqui só ha que vêr a cisterna ou banho mourisco abobadado que tem sessenta e trez palmos de comprimento e vinte e seis de largura (·). A agua que lá deriva é limpida e permanece sempre no mesmo nivel. A outra muralha do castello foi restaurada por D. Fernando, e adjuncta aos seus principescos dominios — mais invejaveis que o vacillante throno de Hespanha que lhe offereceram. Retouçam-se por ali em plena liberdade varios animaes, o veado, a gazella de saltos elegantes, a corça, o boi, pavões, abestruzes, cysnes e gança, ostentando as suas alegres plumagens. Ainda existe a antiga mes-

De ti fujo hoje, lindo expulsado ;
Goza-te do teu rigor sempre ufano
Não sejas traidor infiel, desumano ;
Trata a teus monges com outro agrado ;
A nenhum dês o pago que a mim me tens dado.
Fica-te muito embora com teu engano. ·
Deus ! que já tenho valor de subejo
Para esquecer esperanças de algum dia ;
Ja de ti nada quero nem tambem desejo.
Mas oh ! enganadora leve phantasia,
Que só de Jeronimo prezo me vejo
Quando cuidava n'esta expulsão lhe fugia».

A isto chamava o abbade de Castro uma *inscripção romantica.*

Aquelle bruto frade, a não o enforcarem, devia de estar preso perpetuamente em castigo dos impenitentes versos que fazia.

(.) A auctora, suppondo, á imitação de Murphy e outros, que a cisterna

14

quita. Aqui ha annos, quando se faziam escavações respeitantes ás obras, encontraram-se alguns esqueletos. Reuniu-se a ossada e sepultou-se de mistura sob uma lapide, que tem gravados os emblemas da cruz e do crescente com a inscripção: *O que ficou junto, Deus separará* — porque não se sabia se os ossos eram de christãos se de sarracenos. A lapide está rabiscada de garatujas de uma gente que tem a mania de desfigurar os objectos que lhe é concedido vêr, escrevendo os seus nomes ou iniciaes, com umas sentenças piedosas ou sublimes para edificação de pouco atiladas creaturas. É de esperar que as orthodoxas e eloquentes maximas dos visitantes *de toda e qualquer nação* possam aproveitar quando muito em sermonarios; porém, melhor fôra que em vez de as escreverem com o proposito de doutrinar, não commettessem o peccado de empregar canivete ou navalha na estragação da lapide.

D'aqui, por um estreito carreiro de pé posto,

---

haja sido um grande banho mourisco abobadado, escreveu: *waulted Moorish bath.* Peço venia para não acceitar a applicação que estrangeiros e nacionaes lhe deram. As cisternas em castellos não eram casas de banhos: eram depositos de agua potavel. Sinto descrêr d'essa reputação de limpeza concedida aos mouros por equivoco. Os agarenos eram uma raça tão suja que derrubaram as luxuosas thermas romanas que encontraram na Peninsula. Já Camões os invectivou de *tôrpe gado.* Ajuize-se dos mouros suburbanos de Lisboa pela limpeza dos saloios, seus representantes actuaes. A lenda popular de que as filhas do crescente se lavam e penteam, por noutes de S. João, no respaldo das montanhas, mirando-se no crystal das correntes, quer significar que ellas, posto que tivessem nomes lyricos, Haydés, Fatimas e Zuleikas, apenas se lavavam uma vez cada anno. Isto pelo que respeita á mourisma pura; quanto ao que é d'outra raça mais aceada, a mosarabe, veja-se o que decide o snr. doutor Theophilo Braga, que é capataz no assumpto, e leva de poz si a admiração de toda a gente, segundo a phrase do Apocalypse:
Et admirata est universa terra post bestiam.

pode-se ir muito a direito e depressa desde o castello dos Mouros até á Villa. Lembrei que descessomos o atalho em vez de irmos á Penha Verde. É que eu já tinha sido uma vez baldeada ao chão pelo detestavel burro coadjuvado pela detestavel albarda, e resolvera não o montar mais, pelo menos n'aquelle dia. O burriqueiro quiz vêr na minha proposta uma injuria a si e aos burros. Declamou, pediu e allegou que eu não soffrêra avaría nenhuma na queda; e não estava longe da verdade, porque eu decerto não me sentia avariada em parte nenhuma; mas, ainda assim, a eloquencia do homem não logrou convencer-me a ir de volta para lhe lisonjear a dorida sensibilidade. E assim nos apartamos, elle muito zangado, e eu contentissima.

CAPITULO XV

É bello vêr, por alvoradas de estio, o lampejar do sol nascente na tenue gase das brumas que, ás vezes, permanecem innevoando o castello e o convento lá nos pinaculos da montanha. A nevoa, se é espessa, não se rarefaz; a montanha está toldada; mas, á medida que se vai rozando e transluzindo, engrandece os objectos que encobre. Então, a pouco e pouco, a nevoa se adelgaça; e, como em tela de formosa pintura depois que se lustra, repintam-se de todo as bellezas que se confundiam indistinctas.

Deveis madrugar e saír ao arraiar do sol para os bosques, se quereis vêr folhas e flôres em scintillações de orvalho — espectaculo para maiores delicias nos climas do sul.

O sol as sauda e beija com o ardor dos seus primeiros raios. (·) A suave viração que move as ramarias em breve se esvahece e só volta ao entardecer, e o suavissimo perfume que embalsama o am-

---

(·) Lady Jackson é bastante enfadonha e rhetorica nas suas figurações bucolicas — hão de ter notado. Deleita-se esta senhora em materialisar com termos assás sensitivos as scenas vegetaes. Se se trata de beijos no seu livro — tirante os *clandestinos* de pag. 74 — esses beijos é quasi sempre o sol que os dá ardentemente nas folhas e flôres. N'esta scena, por exemplo, o sol não só beija, mas até, com a mais fina educação, sauda, ao nascer, as flori-

biente dura apenas em quanto as flôres estão hume-
decidas das perolas olorosas do orvalho da noite.
As aves esvoaçam-se ou chilream, emquanto es-
panejam a sua plumagem nas sebes do loureiro-
thymo e dos jasmineiros. Ouve-se o estridulo zumbi-
do da multidão dos insectos; a abelha liba os sucos do
fragrante thymo, das campainhas e jacinthos; azas
translucidas de brilhantes matizes lampejam, vis-
lumbram ao sol matinal, e pequenas borboletas ade-
jam amorosas por sobre as boninas que esmal-
tam os prados.

Estas flôres, cujos calices e corollas semelhantes a pedras preciosas, então se abrem de todo, a
pouco e pouco se vão contrahindo e escondendo sob
algum foliculo ou haste de herva, muito antes que o
sol meridional as fira. Aqui, o alvorecer da aurora
aclara-se como de repente em pleno dia. É uma belleza ephemera; mas não tem rival.

Em Cintra e na estrada de Collares ha *quintas*
franqueadas aos visitantes. Obtém-se licença de as
frequentar cedinho, e ali se podem gosar deliciosos
passeios de manhã, em vez de penosamente se fazerem por longe. É famosa a quinta do marquez de
Vianna; e, com referencia á sua situação e ao complexo das excellencias de Cintra, foi comparada á
sala de espera de um palacio de fadas. É bella em

---

nhas; «they are *kissed* away by the first ardent sunbeam that *greets* them».
Beijos propriamente ditos só por hypothese e desconfiança da auctora. A'
honestidade ingleza é licito conhecer os beijos realistas para os effeitos vir-
ginaes das comparações, em que sómente ao rei dos astros, de sua natureza
calido, são toleradas taes escandecencias com as boninas.

jardins, grutas, cascatas, ruas arborisadas e caramancheis. Porém, a meu gosto, é mais de encantar
a quinta do marquez de Vallada.

> ..... Já Silvano e Pan
> N'aquelles densos bosques não dormitam,
> Já nem tão pouco os faunos
> E as nymphas se visitam. (.)

Os rouxinoes têm aqui a sua mansão predilecta
em uma floresta disposta em labyrintho de bosquê-
tes. As avenidas são extensas e copadas, com as
orlas de hortensias azues e rosadas que viçam e in-
floram luxuriantemente sob um vasto e fresco docel
de folhagem. Aqui ha umas como clareiras de transito musgosas e verdecidas, adornadas de estatuas
e fontes, por onde a intervallos se encontram ameias
derruidas. Algumas d'estas romanticas avenidas
conduzem a formosos jardins; outras desembocam
n'um lago um tanto amplo, com barquinho e ponte,
onde cysnes candidissimos desafiam o claro crystal
das suas aguas. Circunda o lago uma vereda que,
excepto no remate onde algumas arvores a fecham,
é marginada de rosas, lyrios, geranios, cravos, fuchsias e outras flôres de brilhante colorido e suave
aroma. Fecha a quinta um muro acastellado pelo
lado do lago, e d'ahi se gosa um ponto de vista ar-

> (·) «In shadier bower
> Pan or Sylvanus never slept, nor nymph
> Nor Faunus haunted.»

Para não privar o leitor, que sabe inglez, de o interpretar melhor, traslado sempre o texto dos versos que traduzo mal.

rebatador. Na verdade, em local de tanta magia, dôce deve de ser a vida e a morte!

Ha muitas outras quintas que se rivalisam, mais ou menos lindas. A da baroneza da Regaleira e do marquez de Pombal são passeios de predilecção; mas o maior concurso das elegantes é ao *Campo* do marquez de Marialva, a que tambem chamam *Seteais*. Suppôz-se sempre que a convenção de Cintra foi assignada n'aquelle local; ultimamente, porém, descobriu-se que não, sem todavia se designar onde foi (·).

É costume mostrarem-se nodoas de tinta no pavimento, dizem que espirradas da penna de Junot, no momento em que enraivecido assignava o seu nome. Porque não seria antes a penna de Wellington? (··)

A denominação *Seteais!* Disseram-me que este nome tem referencia á assignatura da Convenção; porquanto, quando os officiaes e soldados que enchiam a casa tal souberam, expediram sete clamorosos *Ais!* ou *hurrahs*, repellindo o seu quinhão do aviltamento de Junot; em memoria do que se

---

(·) A convenção foi tratada em Lisboa em 30 de agosto entre o general Kellermann e o coronel Murray; e foi rectificada em Cintra no dia 31 pelo general Dalrymple.

(··) Não sei se no palacio dos Seteais alguem disse tal parvoice á senhora Jackson. Junot não esteve ali. Quando pergunta se o signatario ingiez não tinha motivos de raiva mais justificados que o francez, faz justiça á ignominia ingleza. Covardia ou infamia, a escolher, ou ambas cabem ao general seu conterraneo. A politica ingleza, n'este lance, está sentenciada pelo mais illustre dos seus poetas. (Byron, Child-Harold, cant. 1.º). Diga-se de passagem que, em 1808, Arthur Wellesley ainda não era lord Wellington.

denominou a caza do marquez de Marialva Palacio dos *Sete ais*. Dizem outros que a cauza é haver no edificio um ecco que repete sete syllabas. (·)

É de *rigueur* uma peregrinação ao conventinho de Santa Cruz, e não menos uma visita, *en passant,* á *Penha Verde*, quinta do seu fundador. Requisitaram-se, por tanto, novamente, os burrinhos para subirmos a montanha. Como o meu companheiro voltasse para Lisboa, associei-me a trez romeiros mais estranhos do que eu áquelles sitios, e assim completamos uma *partida quadrada*. E' de mais, a não se dar entre vós e o vosso companheiro *tête-à-tête* grande incongruencia de genios; porque então é raro o reterem-se idéas precisas de cousas interessantes; emfim, colhi isto de experiencia pro-

---

(·) Já tinhamos que farte necedades referidas e impressas a respeito de *Seteais*, umas de gente boçal, outras de pseudo-antiquarios; não obstante, a escriptora deu-nos a novidade dos sete clamorosos *ais* ou *hourrahs* em 1808. Ninguem póde prever até onde se estende a elasticidade de uma inepcia. Leio, no *Archivo Pittoresco*, em um artigo do snr. Vilhena Barbosa, que solertemente pesquiza ha longos annos todas as velharias portuguezas, o seguinte a respeito de *Setiaes:* «Desde tempos muito antigos, um dos divertimentos predilectos da gente môça era ir áquelle rocio, á tardinha, despertar os echos que ali ha. Pela disposição dos pincaros da serra, formando um reconcavo no fundo do terreiro, as palavras proferidas em voz alta na extremidade do norte do mesmo terreiro, são repetidas pelo echo com muita clareza e por varias vezes. Dizem que n'aquelles tempos a palavra mais usada em taes exercicios era um *ai* e que d'aqui viera o nome ao rocio denominando-o *Senteais* na opinião de uns, por parecer que a serra os sente e expressa; ou *Seteais*, segundo outros, crendo que o echo repete sete vezes a mesma palavra. Fosse, porém, qual fosse a etymologia do nome, o que é certo é que foi este ultimo o que prevaleceu.»

E devia prevalecer n'este paiz onde se estudam etymologias nas crendices populares.

Recorramos á palavra radical, e refuguemos de vez, se possivel é, interpretações apenas ageitadas para completarem o cabaz de ridiculezas que

pria quando observo influcnciada pela distracção de um numeroso rancho de pessoas que andam só para vêr. N'esta conjunctura, todavia, a minha visita a lugares já meus conhecidos era apenas uma repetição ; e, além d'isso, o *quarletle* era pacato : duas pessoas hespanholas, uma franceza e outra ingleza — perfeita miscellanea, insufficientemente relacionada para se permittir demasias de galhofa, o que provavelmente não era de esperar, indo todos apostados, ao que parecia, a fazerem-se reciprocamente agradaveis. Os sellins, ou cousas que os representavam, vão agora arranjados mais a geito, e o meu burro é pelo menos um pé, ou um palmo mais baixo que o outro — differença que o burriqueiro me fez notar com um gesto risonho muito significativo. Escolhê-

---

os estrangeiros levam de Portugal para escancararem as mandibulas dos seus patricios.

Seto, em antigo portuguez, *sebe, tapada, redil, estacada,* etc. (de *Septum,* que tem analogas significações)

Seteaes—plural de *seto.* Quer haja sido uma tapada o terreno em que se fundou o palacio, ou, em remota época, uma estacada de torneios, ou simplesmente um terreiro vedado por sebes, tudo nos dillucida a etymologia da palavra, sem nos acostarmos á conjectura dos sete *ais,* nem ás repetições du *ai* que o ecco repercute, nem ainda á sensibilidade dos pincaros da serra, conforme as tradições que o operoso snr. Vilhena Barbosa não refuta na sua escripta.

Declaro que não fundamento em auctoridades a minha opinião, porque a não trasladei. É de crêr que não encontrem a palavra *seto* nos vocabularios do uso vulgar, nem ainda no *Elucidario;* porém .Fr. Sancta Rosa de Viterbo publicou um livro de somenos porte, intitulado *Diccionario portatil das palavras termos e frases que antigamente se usaram e que hoje regularmente se ignoram.* A palavra está ahi. Se a formação do plural de *seto* em *seteaes* fizer implicancia aos grammaticos, transijam com as irregularidades do povo no seu modo de formar pluraes, e convenham em que se dizia tambem *seteal.* Na provincia de Traz-os-montes ha campos, leiras, e devezas com aquella denominação; e d'ahi deriva o verbo *setear* (cercar).

Esta nota demorou-se, porque o assumpto é transcendente.

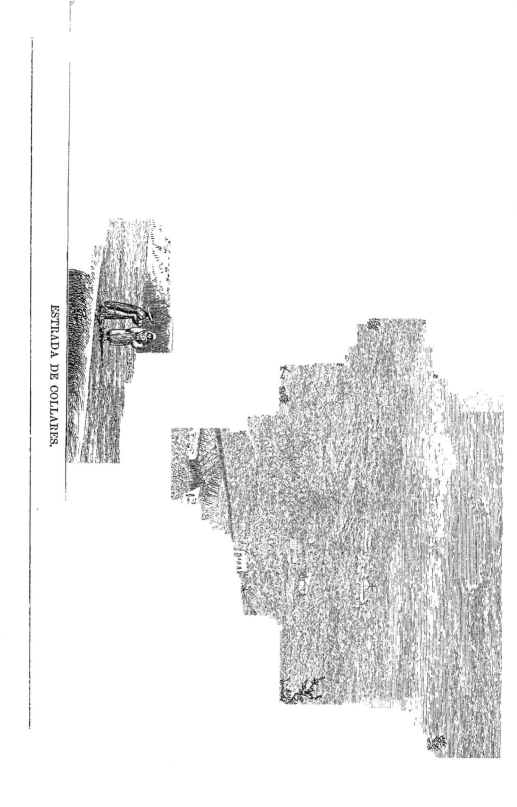

ESTRADA DE COLLARES.

ra elle mesmo este animal — a flôr dos seus burros, porque tivera como ponto de honra que eu cavalgasse n'esta occasião soberbamente. «Um burro grande — disse elle — *não presta, — não vale nada*» — facto de que eu anteriormente me não acautelara.

Os *burrinhos*, como não tinham hoje labutado na feira, iam folgados e espertos; trotaram pelas campinas fóra; foi um momento para Seteais e outro para a Penha Verde — quinta de D. João de Castro, famoso viso-rei da India. Deixou-a aos seus herdeiros que ainda hoje a possuem (·) com a clausula de a conservarem ajardinada para recreio, e que nunca plantariam n'ella arvores fructiferas d'onde resultassem proveitos pecuniosos. Dizem que as primeiras larangeiras conhecidas na Europa se plantarãm n'estes jardins. Conservam-se ainda na casa algumas antiguidades indianas, e um retrato original de D. João de Castro, que falleceu em 1548. Conduz ao eremiterio ou capellinha no penedo das Alviçaras uma avenida de magestosas arvores. D'aqui disfructa-se um amplissimo e formoso horisonte de campinas accidentadas.

Da Penha Verde seguimos pela estrada de Collares, ao longo das abras da serra, um dos mais lindos passeios d'esta deliciosa região. São indescriptiveis tantas bellezas. Todos os epithetos admirativos, todos os vocabulos que pintam o bello, exhauriram-

---

(·) Já não. Ha dous annos que o conde de Penamacor, representante de D. João de Castro, vendeu a quinta ao visconde de Monserrate, Francisco Cook.

se até ao ultimo na descripção de Cintra, antes de contemplar esta sobre todas lindissima estancia onde os mais frios, os mais apathicos filhos da terra, os mais intangiveis á magestade da natureza, hão de sentir-se abalados. Eu por mim, que mais hei de dizer de Cintra e Collares? Se eu na minha carta houvesse a pretenção de communicar uma idéa do que senti na contemplação de taes quadros, ou do que presenciei sentirem os outros, todo o meu phraseado seria extasis e arroubos, que talvez fizessem sorrir, sem mostrarem o rapto do enthusiasmo que se sente em um simples relance de vista por estas scenas portentosas. A impressão d'estas bellezas não se vos desluz pelo habito de as vêr; intensa-se, profunda-se cada vez mais, pelo mesmo modo que a admiração subindo de ponto se converte em amor. Portanto, convido-o a vir ao nosso eden lusitano. É necessario vêr estas delicias para lhes sentir a magia.

E agora cavalgaremos os *burrinhos*, e iremos por ahi fóra; mas elles não obedecem ao *Eciho, eciho*, que em portuguez corresponde ao «Gee up!»: sacodem as cabeças e estacam (·). O certo é que, elles quedaram-se extaticos tambem. Participariam do

---

(.) Não percebeu nitidamente Lady Jackson a interjeição com que se animam os burros na formosa Lusitania. O *chó, chó*, que esta senhora orthographou *eciho, eciho*, é voz de parar; e, por consequencia, os burros de Cintra, parando, fizeram o seu dever com pontualidade ingleza. Este nosso *chó* veio da Gran-Bretanha: é o *geho* que lá se pronuncia *djihó;* com a differença muito sensivel para o idioma e para os burros que a interjeição nacionalisada, aqui, é signal de *parar*, e lá, na perfida Albião, é signal de *an-*

sentimentalismo dos cavalleiros? Posto que o seu
intimo sentir não se houvesse manifestado ruidosamente, havia indicações de que um ou mais d'a-
quelles burrinhos se expandia em destemperado
zurrar. — Céos! que dissonante toada alvorotou os
eccos e rompeu o ambiente d'aquelle scenario onde
só se ouviam até então os costumados gorgeios dos
rouxinoes! O burriqueiro raivoso exclamava: *Malditos brutos*! e arreganhava-lhes a sua branca dentu-
ça. A final calaram-se, e nós partimos a trote.

Antes de subirmos a montanha, insinuamo'-nos
por entre massas enormes de rochas soltas, como que
vomitadas para ali em arremessos vulcanicos; trepamos a escarpada ladeira, descemos com muita
cautela o escabroso pedregal, subimos de novo,
apegados á espessura dos arbustos, como se com
isso nos salvassemos de cahir, áo voltar imprevisto
de uma revolta da intrincada vereda. Mas, nada
de susto; os burrinhos são seguros, e hão de levar-
nos por este trilho tão seu conhecido ao vertice da
montanha; ainda assim lembrei que o melhor seria soltar as redias aos nossos ginetes, e irmos
admirar a linda quinta de *Monserrate*, outr'ora viven-
da-campezina «do mais opulento filho de Inglater-

---

dar. Por isso a Inglaterra anda sempre: até n'isto lhe revê a indole andeja.
Nós cá para fazer que andem os burros de Cintra, de Cacilhas e d'outros
sitios e assembleias, temos o *arre!;* mas esta expressão nunca se deve escrever sem despir a luva de 6 botões. Até a sociedade protectora dos irracionaes (ella diz-se dos *animaes*, sem o intuito materialista de se excluir) pensa
em desaggravar os burros, substituindo aquella asperrima interjeição por alguma admoestação em termos comedidos.

ra», (.) e hoje em dia propriedade de outro inglez, Mr. Cook, n'estas partes *Visconde de Monserrate.*

Não sei se a moderna caza ou *palacio*, como lá
dizem, está reedificada no estylo em que fôra a de
Mr. Beckford; mas, a julgar por uma descripção
que li da antiga, quer-me parecer que Mr. Cook,
havendo-a comprado muito arruinada, a refez se-
milhantcmente ao que tinha sido. Presume-se que
do seu extremo desbarate foi causa a rapidez da
construção, para satisfazer a impaciencia de Beckford, e concorreu tambem o desenfreado destroço
que lá fez a soldadesca emquanto os francezes occuparam Lisboa e Cintra. Só pude vèr photogra-
phias do interior; dizem-me, porém, que os adornos são preciosissimos, de suprafino gosto, e as
collecções de objectos de arte valiosas.

A situação da quinta é, quanto póde ser, magnifica. Assenta em planura que domina um ponto
de vista horisontado largamente pelo valle de Collares, mar e serras. Ao pé da caza enverdecem
vastas pradarias, já planas, já declivosas, para as
quaes vos conduz um caminho arborisado. Bracejam carvalheiras e cedros seculares, ao lado dos
pomares de laranjas e tangerinas. Ha tanques, fontes e uma cascata que engrossada pela chuva se

---

(·) Assim denomiua Byron (*Child-Harold* c. I, est. 22) Beckford, auctor do romance oriental intitulado *Vathek* :

> *There than too, Vathek, England s wealthiest son,*
> *Once formed thy Paradise.*

despenha estrondosamente do topo da serra ás profundezas do valle. Fetos de rarissimas especies, jardins graciosamente recortados, bosques, campinas á semilhança de parques, constituem os attractivos da quinta de Monserrate. Consta-me, porém, que é difficil cousa lá entrar.

Um d'estes dias me disse um cavalheiro : «Se deseja vêr o palacio e as suas riquezas, creio que poderei obter licença».

Ainda assim, não me aproveitei da *quasi* promessa de que as portas do palacio de Mr. Cook se destrancassem para mim ; pois é sabido que elle não gosta que a gente *curiosa* lhe veja as lindas cousas. N'isto sómente se parece com o seu antecessor Beckford ; mas sobeja-lhe rasão para proceder como lhe apraz n'aquillo que é seu. Disseram-me que a repugnancia é agora mais apertada que d'antes ; porque, tendo uma dama escorregado no pavimento, foi cahir de encontro a um jarrão da China, que se quebrou. Caso sobremaneira consternador, por certo! Mas, apezar d'isso, Mr. Cook não devia ser descortez a ponto de imaginar que todas as damas que entram no seu palacio hão de dar um *faux pas*.

Mostraram-me alguns versos chistosos, ou antes umas malignas trovas, *à propos* das portas fechadas do Palacio de Monserrate. Quatro inglezes que desembarcaram de um paquete com escala por Lisboa, e tinham um dia só de demora, intenderam que o melhor emprêgo do tempo era visitarem o Castello da Pena e a quinta de Monserrate. Informaram-os de que não seria difficil a entrada ;

porém, como o rei e Mr. Cook estivessem em Cintra, entendeu-se que seria acertado, para maior segurança, sollicitar a licença telegraphicamente. Resposta: que podiam vêr o palacio do rei; mas o de Mr. Cook, não. Partiram, pois, satisfatoriamente resolvidos a vêrem tão sómente o castello. A cortezia dos creados e as maneiras attenciosas com que aos extrangeiros, que pouco podiam demorar-se, lhes facilitaram entrar em partes do castello defesas quando D. Fernando reside em Cintra, tanto os penhorou que, emquanto lhes preparavam o jantar no hotel, sentindo-se de collaboração inspirados já pela gratidão, já pelo despeito, composeram uma satyra mordente, em que a urbanidade do *rei* se defronta com a grosseria do *cozinheiro*. (·)

Não é facil conjecturar que razão se deu para não desentranharem as suas coleras em prosa chan. Póde ser que elles, por lhe não conhecerem a força, entrassem de mais pelo excellente Collares velho; ou, pelo facto de serem inglezes, afogueassem os miolos com o velho-Porto até á escandecencia do fervor poetico; ou talvez adoptassem a rima como coisa de seu natural apimentada, e, quando é mister, se aguça em farpa como esta que desfecharam nesciamente contra o pobre Mr. Cook. A tal ejaculação satyrica li-a immortalisada nas paginas de um album. Recordo-me de duas linhas. A primeira terminava: «um grão de senso commum»

(·) A mordacidade do equivoco não póde trasladar-se para portuguez. Em inglez reduz-se a minuscula a inicial do snr. *Cook:* esta reducção, vertida em portuguez. dá—*cozinheiro*.

— devia de ser, com certeza, do poeta este grão. Seguiu-se depois a consoantar o verso, e ao mesmo tempo a caracterisar, confrontando-os, o *rei* e o *cozinheiro*, o titulo de um dos mais conhecidos quadros de Landseer. Eu não quizera ser mais explicita; mas, se entende que vale a pena, decerto encontrará de prompto o titulo, e entenderá como os epithetos lá se applicam na satyra. (∙)

Contei esta anedocta aos meus companheiros para os dissuadir de baterem aos portões da quinta, como tencionavam. Mas embora haja motivo para se ter Mr. Cook *en mauvais odeur*, entendo que é obrigatorio confessar que elle tem gasto muito dinheiro em Portugal, e occupou nos ornatos da sua quinta os primeiros artistas e melhores obreiros do paiz, a quem estipendiou liberalmente. Á conta d'isto, ouvi dizer que lhe deram o titulo como galardão do muito favor que as artes e industrias lhe devem, por onde grangeou muitissima e geral estima.

Os burrinhos conhecem admiravelmente o caminho de Santa Cruz. Trepam sem escorregar n'aquelle pedregulho. Umas cruzes que por lá se erguem a indicar o trilho podiam ser removidas, que os jumentos são os mais seguros guias dos dous caminhos. Logo que se chega ao cume da serra, os

---

(∙) No original as duas palavras *rei* e *cozinheiro* são apenas indicadas com reservadas ellipses d'este feitio : *K-g* (rei) *c-k* (cozinheiro). Quanto ao quadro de Landseer, parece-me que Lady Jackson se reporta a um que se intitula «A alta sociedade e a gentalha» *Law and high life*. Não traduzo «baixa sociedade» porque o nosso fidalgo idioma não permitte que a ralé constitua sociedade.

burros mettem por um carreiro abaixo, porque sabem que o termo da jornada é ali, e vão dar ao
conventinho como incluso n'uma concavidade, a
cuja entrada param. Difficilmente se extrema a portaria do penhascal que a cerca: é mais um buraco do
que porta.

O convento era o mais pequeno e pobre do paiz.
Custou cem cruzados a D. Alvaro de Castro que o
fundou em 1560 por determinação testamentaria de
seu pai. Tinham ali á mão as poucas achêgas precisas para tal edificio — montanhas de granito, muito
rochedo pardacento, argilla, colmo, e cortiça que
descascaram dos sobreiraes da serra. Entre dez a
vinte frades franciscanos ali viveram suas vidas em
penuria e desagasalho. Um d'esses, o «beato Honorio» chegou aos noventa e cinco annos, passando
os ultimos trinta em martyrio a que se devotou,
entaliscado n'uma cova, onde lhe era forçoso estar de gatinhas, porque não cabia lá todo ao comprido.

Como quer que, um dia, descesse ao val, aconteceu encontrar o santo varão uma galante mo-
çoila que se abeirou d'elle rogando-lhe que a con-
fessasse. Recusou-se; disse-lhe, porém, que, se
em verdade queria confessar-se, fosse ao convento. Mas a rapariga insistiu nos rogos para que a
ouvisse de confissão ali mesmo, e mostrou ser tão
esbelta quanto teimosa, resolvida a não desistir
de modo nenhum. *Santo* Honorio (·) reparando no

(·) Esta senhora não perde lanço de opulentar o nosso *Flos sanctorum.*
Os herejes só nos dão o que não querem para elles. Dão-nos santos.

doairo da formosa supplicante, entendeu que, de algum modo, não se abstivera inteiramente de notar-lhe a belleza, e desconfiou que sua magestade satanica se desfigurara na rapariga para o tentar. Logo que isto lhe deu na venêta, fez o signal da cruz, ajoelhou e disse um *pater noster*. Feito isto, a môça desatou a fugir. — «Prova infallivel — disse o meu informador — de que ella era o diabo em pessoa.»

De volta para o convento, Honorio andou á cata de um retiro mais angustioso que o do seu cubiculo que não era maior que um esquife. Uma cova que nunca vira, e então se lhe deparou, parecia-lhe de proposito azada ao seu intento. Ahi se metteu e passou o restante da vida, esperando, após tão longa expiação, descontar o delicto de ter olhado um instante com bons olhos para uma mulher guapa. O francez do nosso rancho, quando o sujeito que mostrava as ruinas concluiu a historia, exclamou : « *Ora essa! O pobre homem ganhou tamanho mêdo á rapariga e á sua belleza diabolica? Deus lhe perdôe! que era mais parvo que santo!* A dama hespanhola, que, a meu vêr, era *um tanto devota*, — pois que escutara mui seriamente a historiêta do velho —, ouvindo a exclamação do francez, arregalou os olhos, e pondo-os em mim de esguêlha, parecia dizer: «estou pasmada!» Obtemperei com um gesto de condescendencia; mas, se me perguntassem o meu parecer, eu cá de mim abundaria na opinião do francez.

Ha na serra outras ruinas de conventos, a *Penha longa*, e Peninha que n'outro tempo gosou mais cc-

lebridade que Santa Cruz, onde existe uma milagrosa imagem de «Nossa Senhora» encontrada miraculosamente em uma *peñinha* ou pequena rocha
da qual a tradição conserva prodigiosos contos. Só
os mais audazes exploradores atrepam áquellas
ruinarias. Disse-se aqui ha annos que se ia restaurar o convento; mas está como era. Não foi a mão
do tempo que desbaratou o altar e outras peças que
denotam progressiva delapidação: aquelle destrôço
deve-se ao sestro de gente bruta que tem o vêso rapi-
nante de quebrar e lascar fragmentos de pedra ou de
madeira. Diz-se que Mr. Cook ultimamente comprára
o *convento da Cortiça* e as terras circumjacentes com
o projecto de refazer o mosteiro no seu primitivo
risco. Não seria mais sensato conservar tal qual
está aquelle accrvo de pedras, que subsistirá emquanto existir a serra a que pertencem, como um
padrão do que foi a sociedade, que jámais poderá,
embora o esperem, retroceder?

Como desejassemos vêr a celebrada *Pedra d'Alvidrar,* descemos a montanha em direcção a Collares, passando das empinadas rochas, dos pincaros e
agulhas da serra ás veredas pittorescas, aos pinheiraes e devezas de loureiros, murthas e laurestinas.
As encostas, escalvadas e cinzentas agora, brilham
na primavera e ao começar do estio, ou, se a
chuva as refrigera, reverdecem na urze em flôr,
nos lilazes escarlates e brancos, no açafrão purpurino e jacintho matizado; mas, se o sol meridional
aperta, acolhei-vos aos castanhaes, arvores magestosas que mais espessos docceis bracejam em Collares.

Perto do valle encantador da Varzea, longamente se dilatam olivaes e vinhedos, de cujo rico fructo se produz o Borgonha de Portugal; casas emboscadas nos laranjaes, e pomares de Collares tão famosos em pecego, ameixoa, pêra, amendoa, damasco e cereja; e, além, o claro Rio das Maçans, formando o Tanque da Varzea, e serpeando por entre margens de aromatica verdura e pomares de maceiras, vai mansamente derivando ao mar.

Ao pé da villa de Collares está a famosa quinta chamada do *Dias*. Raro ha quem deixe de visitar-lhe os deliciosos jardins, — que ainda rodeados de tantas bellezas se distinguem—ou não suba ao seu magnifico mirante, d'onde se avista um tão extenso, lindo e accidentado panorama que, visto uma vez, nunca mais se olvida. O romantico, a magia d'aquellas quasi descultivadas bellezas gravam-se na memoria como «um goso indelevel».

Alguem da companhia teve o desatino de augmentar o numero de letreiros parvos que se topam tão espessos no mirante que a custo se lhes poderia intrometter palavra ou lettra. Deparou-se ao francez, que examinava aquellas expansibilidades, o seguinte :

Do espirito da poesia
É a morada encantadora.

Alguem menos palavroso escrevera por baixo : «*é verdade*». O nosso amigo aspou cruelmente a ultima effusão para escrever a sua, d'esta guiza : «*Er-*

reur! *erreur*! *L'esprit n'existe pas ici; les prosateurs l'ont chassé.*»

Havia n'estes dizeres pretenção a chiste *espirituosamente* caustico, e eu fui tão lerda que reputei isso mais uma parvoiçada que um gracejo.; mas, como lh'o não podia communicar, dei-me uns ares de quem diz: «como é esperto!» O francez passou o lapis ao hespanhol, que escreveu em francez: *Partout, où se trouve un Français, là l'esprit existe.*» O francez agradeceu; e, como quizesse outra vez ser lisongeado, pediu á dama, irmã do hespanhol, que escrevesse tambem uma linha; ella recusou-se, dizendo que tinha mêdo de se expôr depois de tamanho alardo de *espirito*. Chegou finalmente a vez á ingleza. (·)

«Escreveria ella o pensamento que lhe ia no coração n'aquelle momento?» Objectou ella fortemente contra aquello systema de estragar paredes e janellas; mas, estando já tudo rabiscado de modo que uma ou duas palavras de mais ou de menos não peoravam a destruição, disse: «se *monsieur* quer ser o amanuense, dicto-lhe duas palavras.» Não podia recusar-se; antes «muito me honra com o encargo — disse elle. — Que escrevo?»

«Logo em seguida á linha de *sua Excellencia*, escreva: *c'est possible.*» Elle sorriu-se, e escreveu as palavras em grandes lettras; depois, fazendo uma

---

(·) Lady Jackson, aqui, falla de si na terceira pessoa, como Cezar nos «Commentarios».

profunda cortezia, disse: «*Maintenant, je vais signer pour madame.*» — «*Perfide Albion!*»

Depois d'estas exhibições de espirito anão e tolice agigantada, que nos serviu de galhofa a todos, relançamos outra vez um demorado enlêvo de olhos ao panorama lindissimo que por tão longe nos rodeava. Depois, saíndo da *Quinta do Dias*, apertamos o passo para o *Fojo*, porque o tempo nos fugia rapidamente, e queriamos ainda vêr de passagem ao menos a *Pedra d'Alvidrar*.

Tirante a grandeza magestosa das ribas do mar, o *Fojo* e a *Pedra* não merecem grande exame. O espedaçado e recortado da penedia dá-lhes aspectos fantasticos a milhares. Imagine uma cinta de rochas, e o vagalhão a espadanar formando grutescas figurações de columnas e arcarias a rolarem de envolta com a onda, que se desdóbra espumejando. O cabo da Roca, extrema da serrania, affronta-se com o bravo Atlantico que lhe troveja e ribomba ao sopé, escabuja no cingulo de rochas denegridas, espedaça-se nos angulos das ribas, e remessa-se enfuriado pelas boccas das cavernas, d'onde ressalta em golfos de espuma. E, se o mar assim se estorce na sua cadeia de fragas em um bello dia de estio, que será quando o raio corisca, os relampagos flammejam e a trovoada retrôa na montanha!

«*O Fojo! excellencias. O Fojo!*» exclamou o guia; e, voltando-nos as costas, persignou-se á sucapa. Apanhei-o em flagrante. «*Não tem duvida, minha senhora,*» disse elle, para que eu me não assustasse. O benzerem-se é mero habito d'aquella gente quando chegam ao *Fojo*. Não havia que re-

cear, assegurou-me elle a meia voz para que o não
ouvisse a hespanhola, que provavelmente se lhe figurou mais sensivel do que eu áquelles pavores. Os
inglezes na sua qualidade de «herejes protestantes»
são em geral acoimados de infieis, completamente
descridos, e sem temor de cousas que lá se respei-
tam religiosamente. Ainda assim, os portuguezes
de bonissima indole permittem que Deus seja ado-
rado nos seus proprios «templos» d'elles, e consoante os seus degenerados ritos; ora em Hespanha não o consentiriam.

Entretanto, estavamos no *Fojo*, e o burriqueiro
acautelou-se, a distancia, com os jumentos.

O *Fojo* ou *caverna* é um profundo abysmo cavado naturalmente em rocha immensa. Amplo e
redondo á entrada, vai-se estreitando ao compasso
que resvala perpendicularmente ao mar, que lá em
baixo retumba de maneira a ensurdecer a gente.
Aqui se acoutam de preferencia as aves aquaticas
que, juntando os seus estridulos guinchos ao ma-
rulhar das ondas, compõem uma horrida toada que
mortifica as compleições debeis; e, em vez de at-
trahir, affasta o visitante. Não admira, pois, que o
povo d'estes sitios engendrasse superstições formi-
daveis a respeito do penhasco, e nos conte lendas
estranhas com a mais entranhada fé. Uma d'essas
fabulosas historias diz que o fundo do *Fojo* profunda-se muito pelo mar; e que não ha sondar
aquelle antro. Ora, as aves aquaticas que lá se
abandam a pairar sobre a caverna, a carpirem-se,
de dia e por noite horrenda, com gemidos agudos,
são almas precítas que, em fórma de aves, têm li-

cença de se andarem assim penando, e de voltarem
por breve espaço de tempo ao mundo; e então lá
das profundezas irrompe o vozear zombeteiro dos
diabos, quando ellas, no solitario rochedo, se las-
timam dos crimes que perpetraram quando eram
gente.

Eu não gosto do *Fojo;* bem que o seu estampido, o crocitar das suas aves, e as suas pavorosas
lendas revistam aquelle fero carranquear das vagas
de um certo interesse de romanesca magia.

Nem tão pouco me apraz vêr as proezas á Blon-
din que na *Pedra d'Alvidrar* executam homens e rapazes da povoação visinha. A *pedra* é um grande
promontorio de rocha avançado sobre um abysmo
de penedias, d'onde sobe precipitosa ladeira de cento
e setenta pés de altura. Pela superficie do declive
posto que algum tanto escabroso, sulcado e arruga-
do pelo escarvar das tempestades, durante seculos,
não ha bastantes ressaltos em que se possa firmar
um pé; e ainda assim, ha homens e rapazes que sobem e descem o precipicio, encarreirados uns após
outros, á laia de quadrupedes, fincando-se nos dedos
grandes das mãos e dos pés, e não firmando jámais
o calcanhar. Com a esperança de ganharem alguns
vintens, todos o fazem, se os espectadores desejam.
É um espectaculo que nos repugna e horrorisa; por
quanto, se um pé lhes resvala, a morte é certa de
encontro aos penedos que cerram lá em baixo o des-
penhadeiro. Todavia não acontecem desastres, porque elles desde rapazinhos se adestram n'aquelle
exercicio, ensaiando-se talvez previamente em ro-

chedos que ali ha perto menos perigosos. Não sei
a razão de chamarem a esta rocha *pedra de julgar* ou
de alvidrar. É nome antigo. Os homens da povoação de Almoçageme recolheram jactanciosamente
de antiga tradição que seus antepassados já subiam e desciam sem risco o flanco da perigosa escarpa. Talvez que a tentativa fôsse só por si como
um desafio a provas de coragem, e por isso ao rochedo se désse o nome de Pedra d'Alvidrar. Mas já
é de mais. Digamos depressa adeus á *pedra*.

Retrocedemos de Collares para Cintra. Que deliciosa estrada aquella! Era ao caír da tarde. Já
despontava a lua; mas os seus raios luziam palli-
damente ainda nas altas grimpas dos velhos carvalhos e castanheiros. Já se sentia na viração a suave
fragrancia das flôres, e o dôce zephyro ciciava entre
as ramagens. Não era noute fechada, mas ia-se cerrando. A derradeira hora do dia, lá onde é rapido o
crepusculo, é a mais formosa de todas. «O colorido
que do ceu promana» matizava o firmamento. E ao
adejarem as primeiras auras, frescas e olorosas,
d'aquella noite perfumada, dir-se-ia que um trago de
elixir da vida se nos instillava no sangue, dando
frescor, elasticidade á alma, e alentando-a, sequer
por momentos, como desafôgo a mortificações e ma-
guas congenitas da humanidade.

O *beau monde* que actualmente povôa Cintra reu-
nira-se na alameda do Palacio Marialva, por onde
passamos, a gosar a bella noite. A hora usual de
jantar tinha passado quando chegamos. O nosso
unico repasto foi as famigeradas queijadinhas de

Cintra, e o velho Collares semelhante ao rico e maduro Rousillon. Jantamos *en partie carrée*; e, em quanto saboreamos o café e fumamos os nossos *cigarettos*, planeou-se nova excursão para o dia seguinte. (·)

(·) Se é permittido o córar a um traductor mais antigo que o desaforo do charuto em Portugal, o seu pejo é quasi uma apoplexia, ao trasladar as expressões de uma senhora ingleza que diz: «*E fumamos os nossos cigarretos*» *and smoked our cigarettos*. Estive quasi a esponjar do livro esta certidão de maus costumes; porém, antepondo á indignação o respeito do texto, peço ás damas portuguezas, ainda não *culottées*, que desculpem esta senhora, attendendo a que ella, emparceirada com um francez e dous hespanhoes bi-sexuaes, comeu queijadas da Sapa e bebeu Collares velho, *en partie carrée.*

PALACIO E BASILICA DE MAFRA

LIVRARIA PORTUENSE—EDITORA

PORTO.

CAPITULO XVI

PALACIO REAL — HIPPODROMO — MAFRA

Circulava quasi todos os dias e sempre se desmentia como prematura a chegada a Cintra do rei D. Luiz e da rainha D. Maria Pia; porém, correndo agora o boato da vinda immediata, os meus recentes amigos propozeram visitar-se o *Palacio Real*, que, no caso de chegarem suas magestades, seria vedado em grande parte, se não de todo, aos hespanhoes. Por agora, porém, a familia real demora-se no palacio de Queluz. Parece que tem predilecção por aquella residencia, cujos jardins, modelados pelos de Marly, se reputam os mais bellos do reino n'esse estylo, provavelmente como desconto á melancolica situação do palacio.

Dirigimo'-nos pois esta manhã ao palacio real, tencionando ir em seguida a Mafra. O verdadeiro interesse do palácio, *selon moi*, procede da triste e romantica historia a que se liga. Para narral-a não bastariam as paginas de um livro, e muito menos as da carta mais estirada. Não espere, todavia, que me dispensa em miudezas descriptivas d'aquella confusão de estylos architectonicos, onde se assiguala ainda relevantemente a origem arabe, ou os accrescentamentos e reconstrucções dos seus reis christãos. Pequena parte d'este edificio é de crêr que

CAPITULO XVI

Circulava quasi todos os dias e sempre se desmentia como prematura a chegada a Cintra do rei D. Luiz e da rainha D. Maria Pia; porém, correndo agora o boato da vinda immediata, os meus recentes amigos propozeram visitar-se o *Palacio Real*, que, no caso de chegarem suas magestades, seria vedado em grande parte, se não de todo, aos hespanhoes. Por agora, porém, a familia real demora-se no palacio de Queluz. Parece que tem predilecção por aquella residencia, cujos jardins, modelados pelos de Marly, se reputam os mais bellos do reino n'esse estylo, provavelmente como desconto á melancolica situação do palacio.

Dirigimo'-nos pois esta manhã ao palacio real, tencionando ir em seguida a Mafra. O verdadeiro interesse do palácio, *selon moi*, procede da triste e romantica historia a que se liga. Para narral-a não bastariam as paginas de um livro, e muito menos as da carta mais estirada. Não espere, todavia, que me dispenda em miudezas descriptivas d'aquella confusão de estylos architectonicos, onde se assignala ainda relevantemente a origem arabe, ou os accrescentamentos e reconstrucções dos seus reis christãos. Pequena parte d'este edificio é de crêr que a fizessem os mouros. D. João I reedificou-o quasi todo, e alguns seus successores o ampliaram e restauraram. Por entre estas mudanças e alterações o original risco arabe foi mais ou menos respeitado, como o confirmam os terraços, chafarizes ornamentados, banhos, janellas orientaes, etc. Tem salas chamadas dos «cysnes», das «pêgas», das «armas», que tiram a sua denominação dos assumptos primorosamente pintados nos tectos, e todos referentes a successos romanticos.

Deve a *sala das pêgas* o seu curioso ornato de pintura a um lanço de galanteio praticado por D. João I, caçador extremado e vencedor dos hespanhoes em Aljubarrota. Como partisse de manhã para uma caçada, ao passar no terraço, colheu uma flôr de um rosal; e, encontrando uma dama de honor, ao atravessar a sala, lhe offereceu a flôr. Ella acceitou-a cortezmente, e o rei beijou-a no rosto, no momento em que a rainha Philippa, princeza de Lencastre, entrava á sala por outra porta. É provavel que ella se não conformasse grandemente com aquelle espectaculo; mas el-rei D. João, inclinando-se deante da esposa, disse-lhe sorrindo, ao saír da sala: «é por bem, minha senhora, é por bem» dando a entender que a intenção era pura e não havia razão de ciume.

É de suppôr que a rainha não ficasse muito satisfeita com aquelle feitio de exhibir intenções puras ás suas açafatas. De mais a mais segredava-se na côrte que a joven dama de honor estava muito nas graças do rei, e as linguas praguentas repetiam com ironico sorriso: «*é por bem! por bem!*» O rei infor-

mado d'isto, resolveu impôr silencio á murmuração
escandalosa. Por sua ordem se fechou a sala temporariamente; e, quando se abriu, a rainha e a côrte
entraram a vèr as lindas pinturas do tecto, que estava cheio de pêgas que ainda agora lá se divisam.
Do bico de cada ave pende uma flôr e um letreiro
que diz: «*por bem!*» Galantissimamente o rei o
adoptou como divisa, alludindo á scena da rosa e
do beijo, com analoga intenção ao nosso «*Honi soit
qui mal y pense.*»

É a *sala das armas* um explendido salão accres-
centado no palacio por D. Manuel em 1515. O tecto
de figura octogona foi pintado pelo pintor heraldico
Duarte d'Armas, por ordem do rei. (·) Os sete escudos (··) dos infantes agrupam-se no centro; e em duas
fileiras circumpostas interiormente vêem-se os brazões dos setenta e quatro fidalgos primaciaes do reino, cada brazão pendente da galhadura de um veado
couchant. A disposição das armas é circular e alpha-
betica, para desfazer precedencias de nobreza. (···)
Nas quatro paredes, rente com a cimalha, está escripto em lettras palmares de ouro:

> « *Pois com esforços e leaes*
> *Serviços foram ganhados,*
> *Com estes e outros taes,*
> *Devem de ser conservados.*

(·) Collaboraram, com Duarte d'Armas, Francisco Dansilhas, e Jorge Affonso; mas Bento Coelho retocou depois todas as pinturas primitivas.

(··) São 8, que tantos eram os filhos, então vivos, d'el-rei D. Manuel.

(···) Os appellidos não estão alphabetados. O que desfaz as precedencias
é a disposição dos nomes em circulo dobrado, porque não se pôde assim de-
terminar começo ás duas series dos 74 escudos.

Faltam os brazões de iversas familias porque não se averiguou com suficiente exacção se lhes pertenciam; sendo que D Manuel resolvera acabar com a desordem que acontrou na descurada heraldica da fidalguia portugueza. Mandou inspeccionar monumentos, sepultras e archivos afim de restaurar e corrigir os escuos concernentes ás armas dos fidalgos que seguiam a córte; e additandolhes os accrescentos sobroostos pelo decorrer do tempo, mandou illuminal-s em um livro que se depositou no archivo da *Tore du Tombo*. Em 1759 foram aspadas as armas doluque de Aveiro e marquez de Tavora, accusados le conjurarem na tentativa de assassinio do rei). José. Estes, e mais outros personagens foram brbaramente justiçados, no Caes de Belem, n'aquell mesmo anno.

Ha n'este palacio uma cluminé de soberbo marmore esculpturado por Mguel Angelo. Foi um brinde do papa Leão X a D Manuel, que em 1514 enviou a Roma o seu embaixdor Tristão da Cunha, com numerosa comitiva e pompa quaes nunca se tinham visto na Europa.

Denomina-se *idade de ouo* este periodo na historia portugueza, e el-rei D. Manuel é cognominado o « venturoso ». Vasco da Gama havia descoberto a India e os thesouros do Oriete. Ouro, diamantes e perolas choveram sobre Portugal, por tanta maneira, que o menor dos reino europeus tornou-se o mais opulento.

Os primeiros fructos d'aqelles grandes descobrimentos foram enviados aopapa Leão X: joias, ricos paramentos, valiosas speciarias; e, entre

outros objectos, mencionam-se uma onça domesti-
cada e um enorme elephante, o primeiro que se
viu na Europa. Em recompensa d'estes presentes,
veio a chaminé esculpturada por Miguel Angelo.
Com o seu quinhão das primicias da India conquis-
tada, principiou D. Manoel a edificar o magnifico
templo de Santa Maria de Belem e mosteiro contiguo para frades Jeronymos, como tributo á Divindade.

Uma escada em caracol no interior do palacio
conduz a um amplo vestibulo, ornamentado com
formoso chafariz de marmore. Por sobre este vestibulo ha diversos aposentos particulares, que fazem
consonancia em simplicidade e elegancia na decoração. Outros abrem para um terraço ajardinado de
inexcedivel belleza, d'onde se gosa a perspectiva encantadora da serra, da villa e do mar. Em todo o
palacio encontram-se fontes, reservatorios e banhos.
Uma caza balnearia, singularmente construida, e
que dizem ser reliquia mourisca, repuxa a agua por
crivos invisiveis em fina chuva que borrifa das paredes e do tecto, para o centro do recinto. Aqui se vê
tambem a sala em que o famoso D. Sebastião reu-
niu o seu ultimo conselho de estado, — acto, durante o qual a corôa lhe caíu da fronte, como um presagio, segundo se pensou; e fatalmente succedeu
que não voltasse mais d'aquella expedição africana,
por amor da qual reunira os ministros afim de os
consultar. Tambem se vê o recinto ladrilhado em
que Affonso VI esteve prezo alguns annos. Conhe-
cem-se nos ladrilhos os vestigios do seu constante
passear de um lado a outro; e d'aqui foi redimido

pela morte quando ouvia missa. Por instigação dos
jesuitas, que elle detestava ou talvez opprimira, ali
foi encerrado pela esposa e pelo irmão que se tinham
cazado sem esperarem dispensa de Roma. m uanto
D. Affonso viveu, seu irmão intitulou-se governador
do reino. (·)

As cozinhas são vastissimas. Duas agigantadas
torres ponteagudas, semelhando algum tanto mina-
rêtes, e que impressionam quem as vê pela primeira
vez, sendo difficil adivinhar a serventia d'aquellas
excrescencias ornamentaes — são chaminés. Descem até ao pavimento e repartem em dois o espaço da cozinha. São adornadas de janellas por
onde entra a claridade e sáe o fumo. Não se sabe
como ellas outr'ora funccionavam; actualmente o
fumo é conduzido por tubo de ferro ligado a uma
fileira de fogões.

Se em vez de se andar a gente de sala para
sala, atraz do rameraneiro guia que nos aldrava aos
ouvidos as historietas que já contou trez mil vezes,
me deixassem divagar sósinha pelo palacio, quer-
me parecer que eu, com a pouca noticia que já tinha,

<hr>

(·) A historiadora, podendo explicar a desgraça de D. Affonso VI por sua
incapacidade para rei e marido, escusava de recorrer á influencia dos jesuitas. A Politica está justificada descendo do throno o segundo genito de D.
João IV ; e, se os jesuitas cooperaram n'esse lanço, obtemperaram ás impla-
caveis razões de Estado. Hoje em dia, um rei, nas condições de Affonso VI,
se não se limitasse a atirar aos pombos, a negociar amores ás actrizes, e an-
dasse como o outro batendo nos seus vassallos, seria demittido do officio ;
com a notavel differença de que a demissão de D. Miguel de Bragança custou
milhares de vidas, e a de D. Affonso VI não accendeu sequer uma faúla de
guerra civil. Se aos jesuitas se deve essa economia de sangue, procederam
como companheiros incruentos, que eram, do mansissimo Jesus.

veria e ficaria sabendo mais dos mysteriosos altos e
baixos, labyrinthos e corredores, tradições e lendas da Alhambra portugueza, cuja opulencia de variegados marmores é mais admiravel que as esplen-
dorosas grandezas dos edificios de Granada. Mas que
remedio! O francez percebia mal a lingua portugueza; era necessario traduzir-lh'a para lhe explicar as cousas; ora isto era um appendice mais ao
aborrecimento. Em geral, o palavriado dos cicero-
nes faz-me somno; ouço-os com os olhos meio
cerrados; e espero que haja objecto digno de observação para os abrir de todo. O que então faço é fi-
car-me á rectaguarda, vêr as cousas que me aprazem
livre e longe da monotona garrulice do guia; mas ali
não podia fazer isto, porque o homem não desfita-
va os olhos da gente. Receando ter de repetir a parlenda, queria elle que estivessemos juntos; e, como
eu me destacasse do grupo e ficasse atraz, assim
que deu fé, dirigiu-se-me cortezmente: «*Sua excellencia ha de perdoar-me. Suas excellencias estão esperando sua excellencia.*» — E assim arrebanhou a ove-
lha tresmalhada.

Era já tarde para passarmos a Mafra, que dista
de Cintra pelo menos trez leguas; e a estrada, logo
que terminam os suburbios de Cintra e Collares, é
erma e tristissima. Divagamos, pois, aprazivelmente por um caminho arelvado, e, seguindo uma vereda sombria de ramagem, emboscamo'-nos n'uma encosta de matagal. Por entre castanheiros antigos,
nogueiras e velhissimos carvalhos havia varios e bellos fetos, penedos musgosos e salgueiros debruça-
dos sobre o alveo agora enxuto dos arroios que na

primavera se despenham espumando do topo da serra.

Lembrou-se o francez repentinamente do *Hippodromo*, que o club equestre está construindo, e propôz que retrocedessemos para o vêr. Cuidava eu que elle já estivesse farto do enthusiasmo dos seus companheiros, e nos imaginasse — como de facto imaginou—descabelladamente romanticos. Condescendendo ao seu alvitre, retrogradamos pela bella vereda da matta e para sabermos como *le sport,* ou *o sport,* como os portuguezes dizem, prosperava em Cintra. Por fortuna encontramos o nosso burriqueiro na volta de um passeio com meia duzia dos seus burros de melhor nota, se merece credito, e, «todos bem folgados, se os quizessemos cavalgar, d'ali a uma hora, ou antes»; e ajuntou, com um galante *á parte,* que o melhor dos burros era para *a illustrissima senhora Ingleza.* Não deixa de ser agradavel, e por egual proveitoso, sentir-se a gente favorecida pela predilecção, embora nol-a dê um burriqueiro de Cintra. Asseguro-lhe que em Cintra não é prerogativa despecienda poder a gente contar com o burrinho mais andejo e seguro, e com a vigilancia do burriqueiro. Os meus companheiros felicitaram-me pela dedicação de Antonio que eu soubera conquistar; pois que não me era preciso estar sempre a chamal-o: «*Hò, Antonio, venha cá, homem.*» Antonio ia sempre á minha beira, como escudeiro fiel; e, se vinha a geito, contava-me historias ou lendas de certas fontes ou penhascos de configuração exquisita, que encontravamos na estrada; e, receando que as suas informações se desperdiçassem, perguntava-me ás vezes : «*Sua Excellencia entende o que eu quer dizer ?*» Era cousa que grandemente o maravilhava perceber eu a lingua portugueza. Este burriqueiro é um bom, honrado, delicado sujeito, e humilde servo das *senhoras* : é um *preux chevalier*, a seu modo, o pobre Antonio.

Em Cintra difficilmente se encontrará terreno ageitado para corridas ; mas vai havel-as, no fim do mez que vem, em um local chamado o *Campo raso.* Diz o programma que «os jockeys serão todos *gentlemen riders.*»—Estas palavras, com o *stand* e o *turf* naturalisaram-se portuguezas ; mas, pronunciadas *á portugueza,* ninguem dirá que derivam de origem ingleza. (·)

Mede 1:300 metros de comprimento sob 16 de largura o **Hippodromo.** Em uma das extremas está um amphitheatro com 800 logares. A tribuna e camarotes reaes dividem-no a meio, e superiormente está um largo coreto para a banda militar ; que em Portugal, festa sem banda militar e milhares de foguetes, não é festa. O «stand», que será dedicado aos membros do *club equestre,* cujo presidente é o infante D. Augusto, vai ser adornado elegantemente. As cavallariças e mais pertenças são magnificas.

O calor obriga a addiar para melhor estação as corridas em Cintra. Isto magôa-me, porque já cá não estarei ; que eu muito queria assistir a ellas, porque os portuguezes são excellentes cavalleiros ;

(.) Esta senhora, quando finge escrever a nossa linguagem, vinga-se usurariamente das affrontas que fazemos á pronunciação da sua.

posto que talvez alguma couza lhes falte no estylo
que fórma os bons jockeys. Faz pena que depois de
todos os melhoramentos feitos e por fazer em Lisboa, não haja moda de complanar, por causa dos
seus altos e baixos, terreno que se pareça com o
Bois de Boulogne ou Rotten Row. Se o *Aterro* se
prolongasse até perto de Belem, poderiam dar-lhe
o aspecto de um «Lady's Mile». Aquella linda cidade ganharia muito em attractivos se vos fosse
permittido sómente ir e voltar a meio galope pelo
centro do actual *Passeio publico*. A rainha e algumas
senhoras inglezas dariam o exemplo, e bastantes
sei eu que lh'o seguiriam de boa vontade. (·)

Esperavam-se em Cintra para o mez que vem numerosos bailes, *al fresco festas*, e outros recreios. (··)
Ainda tem ares de novidade para as senhoras portuguezas o ajuntarem-se fóra do circulo de suas familias ou *re-unions*; mas isto mais se deve á influencia das velhas usanças do que á reserva e disposição incompativel de maneiras. São ellas, certamente, dotadas de talento social, e de um gracioso

---

(.) Lembra S. Ex.ª muito bem. Mettam-se cavallos authenticos no Passeio
Publico, e acabem os disfarces. Paute-se a gente por Inglaterra em tudo. O
lyrismo não terá flores por ali, nem os cysnes erguerão os colos flexuosos de
prata para requestarem as Ledas continentes que os namoram com migalhas
de pão de ló; mas em compensação, os taboleiros adubados com o estravo de
cavallo, podem desentranhar-se em aromas e feijão carrapato. Afóra isso, sor-
ri-nos a esperança de vêr a meio-galope as senhoras inglezas das relações de
Lady Jackson. Meditem este ponto os edis da princeza do occidente. Mal por
mal, antes, no *Passeio*, as ferraduras contundentes dos cavallos que os sabres
perfurantes dos policias.

(··) Este dizer *al fresco festas*, com quanto não seja portuguez, tem certa
frescura que o faz acceitavel em julho como uma carapinhada; mas quem o
lêr em janeiro sente frieiras nas suas orelhas lusitanas.

desembaraço, movido honestamente por sentimentos
bons, affectivos e complacentes.

Deixamos os burrinhos, e percorremos o interior da villa. m uanto saldavamos contas com
Antonio, assaltou-nos um bando de mendigos, alguns dos quaes me quiz parecer que eram pedintes
amateurs, que a vista do dinheiro provocára á mendicidade. Mulheres e creanças lamuriavam sem des-
pegar pedindo «pelo amor da Mãe de Deus» ou «pelas chagas de Jesus Christo» e garantindo a salvação
das nossas almas com a distribuição de *esmolinhas*
por um ceguito idiota e dois ou trez velhinhos tre-
mulos. Com alguns *vintens* a uns, e «*paciencia, paciencia,* vá com Deus, que não póde ser agora» a
outros, difficilmente conseguimos dispersal-os.

De dentro da cadeia, que nos ficava perto, pedia
uma mulher; e bastantes prezos, com as cabeças en-
fiadas pelas grades, palestreavam muito animados
com a gente de fóra. Desciam uma cestinha por uma
corda, e erguiam-na com tabaco e outras cousas
de luxo, compradas na tenda fronteira por uma mulher a quem um prezo atirára dinheiro. Nas enxo-
vias ia grande algazarra como se os prezos andas-
sem aos empurrões em brinquedo brutal. Trez ou
quatro d'aquelles scelerados enfiaram as cabeças
pelas grades, e, chamando-nos, acenavam para
que lhes déssemos tambem uma *esmolinha*. Duas
sentinellas passeavam defronte da cadeia, mas não
se importavam com aquillo. É uma mascarra na
formosa villa aquella cadeia que faz lembrar a de
Loanda.

Desistimos da nossa expedição a Mafra: eu pelo

menos renunciei, porque já tinha visto n'outra occasião o celebrado Escurial portuguez, situado de-
sastradamente no mais esteril e desconvidativo local que podia escolher-se de um cabo a outro
d'aquelle paiz. Tambem vi a real *granja-modelo* estabelecida ha annos, e, segundo ouvi, tem prosperado
muito, distendendo-se obra de onze milhas á volta
do palacio e basilica de Mafra.

O erguer-se tão enorme edificio em tão indigno
local deve-se sem duvida á natureza do voto de D.
João V seu fundador. Por quanto, não só prometteu a Santo Antonio, se, por sua intercessão, alcançasse um herdeiro ao throno, lhe ergueria o mais
explendido templo de Portugal; mas tambem esse
templo seria erecto no logar do reino em que exis-
tissem os mais pobres frades. A olhos vistos se ma-
nifestou o patrocinio do santo, porque em tempo
competente nasceu uma creança; D. João, porém,
não começou logo o edificio porque precisava de
um filho, e o adventiciosinho era uma menina. Voltou de novo a pedir ao santo, que lhe respondeu no
anno seguinte com um robusto rapaz; e D. João, á
vista d'isto, mandou os seus agentes por ahi fóra
em cata do mais pobre mosteiro.

Eram decorridos dous annos sem que as investigações se concluissem por serem numerosos os er-
mos monasticos que abundavam em tristes localidades da «formosa Lusitania». N'essa occasião morreu de sarampo D. Pedro. Por fortuna D. José tinha
nascido trez mezes antes de morrer o irmão; ainda
assim achou prudente D. João addiar a dedicáção do
mosteiro a Santo Antonio para quando o principe

completasse trez annos. Entretanto, os enviados do
rei descobriram doze capuchinhos da Arrabida habi-
tando pobre caza em uma eminencia triste e arida
de Mafra, cerca de 224 metros sobre o nivel do mar.
Era impossivel encontrar-se caza mais pobre e vida mais austera. D. José no entanto completou os
trez annos. Em novembro de 1817, com a maior
pompa e cerimonia, assentou o rei a primeira pedra
do magestoso templo.

Os principes e fidalgos iam depoz o rei car-
reando pedras; e o patriarcha de Lisboa, que tambem assistiu, abençoou o logar que se presumiu
ser muito a contento de Santo Antonio.

No percurso de treze annos, dia por dia, 25:000
operarios trabalharam na obra; e, durante trez mezes
de preparos no interior do templo para o cerimonial
da consagração, accrescentaram-lhes mais 20:000.
Mas havia ainda muito que fazer em Mafra. Por
mais de um anno, aquelle exercito de obreiros, em
que avultavam distinctos esculptores, proseguiram
na lida até que se annunciou que o ingente monumento, — mosteiro, basilica e palacio — era emfim
acabado. O remate foi estrondosamente solemni-
sado pela côrte. Houve caza e meza franca por
oito dias para todos os bem-vindos que a quizessem.

Que mudança para os pobres frades da Arrabida! De um triste cabanal em charneca passaram
para este mosteiro real construido das ricas pedrei-
ras de Pero Pinheiro, que lhe deram o finissimo
porphydo variegado, e do admiravel marmore preto
de Collares, e do selecto jaspe colorido da serra da

Arrabida. Aos frades d'esta ordem era defezo, em virtude do austero voto de pobreza, officiar com vestimentas bordadas a ouro, prata e pedras preciosas. Ora, D. João, como extremado catholico, não podia querer que a austeridade se relaxasse, em obsequio aos frades. Portanto, a rouparia conventual, em vez de scintillar com os dourados, como aliás de certo succederia, compunha-se da mais fina sêda que se pôde manufacturar para tal fim, e cada vestuario era ornado de bordados de grande lavor e perfeitissima execução. Era tamanho o luxo que se conta — mas eu duvido — que a vestiaría monacal e paramentos de altar e outros adornos semelhantes custaram tanto como custou o edificio todo, e que o tempo consummido em fabrical-o foi menos que o dispendido nos bordados. Ainda subsiste porção d'estas ricas vestimentas; as outras levaram-as os francezes que as admiraram e roubaram quando por ahi estiveram. Nunca se soube ao certo o total do custo de Mafra. Conjecturaram-se cerca de cinco milhões; sendo que os marmores estavam ali perto e o jaspe e mais pedras eram nacionaes. (·)

Obras prodigiosas como o grande aqueducto, maravilhas de arte como a capella de S. Roque, palacios e quintas como Belem, Necessidades e Mafra, a magestatica, começou-as e concluiu-as D. João V; e, simultaneamente, soccorreu com esquadras e desopprimiu Veneza da affronta dos turcos e corsa-

---

(·) A Basilica de Mafra custou quarenta e oito milhões de cruzados. Sómente os 114 sinos custaram trez milhões

rios barbarescos; além d'isto, patrocinou largamente
sabios e artistas; viveu com sumptuosidade; d'onde
afinal resultou tal estrago para o reino que no era-
rio, quando aquelle *grande monarcha* morreu, havia
um escasso conto de reis. Chamaram a D. João V
«o mais luxuoso dos Salomões modernos»: ora a
sua semelhança com o hebreu prototypo não está sómente em terem ambos edificado templos magestosos... Não obstante, em 1748, dous annos antes de
morrer, em paga dos serviços prestados á Igreja, recebeu D. João do Papa Benedicto XIV o titulo de
Fidelissimo que os reis portuguezes actualmente
usam. D. José, seu successor, gostaria muito mais
de encontrar os cofres repletos.

Já houve em Mafra quartel de tropa; actualmente, está ali o collegio militar para filhos orphana-
dos de officiaes do exercito. Se os meios lhes escasseam, lá se educam militarmente á custa do Estado.

Só por sua extensão, que mede oitocentos pés, a
principal frontaria de Mafra que olha ao poente, bas-
taria a impressionar. Sobe-se para o portico cheio
de imagens de santos de perfeita esculptura por
uma vasta escadaria de marmore. O zimborio de
elegantes proporções rodeado por uma larga varanda, é a perspectiva mais para admirar d'aquelle
edificio. De cada lado altea-se um torreão rodeado
de pilares, e em cada extremidade do edificio surge
um pavilhão. Em outras duas torres, estão os
celebrados carrilhões, com cincoenta e um sinos
cada um, fabricados em Liège. São complicadamente
construidos, e custaram enorme quantia. É arreba-

era def zo, em
. oficiar com
. polmas pre-
embolico, não
cesse, em
convei-
dos, como
de cerãs fim
hez, e cada
grande la-
. ho o luxo
naria mo-
ioutros se-
edificio to-
al-o foi me-
da subsiste
outras lava-
. . roubaram
ube ao cer-
am-se cer-
outros esta-
em racio-

. aqueducto,
S Roque, pa-
idades e Ma-
uiu-as D. João
om esquadras e
tu rcos e corsa-

de cruzadba

to, patrocinou largamente

n sumptuosidade; d'onde

para o reino que no era-

1 *monarcha* morreu, havia

Chamaram a D. João V

ımões modernos»: ora a

reu prototypo não está só-

lificado templos magesto-

748, dous annos antes de

ı:os prostados á Igreja, re-

enedicto XIV o titulo de

iortuguezes actualmente

sor, gostaria muito mais

·letos.

uartel de tropa; actual-

ıilitar para filhos orphana-

ı. Se os meios lhes escas-

tarmente á custa do Es-

ue medo oitocentos pés, a

lı que olha ao poente, bas-

ıe-se para o portico cheio

perfeita esculptura por

narmore. O zimborio de

ıcado por uma larga va-

ıs para admirar d'aquelle

tadora, ao entrar no templo, a magnificencia dos marmores variegados, dos porphydos, dos mozaicos, dos pavimentos, dos estuques, das columnas e paredes, não obstante as nodoas, o desbotar dos annos e o descuido que se manifestam em muitos objectos. Havia e creio que ha ainda seis orgãos. O retabulo do altar mór, tido em conta de obra-prima, representa Santo Antonio adorando o Menino-Jesus. A livraria orça por 300 pés de comprimento; é lageada de marmore branco e rosa, contém cerca de 25:000 volumes e alguns raros manuscriptos. A sala do throno conserva ainda os seus pesados reposteiros de velludo e sêda, que dizem ser os genuinos que se usavam em dias solemnes no tempo de D. João V. O estylo do mosteiro é o classico italiano. Frederico Ludovici, allemão que italianisara o nome, foi o architecto.

Mafra, em seu complexo, assombra-vos porque é coiza para espantar quanto a tamanho e urdidura; mas por belleza, não. Talvez que a phantasia não possa idear mais grandiosos espectaculos do que deviam ser aquelles esplendores monasticos e realengos em dias festivos, quando nas vastas e confortaveis cellas se abrigavam trezentos monges pittorescamente vestidos; quando o pio e magnifico e espaventoso Lothario, D. João, com a rainha e suas açafatas e seus próceres, enchiam os dois palacios ou pavilhões; quando diariamente se cantava missa no soberbo altar, com a maxima pompa; quando as damas da côrte e prazenteiros fidalgos divagavam por aquelles jardins; quando a religião e o prázer andavam de braço dado, e as imponentes ce-

rimonias do templo se revezavam com festas de
grandeza real. Todas as pompas e vaidades realen-
gas e monasticas passaram, e o magnifico Escurial
de Mafra recorda, n'aquella planicie erma, um seculo corrupto, prodigo e devasso.

CAPITULO XVII

Lisboa, Agosto, 1873. — «Punge-me a idéa de partir» como disse alguem — Beckford, penso eu — ao arrancar-se das bellezas de Cintra. Todavia, fiz um esforço violento; e deliberei-me de subito; e, para não dar lanço á minha coragem de tergiversar com as delongas, resolvi e parti. Eu jurára nunca mais viajar no Larmanjat; e, como não podéra tomar carruagem de retorno para Lisboa n'aquelle mesmo dia, e visse na Praça uma pequena caranguejola chamada omnibus, perguntei quando partia, e soube que ia saír antes d'uma hora. Despedi-me dos meus amigos hespanhoes, com a esperança de os encontrar brevemente. O francez acompanhou-me á villa; e pouco antes de largar o carro, metti-me no acaçapado vehiculo, e assentei-me no logar do meio lá ao fundo, com grande espanto do cocheiro e de dous ou trez passageiros que já lá estavam. Segundo o costume nacional, tiraram os chapeus quando entrei, observaram-me curiosamente, olharam para fóra, e tornaram a olhar para mim, como quem diz: «Quem é que vem com ella? Não é de crêr que ella viaje sósinha por esse mundo fóra!» Esta gente está longe de acceitar que seja honesta a mulher, embora velha e feia, que possa dispensar-se de andadeiras. E, como não apparecesse protector graúdo, nem aia, olharam-se entre si de um modo ambiguo, depois ainda me relançaram a vista de esconço, deram aos hombros, amesendraram-se o mais á sua vontade que podiam, fecharam as palpebras, e desistiram de sondar o impenetravel mysterio.

Entrou um sujeito com ademanes afidalgados. Tambem me cortejou, mas de modo que parecia perguntar: «Que faz você aqui?» Elle era com certeza pessoa de importancia, porque o cocheiro, que o esperava, subiu logo para a almofada, o conductor foi para o seu posto, e, depois de alguns preliminares floreios e estalos de chicote, os quadrupedes largaram. Depois, parámos ao portão de uma quinta. Entrou outro cavalheiro, e apertou affectuosamente a mão do que entrára ultimamente, e teve a bondade de ajuntar ao comprimento que me fez: «viva, minha senhora». N'um lance de olhos ao amigo parecia dizer pelo claro: «Isto pertence-te?» Um sorriso dissimulado, e um ligeirissimo gesto de cabeça bastou para o dispensar de interessar-se e informar-se a meu respeito.

Na pequena caixa quadrada do omnibus havia trez bancos estreitos em que nove passageiros magros deviam ir apertados. Eramos já seis: dois decididamente assaz gordos, e os outros de modo algum faziam lembrar as vaccas magras. Eu gostaria que o carro fosse cheio na jornada; mas apertada não. Um bem parecido sujeito de commodo formato, trajando um albornoz pardacento, saltou para dentro. No mesmo instante, o primeiro cavalheiro veio sentar-se ao meu lado. Mas nova invasão de um espesso gallego que escorregou e se estatelou deante de mim atirando-me com o chapeu enfeitado de fitaria e borlas para sobre os joelhos. Ergueu-se e aninhou-se entre os dois, arrumando debaixo do banco uma *poncha* de lã listrada e um abominavel cão que entrára com elle.

Quando dobrávamos o sopé de um monte, lancei o derradeiro olhar, através de uma vidraça lateral á formosa Cintra, banhada em ondas de luz e toucada de uma diaphana nebrina côr de rosa que lá em cima se andava como brincando em redor das agulhas da serra. A estrada real para Lisboa é das melhores de Portugal. Alegrava-me vêr como os cavallos a cadencioso tróte galgavam e desciam as ladeiras. Cinco dos sete homens iam fumando; e o cão, agachado debaixo do banco, gania e mordia-se afflictivamente, porque o infeliz bruto, como todos os cães e gatos de Portugal, ia atormentado e meio comido de pulgas. (·)

Andadas algumas milhas, saíu um passageiro e o homem do guarda pó tambem saíu a refres-

---

(·) Eis aqui uma especialidade portugueza: a pulga no gato e no cão; mas ellas, as pulgas, ás vezes flagellam tambem os inglezes, como succedeu á auctora, em uma estalagem de Espinho. Parece que não distinguem. Não tenho aqui á mão expositor naturalista que me deslinde a duvida em que estou se as pulgas inglezas tambem se aninham no pêllo dos gatos e cães conterraneos. O certo é que raro o viajante inglez vai de Portugal que não faça gemer o prelo á conta de pulgas. Ha cento e quatro annos que o via. jante Richard Twiss achou uma enxerga cheia d'ellas em Barilhe:... «*a truss of straw full of fleas*». O leitor não sabe onde é Barilhe. Só a minha paciencia podia descobrir esta aldeia, que se chama *Barril*. Nem Carvalho na *Corographia*, nem o *Flaviense*, nem o padre João Baptista de Castro (*Roteiro*), nem o snr. Pinho Leal (*Portugal antigo e moderno*) dão noticia do Barril. Depois de uma noite de inverno bem empregada, ao raiar da ma-

17

...or gentle,

...

...cosnça, de-

o mais á sua

...

...

...

...que pareria

...carro-

...(che)iro, que

...o exclu-

...públi-

...

urtão de uma

...

...ante, e ta-

nto que me

...olhos ao

...? o

...gosto

...interessar-se

...havia

...ssageiros ma-

sois: dois de-

de modo al-

...**Eu gostaria**

mas apertada

to, saltou para

ego que escorregou e se estatelou
tirando-m,com o chapeu enfeitado
is para sobe os joelhos. Ergueu-se
ntre os dois arrumando debaixo do
cha de lã strada e um abominavel
com elle.

rávamos osopé de um monte, lan-
) olhar, através de uma vidraça la-
Cintra, banhada em ondas de luz e
diaphana nebrina côr de rosa que
ndava combrincando em redor das
i. A estrad real para Lisboa é das
ortugal. Algrava-me vêr como os
ncioso trótegalgavam e desciam as
dos sete homens iam fumando; e o
lehaixo do buco, gania e mordia-se
porque o ifeliz bruto, como todos
s de Portuga ia atormentado e meio
zas. (·)

lgumas milhs, saíu um passageiro
o guarda pc tambem saíu a refres-

a especialidade pongueza: a pulga no gato e no cão;
às vezes flagellamambem os inglezes, como succedeu á
talagem de Espinl. Parece que não distinguem. Não
expositor naturalist que me deslinde a duvida em que
inglezas tambem aninham no pêllo dos gatos e cães
o é que raro o viajíte inglez vai de Portugal que não

car-se n'uma taberna, quando parámos. Aqui nos abordou uma chusma de mendigos a saudar-nos e a lembrar-nos a Mãe de Déus e as nossas alminhas. Logo que o homem saíu, o cavalheiro que estava ao meu lado, circumvagando a vista pelos outros, disse ao seu amigo n'um inglez bordalengo, decerto para que os outros o não comprehendessem: « Este homem foi meu cozinheiro ». — «Ah! cozinheiro!» — disse o outro que mal o percebeu, acho eu. «Sim, meu cozinheiro, e não era mau, mas o homem não paráva. Saíu de minha caza, e nunca mais o vi senão agora». — «Ah! Ah!» respondeu unicamente o outro. (·)

O cozinheiro voltou então com provimento de tabaco e mortalhas, em que enrolava os *cigarrettos;* porém, embaraçado pela presença do seu antigo amo, não ousou fumar. D'ahi a pouco revestiu-se de animo e accendeu um. Eu senti-me logo tão indisposta n'aquella estreiteza do omnibus, que me vi forçada a perguntar ao meu visinho que fallava inglez se eu poderia passar para um dos logares de

___

nhã, encontrei, guiado por fr. Anastacio de Santa Clara (*Guia de viajantes,* 1791, pag. 33) o Barril, na Beira-Alta, entre Freirigo e a Ponte do Cris. O citado viajante chama a Condeixa— *Pondés,* e á Mealhada — *A molhada,* etc. Estes bretões estendem o seu orgulho até á perversão da geographia alheia.

(·) Lady Jackson dialogou esta cousa salôbra para alegrar os seus patricios com a desgraçada pronuncia ingleza do seu companheiro. Para isso, orthographou de maneira a palavra, que tornou inverosimil e absurda a pronuncia do conde de J. Para os que entendem, mas pouco que seja, da lingua ingleza, traslado o texto, e da estranha orthographia infiram qual fosse a pronuncia: *‹Dat marn my co-o-ke».— Ah! co-o-ke! — «Yees,* my *co-o-ke : Co-o-ke* not bad ; but *marn dat* like too *vell* change. He go from me and I see him no more to now». « Ah! Ah!»

fóra. Estremeceu de modo que cuidaricis que eu
lhe desfechára um tiro. «Ah! uma senhora ingleza!»
exclamou elle, como se estas palavras decifrassem
um enygma. Repeti a mesma pergunta com mais
energia. «Ao fim da tarde — disse elle — a senhora
vai sentir frio». Depois, como se uma idéa repentina lhe occorresse: «O seu marido está lá fóra?» —
«Oh! não — respondi — é porque o ar aqui vai tão
cheio de fumo que preciso saír». Desceu immediatamente duas vidraças; mas tão aguda corrente
de ar me arrefecia que eu já estava morta que as
janellas se fechassem; no entanto, o cozinheiro e
mais outro homem como percebessem a questão,
cortezmente se privaram dos cigarros; de modo que
bastou a bafagem da viração que penetrava para pu-
rificar a atmosphera do omnibus.

O gallego com o seu cão, e o cozinheiro e os
mais, tirante os dois cavalheiros, saíram antes de
chegarmos a Lisboa. Na Praça de D. Pedro, termo
da jornada do omnibus, o anglo-portuguez (o conde
J., como eu depois soube) ficou como espantado por
vêr que ninguem me esperava. Porém como eu
perguntasse se havia um trem, elle delicadamente
tomou um que ia passando. «Para onde quer V.
Exc.ª ir?» — perguntou elle. — «Praça do Commercio; estação do caminho de ferro de leste». *«Pois então!* — exclamou admirado — a viagem de V. Exc.ª
não termina aqui?» — «Não; vou a Evora». — «A
Evora! seu marido está então lá?» — «Oh! não; eu
vou sósinha para vêr igrejas antigas». «Não ha no
mundo — disse elle — senhora que tenha a coragem
de uma ingleza! Boas noutes e tenha V. Exc.ª feliz
viagem».

E assim nos separamos.

Cheguei a tempo de embarcar no vapor que transporta para o Barreiro os passageiros que sáem no comboyo da noute, mas senti-me descoroçoada ao passo que foi anoitecendo. Portanto, comprei bilhete sómente para Setubal, com o proposito de partir para Evora no comboyo da manhã. Tomei carruagem para mim só. Chegando a Setubal ou St. Ube como os inglezes dizem, perguntei ao empregado da via ferrea que me pareceu mais graduado e serio qual era o melhor hotel. Este digno sujeito, entendendo que eu era uma ingleza viajante, e mulher desprotegida que carecia de favor, portou-se com extrema cortezia. Encarregou-se de tirar a minha bagagem, para evitar que se desencaminhasse, e deu-me uma cadeira ao seu lado até que podesse dispensar uma pessoa que me procurasse hospedagem limpa e decente ali perto. Á dona do hotel disseram que eu era «uma extrangeira ingleza».

Viajar eu sósinha, sem destino a alguma casa ou quinta de parentes ou amigos, — circumstancia que lá é costume averiguar com urgencia — isto fez-lhe móssa, como a todos os portuguezes e hespanhoes, que tomam o cazo por extravagancia, mas divertida, e mais nada. Assim pois aquella gente me tratou agraciadamente, risonha e com benevolencia, dando-me diversos fructos, dôces, delicadas iguarias ao jantar, e geralmente houveram-se commigo como se eu fôsse uma travêssa moça a quem deu na venêta gazear.

A cama, bem que limpa, era terrivelmente dura; por isso me ergui cêdo, tomei carruagem, *cice-*

roni, e fui vêr tudo digno de vêr-se na encantadora villazinha de Setubal. Pois que ultimamente foi nobilitada com o titulo de cidade, assim me cumpre chamar-lhe.

Tem uma bella praça e pittorescos passeios que se estendem consideravelmente ao longo das margens do Sado. A parte central é Setubal propriamente dito; á direita e á esquerda, são bairros de agricultores e pescadores. O ancoradouro é bellissimo, vasto e fundo, defendido por uma fortaleza pequena e torre em ruinas, que, a meu vêr, em cazo de necessidade, seriam de nenhum prestimo.

Estão por ali disseminadas bonitas cazas de campo, e pelos arrabaldes ha muitas e grandes quintas com pomares, vinhas e laranjaes, d'onde sáem o mais delicioso moscatel e as mais finas laranjas da Peninsula. D'esta fructa, exportada em grande escala, e do commercio do sal, tira Setubal a sua actual importancia e prosperidade. Concorre tambem a engrandecêl-a a estação da via-ferrea.

Vi duas ou trez egrejas antigas em estylo Manuelino. Em uma d'ellas ha diversos quadros, que dizem ser do Grão Vasco, a quem se attribuem todas as pinturas que em Portugal têm algum valor. N'este paiz, quadros de merito são rarissimos. Os portuguezes revelam mais capacidade para esculptores que para pintores; na esculptura houve-os ali eminentemente habeis. Uma «cabeça de Christo» perfeita em desenho e execução se póde actualmente vêr em um *atelier* de Lisboa. Disseram-me que a comprára D. Fernando. Não me recordo agora do nome do artista.

Ha em Setubal um bonito theatro que tem o nome de Bocage, celebre repentista, orgulho dos setubalenses, que lhe ergueram elegante estatua em uma das praças. São agradabilissimas as praças em Setubal, e particularmente a do Senhor do Bomfim é encantadora, com o seu jardim ao centro, frondoso arvoredo e crystalinas fontes.

Bem é de vêr que tambem aqui ha praça de touros; mas, penso eu, recentemente construida. Os portuguezes são agora mais caroaveis d'este passatempo que antigamente.

Fui a uns trez logares onde se gozam magnificas vistas de terra e mar. Aqui se encontra a famosa caverna de stalacteles chamada *Portinho da Arrabida,* e um convento antigo na serrania do mesmo nome; mas eu não vi estas couzas: póde ser que as visite n'outra occasião. Por cauza do excessivo calor e da informação que me deu um cavalheiro chegado de Evora de que eu me ia metter, n'um ermo ardente como um forno, deliberei deferir para melhor sazão e mais facil passagem para Hespanha a minha ida áquella vetusta cidade com o seu templo de Diana, com a sua cathedral do seculo doze, e outras muitas reliquias de remotas eras.

Os setubalenses são de genio alegre. Se eu me demorasse mais tempo iria visitar-lhes todas as suas quintas. Mas, comquanto a pequena cidade me parecesse activa e agitada, quem primeiro viu Cintra, acha Setubal desanimada. As relações que grangeei nas poucas horas que lá estive, todos me apertavam a mão, um cento de vezes, pelo menos, desejando-me *muito boa viagem.* A moda de apertar a

mão a *quem quer que seja* com certeza uza-se ali
muito mais rasgadamente que em Inglaterra. Um
«aperto de mão» é, para assim dizer, phraze sacra-
mental n'este paiz. Eu fazia o mesmo como couza
trivial, posto que esse costume, seja um caracteristico de inglezes e inglezas. Demais a mais observei
que se uma pessoa não tem bastante intimidade com
os seus amigos portuguezes para ser abraçado com
vehemencia, pelo menos apertam-lhe a mão com
tal fervor que a mim me quer parecer que a sociedade franceza o não julgaria *comme il faut*, e na Inglaterra seria considerada uma indelicadeza. Como
quer que seja, a ser mister ali apertar a mão a
toda a gente, um forte e cordeal agarrar de mão
é melhor que um frio toque de dedos glaciaes, o que
lá é quazi tão offensivo como uma bofetada.

A perspectiva entre Setubal e Barreiro pareceu-
me mais pittoresca á luz do sol do que me parecêra
ao clarão da lua em declinação. Uma suave viração
modificava o calor quando atravessei o Tejo, e ao
entardecer, já eu estava em Lisboa, caminho de *Alfama* e *Mouraria* com F. É n'aquella antiga porção
oriental de Lisboa, que o terramoto poupou, onde
se encontram remanescentes vestigios dos mouros.

Resolvi ir para o norte, e fui de caminho á estação central perguntar quando partiam os comboyos
para Coimbra. Passada a Alfandega, entramos na
estreita rua dos Bacalhoeiros, porque eu desejava
tornar a vêr n'esta rua uma caza cujo curioso fron-
tespicio é formado de pedras pardacentas quadrila-
teras, que medem um pé pouco mais ou menos, e
terminam em bicos que sobresáem todos equidis-

tantes. Produzem notavel effeito, e são unicas no
seu feitio. Por ali, unicamente me responderam quando pedi informações a tal respeito que : «*não sei nada, minha senhora*». A gente que por ali está nas tendas não sabe nada d'isso, e espantava-se que eu
o desejasse saber. «A caza é differente das outras
— diziam elles — mas é porque o pedreiro lhe deu
na venêta fazel-a assim», mas se era christão ou
mouro, ninguem o sabe nem precisa saber. A final
não pude averiguar se tinha visos de verdade uma
estranha historia que alguem para responder á minha curiosidade, me contou, inculcando-m'a tão
verdadeira quanto extraordinaria. Disseram-me que
em antigos tempos, quando o negocio da escrava-
ria prosperava em Africa, e o mais facil meio de
enriquecer era labutar poucos annos no deshumano
trafico de Angola ou Brazil, appareceu em Lisboa
um certo negreiro, cuja riqueza tocava as fronteiras
da fabula.

Á semelhança dos seus collegas no officio, saíra do seu paiz com um escasso cruzado na algibeira — cazo tambem modernamente acontecido com
uns que véem millionarios de Angola, para onde tinham ido degradados. (·) Este homem era tambem
de baixa extracção ; e, em rapaz, tinha sido creado
de uma barraca de peixe no sitio onde agora está a
caza. O esforço que fizera por nivelar o espirito á
altura da riqueza não lhe sortiu bom exito ; e, dado

(·) Estes *millionarios* vindos da Angola são puras e extremas fantasma-
gorias d'esta senhora, que tambem lá esteve, e devia conhecer a miseria dos
mais laboriosos.

que ambicionasse de qualquer modo figurar na terra, não adquiriu grande importancia, apezar da sua
opulencia, com a qual elle cuidara extremar-se na
congregação dos argentarios. Um dia, entrou-lhe
no bestunto, edificar uma caza architectada por elle
mesmo, ou pelo menos dirigida por elle na magnificencia da frontaria. O logar escolhido para aquelle
artistico primor era o somenos aceitavel de quanto
Lisboa lhe podia offerecer; mas nenhum outro qua-
drava melhor ao intuito do architecto; porque aquelle sitio o vira um pobre diabo de cacheirola boçal,
um desprezado *ninguem;* e agora o via rico, cheio
de commodidades na roda dos mais abastados portuguezes, e já respeitado no mundo como *alguem.*
E n'isto, acho eu que o homem mostrou de certa
maneira um espirito de gratidão, pouquissimo vulgar nos *nouveaux riches* que em geral fogem e olvi-
dam logares e pessoas que lhe recordam situações
miseraveis.

Comprou o terreno, cimentou os alicerces, ergueu a caza com a fachada de pedras quadradas e
bicudas, como eu já as descrevi, e quando o edificio ia em certa altura, ah! o sujeito morreu. Tencionava elle, completada a frontaria, encravar um
diamante de alto quilate no vertice de cada um dos
bicos. Brilhante idéa, com effeito! Porém, os herdeiros da sua riqueza não curaram de realisar a
brilhante planta, ou sequer acabar o edificio. Po-
zeram-lhe o tecto na altura em que a caza ia, e con-
verteram-na em armazem onde actualmente se vendem cabos e outras provizões para navios. Á beira
d'esta ha outra caza alta com dous lanços de esca-

das, formosos varandins, muitas janellas, e alpen-
dradas de pedra lavrada. É provavel que esta caza
tambem tenha historia sua, porque semelhante logar só póde ser, como é habitado por gente da classe
infima. (·)

Um estreito bêco dá passagem por entre as lojas fronteiras para o *Ribeiro Velho*, onde se infilei-
ram umas cazinholas abertas á imitação de barracas de feira. (··) Lá dentro ha umas pinturas estapa-
furdias. As portas abrem sobre o rio, porque n'outro tempo os ladrões as atacavam de noute. Estáo
cheias de comestiveis. Na presente estação têm ri-

(·) A historia do negreiro da caza dos bicos que contaram a esta senhora
é como a do patriarcha Noé que veio a Portugal, e a do conde de Santa
Quiteria que fugiu á escolta quando iam enforcal-o. Nunca se zombou tanto
em Portugal da credulidade de uma senhora, ou ainda não houve extrangeira
que se relacionasse em Portugal com tamanhos tôlos!

A «Caza dos Bicos» ou «dos diamantes» foi edificada pelos annos de
1523 por Braz de Albuquerque, o auctor dos *Commentarios*, filho natural do
celebrado governador da India Affonso de Albuquerque. A caza foi acabada,
mas o terramoto de 1755 reduziu-a á altura em que hoje se vê. Antes da catastrophe, a frontaria do edificio olhava para a rua do Albuquerque que hoje
se chama do Almargem. A fachada que actualmente abre para a rua dos
Bacalhoeiros era então as costas da caza. A razão porque se chamou dos
diamantes ignora-se. Em 1860 esta caza pertencia a um dos descendentes
do famoso governador da India Pedro Maria Telles de Mello Brito Freire
Albuquerque. Tem estado sempre cheia de bacalháo, e já antes do terramoto um negociante patricio de Lady Jackson ali vendia aquelle peixe, e
pagava 700$000 de renda. Eis a summa dos optimos artigos intitulados «A
Casa dos Bicos» insertos no *Archivo Pittoresco* de 1860, redigidos pelo snr.
A. da Silva Tullio, escriptor de grande probidade nas suas averiguações e
de singular vernaculidade na sua escripta.

(··) Quer dizer *Ribeira velha*. Lady Jackson faz masculinos e femeninos
como lhe apraz. *Brincos*, como adiante se verá, são *brincas* de saloias, *pataco*
é *pataca;* o poeta Bernardes escreveu as *Flores da Lima;* ha *dois igrejas;*
ha um *portuguez verdadeira*, e ha *dois mulheres*. Semilhantes esquisitices,
todavia, não denotam ignorancia da lingua portugueza; antes accusam tal-

mas de melões até ao tecto. No meio d'elles, estão sentadas umas moçoilas trigueiras com seus chailes e lenços de côres esquipaticas. Ha n'isto um gracioso pittoresco; porque os coruscantes olhos negros e a côr viva das referidas moçoilas como que realça entre as cascas verdes dos melões. Dir-se-ia que toda a gente de Lisboa se nutre de melões — e na verdade assim é com a gente pobre n'esta estação, porque ha dezenas de milhares d'elles, a esta hora, em falúas atracadas perto da alfandega municipal que hão de descarregar ámanhã.

Adeante é o Terreiro do Trigo, magnifica obra

---

vez nimia leitura de João de Barros. Este fundador da elegancia dos lusitanismos uzava os seguintes archaismos de genero:

Gente *portuguez,*

Mulher *portuguez,*

Nação *portuguez,*

Cidade *competidor,*

Nossa defensor,

Mulher *inventor,*

Uma cometa,

Clima *humida,*

Sirva, pois, o auctor do *Clarimundo* de anteparo e desculpa ás incorrecções da esclarecida viajante.

Houve viajantes inglezes que até mudaram o sexo dos nossos santos. Richard Twiss a Santa Comba Dão, chamou-lhe Santo Combo. (*Travels through Portugal and Spain* in 1772 and 1773 pag. 53).

O snr. John Latouche (*Travels in Portugal,* pag. 75) escreve que os portuguezes, para não exprimirem a palavra *pôrco,* chamam ao porco «cevada».

O poeta Diogo Bernardes, acima citado, parece roupa... de inglezes. A senhora Jackson arvora-o cantor das flores da lima, e Richard Twiss, em 1774, noticiava que Dom Diogo Bernardes, juntamente com Dom Claudio Manuel da Costa, e com outro sujeito haviam publicado, cada qual, n'aquelle anno, o seu poema. Ora, o pobre servidor da toalha de Philippe II Diogo Bernardes, em 1774, já andava, havia 169 annos, bascolejado nas evoluções da materia eterna.

do tempo do marquez de Pombal, o mercado das sevas, e o de fructas seccas do Algarve. Ha por ali fontes mineraes, banhos mouriscos e bellos chafarizes. Á esquerda, encontram-se tortuosos e mysteriosos bêcos; aqui e além pittorescas varandas, e portaes de vetustos cazaes que ameaçam ruina, em vielas tão estreitas que se póde litteralmente e muito á vontade apertar a mão do visinho da caza fronteira; acham-se tavernas que têm á porta as armas de fidalgos que em remotas éras por ali tiveram os seus palacios n'este bairro da cidade. Perpassa-se por baixo da muralha do castello de S. Jorge, e por cazas altas, em cujos balcões outr'ora os fidalgos tomavam o sol, e agora se vêem umas mulheres lavando a sua roupa e pendurando-a em cordas ou nos balaustres. As *saloias* ou as lavadeiras (·) moram no ponto mais alto d'este bairro oriental, e agrupam-se em classe á parte, com maneiras e modos singulares, e com *festas* propriamente suas e distinctas das que se fazem n'outros pontos. Tambem uzam uma especie de arrecadas mouriscas chamadas *brincas das saloias.*

Está situado o templo de S. Vicente de Fóra no tôpo de uma das sete colinas que são mais empinadas n'esta parte que na occidental de Lisboa. D'este logar ha vistas preciosas e extensas. Este bairro ao nascente da cidade, com as suas reliquias do passado, é por ventura mais interessante que os novos e elegantes quarteis ao poente. Pelo que respeita a

---

(·) Persuadiu-se que *saloias* era a versão portugueza das lavadeiras inglezas-*laundresses*

reputação gozaram-n'a má como n'outro tempo Alcantara. Era tido em conta de canalha inculta entre a qual seria imprudencia metter-se a gente incauta; mas desde que o vapor, o gaz e a electricidade são conhecidos em Alfama, a face das couzas mudou. A principal via-ferrea está-lhe perto. Ha maior labutação n'esta via que nas outras, e a populaça visinha diversifica da restante de Lisboa, simplesmente em ser muito laboriosa, e ás vezes mais pittoresca nas exterioridades.

Chegamos até á estação Central. Os portuguezes orgulham-se d'esta obra, e desvanecem-se de que poucas cidades a têm egual. É bastantemente ampla, e mais ao gosto francez de que as estações em Inglaterra. Como o rio lhe corre á beira, os generos podem ali descarregar-se ou embarcarem immediatamente no seu caes.

Desandamos pelo mesmo caminho, e paramos sómente um instante no *Ribeiro* para admirar os magnificos lavores da antiga igreja Conceição Velha. Começa a animação nas ruas, porque todo o mundo bebe aguas mineraes, ou vae banhar-se ao mar. «Vamos dar um giro no Rocio», disse eu ao meu companheiro. «Agora subamos ao Carmo e Chiado». Não ha desfalque ainda na sociedade dos hespanhoes. Com certeza, a estação suporifera de Lisboa passaram-n'a elles jubilosamente este anno...

Vamos a final até á rua do Alecrim, d'onde lhe envio *Boa noute*, porque tenho de jornadear cêdo para Coimbra.

S. João da Foz, Porto.— Eu tencio[...]
divagando por Coimbra, em vez de [...]
tada, e um tanto moída, escrever[...]
da Foz. Instava F. que [...]asse de [...]
de dia o calor e os fumistas são intol[...]
que n'esta época do amanhecer a gen[...]
boa á noite, e não haja carruagens[...]
senhoras, ainda assim, [...]tendo [...]
mão do guarda, elle me [...]ffiançava [...]
carruagem se poria o [...]tro areser[...]
conformo com o alvitre, prque me[...]
ás escuras. É agradavel dançar a[...]
por onde se passa. Quant aos fum[...]
é bom e a fumaça moder-la póde t[...]
cipalmente se suas *Excelencias* tê[...]
de fumegar para fóra pelo postigos[...]
gente melhor applicado os portug[...]
bio acertadissimo; mas sempre o que[...]
lhor é viajar com pessoas mais á b[...]
sa, livre de apertões. Chamamos, p[...]
seis e meia. A manhã estav mais fre[...]
te, porque o nevoeiro toldava o sol, co[...]
ra desde que saí da nevoeenta Ingl[...]
bagagem não excedia o pso do que[...]

CAPITULO XVIII

S. João da Foz, Porto. — Eu tencionava estar hoje divagando por Coimbra, em vez de estar aqui sentada, e um tanto moída, a escrever-lhe de S. João da Foz. Instava F. que viajasse de noute, porque de dia o calor e os fumistas são intoleraveis; e posto que n'esta época do anno muita gente parta de Lisboa á noute, e não haja carruagens exclusivas para senhoras, ainda assim, mettendo dez tostões na mão do guarda, elle me affiançava que na minha carruagem se poria o letreiro «reservado». Não me conformo com o alvitre, porque me desgosta viajar ás escuras. É agradavel relançar a vista aos sitios por onde se passa. Quanto aos fumistas se o tabaco é bom e a fumaça moderada póde tolerar-se, principalmente se suas *Excellencias* têm o incommodo de fumegar para fóra pelos postigos. «Quanta mais gente melhor» applicado aos portuguezes é proverbio acertadissimo; mas sempre o que me parece melhor é viajar com pessoas o mais á larga que se possa, livre de apertões. Chegamos, pois, á estação ás seis e meia. A manhã estava mais fresca do que quente, porque o nevoeiro toldava o sol, como eu nunca vira desde que saí da nevoeirenta Inglaterra. A minha bagagem não excedia o pezo do que se permitte sem pagar; mas foi registrada, e deu-se-me um recibo pelo qual paguei um *vintem*. Parece-me que ha aqui melhor ordem que na atrapalhada confusão das vias-ferreas inglezas.

Mas já se ouviu o ultimo toque: são seis menos um quarto. «Boa noute — me disse o meu velho amigo F. — tenha cuidado comsigo (·), e, se precisar de mim, faça-me um *despacho telegraphico*.

Mais um assobio, e ahi vamos com pouca pressa. O comboyo viaja de vagar, mas sem perigo, pelo menos. As carruagens tem que farte espaço e altura; dez logares cada uma, uma poltrona no centro, e dous assentos de cada lado; mas as de 1.ª classe sobre serem desconfortaveis e pouco adaptadas ao clima, são as mais escuras e lugubres carruagens em que ainda viajei. Coxim e costas são estofadas de um grosseiro *rep* de lã ás listras surrado como o das antigas diligencias, as cortinas são da mesma droga tôsca; não têm guarda pó, posto que n'esta estação a poeira acama nos caminhos á altura de um pé e o calor não consente que as janellas se fechem; não têm suspensorios em que a gente encoste os cotovellos; e n'um clima que elanguesce e alquebra, de mais a mais com o sol que rasgou o involucro da neblina, a dar-nos na cara, é penoso estar ali sentada sem conforto algum. O chão é todo alcatifado, ensaibrado com a areia que os adventicios

---

(·) Este pronome em rigorosa grammatica não póde assim uzar-se; mas é indispensavel que a lingua se vá descarando para que nos possamos entender todos. Um sujeito, cevado nas obras de Filintho Elysio, póde nutrir em lusitanismos, mas vê-se obrigado a conversar todo o dia com Jorge Ferreira e padre fr. Luiz de Souza.

trazem comsigo, e que ringe desagradavelmente
quando os pés se movem. São producto de Inglaterra estas tristes carruagens, e tambem as de 2.ª
classe, que são menos luxuosas, porque não têm
estofos, nem assentos divididos nem alcatifas. A 3.ª
é coberta, mas ao ar livre dos lados, e quer-me parecer que tem poucos ou nenhuns assentos, porque,
tirante os que iam encostados ás ilhargas, homens
e mulheres pareceram-me lá dentro amontoados
promiscuamente. Eram pela maior parte camponezes e lavradores que se mudavam a curtas distancias, de uma aldeia para outra; e para áquem de
Lisboa alguns vi pittorescamente trajados.

Eram seis os meus companheiros, e parece que
mutuamente se conheciam. Os portuguezes fallam
e têm o costume de exhibir publicamente as suas
idéas, como se todo o mundo estivesse em familia,
e eu fosse tão sua conhecida como a outra gente,
e tivesse que vêr com as couzas que elles iam pala-
vreando. Trez d'elles eram *beaux militaires* que iam
a Torres Novas comprar cavallos. Este assumpto
foi tratado com todos os promenores entre elles e
um sujeito mais idoso, conde de *não sei quê*, e outro
cavalheiro que ia com a sua esposa. O conde deixou-nos perto. Esperavam-n'o na estação um cavallo bizarramente ajaezado e um lacaio de jaleca de
alamares, faxa escarlate e chapeu de borlas. O cavallo estava indocil. Foi-lhe precizo acaricial-o e dizer-lhe muitas meiguices para se deixar montar. Era
evidentemente um pôtro estragado de mimo; no entanto, firmado na sella, e estribado nos estribos de
páo, sua *excellencia* cortejou-nos e saíu a meio galope

18

pagar; mas foi registrada, e deu-se-me um recibo pelo
qual paguei um *vintem*. Parece-me que ha aqui melhor ordem que na atrapalhada confusão das vias-
ferreas inglezas.

Mas já se ouviu o ultimo toque: são seis menos
um quarto. «Boa noute — me disse o meu velho amigo F. — tenha cuidado comsigo (·), e, se precisar
de mim, faça-me um *despacho telegraphico*.

Mais um assobio, e ahi vamos com pouca pressa.
O comboyo viaja de vagar, mas sem perigo, pelo
menos. As carruagens tem que farte espaço e altura; dez logares cada uma, uma poltrona no centro,
e dous assentos de cada lado; mas as de 1.ª classe
sobre serem desconfortaveis e pouco adaptadas ao
clima, são as mais escuras e lugubres carruagens
em que ainda viajei. Coxim e costas são estofadas
de um grosseiro *rep* de lã ás listras surrado como o
das antigas diligencias, as cortinas são da mesma
droga tôsca; não têm guarda pó, posto que n'esta
estação a poeira acama nos caminhos á altura de um
pé e o calor não consente que as janellas se fechem;
não têm suspensorios em que a gente encoste os
cotovellos; e n'um clima que elanguesce e alquebra, de mais a mais com o sol que rasgou o involucro da neblina, a dar-nos na cara, é penoso estar
ali sentada sem conforto algum. O chão é todo alcatifado, ensaibrado com a areia que os adventicios

---

(·) Este pronome em rigorosa grammatica não póde assim uzar-se; mas
é indispensavel que a lingua se vá descarando para que nos possamos entender todos. Um sujeito, cevado nas obras de Filintho Elysio, póde nutrir em
lusitanismos, mas vê-se obrigado a conversar todo o dia com Jorge Ferreira
e padre fr. Luiz de Souza.

trazem comsigo, e que ringe desagradavelmente
quando os pés se movem. São producto de Inglaterra estas tristes carruagens, e tambem as de 2.ª
classe, que são menos luxuosas, porque não têm
estofos, nem assentos divididos nem alcatifas. A 3.ª
é coberta, mas ao ar livre dos lados, e quer-me parecer que tem poucos ou nenhuns assentos, porque,
tirante os que iam encostados ás ilhargas, homens
e mulheres pareceram-me lá dentro amontoados
promiscuamente. Eram pela maior parte camponezes e lavradores que se mudavam a curtas distancias, de uma aldeia para outra; e para áquem de
Lisboa alguns vi pittorescamente trajados.

Eram seis os meus companheiros, e parece que
mutuamente se conheciam. Os portuguezes fallam
e têm o costume de exhibir publicamente as suas
idéas, como se todo o mundo estivesse em familia,
e eu fosse tão sua conhecida como a outra gente,
e tivesse que vêr com as couzas que elles iam pala-
vreando. Trez d'elles eram *beaux militaires* que iam
a Torres Novas comprar cavallos. Este assumpto
foi tratado com todos os promenores entre elles e
um sujeito mais idoso, conde de *não sei quê*, e outro
cavalheiro que ia com a sua esposa. O conde deixou-nos perto. Esperavam-n'o na estação um cavallo bizarramente ajaezado e um lacaio de jaleca de
alamares, faxa escarlate e chapeu de borlas. O cavallo estava indocil. Foi-lhe precizo acaricial-o e dizer-lhe muitas meiguices para se deixar montar. Era
evidentemente um pôtro estragado de mimo; no entanto, firmado na sella, e estribado nos estribos de
páo, sua *excellencia* cortejou-nos e saíu a meio galope

18

pagar; mas foi registrada, e du-
qual paguei um *vintem*. Parce-
lhor ordem que na atrapalhd
ferreas inglezas.

Mas já se ouviu o ultimd
um quarto. «Boa noute — mo
go F. — tenha cuidado com
de mim, faça-me um *despacv*

Mais um assobio, e ahi vo
O comboyo viaja de vagar, i
menos. As carruagens tem i
ra; dez logares cada uma, u
e dous assentos de cada lad
sobre serem desconfortavei
clima, são as mais escuras
em que ainda viajei. Coxin
de um grosseiro *rep* de lã á
das antigas diligencias, as
droga tôsca; não têm guaro
estação a poeira acama nos
pé e o calor não consente qu
não têm suspensorios em
cotovellos; e n'um clima q
bra, de mais a mais com o s
cro da neblina, a dar-nos â
ali sentada sem conforto alg
tifado, ensaibrado com a a

(·) Este pronome em rigorosa gramn
é indispensavel que a lingua se vá desc
der todos. Um sujeito, cevado nas ob
lusitanismos, mas vê-se obrigado a
e padre fr. Luiz de Souza.

agestozamente, sem aim-
petuoza. Na orla de lá é
de magnificos chorões;
de canaviaes altos e so-

de prôas pintadas a cô-
heio das velas latinas vo-
nte. Lá de cima sobran-
Santarem, como tantas
da no tôpo de uma mon-
de Santa Irene, a virgem
tantas lendas e historias

quistou Santarem á mou-
de D. Pedro tomaram-a
(·) Tenho pena de a não
tudo que é antigo, a tra-
escentes ruinas de pala-
as, mosteiros e mesqui-
ens na minha terra, de Al-
indifferente Santarem, e
da encantadora historia

terreno é menos árido, e
dentar-se aprazivelmente.
ouvir uma eloquente *li-*
militares declamava sem
ima certa baroneza. Eu
caudal de verbosidade,

atas,—miguelista e moura—revela o
nsophia de historia, applicada a San-

promptamente com o seu gallego *groom,* de borlas,
de alamares e de pluma, correndo a pé á beira do
cavallo. Que bellos quadros se apanhariam no decurso de uma viagem, se podessem photographar-
se na occasião em que se apresentam, como illustração aos uzos e costumes de provincia nas differentes escalas da sociedade! Logo adeante, outra vez
parados. As estações eram muitas. Em quanto os
empregados davam folgadamente aos taramêlos, podia a gente, se quizesse, jantar em cada estação. O
empregado tem calôr, senta-se á sombra, tira da
algibeira o seu leque e abana-se, e quando não, emprega o tempo em derriçar por uma ou mais d'aquellas esbeltas raparigas que offerecem copos de agua
fresca, uvas, melões, e peras aos passageiros em
todas as paragens. Algumas das 9 estações são lindissimas, não tão adornadas e aceiadas como as inglezas, mas rodeadas de arvoredo, de vistozos e luxuriantes rozaes, cravos e outras flores odoriferas
que por seu tamanho e belleza de côres seriam apre-
ciadissimas n'uma exposição em Londres.

Depois, o guarda abeberado em trez copos de
agua fresca e um melão, arrecada o leque, menca-
se, ageita o cinturão, carrega a um lado o boné, e
dardeja em roda uns olhares de arreganho. Parece
dizer: «Por quem se espera?» *Tlim, tlim* — faz a
campainha. Os que foram beber agua, comer uvas,
ou estender as pernas, voltam á desfilada para os
seus logares. E a mesma scena logo adeante, e assim por ahi fóra.

Estamos nos famosos olivaes Valle de Santarem.
Segue a via ferrea ao longo da margem direita do

Tejo, que alarga e deriva magestozamente, sem ainda ter ares de corrente impetuoza. Na orla de lá é marginado por uma fieira de magnificos chorões; e de cá por uma sebe densa de canaviaes altos e sonorozos.

É preamar. Duas falúas de prôas pintadas a côres alegres e com o bojo cheio das velas latinas vogam rio acima graciozamente. Lá de cima sobranceia-nos a antiga e formosa Santarem, como tantas cidades de Portugal, situada no tôpo de uma montanha. Tira o seu nome de Santa Irene, a virgem martyr de quem se contam tantas lendas e historias milagrozas.

Affonso Henriques conquistou Santarem á mourisma em 1147, e as tropas de D. Pedro tomaram-a aos miguelistas em 1833. (·) Tenho pena de a não visitar; que eu estremeço tudo que é antigo, a tradição e a lenda, as remanescentes ruinas de palacios, castellos arabes, igrejas, mosteiros e mesquitas; e quem já leu as *Viagens na minha terra*, de Almeida Garrett, poderá vêr indifferente Santarem, e não desejar vêr o scenario da encantadora historia de «Joanninha»?

Perto de Santarem, o terreno é menos árido, e a paizagem começa a accidentar-se aprazivelmente. Eu, porém, ia distrahida a ouvir uma eloquente *tirada* que o mais novo dos militares declamava sem rebuço em apologia de uma certa baroneza. Eu nunca ouvira torrente tão caudal de verbosidade,

---

(·) A aproximação d'estas duas datas,—miguelista e moura — revela o fino instincto de uma não vulgar philosophia de historia, applicada a Santarem.

tão rapida e incessante catadupa de phrazeado fino!
Motivavam talvez aquella insolita expansão o *esprit,*
espièglerie, coquetterie, viveza, etc., da referida *bella*
dona que, ao que parecia, conquistára, em uma noute
que se encontraram, completamente aquelle panegyrista. Era tal o impeto da sua loquacidade, que os
sujeitos que o escutavam contemplavam-no calados, sorridentes, com o *cigarretto* entre o pollex e o
indicador, mas nos beiços não, que esses estavam
como entreabertos e suspensos de assombro. A lo-
quela do orador cessou de martelar por momentos,
quebrou-se-lhe o fio da parlenda — e os ouvintes
destamparam n'uma rizada; e, quando a hilaridade
esmoreceu, elle, com a maxima seriedade, recapi-
tulou: «*é tudo verdade*». Maior gargalhada que a primeira. A *senhora* tambem se riu, e eu não pude deixar de sorrir tambem, porque nunca vira as perfei-
ções d'uma mulher eloquentemente encarecidas com
tanta fluencia, com tamanho enthusiasmo como o
d'aquelle estirado e energico discurso com que fomos obsequiados.

Eu não tinha proferido palavra. F., ao despe-
dir-se de mim, pozera em evidencia que eu era ingleza, e muda portanto no que respeita á lingua lusitana. Entre mim e os meus companheiros tinha
havido apenas aquellas pantomimas cortezes que se
fazem, se se pergunta se o fumo, ou o pó ou o sol
encommoda — ao que eu respondia que não. Mas,
notando que eu me rira, o orador que ia em frente
de mim, perguntou-me com ar de aggravado: «*Vossa*
excellencia percebe portuguez?» «*Algumas palavras*»,
respondi. «*Vossa excellencia* conhece a senhora ba-

roneza?» perguntou. «Não tenho esse prazer», repliquei. Isto pareceu aquietal-o. O subito solavanco e paragem do comboyo impediu novas perguntas. «Torres Novas! — Torres Novas!» gritaram os homens da estação. Era aqui o destino dos nossos elegantes companheiros, que depois de muita rizota e apertar de mãos dos seus amigos que iam para mais longe desappareceram n'um prompto.

Antes de chegarmos á immediata estação — *Entroncamento*, ou juncção das linhas do Porto a Badajoz — entabolei conversação com os dous passageiros restantes. Eram delicadissimas, excellentes pessoas — um cavalheiro portuguez, e sua esposa, que iam para a sua quinta de Vizella. Ha na juncção um *buffet*, o melhor possivel, espaçoso, arejado, elegante, aceadissimo, com excellente aparador, e preços modicos, muito superior aos *buffets* inglezes, e aos francezes tambem, a certos respeitos. Raras vezes ha delongas na juncção : parece que o fim da demora é dar largas ao longo fallatorio dos diversos empregados; mas não ha que recear atrazo, porque ha uma só linha, viajam dous comboyos diariamente, de manhã e de tarde entre Lisboa e Porto, e em certo ponto um espera que perpasse o do lado opposto.

Acabada a palestra dos guardas e dos carregadores, partimos. Chegamos a *Pialvo* (Paialvo) estação da interessantissima cidadesinha de Thomar. Os arrabaldes são bonitos, com graciosas estradas enverdecidas, e toda a campina em redor ás ondulações graciosas. O arvoredo é magnifico. Como os olhos se refrigeram n'aquellas copas de folhagens! A terra faz muita differença do que é lá para Santa-

eneza em miniatura com o seu largo canal.

radores passam em botes, de um lado para o outro, e abordam ás ilhos que estanceam na corrente. O canal fórma onde quer que seja uma catalue se despenha sobre uma açude resvaladia.

estradas aquosas ão uma delicia no verão, quer a gente se vá de passeio por aquellas margens floridas, quer desl em arco na limpida corrente. O Nabão no inverno sobpuja as margens e inunda ruas e cazas, mas, os mezes estivos, é sitio lindo onde se póde v ver quazi de graça, do nectar frucs e flores. No frescor da manhã, subir em peregrinação até á *Piedade*, lin o tôp de uma montanha, para onde se por duzente e cincoenta degráos. De dez em dez, ha um pat al e um banco de pedra onde a gente escaçar e dar graças a «Nossa Senhora» que no ermte ir chegando mais perto do seu relicario. hega lá acima não é mediocre proeza com tal clima; rém, quem o consegue é iberalmente rec são com a belleza da capella e o magnifico ponto d vis aprazive me se deter-me ali!

devo queixar-me dos habitos calaceiros dos guardas e chefes o estação; que o sol, com é tão de queimar que o que espanta é elles ou nós termos en ra nada.

Descemos as cortina do lado em que dava o , e entreviam anços, bellos pedaços de serra e paizage montanhozas, do outro lado da carruagem.

Estamos em Chão Maçans, onde quem vae

rem. Aqui não ha aquelle faiscar cauzado pelas scintillações do saibro branco tão encommodas para a
vista. Feracissima vegetação, flores e fructos por
toda a parte em abundancia. Desejava que visse
os esplendidos cachos de uvas que comprei n'esta
estaçáo, a uma rapariga rozada, de olhos ardentes
e chapeu desabado e empennachado de murtha e cravos. O cacho estava mais perto de pesar dous arra-
teis que um. Os bagos todos perfeitos e grandes,
verdes e levemente tintos de azul. «*Quanto é?*» perguntei eu quando ella m'o chegou á portinhola da
carruagem. «*Uma pataca, minha senhora*». Uma pataca é quarenta *reis*. Eu poderia obtel-o por trinta,
se regateasse, mas apenas encolhi os hombros, *á
la portugaise*, e respondi: «*Caro, muito caro*». Ao que
ella redarguiu com razão: «*Porém, é tão boa*». Estufa
nenhuma ainda produziu mais perfeita pintura, nem
mais delicioso sabor.

Tencionara eu, n'esta direcção, estender a minha viagem a Thomar, que contém diversos edifí-
cios antigos, e outras reliquias do passado. Em uma
das suas eminencias está o convento de Christo, outr'ora habitado pelos cavalleiros d'aquella ordem militar. É uma caza immensa com um templo notavel
por copiosas esculpturas no imaginoso estylo manuelino. Porção d'este grande senhorio monacal foi
comprado pelo conde de Thomar, que actualmente
rezide no castello de Gualdim Paes, primeiro mestre do Templo, que o arrancou aos mouros.

Ha aqui fabricas de fiação, e uma de papel.

O tortuozo rio Nabão deriva por meio da cidade,
dividindo-a quazi a meio e dando-lhe um aspecto

de Veneza em miniatura, com o seu largo canal.
Os moradores passam em botes, de um lado para o
outro, e abordam ás ilhotas que estanceam na corrente. O canal fórma onde quer que seja uma cata-
rata, que se despenha sobre uma açude resvaladia.
Estas estradas aquosas são uma delicia no verão,
quer a gente se vá de passeio por aquellas margens
floridas, quer deslize em barco na limpida corrente.
O Nabão no inverno sobrepuja as margens e inunda ruas e cazas, mas, nos mezes estivos, é sitio
lindo onde se póde viver, quazi de graça, do nectar
e ambrozia dos seus fructos e flores. No frescor da
manhã, póde-se subir em peregrinação até á *Piedade*, linda ermida no tôpo de uma montanha, para
onde se sobe por duzentos e cincoenta degráos. De
dez em dez, ha um patamal e um banco de pedra
onde a gente póde descançar e dar graças a «Nossa
Senhora» que nos permitte ir chegando mais perto
do seu relicario. Chegar lá acima não é mediocre
proeza com tal clima; porém, quem o consegue é
liberalmente recompensado com a belleza da capella e o magnifico ponto de vista.

Que aprazivel me seria deter-me ali !

Não devo queixar-me dos habitos calaceiros dos
nossos guardas e chefes de estação; que o sol, com
effeito, é tão de queimar, que o que espanta é elles
ou nós termos energia para nada.

Descemos as cortinas do lado em que dava o
sol, e entreviamos, a relanços, bellos pedaços de
serra e paizagens montanhozas, do outro lado da
carruagem.

Estamos em Chão de Maçans, onde quem vae

para Alcobaça e Batalha entra na *diligencia*, se por
ventura a encontra á espera. Desde aqui até Pombal a paizagem dá ares de semelhança com as serranias de Cintra. Não se lhe parece no arvoredo;
mas avultam as mesmas enormes massas de rocha,
como sacudidas de cratéras vulcanicas. As montanhas têm variedade e fórmas pittorescas. Vastos
pedaços de penhascal azul-escuro estão por ali como
encravados em terra denegrida, intervallados de ur-
zes, tufos baixos de herva e arbustos dispersos que
se entrelaçam.

As ruinas do castello de Pombal assentam no
tôpo de um outeiro que nos fica bastante sobranceiro. D'esta villa tirou o grande marquez o seu titulo; e aquelle que tão zelosamente se afadigou em
felicitar o seu paiz, ali morreu desterrado, aos oitenta e trez annos de idade.

Reparei, passando, n'uma grande ladeira coberta de vinhas, não suspensas em latadas como é costume, mas que pareceriam plántações de grosêlhas,
se não estivessem cheias de cachos maduros. Disseram-me os meus companheiros que esta maneira
de plantar vinhas era vulgarissima em Portugal,
porque as uvas d'aquellas pequenas vides eram
mais graúdas, e sazonavam mais promptamente
do que pelo velho e gracioso processo das ramadas.

Pelo que respeita ao prazer da vista, semelhante
systema não é de appetecer. Ainda assim, n'aquella
sua inculta dispersão, como não parecem ampara-
das a tanchões, não têm o desagradavel aprumo das
vides nos montados vinhateiros da Allemanha, dos

quaes a fantasia inventa aspectos graciosos, mas na
realidade são muito semelhantes a uns meros favaes.

Em meio da nossa palestra ácerca de vinhas,
a *senhora* exclamou: *«Estamos perto à Coimbra»*. É
verdade. Lá está a formosa e velha cidade, outr'ora
capital do reino. N'esta época os rios vão quazi sêc-
cos, ainda assim estão cobertas as areias do Mondego, e a Lusa Athenas lá se ergue magestosa arqueando-se em ambos os flancos á imitação de amphitheatro. Eu projectára estar ali ao menos um ou
dous dias, e terminar a minha jornada. E, na verdade, nove horas de viagem em dias de tão ardente agosto é mais que muito; porém os meus companheiros e eu não nos podemos apartar, porque
nos achamos reciprocamente *mui sympathica*. Pro-
pozeram-me que os seguisse até ao Porto; annui,
portanto, resolvida a visitar, no regresso, Coimbra
e Bussaco. Ha grande demora em Coimbra, porque muita gente ali janta n'um elegante *buffet*, visto que se chega pouco antes das quatro horas. Tomei novo bilhete, recebi e registei de novo a minha bagagem, jantei com os meus novos conhecidos, senhor e senhora T...a, e recomeçamos a
nossa viagem de suciata. Infelizmente introduzi-
ram-se dous: um sujeito immensamente alto e obezo, e um rapaz de grande corpolencia. O primeiro
deu-nos logo a importante noticia de que o rapaz
ainda não tinha sete annos; que era de uma delicadeza superfina; que se fazia mister deixar-lhe comer o que appetecesse, e quando lhe approuvesse.
As angustias da fome parece que o atormentavam
então, porque o homem, concluida a informação,

olhou para elle, que lhe acenou com a cabeça; em
vista do que tomou sobre o regaço, em que esten-
dera um lenço, uma caixa de lata. Um dos mais
amplos reservatorios continha carne, pudim, fructas, doce e outras golosinas; accresceu a isto uma
garrafa de agua. E aquelle delicado menino, ban-
queteado como um gigante, comeu por espaço de
duas horas, sem proferir um monosyllabo. No entanto, o pai contemplava-o com carinhoso interesse,
baforava por um enorme charuto, e ás vezes, olhando para nós, repetia: «*Ainda não tem sete annos*».

Entre Coimbra e Estarreja — para além da qual
apenas podiamos vêr o ceu estrellado — a paizagem
é lindissima. A via ferrea corre por longo espaço,
entre pinhaes, olivedos e sobreiraes. Já não se vê o
solo saibrento e esbranquiçado: é um terreno pedregozo e rubro. Ao longe, avista-se uma serra ingreme. As montanhas convisinhas da estrada são
arborizadas desde as abras até ao cume, e nos ferteis vales branquejam aldeias por entre jardins, vinhedos, limoeiros e olivaes. Passamos por dous compridos tuneis entre Coimbra e Villa Nova de Gaya. (·)
Quando chegamos a esta estação que é a final da linha do Porto, era perto das dez horas. Estivemos
longo tempo na carruagem á espera que o homem
gordo e o guarda discutissem. O guarda pedira-lhe
o bilhete do rapaz; o homem respondeu que nunca
pagou, porque o rapaz ainda não tinha sete anuos.
«Os meninos menores de sete annos pagam meta-

(·) Claro é que se enganou na topographia dos tuneis.

de, replicou o guarda, e este pequeno não tem menos de doze». «*S. Excellencias* que o digam — retrucou o outro. Eu não lhes disse que elle ainda não tinha sete annos?» Principiava a irritar-se a altercação quando o snr. T. aconselhou o homem a que se dirigisse a mais elevada auctoridade que o guarda. A final conseguiu pagar a quarta parte da passagem, com a condição de que o pernilongo e obezo rapagão que só á sua parte enchia uma cadeira, nunca mais viajaria sem pagar por inteiro. O gigante mais velho ergueu as mãos deplorativas, exclamando: «Pagar por inteiro não tendo elle ainda sete annos!»

Por parte da alfandega faz-se ali mais rigorosa busca do que me fizeram quando desembarquei em Lisboa. A razão porque, não n'a sei: o que sei é que me levaram um *cruzado* pelo serviço. Dezenas de gaiatos sujos e maltrapilhos esperavam para se agarrarem ás malas logo que ellas saíam das mãos dos guardas. Se o snr. T. não se encarregasse de procurar as minhas bagagens, com toda a certeza se extraviariam, porque tanto a *senhora* como eu eramos completamente *frappées en haut,* como se diz que uma ingleza se exprimira, quando quiz traduzir para elegante francezia o plebeismo inglez «estafadas *(knocked up)*». (·)

A final vimo'-nos safos; mas ainda tinhamos que

(.) Parece-me ser este o plebeismo portuguez correspondente ao *knocked up*. Segundo o *Thesaurus of english words and phrases,* de Roget, *knocked up* tem a seguinte synonimia *fatigued, tired, sinking, prostrate,* etc. Talvez, mais ao sabor plebeu, se podesse dizer «derreadas»; porém, é quazi inandar, e atravessar o Douro, antes de chegar ao Porto, ou Oporto, como os inglezes querem que seja. Uma estreita caixa de madeira de um omnibus era o unico transporte, e nós os trez e mais dous com innumeras malas, caixotes e saccos, com difficuldade cabiamos. Subimos e depois descemos vagarosamente uma ingreme encosta e passamos a ponte-pensil, alumiada pelos lampejos dos raros lampeões. Começava a tremular no rio o radiar da lua, dando feitios fantasticos ás sombras dos objectos, quando iamos em solavancos a entrar na cidade, que se eleva na montanha fronteirá a nós. Passava de onze horas quando entramos no Porto. As estreitas ruas que percorremos eram negras, silenciosas, desertas. Aqui e além tremeluzia uma solitaria vela que fazia «viziveis as trevas» no tegurio de tendeiro em rua triste e torta. Dir-se-ia que toda a cidade estava atascada em profundo dormir. Aquelle aspecto mysterioso, de edade média, trouxe-me reminiscencias á embotada memoria de umas quazi olvidadas novellas de Londres, que eu tinha lido, em que havia aquelles lugubres pavios de ceitil com que se alumiavam aqui ha duzentos annos as tenebrozas lojas e ruas. Por fim o nosso bambaleado vehiculo fez alto defronte de um negro armazem que nos disseram chamar-se *bureau central*, termo final da corrida do omnibus. Tinhamos pedi-

---

verosimil uma ingleza derreada — ellas, que se interiçam na liita inflexibilidade do osso sem articulação, sem costura, inconsutil. «Estafadas» pois é o melhor, acho eu.

do ao cocheiro que nos apeasse no Hotel de Francfort; mas elle seguira para deante. Queixou-se a
gente ao dono do omnibus, com quem estiveramos
na estação. Respondeu-nos que ao passar pelo hotel, o achara já fechado, e não consentindo que suas
excellencias se encommodassem, resolvéra leval-os
para o seu proprio hotel, que era ali perto, e com
excellentes commodos. Elle já tinha mandado aviso
provavelmente de que iamos para lá. Como era tarde, e o profundo silencio mais tarde fazia parecer —
pois que não se ouvia som de voz nem rumor de
passo — tudo favorecia a velhacada do homem que
nos queria levar para sua caza. O senhor T. ainda
vacillou; mas a *senhora*, que tomava rapé, confor-
tou-se com uma pitada; e eu, de mim, submetti-me
á sorte d'elles. Mas ah! perspectiva horrenda para
pés cançados e cabeças doídas! — tinhamos de palmilhar a grande distancia. O nosso hospedeiro, ri-
zonho, patusco e jovial, folgando com o exito da sua
tratantice, chasqueava comnosco dizendo que o hotel estava ali *a dous passos;* mas os dois passos abran-
giam duas ruas compridas, estreitissimas e escuras,
com altissimos predios, que pareciam duas fileiras
de carceres.

Chegamos por fim a um pateo escuramente alu-
miado pela fumegante torcida de um lampeão de
azeite. «*Hotel de suas Excellencias!*» disse jovial-
mente o locandeiro. «*Aqui?*» exclamamos todos
a um tempo. «*Sim, Excellencias, aqui*», respondeu
elle inclinado cortezmente, e tomou a deanteira. Se-
guiram-o as victimas subindo não sei quantas escadas; mas tantas eram que aos cançados viajantes

se figurou que iam peregrinando á capella da *Pie-dade;* mas sem patamal onde repouzassem. No tô-po da escada, dous immundos criados nos saí-ram ao encontro muito rizonhos e mezureiros. O dono do hotel levou-nos a um cazarão cuja mobilia se cifrava n'um biombo e n'uma cadeira com um pequeno jarro e bacia. Mas não viramos tudo. O hospedeiro avançou um pouco, e puxou ao lado o biombo, atraz do qual estava uma cama. Que mais queria a gente? O snr. T. queixava-se e rabujava de maneira que poderia passar efficazmente por in-glez. A *senhora*, mais conformada em razão do seu cançasso, gesticulou com a cabeça, suspirou, pôz o jarro e bacia no chão, tirou do bolso a tabaqueira, e amezendrou-se socegadamente.

O alojamento destinado para mim era um cubi-culo estreito á ilharga d'aquelle cazarão. Quando m'o mostrou, um rapazola vestido muito á ligeira, estava endireitando os lençoes que com certeza mu-dara n'aquelle momento, e sobre isso pozera um travesseiro achatado, e uma coberta vermelha de algodão. «A cama de *sua Excellencia* está-se pre-parando», disse o estalajadeiro. «N'esta cama não hei-de eu dormir», respondi. «A janella tem uma vista muito bonita», voltou elle com um radiozo sor-rizo. «Mas eu quero cama limpa — tornei eu — e se você tem só esta, ficarei n'uma cadeira, e de manhã retiro-me». — «Tenho uma sala grande, com uma vista que vossa *Excellencia* vae ficar encantada». — «E a cama?» — «*Excellentissima!*» — «Vejamos» — disse o senhor T.

Immediatamente o homem pegou na unica luz

—uma velinha de cebo n'um castiçal sujo — e erguendo-o acima da cabeça para alumiar quem o seguia, que eramos todos, até ao ultimo andar, para vêr a grande *sala*. Custou-me a sustentar o meu ar sério e circumspecto; pois que a scena era por tanta maneira ridicula, que eu a muito custo, não desfechei uma gargalhada. Abriram-se as portadas de uma vasta e acaçapada sala; e com grandes ares o maviozo estalajadeiro exclamou: «*A sala de sua Excellencia*».

A um lado, havia um immenso canapé, dous velhos leitos de páo com armação e escadinhas que mediam mais de uma jarda de altura, e do outro lado um movel comprido a modo de balcão. «É limpa a cama?» perguntei.—«Pois duvída, sabendo eu que *sua Excellencia* é tão *fastidiosa?*» (·)

Persuadida d'isto, declarei-me satisfeita e dei a *boa noute* aos meus companheiros, em quanto o homem e mais a quadrilha dos moços, depois de muito chamar e berrar e correr d'aqui para ali, me deram outro castiçal; e, desejando-me que dormisse bem, fizeram-me reverencia e foram-se.

Dispunha-me eu a deitar-me sobre o duro e encaroçado colchão de palha, em que havia apenas uma surrada almofada vermelha, chata como uma filhó, quando entrou um homem com duas garrafas de vinho branco e tinto, um grande pão e uma empada.

(·) O homem, se lhe chamou *fastidiosa*, parece que tinha razão — caso que, raras vezes, succede aos estalajadeiros do Porto. Parece, porém, que Lady Jackson recebeu aquelle adjectivo como synonimo de *melindrosa* em limpeza de cama. É bom ignorarem os extrangeiros o portuguez dos estalajadeiros portuenses, mórmente os semelhantes ao scelerado que ella descreve.

stav
ara ı
traves-
algodão
parando
hei-de eɪ
vista mm
rizo. « M.
você tem
retiro-me
vista que ɩ
«E a camɩ
disse o sen
    Immedi;

de cinza, porquinhos, gatos, rozeiras, cães, gallinhas e franguitos, maeiras, crianças sujas e outras
mixordias. Só, de longa distancia, poderia tornar-se
encantadora uma tal vsta. Voltei as costas áquillo
para examinar o meu quarto. O soalho nú era negro, de velho e pôre as portas eram cinco, com
trancas e ferrolhos como as dos carceres, mas ainda assim com tamanhs fendas que era inevitavel
através d'ellas vêr e se visto. Pela fumaça e ringir
das botas conheci que os meus visinhos eram quatro homens.

Espantei-me duan o n'esta suja bodega me serviram um optimo almoço, e depois soube que este
chamado hotel do Commercio é de segunda classe, e tem fama de dal boas comidas e bebidas com
muita cortezia e porearia. Tanto quanto a minha
curta experiencia me permitte, o hotel acho que
corresponde plenamente á fama que disfructa. Quando avizei que ia sair immediatamente, o locandeiro
e mais a mulher vierá lastimar-se de que eu não
quizesse estar regalad em tão linda habitação. Pro-
punham-me que me fariam todos os dias um *vaso
le flores* para o quarto e poriam uma *bonita esteira*
eante do sophá; e eles — aliás boa gente e delica-
l, a meu vêr — espantaram-se de que eu, apezar
tão luxuozas reformas, não quizesse ficar.

O snr. T., e sua *senhora,* que tinham igualmente
o invadidos por uma legião dos taes socios da
na, proseguiram e madrugada a sua jornada.
ois de agradecer quella boa gente as suas at-
rões e delicadezas saí do lobrego hotel do Com-

Annunciou-me que vinha ahi a criada. Uma mulherona espadaúda, descalça, entrou mui rizonha com duas estreitas e compridas tiras de algodão nas mãos. Estendeu-as na cama; e, por certos gestos e rizos, parecia dizer-me : «Veja lá em que luxo vai passar esta noute!» Depois estendeu por sobre tudo aquillo um pezado e sujo cobertor de lã, rapado e com todas as côres do arco da velha. Pedi-lhe que o retirasse; e, conseguindo livrar-me da achavascada moça, tratava outra vez de me deitar, quando, oh ceus!... Está escripto : «Viajantes topam muitas vezes na cama estranhos parceiros». Doze pelo menos d'esses parceiros de leito me estavam já esperando, e provavelmente seriam ás duzias os que eu não vi. No auge da minha dezesperação, atirei-me á garrafa e bebi metade de uma (·). Depois, estendendo o meu capote no anachronico sophá, e arranjando um tra-. vesseiro com o sacco de viagem, deitei-me e adormeci até ao dia, porque a natureza esfalfada já não podia reagir.

Logo que acordei, ergui-me para vêr a encantadora perspectiva que se me antolhara. Era um espaço interposto n'um quadrado de cazarias. Nas varandas trazeiras d'estas cazas andavam matinalmente os criados mourejando. Nos desalinhados quintalejos e pateos havia ramadas e loureiros; aqui e acolá uma laranjeira ou limoeiro; via-se uma officina de carpinteiro, sobre a qual florejava um purpurino heliotropo; e de involta com isto havia rimas

---

(·) Costumes inglezes. Receita nova contra persevejos.

de cinza, porquinhos, gatos, rozeiras, cães, gallinhas e franguitos, maceiras, crianças sujas e outras
mixordias. Só, de longa distancia, poderia tornar-se
encantadora uma tal vista. Voltei as costas áquillo
para examinar o meu quarto. O soalho nú era negro, de velho e pôrco; as portas eram cinco, com
trancas e ferrolhos como as dos carceres, mas ainda assim com tamanhas fendas que era inevitavel
através d'ellas vêr e ser visto. Pela fumaça e ringir
das botas conheci que os meus visinhos eram quatro homens.

Espantei-me quando n'esta suja bodega me serviram um optimo almoço, e depois soube que este
chamado hotel do Commercio é de segunda classe, e tem fama de dar boas comidas e bebidas com
muita cortezia e porcaria. Tanto quanto a minha
curta experiencia me permitte, o hotel acho que
corresponde plenamente á fama que disfructa. Quando avizei que ia saír immediatamente, o locandeiro
e mais a mulher vieram lastimar-se de que eu não
quizesse estar regalada em tão linda habitação. Pro-
punham-me que me traram todos os dias um *vaso
de flores* para o quarto, e poriam uma *bonita esteira*
deante do sophá; e elles — aliás boa gente e delicada, a meu vêr — espantaram-se de que eu, apezar
de tão luxuozas reformas, não quizesse ficar.

O snr. T., e sua *senhora,* que tinham igualmente
sido invadidos por uma legião dos taes socios da
cama, proseguiram de madrugada a sua jornada.
Depois de agradecer áquella boa gente as suas attenções e delicadezas, saí do lobrego hotel do Com-

19

mercio, acompanhada do dono, da dona da caza, e
da criadagem muito attenciozos, muito comprimen-
teiros, e cheios de phrazes delicadas; e d'ali fui para S. João da Foz, que me foi muito recommen-
dada.

CAPITULO XIX

Antes de eu saír de Lisboa, disse-me um inglez que acabava de chegar do Porto, onde se demorára trez dias, que não havia ali couza nenhuma digna de memoria. «De volta — observou elle — senti-me completamente logrado, depois de ter de jornadear desagradavelmente no meio de nuvens de poeira». É certo que o meu informador parecia incapaz de fundamentar o seu descontentamento a não ser «a falta ao almoço d'um bom bife de boi ou costelleta de carneiro, e de mais — affirmava — azeite e alho ás mãos largas em todas as comidas». Pela experiencia da minha primeira noute e pelo pouco que vi, excepto as ruas estreitas e sombrias na hora obscura da nossa chegada, comecei a recear que o meu patricio renhidor se tinha preoccupado tanto dos maus pratos que lhe serviram pela carencia de qualquer outro assumpto que lhe podesse attraír a attenção.

E comtudo tinha-me aventurado a observar-lhe: «Deve ser uma bonita cidade: tirante a sua, é esta a opinião de quem tem estado ali». — «Ah, sim! os *portuguezes* dizem isso; mas deve notar que são eximios em se gabar a si mesmos e ao seu paiz. Tem, — perguntou-me — o guia de Bradshaw no Continente?». — «Tenho». — «Bem; tambem me

caza, e

ro Á FOZ

Lisboa, disse-me um inglez
lo Porto, onde se demorára
ι ali couza nenhuma digna
— observou elle — senti-me
, depois de ter de jornadear
meio de nuvens de poeira».
rmador parecia incapaz de
ontentamento a não ser «a
ɔm bife de boi ou costelleta
— affirmava — azeite e alho
ιs as comidas». Pela expe-
ra noute e pelo pouco que
eitas e sombrias na hora ob-
comecei a recear que o meu
lha preoccupado tanto dos
viram pela carencia de qual-
ue lhe podesse attraír a at-

aventurado a observar-lhe:
idade: tirante a sua, é esta

não sirvo de outro; e, como não sou dado a explorações, pensei que Bradshaw me ajudaria a achar o
que precizo vêr. Ora leia a descripção que faz o auctor da boa cidade do Porto».

Assim fiz; e todas as informações a respeito da
segunda cidade de Portugal rezumem-se no seu nome inglez «Oporto». Depois segue-se a adresse
d'um hotel de quarta classe, a avaliar pelo meu, in-
dicado como «razoavel e confortavel para os vizitantes inglezes». O Porto tambem, segundo a disposição de Bradshaw, parece ficar na ilha da Madeira.

Quanto á parte portugueza do mappa, algumas
cidades, como Santarem, estão notadas sobre a linha inexacta do caminho de ferro. Mas quem viajar n'estes sitios consultará sem duvida auctoridade
maior que a de Bradshaw. É provavel que se pre-
vinam com *a ultima edição* d'um «*Guia*», e assim
lhes acontecerá dirigir-se a consules e agentes que
ha annos repouzam nas suas campas, e ficarão sabendo que do Carregado ao Porto por diligencia se
gastam trinta e seis horas. Sem duvida, aprende-
rão então á sua custa, depois de chegarem a Portugal, o progresso que este depois tem feito geralmente no intervallo de dez ou doze annos desde a
publicação d'esses Guias. Pelo que pertence a Bradshaw, provavelmente não encontrará ninguem que
lhe dê tanto credito como o inglez a quem me refe-
ri, que não achava nada digno de noticia n'uma cidade, por isso que Bradshaw escassamente a conhece de nome.

Todavia, depois de ter sahido do sujo e lugubre

hotel, poucos minutos bastaram para que eu visse que a «leal e invicta cidade» era pelo menos tam activa e animada, quanto originalmente pittoresca. Ainda mesmo na rua estreita, d'onde voltamos para a Praça Nova, as altas cazas eram guarnecidas de elegantes varandas com as grades pintadas de vermelho, escuro, verde, azul ou côr cinzenta e algumas douradas. Na Praça está a caza da Camara municipal, rematada por uma figura allegorica, que representa a brava cidade na fórma d'um guerreiro armado. O rei Victor Manuel prezenteou a Camara com o retrato de seu pae, Carlos Alberto, que falleceu no Porto em Entre-Quintas. O centro é adornado com a estatua equestre do «Rei Soldado» Dom Pedro IV, cuja memoria é quazi adorada pelo «portuense». Chamaram-lhe por isso Praça de D. Pedro, mas, como o Rocio de Lisboa, é mais conhecida pelo seu antigo nome. É um sitio fresco e agradavel, plantado nos dous lados de arvores, debaixo das quaes ha cadeiras e bancos de jardim quazi sempre occupados. As lojas, cafés, a caza da Camara, os passeantes, a estação de carruagens, dão a esta Praça uma apparencia muito animada, como verdadeiro coração da cidade que é.

Defronte da Camara municipal parte para cada lado uma longa e ingreme rua, larga e bem ladrilhada: a da esquerda é a rua de Santo Antonio, em cujo tôpo se levanta a esplendida igreja de Santa Ildefonsa (·); a da direita é a rua dos Clerigos, em

---

(·) Estes herejes hão de sempre mostrar a sua crassa ignorancia do sexo dos santos.

cujo cimo se vê a igreja com a famoza torre, chamada a Torre dos Clerigos, que mede 250 pés de
alto e serve de marco de muitas leguas a distancia. As cazas n'estas ruas são altas e bem construidas, as lojas espaçozas e abastecidas com objectos
da moda. As da rua dos Clerigos são especialmente
brilhantes e alegres, ficando, por via de regra, d'um
lado as lojas abertas, sem vidraças, mostrando ás
portas abundanciá de lenços de sêda, *fichus*, saias,
chales, de côres garridas de que mais gosta a gente
dos arredores. A larga rua dos Clerigos é plantada
de arvores, como os *boulevards* de Paris, o que concorre muito para a tornar aprazivel. Esta parte do
Porto póde chamar-se realmente bella, muito mais
bella que o Chiado: na verdade, não conheço nada
em Lisboa n'este estylo que a possa igualar. Se to-
marmos a Praça por um valle como foi antigamente,
e as duas ruas que se levantam em frente uma da
outra, cada uma com a sua eminencia coroada por
uma bonita e antiga igreja, teremos assim um quadro muito attractivo que nos encanta pela surpreza.

Era ainda de manhã cedo; fazia um calor docemente agradavel, e as ruas, como as de Lisboa,
muito limpas, acabavam de ser regadas: demais,
era tambem dia de feira, e grande quantidade de
bellas mulheres e raparigas do campo com os seus
formosos olhos vendiam differentes artigos, conver-
savam em grupos ou faziam compras nas lojas. Lembrou-me o inglez, e puz-me a considerar com espanto se algum dos trez dias que esteve no Porto aconteceu ser de mercado. Supposto mesmo que o homem
pertencesse ao typo dos mal-humorados, e tivesse

TORRE DOS CLERIGOS, NO PORTO.

passado sem duvida a idade das illuzões, ainda que
não achasse outra couza digna da sua attenção,
aquellas formosas mulheres (e as d'esta provincia
são afamadas pela sua belleza) difficilmente deixariam de lhe attraír a vista e excitar-lhe a admiração, qualquer que fosse a sua sofreguidão por «um
bom bife ou uma boa costelleta».

O meu caminho era pela rua dos Clerigos. Havia multidão em todas as lojas. Fiz parar a carruagem defronte de uma, para perguntar o preço d'um
lenço de sêda de côr alegre; mas o meu fim especial era vêr mais de perto uma linda rapariga, que
tinha observado a comprar ao mostrador em companhia d'um rapaz, vestido com o seu melhor fato
domingueiro, ambos rindo e ao que me parecia
comprando muito. Trajava a moça o seu collete
branco azul, mas d'um linho finissimo, enfeitado de bordados abertos e d'umas rendas, que na
maior parte se fazem em Peniche. O lenço de sêda,
pregado em dobras apertadas sobre o peito, era
vermelho, com cercadura branca; a saia, que lhe
caía em amplas pregas, era d'um estofo em xadrez
branco e vermelho. De cima do seu largo chapeu,
cercado d'uma guarnição de sêda esfiada fingindo
pennas, cheio de tufos e maçanetas de sêda vermelha e vidrilhos, descia um lenço de fina cambraia, bordado e guarnecido de rendas, que lhe cu-
bria o pescoço e os hombros. Felizmente trazia
meias e os *tamancos* do costume. Mas o mais notavel de tudo eram as joias. Trazia dous ou trez compridos e grossos cordões e por cima um fio de pequenas perolas, d'onde pendia uma grande medalha

vazada em fórma de coração: grandes brincos na mesma fórma, aos quaes estava suspenso um segundo par com trez ou quatro perolas. Muitos anneis de ouro maciço ou prata ou com pedras engastadas, completavam a sua *toilette* domingueira. A possuidora de tudo isto podia chamar-se n'estes sitios uma *formosura loura.* Tinha cabello castanho, amaveis olhos azues escuros, carnação branca e finas feições. Provavelmente não contava mais que dezoito estios.

O seu companheiro era moço dos seus vinte e cinco annos, vestido de preto — jaqueta muito curta, muito ornada com botões de filagrana de prata: camiza branca sem manchas, cinta de sêda de côr, e chapeu muito parecido com o da sua *senhora,* á excepção dos vidrilhos. Era um par cazado de fresco, pertencendo provavelmente á abastada classe agricola, e estavam comprando o que me pareceu dever fazer parte do enxoval da esposa — toalhas e guardanapos. Talvez fossem estes tecidos superiores aos que os seus paes julgariam demasiadamente bons, mas ambos pareciam muito desejozos que fossem de mais fina qualidade. Comprei o lenço de sêda, demorando-me na escolha para mais reparar na esposa. Evidentemente o lenço não lhe desagradava, pois que me comprimentou, quando saí, com um *doce sorriso* e um tregeito amigavel, e o seu *caro esposo* com uma cortezia.

O vestido d'esta moça é o costume uzual nas proximidades do Porto, variando todavia em côr e qualidade, segundo os gostos ou meios de cada uma, e a occasião. Comtudo não é raro vêr mesmo as *carre-*

LIVRARIA PORTUENSE—EDITORA

O DOURO, VISTO DO PASSEIO DAS FONTAINHAS.

teiras, que levam á cabeça pezados volumes (é este o modo uzual de fazer os transportes aqui) com um fio de contas de ouro ao pescoço e compridos brincos pendentes das orelhas.

Passamos perto da igreja dos Clerigos, e do mercado de hortaliças, fructos e gallinhas; e tambem junto de outro onde se vendem panellas, cassarolas e outros objectos de barro, pannos de lã e algodão, fatos, meias e carapuças, fiado, nastros, botões, quadros e imagens de santos, crucifixos, vazos para agua benta, brinquedos de crianças, quekes, pão branco e *bróa*, e milhares de outras couzas mais.

Eis-nos agora no bonito jardim da Cordoaria. Do outro lado do nosso caminho, á sombra de grandes arvores, vêem-se centenares de bois e uma chusma de carros rusticos, pertencentes a lavradores que vieram trazer ao principal mercado a producção das hortas e campos das visinhanças. Os bois são jungidos por uma comprida e forte peça de madeira que lhes passa sobre os cachaços, medindo cerca de um pé de alto, vazado ou esculpido em figurações fantasticas, com tufos de cabello ou cerdas ao correr do cimo, parecendo-se o seu tanto com uma escova. Bois de serviço são mais uzados no Porto que em Lisboa. Ordinariamente guiam-nos mulheres, que parecem aqui fazer quazi todo o serviço. Homens e rapazes estão deitados no chão junto dos animaes que guardam, ou assentados em cestos ou tripeças comem o seu almoço. Aqui e ali vê-se uma mulher ou rapariga, mas a maior parte d'estas de aspecto campezino estão mais longe, dili-

gentemente empregadas nos mercados, ou andam
conduzindo tam grandes e pezados volumes á cabeça, que a gente pensa que serão inevitavelmente
esmagadas por elles ou succumbirão debaixo do
seu pezo. Estremeço realmente quando vejo estas
industriozas, fortes e pequenas mulheres dobrarem-
se para receberem o seu carreto, mas logo que
lh'os collocam e assentam bem, caminham vigoro-
zamente com um passo livre e firme, trapejando com
os *tamancos* um compasso regular.

Passando além da entrada da Cordoaria fica-nos
quazi defronte o magnifico Hospital Real de Santo
Antonio.

Uma nuvem de poeira avisa que o «*americano*»
está a chegar. A jornada desde Mathozinhos até á
parte superior da cidade termina á entrada d'este
jardim. Espera-o muita gente. Vem completamente
cheio, mas tam depressa descarrega a sua carrega-
ção de banhistas da Foz, que se enche immediatamente e parte.

O Porto é edificado sobre dous altos montes de
granito, e n'este ponto, onde estamos agora, o terreno inclina-se rapidamente tanto para o rio como
para a cidade baixa. Descendo, e a uma pequena
distancia do hospital, ou como lhe chamam geralmente, da Mizericordia, passa-se junto do muro do
jardim d'um bonito palacete, e ali se nos depara
uma das mais bellas vistas do rio que imaginar-
se podem. O formoso Douro corre defronte placida-
mente, azul como o ceu azulado que as suas aguas
reflectem. Possue uma belleza sua propria, muito differente da do Tejo, mais estreito mas mais

profundo; e, perto do Porto, recurva-se e encaracola-se. Os montes da margem esquerda em face da cidade, por cauza da sua proximidade parecem mais altos que os que defrontam Lisboa. Mais escarpados, mais pittorescos no horizonte, verdes como os verdes montes do Tyrol, rescendendo á alfazema e á flôr da murta, vestem-se nas cumieiras de espessos mattos, emquanto que arbustos e plantas os guarnecem ao razo da agua.

Depois, a animação do Douro — grandes e pequenos navios á carga e descarga, um pequeno e elegante vapor de guerra, botes de fórmas variadas, o antigo *barco*, com as suas extremidades recurvas, o bote espaçoso construido á hollandeza com toldo, o pequeno e aceado cahique, e a gracioza vela latina passando e repassando. Todas estas embarcações navegam para baixo e para cima, a desembarcar passageiros ou a descarregar mercadorias. As mulheres tambem manejam o remo dextramente, e cantam emquanto vão remando. Tudo isto e muito mais se póde observar á medida que se caminha, mas o aspecto geral do primeiro lance de olhos é encantador.

Quando se chega ao fundo, a estrada da Foz segue junto ao rio e na maior parte á sombra de altas e frondozas arvores. A cada volta da corrente que serpentea, descobrem-se novas bellezas no graciozo panorama, que se vae desenrolando em novos quadros. Á direita orlam a estrada cazas, villas e *quintas*, pequenas e grandes, novas e ve-lhas. Entre todas destacam-se algumas mais modernas, solidamente construidas e elegantemente

adornadas; outras mais antigas formam grupos irregulares, e algumas poucas parecem desabar, sendo sustentadas, ao que se nos figura, pelo fragil es-
teio que se dão entre si; mas todas são habitadas,
e todas têm a sua varanda, balcão ou *belvédere;*
umas pintadas e douradas, outras envolvidas em
cortinados de folhagem. Seguem-se os jardins, os
terraços, as cazas de fresco, os passeios debaixo
das ramadas de videiras, os muros de pedra parda-
centa, meios cobertos de musgo ou de trepadeiras
e por cima d'elles as bellas flores das hortensias,
os geraniums e outras plantas floridas. Grupos de
arvores divizam-se no plano posterior que é sobranceiro, e por cima d'ellas sempre uma igreja,
uma capella ou um cruzeiro carcomido pelo tempo; e n'um ponto da estação entrevê-se o Palacio
de Crystal, coroando a alta esplanada da *Torre de
Marco.*

No caminho encontram-se grupos de mulheres
e raparigas carregadas com fructas, hortaliças e
peixe. Apressavam-se em direcção á cidade com o
seu passo leve e rapido, muito differente do passo
descuidado da *Lisbonense,* que atravessa a vida mais
folgadamente. Pescadores remendam ou assoalham
as redes. Crianças alegres, rozadas e quazi núas,
brincam á borda da agua, perto de mais talvez, pois
que alguns d'estes rapazelhos despem o seu pobre
vestido, e desafiam-se com muita bravura dentro e
fóra da agua. O Porto foi sempre orgulhozo dos
seus maritimos, que procederam talvez de atrevidos
filhos do rio, como estes. Não é onde o Douro corre mais pacificamente que gostam de brincar estas

O DOURO, VISTO DO ANTIGO SEMINARIO.

crianças; mas patinham e atiram-se sem medo quazi
no meio da arrebentação das vagas, da espuma e
das pedras perto do mar e da visinhança traiçoeira
da barra. Passamos tambem os estaleiros e os navios em via de construcção. As embarcações construidas no Porto tinham fama de veleiras, e talvez
ainda a tenham. Quando a escravatura florescia,
poucos cruzeiros seriam capazes de as capturar, excepto por surpreza. Mas o *Portuense* póde invocar
mais honrozos motivos de orgulho; — foi do Porto, dizem elles, que saíram estes primeiros navios
equipados de homens energicos e indomaveis que
abriram o caminho á descoberta e conquista da Azia,
Africa e America.

Chegamos agora ao sopé d'um monte ingreme
e pedregozo, onde homens e mulheres, quazi negros á força de bronzeados, estão trabalhando á
viva ressa do sol. Alguns estenderam sobre duas
ou trez varas uma saca ou um panno para se abri-
garem dos seus poderozos raios; outros uzam para
o mesmo fim de cazacos, saias e jaquetas — fraca
defeza na verdade para um sol abrazador de agosto, quando os pobres têm de aguentar ali o trabalho e o calor de um dia! Empregam-se quer no
alargamento da via, quer em preparar pedras para
construcções na baze d'esta rocha maciça. Os pedaços que destacam são transportados em carros
de bois, e muitos d'estes estão agora á espera do
seu carregamento. A pedra é de côr de roza des-
maiada, com veias escuras — talvez marmore, pois
parece que ametade do solo de Portugal é constituido por marmores de differentes côres.

A pequena distancia, d'onde trabalhavam os pobres cavouqueiros, ha uma grande fonte de granito
á sombra, em volta da qual se grupavam pelo menos uma duzia de mulheres e raparigas. Algumas
acabavam de encher os seus cantaros, e estão a pô-
los á cabeça, ajudadas pelo braço caridozo de qualquer visinha. Depois caminham com vivacidade, fazendo meia emquanto marcham, o que indica muita
habilidade, penso eu. As outras mulheres que ficam são *lavandeiras:* lavam a roupa em pias de pedra na baze da fonte — melhor systema para os seus
donos que o uzado mais acima, onde as *lavandeiras*
batem a roupa sem dôr nem compaixão nas pedras
marginaes do rio.

É uma estrada cheia de vida; assim tivesse menos pó, que fórma sobre ella uma nuvem continua,
em consequencia do tranzito constante dos carros
de bois, passando e repassando, de cavalgaduras,
de pequenos carros de cortinas com gente da provincia, ou banhistas que não chegaram a tempo ou
não acharam logar nos *Americanos.* De dez em dez
minutos ou de quarto em quarto de hora, passa um
d'estes *Americanos* com grande rapidez, correndo
docemente pelos rails. Puxam-os trez mulas ou cavallos a par, e ao sopé da rampa accrescem mais
duas guias para os carros que vão *acima* ou para a
parte superior da cidade. Cazualmente passa um
cavalleiro ou uma carruagem descoberta; mas carros e cavallos, particulares ou d'aluguer escasseam
no Porto, que n'este ponto differe muito de Lisboa, onde superabundam excellentes.

Mas eis que a estrada faz uma volta subita. Ha

agora maior espaço entre ella e o rio, que se alarga
grandemente n'este sitio, de modo que quazi póde
ser chamado mar. Lá no fundo fica a formosa Barra do Porto, além da qual se véem espumar e revo-
lutear as ondas do Atlantico. Esta extensa planicie
areóza é a *Praia*. É vestida de arvoredo, cuja folhagem n'esta estação coberta de pó e areia lhes dá o
aspecto de arvores definhadas. Muitas viellas estreitas e mal ladrilhadas partem perto d'aqui, umas
quazi em linha recta, outras cruzadas, ou em zig-zag,
mas todas depois de muitas curvas e voltas, rein-
trancias e saliencias vão dar sobre o terreno alto
acima. São bordadas com cazas de todos os feitios
e tamanhos, entermeadas de arvores, jardins e parreiras. Pela linha da estrada muitas cazas são meras cabanas, outras pequenas, mas com boa apparencia, e não poucas grandes e bellas. A distancia ficam o castello, a igreja e o pharol de *Nossa Senhora da Luz*. Sente-se já a briza, o cheiro do mar
e o som remoto do rolar das vagas e do seu furio-
zo embate sobre a costa. Chegamos a S. João da
Foz.

CAPITULO. XX

Estive uma semana em S. João da Foz, e pas-
seei sempre por toda a parte e a todas as horas, apezar do calor, que posto que grande é supportavel
ainda ao meio dia, em consequencia da briza que
sopra do atlantico. No Porto é muito mais quente —
é o calor d'um forno. Mas tam cheia de vida, tam
divertida e encantadora é esta bella e antiga cidade,
que passava ali todas as manhãs vindo e voltando
nos *Americanos,* que são extremamente commodos;
percorrem as duas milhas que medeam entre o Porto
e este arrabalde quazi no terço do tempo que leva
ordinariamente uma carruagem d'aluguer. O preço
da passagem é seis *vintens.* Os carros são espaçosos e arejados, sem sol nem poeira: toda a gente
os frequenta. Começaram a circular no anno ,pas-
sado, segundo me dizem, e têm tido grande exito.
Alguns d'estes *Americanos* param na rua dos Inglezes, na parte mais baixa da cidade, emquanto que
outros levam os passageiros *acima,* ao tôpo do monte perto da Mizericordia. Vale bastante a pena de
seguir para este ultimo ponto; a rampa é tão forte
que duas ou trez vezes vi senhoras apearem e pre-

20

ferirem caminhar ao sol e ao pó com medo de que
os carros se despenhassem. Mas tal accidente nunca se deu. Em Lisboa, onde os *Americanos* começaram a circular ha poucas semanas, não se admit-
te que se possa dar um caso analogo em certos sitios ingremes. Os velhos e desarranjados *trens,* como chamam ás carruagens de praça, exigem que
se declare préviamente se a gente quer ir á Foz,
e não abalam senão por 2$500 reis. Na Praça Nova
estacionam aproximadamente uma duzia de velhas
e estropiadas carruagens. Os cocheiros perguntam
sempre para onde se vae e quanto se dá: e, se se
lhe offerece o preço ordinario, e a direcção lhes não
agrada recuzam a proposta. Duas vezes deixaram
de me levar por 2$500 reis, calculando que o pas-
seio proposto levaria duas horas e meia a trez. E
quando lhes contestava isto, respondiam-me levantando os hombros: «*Está assim. Que quer, minha
senhora?*»

O extremo escarpamento das ruas impede de
passear muito, especialmente n'esta estação. Difficilmente se poderia tentar uma excursão a pé pelos
arrabaldes, excepto de carruagem ou pelo caminho
de ferro até algum sitio agradavel. Quando os cocheiros da *praça* recuzam ir na direcção desejada,
toma-se uma carruagem n'uma cocheira proxima,
onde se alugam particularmente, como nas *rémises,*
em Paris. O seu preço regula por 3$000 reis, por
trez horas, o que é realmente caro, se attendermos
á velha equipagem que nos dão ordinariamente.
Não deixarei tambem de notar que em alguns pontos as ladeiras são tão extensas e tão ingremes, que

os pobres cavallos se vêem muitas vezes em gran-des·difficuldades.

Os arrabaldes do Porto são muito graciosos e a paizagem rica e variada. Se tivesse quem me acom-panhasse a cavallo, preferiria fazer excursões assim. Esperava poder conseguil-o; mas das trez familias portuguezas para quem trouxe cartas, duas estão auzentes e na terceira não ha cavalleiros. N'esta si-tuação tinha de me resignar a contemplar de lon-ge os bonitos valles estreitados por montes, assim como os caminhos encaracolados, e córregos cheios de sombras e verdura. Consolava-me apenas a idéa, verdadeira na verdade, que a melhor estação para estas excursões equestres não é esta, como succede nas proximidades de Lisboa, na ultima parte do in-verno (inverno só de nome) e nos dias frescos e ale-gres da amavel primavera.

Então correm em abundancia as numerosas cor-rentes que banham Portugal e fazem o paiz tam fer-til, assim como tambem as cascatas das montanhas e os pequeninos regatos que deslizam pelas encos-tas verdejantes dos montes. Onde agora se vê em muitos sitios a terra queimada e ennegrecida, n'es-sa época veste-se de verdura e esmalta-se de flores brilhantes, e os laranjaes a vergar de fructos dou-rados mostram-se na sua maior belleza. Mas ain-da assim dei alguns passeios apraziveis nas duas margens do Douro. Ambas são tam bellas, que não sei a qual deva dar a preferencia; mas do lado de Villa Nova, segundo me parece, é tam graciosa a paizagem do rio que difficilmente será excedida.

No Porto, assim como em Lisboa e em quazi

todas as villas e cidades de Portugal, havia immensa quantidade de mosteiros antes da suppressão que fez D. Pedro: e aqui, á feição do restante paiz, a santa gente tinha escolhido os sitios mais ferteis e mais pittorescos para os seus piedosos retiros. Talvez se não possa encontrar outro mais bello que este em que foi edificada a igreja e convento de Santo Agostinho da Serra ou «Serra do Pilar», como e mais geralmente conhecido — que é um dos mais altos d'estes altos montes que se levantam a cavalleiro sobre as margens do Douro, e justamente na curvatura do rio, de tal modo que tem uma extensa vista para cima e para baixo, dominando o Porto e Villa Nova. Na outra vertente do monte ou montanha, como quizerem, desenrola-se em caracoes um caminho largo, antigamente plantado de espessos arbustos e assombrado por grandes arvores, desde a portaria do convento em volta d'um outeiro e sobre o terreno que vae subindo, d'onde se vê em baixo o valle lateral, regado por uma corrente de aguas limpidas e saltitantes. Graciosa paizagem, na verdade! Estendidos pelo fundo adeante, ou trepando pelos montes arborisados que cingem este valle feliz, do lado opposto, vêem-se jardins ao redor de pequenas cazas com telhados vermelhos, prados, pomares de laranjeiras e limoeiros, campos de centeio e milho, vinhedos e olivaes. No cimo, para completar o quadro, descobre-se a aldêa d'Avintes, cujas cazas se apinham em volta da sua igreja entre o arvoredo. Faz-se ali a *brôa* ou pão de milho, a maior parte do qual é consumido no Porto. Trazem-o para a cidade em barcos, equipados por mulheres d'Avin-

PONTE PENSIL ENTRE O PORTO E VILLA NOVA DE GAYA.

tes, que são consideradas as *belles par excellence,* entre as formosissimas d'esta parte de Portugal.

A igreja e convento da Serra pertenceram antigamente aos *frades cruzios,* que eram todos de familias nobres. A igreja tinha um grande rendimento ; os sitios de recreio, *jardins e parques* do convento eram extensos e bellos, e continham soutos de magnificos carvalhos e castanheiros, que foram cortados e destruidos durante a guerra da successão de 1832-1833, porque o logar, em consequencia da sua posição dominante, tornou-se de uma grande importancia. Possuiram-no cada um pela sua vez (·) *Miguelites* e *Pedroites,* ficando por fim estes senhores d'elle. Mas durante a lucta, os tiros e as bombas dos exercitos combatentes arruinaram as edificações e desvastaram o terreno. O marechal Soult occupou o convento da Serra em 1809; mas esquecendo-se de o fortificar, não pôde impedir a passagem do Douro a Lord Wellington, e portanto viu-se obrigado a bater em retirada do Porto rapidamente. D. Pedro, felizmente não commetteu o mesmo erro: e assim habilitou-se a resistir satisfactoriamente ás tentativas dos miguelistas para tornarem a occupar a Serra ou retomar a cidade. Quando finalisou a guerra civil de 1846, foram destruidas as fortificações, que tinham sido muito augmentadas e reforçadas desde o cêrco do Porto. Apezar d'isto, o convento da Serra é considerado como uma das principaes fortalezas: tem um governador e guarnição d'um destacamento de artilheria.

(·) Inexactidão.

Apezar de todas as vicissitudes, a igreja conser-
vou a famosa imagem milagreira de Nossa Senhora
da Serra do Pilar. Faz-se a *romaria* ao seu santua-
rio em agosto, e a gente da provincia e do campo,
de longe e de perto concorre ali para satisfazer as
suas promessas, assim como para vender differentes objectos n'esta grande feira e festa annual. Vendem-se então aos centos pequenas imagens e estampas de Nossa Senhora. Vi por esta occasião bonitos cestinhos ou caixas de palha pintadas e curiosos banquinhos que se podiam levantar ou abaixar
segundo a altura do assento. Cada objecto é adornado com um desgracioso retrato de Nossa Senhora
e com uma inscripção adquada. Se exceptuarmos
a romaria, que dura trez dias, d'outra imagem
milagrosa, a do «Senhor bom Jesus dos bouças»
em Mathozinhos, onde a concorrencia dos romeiros
é muito maior, poucas occasiões haverá melhores
que a festa da Senhorá do Pilar, para se vèrem os
differentes costumes da gente d'este sitio e visinhos.
Trajam todos em *grande toilette*; e a *pose* coquette
dos chapeus, muitas vezes guarnecidos de flores,
variando muito na fórma e tamanho, e sobretudo a
grande profusão de ornamentos de ouro e outras
joias, assim como os botões e cadeias de prata e fa-
chas de côres, nos homens, etc., contribuem para
dar o tom geral de cada grupo e fazer de tudo uma
scena tam animada e interessante como se póde facilmente imaginar.

Cestos de melões, pecegos, figos, uvas, fructas
seccas, *bróa* e queijos destacam-se aqui e ali entre
a alegre multidão, estando os vendedores assenta-

dos debaixo de grandes guarda-sóes, ou pequenas
tendas, tam pittorescamente vestidos como os seus
freguezes. Ha tambem agua em abundancia para as
creaturas sequiosas. Além d'isto, temos a considerar o *local,* onde se levantam as paredes do antigo
convento, macissas, pardacentas e cobertas de musgo, coroando um pincaro escarpado coberto d'arvoredo —Villa Nova de Gaya — erguendo-se mais ainda
á esquerda com os seus palacetes de campo e quintas, e ao longe estendendo-se do outro lado as verdes collinas que bordam o Douro. Muitos barcos
cheios de bellas devotas perpassam sobre as aguas
limpidas a remos ou á vela, e longas filas de alegres
romeiros atravessam a ponte pensil. Que barulho
fazem com os sóccos! Mas observadas bem, conhe-
cer-se-ha que possuem realmente uma grande parte
da belleza de que são afamadas, e que um pintor
póde encontrar aqui perfeição de feições e graça de
vestido inexcediveis por qualquer modelo que a Italia possa produzir.

Orgulha-se o *portuense* de que tudo quanto resta
presentemente d'aquella energia, ousadia, espirito
emprehendedor, actividade e outras qualidades do
bom ouro de lei, attribuidas aos portuguezes de *velha cunha,* e que antigamente tornaram tão grande
esta pequena nação, deve ser procurado aqui sómente entre os naturaes do Porto e terras visinhas.
«É aqui, dizem elles, que se encontram os portuguezes de *puro sangue,* a formosa raça, cuja belleza
não foi ainda deteriorada pelo cruzamento com as
raças pretas e bronzeadas, que nossos antepassados conquistaram». Isto pareceria apenas méra

vaidade; é certo comtudo que um typo de feições decididamente negro e uma tendencia a encarapinhar o cabello se podem observar frequentemente em alguns portuguezes mais do sul. Estes defeitos recáem principalmente na parte feminina da familia. No tempo da escravatura acontecia ser vulgar um official subalterno ou *employé* pobre do governo nas colonias africanas cazasse por amor de uma grande fortuna com a escura filha de algum rico traficante de escravos. Isto, segundo li, é considerado uma abominação; mas a reminiscencia do typo mouro, que se encontra geralmente nos olhos negros brilhantes e outras feições de belleza, argúe antiga linhagem.

É certo todavia que o *portuense* tem mais vitalidade que os seus irmãos do sul, e que o Porto é uma cidade muito mais animada, mais activa e mais commercial que Lisboa. O «velho cunho» que dizem distinguir a população está da mesma maneira impresso no sitio mesmo, nas cazas, ruas e lojas — originaes, irregulares, pittorescas e encantadoras. Lisboa é mais magestosa e elegante. A gente tem mais vagar de fallar e fazer os seus negocios; n'um só dia gasta em méros comprimentos mais palavras que a d'aqui n'um anno. Lisboa é graciosa, cortez e com os ares senhoris d'uma rainha; o Porto alegre e agradavel — uma *piquante dame de province*.

Por pouco que não deixava de vêr esta animada festa da Senhora do Pilar: só no mesmo dia e já tarde ouvi fallar n'ella, mas disseram-me que era apenas uma simples reunião de povo ordinario como n'um dia de mercado. Felizmente os meus amigos

portuguezes pensaram d'outra maneira e vieram
buscar-me á Foz. Depois propuzeram-me uma visita
a algum dos immensos armazens de Villa Nova de
Gaya, onde se guardam os mais finos vinhos do Douro; mas como me deixaram a escolha entre esta ou
um passeio ao Valle d'Amores, preferi este ultimo.
Este amavel valle fica entre os cimos de dous altos
montes que se aprumam sobre a margem esquerda
do Douro e tem uma pequena historia sua propria.

Sobre as ruinas do antigo convento de Santo
Antonio está hoje estabelecida uma grande fabrica
de sabão. Conta-se que, quando o convento estava
já edificado e prestes a concluir-se a ceremonia da
dedicatoria a Santo Antonio, os monges foram de
subito impressionados com a impiedade do nome
«Santo Antonio do Valle d'Amores!» Os santos
homens receavam que estas divindades, aladas como
as brizas, os importunassem nas suas meditações
religiosas—que os seus olhos, que deviam estar sempre voltados para o ceu, viessem algumas vezes a
ser dirigidos para a terra por estes levianos tenta-
dores. Que fazer? Banir os amores do valle, tão proprio pelas suas graças para a habitação do amor: assim fizeram, pensando, diz-se, que com esta excom-
munhão dos amores e a substituição do nome pro-
fano por est'outro de Valle da Piedade, teriam ex-
pellido assim do seu paraizo terrestre «o mundo, a
carne e o demonio». D'est'arte descançados, viveram
os piedosos frades no meio dos seus pomares, jardins
e campos ferteis, litteralmente na abundancia, até ao
cêrco do Porto, quando o convento foi destruido pelo
fogo. Depois tornou-se propriedade do visconde de

Castro Silva, que edificou no seu sitio a presente Fabrica de Sabão a Vapor.

Chegou então á Piedade a sua vez de ser expulsa do valle que tomou o seu antigo nome de Valle d'Amores.

Voltei para a Foz já de noute no mesmo dia da *festa*. O calor tinha sido excessivo, e depois do pôr do sol começou a soprar um vento muito semelhante ao sirocco, irritante, calido, que de nenhum modo se parecia com uma fresca viração. Em vez do ceu uzualmente claro, calmo e azulado com myriadas de estrellas resplendentes, havia grandes manchas de nuvens côr .de fumo correndo por toda a parte, e um sôpro mais forte de vez em quando levantava a areia movediça da *Praia,* da maneira a mais incommoda. Apezar d'estas indicações d'uma mudança provavel de tempo, havia comtudo ali passoantes em grande quantidade.

Os *Americanos,* que desde as cinco até ás dez horas da manhã véem do Porto cheios de banhistas, á noute enchem-se a trasbordar com as pessoas que vivem na cidade ou perto, ou entre ella e S. João da Foz, as quaes regularmente dão o seu passeio, depois de jantar, pela *Praia,* onde têm a certeza de encontrar os seus amigos e relações, e assentam-se a palestrear e fumar debaixo das arvores por largo espaço. Não são sómente os *cavalheiros* que se ajuntam n'esta esplanada movediça e cheia de pó, mas é tambem o logar de reunião predilecto de suas *excellencias.* Todas as classes, elegancia, belleza e commercio do Porto e Foz deparam-se-nos ali trajando as ultimas modas de Paris. É um soberbo lo-

gar para namoros e entrevistas a furto. Os seus unicos attractivos presentemente são a companhia, uma
suave briza, e uma vez por semana as harmonias
da banda municipal: comtudo, por noutes de luar,
a *Praia* apresenta-se mais buliçosa e animada, e
nas outras tambem, antes da escuridão caír completamente, porque os candieiros sobre a estrada
são «poucos e de longe a longe». Na proxima estação, dizem, estará já feito um casino. As *hespanholas* aqui vestem pela maior parte de preto, não esquecendo os seus longos veus. Passeiam para baixo e para cima pelas *allées,* cheias de pó com uns
grandes ares de magestade, agitando sempre os
seus leques; algumas trazem comsigo duas ou trez
gentis crianças, sempre o mais elegantemente vestidas, acompanhadas por quase outras tantas criadas,
vestidas pittorescamente, com rozas vermelhas, ra-
malhetes de jasmins e outras flores naturaes, entre-
laçadas nas tranças macissas do seu cabello negro
de azeviche. Acompanha-as um escudeiro, trajando
geralmente fato escuro, *aprezilhado,* faxa carmezim e chapeu desabado. Elle parece servir para levar
as crianças, correr atraz dos seus balões e soffrer
submissamente as pequenas tyrannias do seu grupo
de *niños* travessos: outras vezes compartilha o serviço da criada grave da *senhora:* vão todos juntos
atraz da sua ama, vagarosamente, a uma pequena
distancia, e o escudeiro, tira de vez em quando
algumas fumaças n'um *cigarro,* quando o póde fazer
a occultas. Ás onze horas, os ultimos carros lar-
gam para o Porto: ha então um atropellamento geral por cauza de logares, e a *Praia* fica em parte

vazia: mas quem está na Foz não se apressa a retirar-se, de modo que muitas vezes á meia noute ha ainda ali alguns retardatarios.

A tarde da *festa* não convidava a andar á tuna; mas eu, com os meus amigos portuguezes, fomos de passeio até perto do castello. Não havia luar. Toldava o ceu um largo cinto negro de nuvens arqueadas que se engrossavam. As vagas rugiam furiozas; na barra espadanavam alvejantes espumas, emquanto no mar escuro rutilavam longos sulcos de luz phosphorica. Cuidei que chovia; mas eram borrifos de espuma á mistura com areias que as lufadas do vento quente nos atiravam. Não trovejava, posto que os relampagos vívidos e brilhantes coruscassem no espaço, agora, relampadeando por largo e envolvendo, por instantes castello, montes e mar, em roixa luz intensa; logo, em linhas ondulosas que pareciam esbrazear o dorso das vagas, como se fossem uma acceza massa que se abria e fechava com deslumbrantes lampejos por entre nuvens lugubres e negras. Não eramos os unicos espectadores da torva magestade d'aquella noute. Muitas pessoas para ali tinham ido attraídas e contemplavam em grupos no alto da encosta. Ao pé de nós estava uma senhora hespanhola e um cavalheiro. A senhora trajava a sua mantilha de sêda nacional. De repente, quando eu estava conversando com o meu amigo, ouvi-lhe a ella dizer: «*Si, si, es la señora ingleza*». Voltei-me para ella, e tive o prazer de apertar outra vez as mãos de pessoas que eu tanto desejava encontrar, — os meus amigos hespanhoes de Cintra. Eram onze horas — tarde de mais para longas conversações. Os ultimos *Americanos* iam cheios, de modo que o senhor de S. pôde apenas encontrar um logar fóra. Os hespanhoes, porém, não se apressaram porque tinham vindo do Hotel do Louvre em carruagem, onde combinamos encontrar-se a gente na manhã seguinte; e, depois, como a noute começasse a estar medonha, dei-lhe as *buenas noches* á porta do meu hotel.

CAPITULO XXI

MATHOZINHOS — HOTEL DA FOZ, ETC.

Ao alvejar da manhã, as ameaças borrascosas da
noute desappareceram do espaço. Caíra o vento,
mas havia viração fresca; e a chuva, que tanto se
receava, não virá perturbar, pelo menos já, a rotina
quotidiana do meu viver na Foz. A grande pancada
d'agua da noute passada melhorou muitissimo o poei-
rento caminho da *Praia*. Pousa sobre o mar uma leve
nebrina. São cinco horas, e os companheiros de hotel, — quazi todos hespanhoes — vão saíndo, em trajes antipodas da elegancia, tomar o seu banho matutino. É uma ranchada de *caballeros, señoras, niños,
niñas, servidors* e *servidoras* carregadas de troixas de
toalhas e flanellas. Estão no pateo trez robustas mulheres, de pernas nuas, saias de grosseira baeta azul
e enormes chapeus. Cada rancho leva uma banheira,
e tem na praia um banheiro á espera. As mulheres,
de ordinario, levam os pequenos á força, ou as rimas dos chales, capas ou toalhas. Tambem eu vou
saír; mas não para a praia, que é escabrosa, poei-
renta e aborrecidamente atravancada não só de banhistas, mas de vadios, e espectadores e espectadoras
de galhofa. Quazi toda aquella gente se banha uma
vez pelo menos, ás vezes duas, e ainda trez por dia,
conforme o numero de banhos que têm de prefazer.

Deve ser de vinte e um para cima, até cento e um, e
não faltar á conta; mas banhos certos; que, se não,
lá se vae o espantoso beneficio que as compleições hespanholas e portuguezas attribuem aos banhos tomados por conta. A quantidade dos banhos é impar,
talvez, porque se diz que está nos numeros impares
o serem saudaveis os banhos; acontece, porém, a
miudo que as constituições debeis mais se debilitam
com o uzo excessivo de banhos, cuidando que se
revigoram. Isto se dá, creio eu, frequentemente na
Foz. O impeto com que as vagas do grande atlantico se arremessam por aquellas estreitas angras e
caneiros, vê-se nos milhares de fantasticas figuras
que formam as ondas ao despedaçarem-se nos so-
cavados rochedos.

O banhista, ao primeiro choque, está a ponto de
suffocar. Eu puz o peito á onda uma vez, e fui ati-
rada aos braços vigorosos de um banheiro velho.
Agarrei-me n'elle quanto pude, até que me levou
para dentro de uma barraquinha branca, que é onde se vestem os banhistas.

Desde então contentei-me com ir todas as manhãs a Leça ou Mathozinhos. Parece-me isto mais
tonico, e com certeza mais divertido, do que espo-
jar-se uma pessoa esbaforida na espuma, ou esca-
bujar nos braços d'um banheiro velho. O *Americano,* que conduz a primeira carrada de banhistas, segue depois para aquella formosa villa, ou povoações gemeas, que distam da Foz milha e meia.
Quando a maré vaza póde-se ir pela beira-mar; mas,
como é de vêr, o tramway corre affastado das ribas,
em lindissima estrada, que se curva ao avisinhar-se

de Mathozinhos. Um rio que tambem se chama Leça intercorre de permeio a esta villa e Mathozinhos. Desde a ponte que as separa, a estreita corrente alarga-se até ao mar, formando uma angrazinha, miniatura da Foz. Raras vezes succedeu acompanharem-me mais de duas ou trez pessoas n'este passeio tam matutino.

O *Americano* limita-se a reconduzir banhistas a diversos cazebres aninhados entre fragas, ou até á Foz. Todavia, é d'uma belleza contínua quanto se avista em todo o comprimento da estrada. Defronte da Foz avulta um alto monte de escuro pinhal, a cuja abra se alastram massas sobrepostas de granito fragmentadas. Depois, estirando-se através do ancoradouro, ha um longo banco d'areia chamado Cabedello, que, juntamente com uns penedos submersos e outros cujos cabeços irrompem á tona d'agua, e com as traiçoeiras areias movediças, formam a terrivel Barra do Porto. A bocca da Barra é tam estreita e perigosa que as saídas e entradas dos navios olham-se com ancioso interesse por seu salvamento. Ha quinze annos que o *portuense* trabalha n'esta Barra; mas pouco ou nada lhe tem melhorado o ingresso. Os engenheiros dizem que jámais se fará ali um ancoradouro seguro. No entanto, o vasto areal, o chuviscar da scintillante espuma, a asperidão das ribas e a brava furia do vagalhão quando ruge e espadana entre as penedias, são muito para se vêrem, e muito realçam os encantos de S. João da Foz, — linda villa balnearia, exquisitamente construida, com seus passeios por entre penhas de cazarias.

Prolonga-se a Foz, para poder accommodar o
crescente numero dos seus frequentadores, estrada
além de Mathozinhos, em longos quarteirões de cazas de um só andar, pela maior parte, separadas
entre si, no estylo *chalet*, com os telhados sobresa-
lientes. Depois que se passam estas cazas, principia a costa penhascosa e o vasto azul do mar á esquerda; á direita verdejam vastas campinas suavemente declivosas, rematadas lá ao longe por pinheiraes escuros. Uma ermidazinha, com o seu cruzeiro
debaixo de um alpendre, ergue-se romanticamente
situada n'um recosto, em uma chan musgosa, que
se aplana sobre penedia. É dedicada a Nossa Senhora da Boa Nova, e grandemente venerada e
visitada por pescadores e povoações maritimas
d'aquelles sitios.

A corrida do *Americano* termina em uma herbosa
Alameda, assombrada de renques de bonitas arvores. Está no centro uma estatua de marmore sobre
pedestal de granito, erigida pelos habitantes á memoria do estadista e eloquente orador Manuel da
Silva Passos. Póde aqui apear e descançar dez minutos apenas, se deseja regressar á Foz no mesmo
vehiculo; mas, se quer esperar pelo seguinte, póde
ir a Mathozinhos e visitar o templo que se orgulha
gloriosamente de possuir a mais famigerada e miraculosa imagem de Portugal. Quando mais não
seja, vale a pena lá passar duas horas sentado sobre o copado docel das densas arvores da Alameda,
a deliciar-se nos encantados quadros que a defrontam.

Mathozinhos e Leça alvejam nas duas encostas

que corveteam graciosamente a encontrarem-se na
angrazinha. Por entre laranjaes e limoeiros, rozaes,
murtas e caramancheis de pampinosas parras, resaltam cottages, *quintas,* e cazas campestres a cavalleiro umas das outras. Reluzem os telhados escarlates sobre as fachadas brancas e verdes, ou ladrilhadas de *azulejos;* ha d'ellas lindissimas a sobre-
saírem em terra amarellada e estrellada de flores
alvissimas. Enfolham parreiraes por cima das portas, ou trepadeiras que sobem até cobrirem porção
grande de alguns telhados. Diversificam muito estas
encantadoras habitações no feitio e extensão dos jardins e quintaes; todas, porém, são aceadas, e muitas elegantes. Estão na praia poucos barcos; dous já
içaram as brancas velas e vão fazer-se ao mar. Duas
rozadas camponezas debruçam-se no peitoril da
ponte; ou se estão narcizando na lympida corrente;
ou, mais provavel, estão namoriscando o barqueiro
que está no seu bote debaixo da ponte.

No cabeço do outeiro ergue-se o templo do «Bom
Jesus» ou nosso Senhor de Mathozinhos. Conta a
lenda que a imagem d'aquelle nome, arrojada pelo
mar tempestuoso, foi miraculosamente encontrada
ha seculos, na praia; mas sem um braço. Tempos depois, uma velha pobre, quando andava á lenha entre
os penedos da costa, encontrou um pedaço de pau,
que muito lhe servia ao intento; mas sempre que
ella punha o madeiro no lume, na esperança de ama-
nhar boa fogueira, elle recuava das chammas, o bor-
ralho esmorecia, e o lume apagava-se de todo em
todo. Pôz ella o pedaço de pau a seccar ao sol; mas
se o punha na lareira, o resultado era sempre o

mesmo. Isto alvoroçou-a como era de esperar. Foi
em cata do padre e contou-lhe o estupendo cazo.
Examinado por elle o pedaço do lenho, esclareceu-se
o mysterio immediatamente. Não admira que o lume
lhe não pegasse, sendo a supposta lenha nem mais
nem menos que o braço perdido de Nosso Senhor de
Mathozinhos.

Foi grande o pavor da pobre mulher que se jul-
gou criminosa do sacrilego acto. Todavia, como pec-
cára innocentemente, obteve absolvição, logo que o
braço adheriu ao corpo mutilado. Uma imagem que
por tal guiza triumphou das tempestades do profundo, com certeza se demonstrou protectora dos
que vão mar em fóra. Occorreram varios milagres; propalou-se a fama, e para logo de perto e de
longe confluiram peregrinos com votivos offerto-
rios.

Faz-se a *romaria* na festa do *Espirito Santo,* á
qual concorrem para mais de 35.000 pessoas. A sa-
christia da igreja abunda em hediondos paineis, figurando pavorosos naufragios e tempestades. A imagem occupa logar proeminente aos paineis. Quando
a perdição parece irremediavel, o Senhor de Mathozinhos apparece a serenar borrascas, ou a estender a mão aos submersos marinheiros, que ò chamaram na sua angustia. Estão convictos d'isto os
pobres homens; e os votos que fizeram n'aquella
hora afflicta para se salvarem dos colmilhos das ondas fielmente os depositam no relicario, chegado o
dia da grande collecta. Aquellas pittorescas offertas,
com aparvalhados disticos, com quanto sejam ab-
surdas e deploraveis producções, ainda assim fazem

menos rir que condoer-se a gente d'aquelles escravos de tam lastimavel crendice.

Ha lindas vistas do ponto onde a igreja está. De manhã cedo, é que mais se lhes gozam as bellezas — quando os primeiros raios do sol douram os cabeços dos outeiros, e o reluzente colorido do ceu oriental resplende no espelho da funda corrente do Douro, que, lá em baixo na Barra, mescla as suas aguas iriadas com a vívida saphira do mar. Tanto ao nascer como ao pôr do sol, a Foz é explendidissima.

Cerca de duas milhas para lá de Mathozinhos está a aldeia de Mindello, onde se póde ir por um delicioso carreiro á beira-mar. Na praia do Mindello desembarcou D. Pedro com o seu pequeno exercito de 750 homens, em 8 de julho de 1832. (·) Seguindo uma vereda ondulosa, trepa-se a ingreme ladeira de S. Gens, em cujo tôpo está uma capella. D'aqui, em toda a circumferencia, ha admiraveis perspectivas de terra e mar. Esta capella, por egual com a praia do Mondego, é local prezádissimo do *portuense*. D'aqui de estas paredes estava D. Miguel vendo e esperando o exito da batalha lá em baixo entre as suas tropas e o diminuto patriotico bando dos *Pedroites*. D'ali os viu derrotados, dispersos; e, assim decidida a sua sorte, montou a cavallo, fu-

---

(·) Eram 7.500 os bravos. Roga-se á auctora que faça a addição da cifra nas ulteriores edições do seu livro, para que na Gran-Bretanha se não cuide que uma invasão de 750 inglezes poderá ser funesta a Portugal. Nos seculos xv e xvi de lá vieram ás costas lusitanas uns piratas em quantidades maiores, e não apégaram muito dentro do sertão. Depois, pela pirataria diplomatica, vingaram melhores entreprezas.

giu, e Portugal emfim sacudiu de si a tyrannia do
execravel despota. (·)

O estridulo tinir da campainha avisa os habitantes de Leça e Mathozinhos que o *Americano* vae largar. Regresso no mesmo á Foz, sigo ate á Cordoaria e retrocedo; d'este modo, passeio todas as ma-
nhás oito ou nove milhas, que se andam em hora e
meia por dous shillings·— d'um cabo a outro, percorrendo o scenario «sempre novo e sempre encantador» do magestoso Douro e das alpestres ribas para
além da Foz. Encontra-se tambem frequentemente
no *Americano* um feitio de pessoas muito para divertir-se a gente. Topam-se ali todos os sexos, idades, e condições. Por fóra da linha ainda funccio-
nam as caixas sujas e abafadiças chamadas omnibus. Encontram-se hespanholas com as suas man-
tilhas, portuguezas de chapeus parizienses, damas
provincianas sarapantonamente vestidas, criadas
francezas e hespanholas muito azevieiras, crianças
feias e bonitas, lindamente trajadas; ás vezes uma
donzella «Engleesh mees», ou uma velha hirta e toda engomada, empregando os rapidos momentos de
ocio da jornada concertando as suas luvas, fazendo vestidinhos de retalhinhos de musselina, ou,
como quer que seja, exercitando suas propensões,
e censurando assim a ociosidade dos outros. Os ho·
mens são hespanhoes, portuguezes, e um ou dous

(.) Na concisão com que historia os casos epicos da restauração da dy-
nastia e Carta, parece Cornelio Tacito; mas, na exactidão, tem a singulari-
dade de se parecer comsigo mesma, e com fr. Bernardo de Brito, esta senhora. Naturalmente, algum dos 750 *Pedroites* a enganou.

inglezes. Algumas vezes cheguei ao carro no momento em que partia já todo occupado. O conductor abria a porta e dizia: «*Uma senhora quer entrar.*» Immediatamente, erguiam-se trez ou quatro cavalheiros, e eu assentava-me no logar do sujeito mais proximo, o qual, cortejando-me, saía para fóra. Um inglez decerto não se levantaria para que uma mulher se sentasse no seu logar; e provavelmente, quando as portuguezas, lá no futuro, se emanciparem, como eu lhes desejo, á semelhança das suas irmãs do norte, egualando-se hombro a hombro com os homens, será tam rara em Portugal como está sendo em Inglaterra aquella especie de deferencia cortezã e galantaria para com o «sexo mais fragil» — constituido forte pela concorrencia á vida commum.

Um portuguez já velho, que habitualmente vae e vem commigo á mesma hora, e que parece ser pessoa muito conhecida, sempre que entra, saúda as senhoras com um geral: «*Viva, minhas senhoras.*» (·)

Refestelado aconchegadamente, saca dos profundos arcanos das algibeiras uma corpulenta caixa de prata, que sacode uma ou duas vezes para refrescar o contheudo. Depois, exhibe-a, e pergunta: «*Sua Excellencia não quer rapé?*» Pela parte que me diz respeito, agradeço, mas não me sirvo. Alguns sujeitos tomam alguns granulos entre o polex e o indicador; as senhoras, porém, a quem a caixa é primeiramente offerecida, absteem-se da pitada, posto que

---

(·) Attendendo á grammatica da saudação, o sujeito devia ser com certeza pessoa muito conhecida no Porto.

algumas condescenderiam, se fosse mais em segredo, ao indecente vicio de cheirar rapé. Logo que
a caixa fez o giro, e volta ás mãos do velho, eil-o
que atasca os dedos profundamente na pungente
moxinifada; antes, porém, de levar ás ventas a ingente pitada, curva-se para as senhoras, e diz:
«*Com licença, minhas senhoras.*» Obtida a licença, que
lhe é dada com um sorriso e um ligeiro tregeito de
cabeça, o velho sorve a pitada com delicias, sacode
o peito da camiza e collete cuidadosamente com um
alvissimo lenço de bretanha, remette a caixa á algibeira, e está acabada a cerimonia. Nos *Americanos*
fuma-se pouco. Talvez que os *senhores* se não sintam
bem sentados para aprazivelmente fumarem o seu
cigarretto; ou será então que as bellezas da estrada
em que vão absortos os fazem olvidar-se de tudo,
como succede ás pessoas mais familiarizadas com
aquella paizagem.

Muito antes das oito horas, banhistas e passeantes já estão no hotel. Principiam os almoços áquella
hora, e os primeiros que se abancam são quatro in-
glozes ainda moços e um velhote de soberba catadura. Conversam de navios, fretes e pipas. Estão
na Foz a banhos e ares de mar; mas, durante o dia,
mettem-se nos seus escriptorios na rua dos Inglezes. Rosnam e murmuram do chá, dos ovos escal-
fados, do bife na grelha, e permittem-se umas cho-
carrices semsaboronas contra os portuguezes «que
não fazem idéa do que deva ser um almoço.» Outro
conceito formarieis se de um relance de olhos á meza
hespanhola e portugueza, reparasseis na disposição
das garrafas de vinho e canecas d'agua, bandejas

de fructa, pão hespanhol alvo e fino, rimas de pratos. Isto inculca o substancial almoço que espera os hospedes, que só volvidas duas horas chegarão, porque, ao voltar da praia, tomaram café e biscoutos.

Eu não lhe disse ainda que o meu hotel é bom, commodo, e em tudo tão limpo quanto era sujo o outro onde pernoutei a primeira noute. Se o meu amigo inglez de Lisboa aqui viesse, acharia muito de servir o boi e o carneiro, penso eu. A alimentação do Porto é melhor que a de Lisboa, e a fructa e vinhos principalmente. Tudo, tirante os trens de aluguer, é menos caro; e isso mesmo em certas condições, é compensado pela facilidade com que da Foz se vae a diversos pontos da cidade trez ou quatro vezes por hora no tramway.

O almoço e jantar á meza redonda são excellentes e esmeradamente servidos. Todos os dias apparecem na meza ramilhetes novos de lindas flores. Os criados, provavelmente gallegos, são destros, cuidadosos, e trajam limpas jalecas de linho branco. As criadas são mais pittorescas, com os seus colletes espartilhados e aventaes brancos, lenços de pescoço azues ou amarellos, flores no cabello, grandes brincos e collares. Uzam *tamancos*, excepto quando arranjam os quartos, porque então deixam os fóra da porta, e andam descalças.

Tem o hotel um pateo. A um dos lados está uma cazinha ou cottage, inteiramente separada do hotel. Está aqui uma familia hespanhola — um joven cazal, com a mãe da *senhora*, trez meninos, algumas criadas e um escudeiro. A espoza é talvez a mais bella

mulher que eu ainda vi, cheia de graça e suavidade
sem a garridice tam congenial das meninas hespanholas. Outra familia tambem hespanhola de oito
pessoas, entrando trez crianças, chegou hontem. A
senhora é magestosa, involta com propriedade e elegancia nas largas dobras da gentil mantilha de seda
preta. De que partes vieram não sei; mas viajam
em ampla carruagem da antiga. moda com um cocheiro de botas e esporas, de farda com passamanes, tudo no velho typo. O escudeiro chama a attenção ainda mesmo dos seus patricios, pelo enfai-
xado, intrançado, impennachado e mais fantazias
do seu trajar. Além d'estas está aqui outra familia
hespanhola com dous ou trez meninos, e respectiva
criadagem, de modo que temos um grande viveiro
de crianças. Á tardinha, o pateo parece um terreiro
de folga de collegio, e nos jogos da bola, dos es-
conderêlos, etc., entram de sucia os paes e os tios.
As criadas tambem assistem, e as *senhoras* trazem
para ali cadeiras, e ahi se ficam a olhar para aquillo ou a tagarellar. Parece-me gente mui cazeira os
hespanhoes. Davam todos uns ares muito regalados
n'aquelles recreios infantis. Novos e velhos agrupam-se com ares de grande satisfação, e, ao que demonstram, são familias ditozissimas.

Os que não se entretinham n'estas puerilidades,
passeavam nos jardins que ficam nas costas do hotel. Não se acham extremamente cuidados, mas,
ainda assim, têm graça. Lá ao fundo ha um passeio
coberto de parreiras, d'onde agora pendem grandes
cachos. Ergue-se uma alta sebe afestoada de rozaes
e outras flores no ponto por onde entesta com um

outeirinho. Por todo o jardim vecejam duas ou trez
arvores ; uma d'ellas dá tanta sombra e frescura que
uma dama allemã e escriptora, rezidente no hotel,
vae para ali estudar, e lá escreve emquanto o calor
aperta. Do passeio da ramada descobre-se uma bella vista do Douro, e quem olhar por sobre o tapu-
me verá uma extravagante miscellanea de couzas
bonitas e feias — lindos arbustos e flores, latadas
de uvas, e por ali passeiam e se retouçam ca-
bras, cães e porcos. Dous ou trez sujos rapazitos
dão cabriolas na areia, e uns gatos desorelhados e
derrabados estão a olhar para elles pachorrenta-
mente. Cauzam-me compaixão os pobres bichanos,
que parecem envergonhados da figura que fazem.
É estupida a costumeira de lhes cortarem a cauda
e as orelhas na crendice de que ficam mais rateiros.
Deve-se tambem reparar n'umas cazinholas em ruinas que, não obstante a sua ruim sorte, são na verdade admiravelmente pittorescas, com a sua folhagem
de videiras a cobril-as, e aquellas arvores das trazeiras que bracejam por sobre ellas e lhes disfarçam as
ruinas. E assim mesmo vivem familias n'aquelles
mizerrimos cazebres. O pavimento é terreo, com
um degrau de pedra, a espaços. Em uma vê-se o
marido, a mulher e dous filhos que estão comendo.
Sentam-se no chão, á volta de uma travessa de barro, e comem com colheres. Pois, sem embargo de
tal pobreza, a mulher tem ao pescoço um fio de brilhantes contas, que provavelmente são de ouro.

A velha Foz tem taes caprichos de edificação,
que, se ergueis a vista para cima couza de vinte varas, onde surge uma luxuosa caza, com espaçosa

varanda, vêdes, reclinada em sophá de uma sala
bem adornada, uma elegante senhora abanando-se,
emquanto outra toca piano.

Curvemo'-nos sobre o valle. Mesmo adeante do
jardim, está um bello loureiro-roza, e á beira outro
arbusto florecido com grandes flores escarlates. Ao
pé d'isto ha uma especie de chiqueiro, com um tegurio onde moram duas ou trez creaturas, que costumam debruçar-se da janella a pedir esmola a quem
vae passando.

É original esta maneira de mendigar; mas com
certeza é menos incommoda e talvez mais provei-
tosa que pedir pelas ruas. O certo é que os mendigos nas ruas do Porto são menos que os de Lisboa.
Nos arrabaldes da cidade é que ha muitos. Ahi continuamente se nos deparam deploraveis exhibições,
uns pobres prostrados no macadam, outros aos grupos, meios nús, roídos de chagas, trémulos de velhi-
ce, ou cegos ás apalpadellas. Assim que presentem
caminhantes, ou se deitam por terra aos gritos, ou se
levantam pedindo clamorosamente uma esmolinha
em toada lamuriante.

No lindissimo trajecto da estrada de S. Mamede,
são tantos os mendigos á beira do caminho que já
me affligia vêl-os. Não duvido que alguns sejam sin-
ceramente e extremamente desgraçados e dignos de
muita piedade; mas alguns exageram o papel que
reprezentam. Vi uma mulher deitada debaixo de um
enorme guarda-sol como uzam as regateiras da
praça. Á volta d'ella estavam trez crianças. Quando
alguem, a pé ou de carro, se aproximava, punha-se
ella de joelhos, levava as mãos á cabeça, e pegava

a berrar por Deus, pela Virgem e pelos santos. Depois, como desesperada, deixava pender os braços ao longo das ilhargas. De repente, erguia a cabeça, fingindo que me via pela primeira vez n'aquelle instante. Dava-se ao rosto uns ares de arrebatador alento, como se estivesse salva; estendia os braços impetuosamente, e, com mais plangente toada, pedia soccorro. Seria isto um bom lance theatral: pena é que ella, em beneficio seu, o não exhibisse no palco. Couza de cincoenta varas adeante, um homem, marido d'ella talvez, estava agachado ao pé de uma pilha de calhaus, e parecia cobrir-se unicamente com um saco velho, ou uma peça de fazenda assim grosseira. Quando a carruagem se avisinhou, ergueu-se e saltou para meio da estrada, e, com os braços erguidos, conjurou-me por tudo que para mim havia sagrado no ceu e na terra não passasse sem lhe deixar uma esmola. Era um homem alto, trigueiro, com espessa barba negra, e o cabello desgrenhado tam pavorosamente que daria excellente modelo para o typo de uma «cabeça de serraceno». Flammejavam-lhe os olhos, e tinha uns gestos tam sacudidos que eu pensei que o homem fazia parar os cavallos para nos pedir a bolsa ou a vida, porque elle surgira do ponto mais escarpado e ermo da estrada, e o cocheiro, que era preto, parvoamente susteve a andadura da parelha. O lanço, na verdade, foi assustadoramente melodramatico; e assim vingou elle mais uma vez o seu programma que era apanhar aos passageiros de subito, com um vago terror, maior esmola do que lhe dariam simplesmente movidos pela compaixão. Quando voltei, o selvagem nú quiz recomeçar o acto; mas eu, pela minha parte, não repeti o meu. Scenas taes enojam o animo, e eu me espanto que se não prohibam restrictamente, porque no Porto ha grandes mananciaes de caridade que costeam os hospitaes e outros institutos. Ouvi, todavia dizer que não existe uma sensata organisação para remediar o pobre, e que a liberalidade dos portuguezes no dar da esmola é um incentivo á mendicidade.

Voltemos, porém, ao jardim do hotel. Ao lado do cazebre de cuja janella os mendigos imploravam soccorro, está o pomposo palacete de um magnate portuguez. Saiba pois que na Foz os extremos se tocam: — é uma miscellanea de incongruencias. A natureza, porém, suaviza tudo isto, não só com verdura, com flores, limpidas correntes e ridentes collinas, alcantís de rocha e furias de vagas; mas ainda tão peregrinamente mistura o bello e o variado de suas obras com as extravagancias desalinhadas do homem, que a Foz vos impressiona profundamente, a despeito dos seus cazebres, dos seus porcos, dos seus mendigos, como um complexo harmonico e bello.

CAPITULO XXII

Oporto. — Tencionava eu positivamente, como lhe disse, saír do Porto, ha dias, e ir á Mealhada, entrar aqui na *diligencia,* ou n'outro qualquer vehiculo, e visitar o Bussaco. Effectivamente e com grande magua deixei S. João da Foz; mas, andavam sempre a insinuar-me no hotel que todos os quartos, tirante os occupados por hespanhoes, estavam alugados por todo o restante tempo de banhos, até fim de outubro, por familia hespanhola, que estava a chegar, e que então haveria completo despejo de inglezes, portuguezes e allemães. Dissera-me o filho da dona do hotel que era forçoso isso, por ser muito grande a familia; mas não impugnavam dormir aos trez e aos quatro, e mais ainda, no mesmo quarto, como parece que fazem os outros hespanhoes. Este contracto, disse elle, que lhe dava mais interesses do que alugar um quarto a cada pessoa, e afóra isso o maior numero iria á *meza redonda.* Resolvi sem mais delongas desalojar; e ás seis da seguinte manhã, o mesmo rapaz, que é meio inglez, meio portuguez, e em extremo delicado, trouxe-me pessoalmente o almoço ao quarto. Vendo que eu estava zangada, disse: «A senhora porque se vae embora contrariada? Peço-lhe que fique.»

— O snr. disse-me que eu saíria; agora, estou
prompta e saírei.

— Não, não, madama; eu dezejo muito que fique.

— E eu não dezejo ser expulsa pelos hespanhoes.

— Expulsa, madama! A senhora é injusta! Não
vá; rogo-lh'o — tornou elle enternecidissimo.

Mas como eu já tivesse entroixado, e como já
tivesse á porta o archeologico vehiculo que me fôra buscar a Villa Nova, permaneci inflexivel. Á
partida, o meu joven hospedeiro fez-me a não soli-
citada promessa da imperturbavel posse do mais
lindo quarto por todo o tempo da estação proxima
futura.

Gasta-se uma hora nas subidas e descidas que
conduzem ao *terminus* em Villa Nova de Gaya; mas,
como sobejasse tempo, parei *en route* para dar o ultimo adeus aos meus amigos de Hespanha. O snr.
Rivas e Doña Rita (cumpre-me dizer-lhe que estes
nomes são suppostos) estavam a ponto de saír a
passeio; mas, por minha cauza, preferiram fazel-o
agradavelmente até Villa Nova. Chegamos tão cedo
que faltava ainda uma hora para a venda de bilbe-
tes e recepção de bagagens; e, no decurso d'esta
hora, persuadi os meus companheiros a retroceder-
mos, e gastarmos dous ou trez dias em novas explorações no Porto. Tinham mudado de hotel; mas
rezidiam ainda na cidade; e, como lá havia quarto,
hospedei-me na mesma caza.

O snr. de F..., portuense meu conhecido, con-
siderava-os «gente mysteriosa», porque elles pareciam evitar outros hespanhoes, e tambem os imaginou carlistas. Eu, porém, notei que elles, tanto

aqui como em Lisboa, friamente se affastavam dos
seus patricios, que entre si se repulsam á maneira
dos inglezes encontradiços no Continente, os quaes,
por cauzas de muitissimo menor alcance, desconfiam
de toda a gente, e nomeadamente dos seus conterraneos. A razão é que, viajando hoje em dia todas
as classes, se a gente é «communicativa», como se
diz, quando mal se precata, está-se desfazendo em
cortezias ao seu especieiro ou padeiro ; e logo que tal
descoberta se faz, ahi estão os amores-proprios mutuamente beliscados.

Mas, *revenons à nos moutons.* Os hespanhoes
são assim glaciaes na região politica, e sobeja
razão têm para que actualmente o sejam. Na conversação esquivam-se de todo a assumptos politicos ; e raro se dá como averiguado a qual partido pertencem. Muitos d'esses que estanceam em
Portugal com suas familias denotam que sobretudo
almejam a segurança de suas terras e haveres, e
abstêm-se cuidadosamente em manifestar opinião ;
por quanto, quando acabar a infeliz lucta que os
obrigou a emigrar, ser-lhes-ha conveniente declara-
rem-se sectarios do partido que vencer. Seja porém,
como fôr, eu nada tenho que vêr com as opiniões
do snr. Rivas. Elle e sua irmã mostraram-se-me
affectos á nação ingleza ; e eu, com quanto não
possa assegurar se sou tam affecta aos portuguezes
como aos castelhanos, cá por mim, embora elles sejam conspiradores carlistas, como F. suspeita, assevero que prézo estes meus recentes amigos hespanhoes, porque são muito lhanos e agradaveis.

Recuzamos os logares á meza redonda e almo-

22

çamos em um quarto á parte, muito alegres os trez, desmentindo o proverbio que diz: «Dous são companhia; trez não são nada.»

De tarde fomos de carruagem ao Muzeu, onde o melhor que pudemos nos extaziamos deante do chapeu armado e do oculo de campanha de D. Pedro IV, e do grosseiro montante que pertenceu aò formidavel exterminador dos mouros, D. Affonso Henriques — peça que parece avantajar-se em aprèço aos mais thezouros do estabelecimento. Attribuem-se todas as pinturas a famosos mestres antigos. Quanto a numero, a collecção é mui notavel; mas o snr. Rivas, que parece ser apreciador, desfaz em todas, salvo uma ou duas, como copias; sendo tudo o mais, moderno e desvalioso. É excellente, no entanto, a livraria, assim em collocação como em boa ordem. Contém cerca de 90.000 volumes, dos quaes pertencem ao seculo XV 102. Afóra isto, estão depositados mais de 100.000 volumes n'este vasto edificio, antigamente mosteiro de S. Lazaro, procedentes das livrarias dos extinctos conventos. (·) Enriquecem o Muzeu curiosos manuscriptos, sendo alguns do mosteiro de Santa Cruz de Coimbra, anteriores á invenção da imprensa. (··)

(.) S. Lazaro nunca teve mosteiro de frades em parte alguma do orbe catholico. A invenção portugueza em materia de frades não foi tam longe. Houve desde o seculo XI cavalleiros de S. Lazaro; mas monges não. Os donos d'aquella caza eram frades Antoninos.

(··) No Muzeu não ha manuscriptos. Esta advertencia é feita aos milhares de amadores que em Portugal costumam atropellar-se á porta dos estabelecimentos onde ha manuscriptos.

Percorrendo a rua do Triumpho, e perpassando por mais dous extinctos conventos, S. Bento e Carmo — convertidos hoje em magestosos quarteis, com terraços arborizados — chegamos aos áditos do Palacio de Crystal, na elevada planicie da *Torre de Marco,* extrema occidental da cidade alta. Eu já tinha vizitado aquelle explendido local, uma vez que lá subi pela ingreme montanha que desce á orla do rio; — e ardua empreza commetti em uma calida manhã de estio, posto que o *Americano* me conduzisse desde a Foz até Massarellos; mas lá fui subindo menos mal, porque, a relanços, deparava-se-me uma pedra ou ribanceira do monte em que eu ia descançando; e a cada revolta do caminho, e de sobre cada eminencia que ia ganhando, lá se horizontavam perspectivas cada vez mais amplas, variadas e formosas.

Não ha bazar permanente no Palacio, e n'esta occasião, que nada havia que vêr, pagamos só um *vintem* de entrada. É um bom edificio; mas pequeno, se o comparamos ao nosso Palacio de Crystal de Sydenham. As paredes são de granito do Porto, a cupula e os tectos das avenidas lateraes são de ferro e crystal. A planta é de Mr. Shields, architecto inglez. É quadrangular. Mede cada flanco 110 metros, e tem em cada uma das extremidades um pavilhão torreado. É magnifica a sala de concertos, com o seu orgão explendido. São por egual attractivos o Muzeu, galeria de pinturas, o bilhar, gabinete de leitura, salas de restaurante excellentes, vastas, altas, elegantes, e toucadores para as damas quando ha concertos ou outros divertimentos. Revê primoroso gosto nos parques e jardins, adornados de estatuas. Entra-se por uma larga avenida orlada de arvoredo. Sorriem em redor alegretes de flores de variadissimos matizes. Ha uma estufa de plantas dos tropicos que, a bem dizer, pouco precizam de tal resguardo. O habil architecto-paizagista, sob cuja direcção se plantaram e dispozeram aquelles delicio-sos jardins, aproveitou as ondulações do terreno em que as extremas da esplanada curveteam. Nos fun-dos reconcavos da montanha ha grutas e cavernas; ha chalets e pavilhões alcandorados nos cabeços das collinas; chafarizes, cascatas, lagos em que se espa-nejam soberbos cysnes brancos e pretos, passeios por alpestres selvas, aleas de castanheiros, chorões, graciosas pimenteiras, e boscagens sombrias res-cendendo suavemente murtas e jasmins — verdadei-ramente um jardim paradisico.

Não me é possivel, todavia, dar-lhe, muito pela rama, a conhecer a magnificencia e belleza do vasto panorama que embelleza os olhos em todas as di-recções d'aquelle ponto elevado. Ali está a viventis-sima cidade do Porto com as suas flechas de torres e formosos edificios publicos; lá em baixo, grupam-se as cazas alvejantes de Massarellos, como a es-preitarem por entre o alto arvoredo, cuja ramaria as copa de verdura; aqui mais perto, no seguimento da graciosa curva da estrada, estão os palacetes de Entre-Quintas, emboscados em vinhedos, jardins e vergeis. Em uma d'estas quintas morreu Carlos Al-berto, da Sardenha; e mesmo em frente, está a ele-gante capella de granito, consagrada á memoria d'el-le por sua irmã a princeza Augusta de Montlear. Em frente deriva o Douro mansamente mormuroso,

LIVRARIA PORTUENSE—EDITORA.

PORTO.

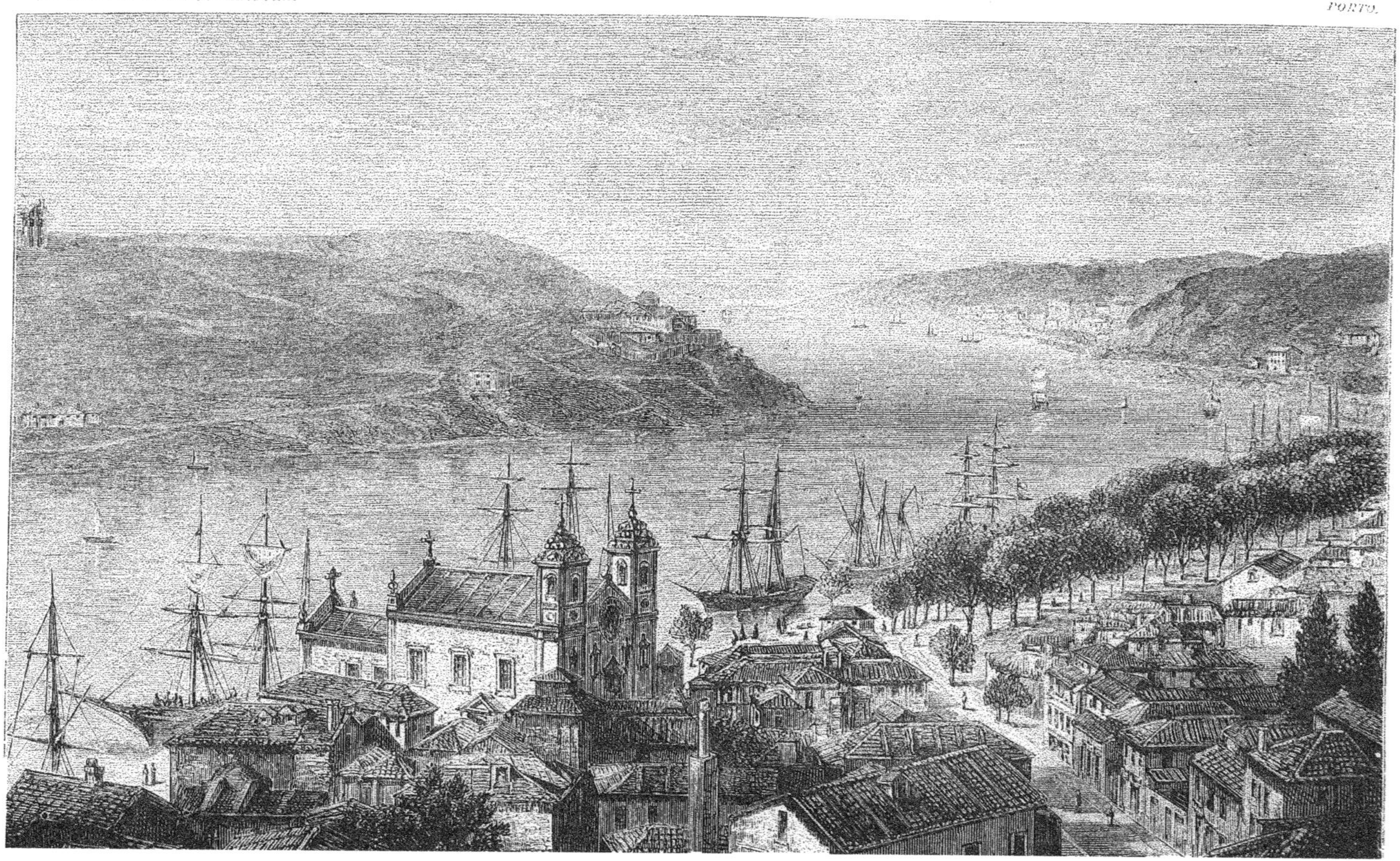

e, lá na margem fronteira, está o gracioso suburbio do Candal — um como jardim florido, onde por entre balseiras e arvores branquejam pittorescos cottages. Mais ao nascente, está Villa Nova, que se levanta como imprevista da ourela do rio; e, acima da ponte pensil, vêem-se as grossas paredes da antiga Serra do Pilar, carranqueando lá dos seus escarpados alcantís. Com a sua escabrosidade e aspereza contrastam as altas e verdejantes collinas, a fragrancia dos arbustos, as moutas de silvestre florecenciá, as bouças de carvalhos e castanhaes, e os pinhaes na espinha da serra fechando ao longe o horizonte. Ladeiras de matta e risonhos valles distendem-se ao poente quanto a vista póde abranger; e lá ao longe, por este lado, Foz e Mathozinhos se ligam mediante o rio, e em frente d'ellas se revolve o turbulento Atlantico. (·) E como docel d'este scenario encantador, que azul o d'aquelle ceu! Azul ao nascente, onde já lucilla uma brilhante estrella; azul por toda a amplidão, até que no occidente se purpureia; e o sol lá se atufa agora, sem nevoa que o desluza, nas ondas do mar opalizado.

Em noutes de luar estivo, são mui concorridos os jardins. A claridade intensa dos raios argentinos imprime-lhes uma mystica belleza e solemne explendor indescriptiveis. Nos domingos e dias festivos, uma multidão trajada pittorescamente se vê por ali saracoteando-se nos jardins e á sombra dos convi-

---

(·) Confundiu provavelmente Leça com a Foz.

dativos bosques, ou por lá se dispersam em grupos pelos recantos floridos.

Á noute, fomos ao theatro principal, que é o de S. João, vêr a famosa actriz portugueza, snr.ª Emilia das Neves. Está ella a retirar-se do palco, e veio ao Porto dar algumas representações por despedida, antes da sua derradeira estação em Lisboa. Com quanto haja grande calor, e esta não seja a sazão theatral, a caza estava a extravazar da gente, e havia lá senhoras galantissimas: significativa consideração prestada á talentosa actriz, por quanto só assim se explica o voluntario e grandioso martyrio de quem ali foi respirar tão abafadiço ar. No entanto, cumpre conceder-lhe notavel engenho para poder captivar espectadores em circumstancias tão desfavoraveis; e, com certeza, é de crêr que profundamente os commovia. Tem um accionado elegante e energico. Representava a parte de *Joanna,* na *Joanna a douda,* traducção do drama francez *Jeanne le folle.*

A sala é em fórma de ferradura, bellamente ornamentada, com o tecto pintado de medalhões com os retratos de dramaturgos e poetas portuguezes. Por muito que eu desejasse conservar-me até ao fim da récita, não pude. Nem leque nem agua de colonia me aproveitaram. Parecia-me estar inhalando o halito ardente de um fôrno. Vi-me obrigada a fugir. Ha ali um decentissimo salão de espera, onde se servem sorvetes e outros refrescos. Detive-me algum tempo, e fui para caza. Era uma noute amenissima; mas o Porto, dado que seja mais animado de dia, tem menos vida que Lisboa, de noute. Os estrangeiros que rezidem aqui, n'esta estação, folgam de ir até á *Praia* da Foz, ou a qualquer dos encantadores terraços e *alamedas* das Fontainhas, Virtudes, S. Lazaro, etc., localidades que, ou sobranceiam o Douro pelas formosas vistas, ou convidam a passear por sitios altos e ventilados.

CAPITULO XXIII

EGREJAS, MERCADOS, RUAS

Talvez supponha que eu dei por concluido o que tinha a dizer sobre a *terra classica da liberdade e da industria,* uma das predilectas qualificações com que os «portuguezes de velha tempera» nobilitam a sua querida e antiga cidade dó Porto. Mas, por muito tempo que tivesse aqui rezidido, por mais que percorresse, subindo e descendo estas ladeirosas ruas —algumas espaçosas e as mais d'ellas estreitas, e poucas modernas — por mais que lhe praticasse as caprichosas tortuosidades, os altos e baixos, os lindos jardins, os bellos palacios, egrejas e praças, e o Douro que serpeia, e o povo que tumultua, e os bonitos e pittorescos trajos dos aldeãos, e a ruidosa antigualha dos carros de bois e outros mil attractivos; quanto mais bellezas se lhe deparassem mais se sentiria captivo d'esta terra, e sómente constrangido a deixaria. Forçoso é, porém, que eu me arranque d'aqui: é irremediavel a violencia; mas, antes de dar o adeus final á *leal e invicta cidade* vou mandar-lhe um rapido bosquejo do que fiz recentemente.

Vizitei bastantes egrejas, principiando pela *Sé* ou cathedral, fundada, segundo dizem, no setimo ou oitavo seculo; mas, sem duvida, edificada e reedificada por vezes depois da primitiva data. É magestosa internamente. As esculpturas do altar-mór são soberbas. Um dos altares lateraes tem um retabulo de prata estreme; e na sacristia ha de mais valor, um quadro da Virgem e o Menino Jesus. Reputam-no de Raphael. São bellos e em puro estylo gothico os claustros. As paredes lateraes, como em S. Vicente de Fóra, de Lisboa, são ladrilhadas de *azulejos* pintados, mas os assumptos ressabem mais á biblia que os da outra egreja. Na *Sé* commemoram-se os cantares de Salomão; em S. Vicente illustram-se as fabulas de Ezopo, e varios assumptos profanamente comicos, com certeza irrizorios, mas deslocados na claustra de um templo.

Contiguo á cathedral está o paço do bispo. O que ahi ha digno de menção é a escada de fina cantaria, com o tecto pintado, e a vista que se goza olhando da balaustrada para cima. A *Sé* e o *palacio* assentam na parte mais sobranceira da cidade, rosto a rosto da Serra do Pilar.

Durante o cerco ambos soffreram muito com os projectís arremessados d'aquellas trincheiras monasticas. (·)

(.) Presume que os frades da Serra bombardearam o Porto. Tivemos já occasião de vêr que Lady Jackson estudou nas localidades a historia do cerco, subindo á capella de S. Gens, onde D. Miguel «assistiu á derrota final do seu exercito.»

Desejei ardentemente subir á torre dos Clerigos; mas não se encontrou quem abrisse a porta. Parece que, em geral, as egrejas do Porto fecham-se muito cedo. S. Bento, que tem um excellente orgão com admiraveis adornos de talha, invariavelmente se fecha antes das nove da manhã. N'um pateo contiguo, estão sempre lavadeiras a lavar em um tanque central que lhes fornece agua em abundancia; e varias mulheres rodeadas de jigos de fructa e hortaliça, converteram o rocio exterior n'uma especie de *Covent Garden* em miniatura.

Por fortuna, consegui entrar na Capella Real de Nossa Senhora da Lapa, onde jaz o coração de D. Pedro em urna de granito á mão esquerda do altarmór. Legou elle á cidade do Porto o seu coração, como testemunho de gratidão á lealdade dos habitantes devotados á sua cauza. É formozissima egreja a Lapa. Está-lhe á beira um vasto cemiterio, em que avultam curiosos moimentos e sepulturas.

A egreja que talvez o impressione como mais explendida, se aqui vier ao Porto, é a de S. Francisco, fundada em 1233, á qual frequentemente chamam «a egreja de ouro». As esculpturas das columnas das naves d'este magestoso templo são primorosas, e todas sobredouradas. Isto, se não revela um supremo bom gosto, é espectaculosamente scintillante. A *Bolsa* actual occupa o espaço do antigo convento que pertencia áquella egreja, que foi queimado em julho de 1832. Estava então aqui aquartelado o batalhão de caçadores 5; e os frades, como dizem que depois se provou, pegaram de noute fogo á caza, na esperança de que a maior parte da

tropa perecesse no incendio. Tinham combinado
que, á mesma hora, duas da manhã, outros conventos occupados pelo exercito *Pedroite* seriam tambem
incendiados, de modo que os aquartelados não se
podessem mutuamente soccorrer quando tocasse a
fogo; e, na confuzão em que tamanha catastrophe
devia pôr a consternada cidade, havia o plano de
assassinar impunemente D. Pedro.

Os mongeś, expeditos em demazia, e sedentos
de encetarem a obra infernal, não esperaram que o
batalhão adormecesse. Pozeram fogo ás duas extremidades do convento, antes da hora aprazada para
o execrando feito. Mas para logo irromperam as lavaredas; soou o grito d'alarma, e as tropas aquar-
teladas nos outros conventos acudiram aos seus ca-
maradas de S. Francisco. Morreram trez homens e
queimaram-se as bandeiras do batalhão. Tirante o
claustro, o convento foi completamente destruido.
O terreno que occupava deu-o depois D. Pedro ao
Corpo commercial do Porto, como prova de aprêço e
gratidão aos serviços que os negociantes d'esta cidade liberalizaram á cauza da liberdade.

Sobre as ruinas do convento edificou-se pois
um magnifico edificio, que é a *Bolsa*, e vinte-annos
levou a construir. Contém uma serie de vastas salas decoradas com riqueza e elegancia. Já aqui se
fizeram festejos reaes, e nos seus enormes salões
se deu a Exposição de 1861. O claustro do convento
foi conservado e incluzo no plano do novo edificio.
Erigiram-lhe no centro um magnifico chafariz; e lá
onde outr'ora a fradaria se espanejava folgadamente,
juntam-se agora os negociantes a mercadejar—pros-

pero prezagio para o futuro de Portugal! (·) Apagado
o fogo, foram prezos trez franciscanos. A criminali-
lidade de um era tam evidente que o espingardearam
logo. Aos outros encarceraram-os. Encerrou-se o
templo, e por largo tempo não houve missa nem
acto religioso qualquer. Esta tentativa extermina-
dora do exercito *Pedroite*, com outras indicações de
opposição monastica aos intuitos de D. Pedro em li-
bertar e prosperar a nação, motivaram a abolição
das ordens religiosas em Portugal.

Observei que os meus amigos hespanhoes eram
mais methodicos do que eu em suas investigações.
Enfadonha couza é percorrer regularmente egrejas
e palacios. É melhor entrar n'uma egreja quando
as portas cazualmente se franqueiam e apanhar as
exquizitas lendas que lhes dizem respeito, contadas
por algum pobre diabo carola que lá se encontra em
adoração. Antes isto que escutar as historias sédi-
ças de um cicerone em fórma. D. Rita, de mais
a mais, sendo catholica, como que se escandaliza
de vêr profanados, diz ella, tantos mosteiros de frades e freiras, e censura acremente D. Pedro pelo
bom serviço que fez ao reino, livrando-o das legiões
de frades, e franqueando as portas á evazão das
freiras. A julgar pelos conventos secularizados e

(·) Encommendei a nota correspondente a esta exclamação aos accio-
nistas dos bancos fallidos. Não veio a tempo : irá na 2.ª edição do livro. Ouço dizer que os espectros dos frades divagam alta noute na claustra, onde
agora se agrupa o corpo commercial. Ao cantarem um *De profundis* sobre a
morta honra das industrias commerciaes, lavam como sucia de Pilatos os ossos das mãos no chafariz, e somem-se nas catacumbas.

empregados utilmente, póde deprehender-se a grande sujeição da terra n'outras éras. Sentem-se-lhe ainda os effeitos na ignorancia e superstição do povo rural e da classe ínfima; mas, como o tempo faz milagres, é provavel que a razão venha a prevalecer de todo, apeando os cêpos e os calhaus, de modo que essas couzas, á semelhança das luras claustraes, se volvam em Portugal meras reminiscencias do passado. Confiamos em que nunca se restaurem em Inglaterra. (·)

É sabbado. Vae grande animação na laboriosa cidade. É agora occasião de vêr as secias cachopas dos arrabaldes do Porto. Que patear e estralar de tamancos ahi vae! É uma toada estranha, misturada com o susurro de um vozear alegre, rizadas estridulas, e o variado estrondo do tropel das ruas. Quando, pela primeira vez, se ouve aquillo assim confuzo, não se percebe a procedencia d'aquelle rapido e incessante tic-tac. Pois com tamanha agitação e com o apregoar dos regatões que offerecem pelas ruas as suas mercadorias, é isso nada comparativamente ao berreiro com que os vendedores de insignificantissimas couzas nos atordoam os ouvidos em Lisboa. No Porto ha mais obras e menos gritaria; e os jumentos, segundo me pareceu, lidam aqui menos e não nos regalam a miudo com aquelle «longo zurrar asperrimo do burro», que tan-

----

(·) Deixa esta senhora claramente transluzir do seu peito a heretica pravidade que a inflamma contra os nossos santos que ella trata de *cêpos* e *calhaus!* Dignem-se os ceus alumial-a.

tas vezes parece em Lisboa corresponder dignamente aos pregões dos donos.

Devia de ser a de mais faina provavelmente a occasião em que eu vi a ruidosa vida do Porto. Uma chusma de labrêgos com carros tirados a bois tinham já chegado e descarregado o carreto; outros estavam descarregando, ao mesmo tempo que uma longa enfiada de carros estrondeavam e chiavam horrendamente (·) quando os bois extenuados subiam a ingreme calçada que vae dos Clerigos. Sendo este o ultimo dia que tencionavamos demorar-nos no Porto, desejou o snr. Rivas que vizitassemos a egreja de S. Martinho de Cedofeita. Este nome singular prende com historias longas e maravilhosas: poupal-o-hei 'a ouvil-as. É a mais antiga egreja do Porto, fundada em 559, unica em que os mouros, dominadores de Hespanha e Portugal, permittiam, mediante certo tributo, que houvesse missa. É de tradição que a pia baptismal ainda existente na egreja é a mesma em que se baptizaram o fundador, rei Theodomiro e seu filho. Promettera elle a S. Martinho de França fazer-se christão se seu filho, que estava em perigo de morte, se restabelecesse pela intercessão do santo; e, a fim de o mover a pedir, mandou-lhe um relicario de ouro e prata que pezava tanto como o filho. Contam-se prodigiosas lendas referentes a estes successos. (··)

(·) Fantazia.

(··) Tudo isto é fabula auctorizada por algumas duzias de archeologos portuguezes, bem intencionados e boas pessoas aliás. A egreja de Cedofeita pertence ao seculo XI. A data 559 é uma fraude relativamente moderna

O snr. Rivas foi de Cdofeita parn
vêr as numerosas catacuibas, que se
as de Roma, e são unica em Portu
eu fomos á Praça do Anjo um dos pi
cados portuenses, e aqui poco depois.
nosco o snr. Rivas.

D'esta praça chamada o «Anjo»
houve caza religiosa, ond hoje está
cado. (·) Faceando com d Clerigos,
ços de escadas de pedra pm varand
patamal, por onde se entr para a m
alamedas. As avenidas arorizadas ce
o centro, onde está um gante ch
teira ali dispensa o seu e rme guar
bra é tanta e tam agrada que, no
as horas do mercado, os vão
ou se estiram a dormir a mui r
te. Porém, a grande bel do mei
os cêstos trasbordam de ixas, pè
e que uvas agora ali ha! gos de
çãs e pêras de sabor del , rima
melões, lindos ramilhetes plantas, h
a especie, tam viçosas repolhuda
em *Covent Garden* se pagm pelo m

---

mais que o preço pc que ali se compram. Ha muitissimo frango brano que se estima de preferencia
como em Lisboa; enão é menos digna de reparo a
exposição das regaairas e raparigas rozadas, lestas, desnalgadas, om as suas arrecadas e cordões.

Do mercado do anjo descemos á rua de D. Fernando em que demea o Banco e a frontaria da *Bolsa*. Vimos a *Feitori ingleza,* ampla e boa cazaria ou club onde ncinverno se dão bailes e outros
divertimentos; depes subimos a ingreme rua de S.
João, onde moram specieiros, em lojas de varios
formatos e as mais igubres do Porto. A rua é edificada em arcaria, or debaixo da qual passa o rio
Villa, que desembca no Douro. (·)

Da rua de S. Joo atravessamos para a rua das
Flores pelo *Largo 'e Domingos*. (··) Difficilmente
podiamos firmar o é no escarpado da subida. Se a
gente, quando atravssa, encontra uma junta ou duas
de bois a descerem a arquejarem para fincarem as
patas, e acontece escorregarem com aquella caranguejola que lá chamm carro, *gare à vous!* é dar-lhes
campo para cebôlas que, se não, a couza póde ser
muito fatal para vs e provavelmente nada para
os bois.

(·) Se lady Jackson a da viu os extinctos *Aloques da Biquinha*, que
idéa formaria do rio que rol a sua torrente por debaixo das arcarias da rua
de S. João? Este *rio Villa*, se conflue ao Douro, seria navegavel, se a Inglaterra tomasse conta da g tc.

(··) D'esta vez tira-no o santo. Já nos deu trez. Ainda estamos de
ganho.

23

O snr. Rivas foi de Cedofeita para S. Francisco vêr as numerosas catacumbas, que se parecem com as de Roma, e são unicas em Portugal. D. Rita e eu fomos á Praça do Anjo, um dos principaes mercados portuenses, e aqui pouco depois se juntou comnosco o snr. Rivas.

D'esta praça chamada do «Anjo» se infere que houve caza religiosa, onde hoje está um lindo mercado. (·) Faceando com os Clerigos, tem dous lanços de escadas de pedra com varanda gradeada no patamal, por onde se entra para a mais copada das *alamedas.* As avenidas arborizadas convergem para o centro, onde está um elegante chafariz. A regateira ali dispensa o seu enorme guarda-sol. A sombra é tanta e tam agradavel que, no estio, passadas as horas do mercado, os vadios vão para ali passear ou se estiram a dormir a sésta mui repimpadamente. Porém, a grande belleza do mercado é quando os cêstos trasbordam de ameixas, pècegos e uvas — e que uvas agora ali ha! — jigos de purpureas maçãs e pêras de sabor delicioso, rimas de tomates e melões, lindos ramilhetes, plantas, hortaliças de toda a especie, tam viçosas e repolhudas como as que em *Covent Garden* se pagam pelo menos dez vezes

---

e mais a inscripção. Quem tiver curiosidade, leia a carta que Alexandre Herculano enviou ao conde Rackinski inserta no livro *Les arts en Portugal,* pag. 379 e seguintes. E não deixe de consultar o doutissimo escripto do snr. Augusto Filippe Simões — *Reliquias da architectura romano-bysantina em Portugal,* pag. 20.

(·) Não foi convento, mas sim um recolhimento para dez orphãos, fundado em 1672.

mais que o preço por que ali se compram. Ha muitissimo frango branco que se estima de preferencia como em Lisboa; e não é menos digna de reparo a exposição das regateiras e raparigas rozadas, lestas, desnalgadas, com as suas arrecadas e cordões.

Do mercado do Anjo descemos á rua de D. Fernando em que demora o Banco e a frontaria da *Bolsa*. Vimos a *Feitoria ingleza,* ampla e boa cazaria ou club onde no inverno se dão bailes e outros divertimentos; depois subimos a ingreme rua de S. João, onde moram especieiros, em lojas de varios formatos e as mais lugubres do Porto. A rua é edificada em arcaria, por debaixo da qual passa o rio Villa, que desemboca no Douro. (·)

Da rua de S. João atravessamos para a rua das Flores pelo *Largo de Domingos.* (··) Difficilmente podiamos firmar o pé no escarpado da subida. Se a gente, quando atravessa, encontra uma junta ou duas de bois a descerem, a arquejarem para fincarem as patas, e acontece escorregarem com aquella caranguejola que lá chamam carro, *gare à vous!* é dar-lhes campo para cebôlas, que, se não, a couza póde ser muito fatal para vós e provavelmente nada para os bois.

(·) Se lady Jackson ainda viu os extinctos *Aloques da Biquinha*, que idéa formaria do rio que rola a sua torrente por debaixo das arcarias da rua de S. João? Este *rio Villa*, que conflue ao Douro, seria navegavel, se a Inglaterra tomasse conta da gente.

(··) D'esta vez tira-nos o santo. Já nos deu trez. Ainda estamos de ganho.

23

Logo em frente está a pequena egreja da Mizericordia. Convida a entrar a frontaria, em estylo manuelino, (·) e a porta meio-cerrada. Na sacristia ha um painel que os apreciadores reputam o mais precioso quadro do Porto. Figura Christo morto na cruz, que se levanta do centro de um tanque marmoreo. A Virgem, que exprime no semblante as angustias da alma, está á esquerda; S. João, tambem amargurado, mas a transluzir esperança do aspeito triste, fica á direita. Os espectadores circumpostos são retratos d'el-rei D. Manuel, o *venturoso,* da sua familia, de varios prelados e magnates da côrte. Intitula-se o quadro «a Fuudação da Mizericordia». (··) É obra do pintor portuguez Vasco Fernandes, mais conhecido por Gran Vasco (···).

A rua das Flores é a mais frequentada do Porto. É comprida e estreita de mais para o trafico que tem; mas o pavimento é bom. Aos sabbados vae cheia de gente, como qualquer rua de Londres. Pelo meio, vão a par, e chiando, dous abominaveis carros. De vez em quando, um cavalleiro arrisca-se a escoar-se por entre elles, serpeando por aqui e por acolá; e, ás vezes, depara-se-nos uma carruagem encravada entre ·os carros, com a parelha a esbra-

---

(·) Quando emprehende em estylos architectonicos esta senhora tem idéas desastrosas. A frontaria da egreja da Mizericordia é uma couza farfalhuda e desgraciozissima do seculo passado. Disseram provavelmente a lady Jackson que D. Manuel fundara a egreja, e a senhora vizionaria identificou a frontaria da Mizericordia do Porto com a de Santa Maria de Belem.

(··) Ouviu dizer *Fonte da Mizericordia;* e a lady, sempre atilada e perspicua na percepção da linguagem lusitana, de *Fonte* fez *Fundação.*

(···) Esta hypothese já não vigora entre pessoas intelligentes da arte.

vejar á beira dos pacientes bois. Mas não ha que
lhe fazer; por que ali não é permittido picar o gado.
Que serve conduzir carruagens para baixo da rua
das Flores? Os cocheiros não ouzam transpôr o
precipicio que a separa da rua de S. João, porque
não têm a pericia dos Jehus de Lisboa que não se
atrigam de galgar a todo trote as ruas perpendi-
culares d'aquella cidade. E lá não ha que recear. O
bolieiro diz: *não tem duvida, minha senhora;* e, mal
a gente se precata, eis-nos lá em baixo, sãos e salvos; de maneira que a sensação do precipicio é mais
aprazivel do que incómmoda.

Agora, vejamos as lojas. Uma ou duas horas de
cada manhã passo-as em *flânerie* entre a rua das
Flores e Clerigos. Á esquerda são ourives: corresponde á rua do Ouro de Lisboa; mas, no Porto, ha
maior abundancia de ouro filagranado para uzo das
aldeás. Ha arrecadas desmarcadamente grandes,
broches e cruzes enormes á proporção, cadeias e
anneis massiços, variados no feitio, mas tudo á feição mourisca. Se a mão de obra nem sempre prima
em delicadezas, — posto que d'ali procedam excellentes amostras de ourivezaria — o ouro é de quilate
superior ao que se uza em Inglaterra — mesmo nos
joalheiros de maior cunho — e só depois de con-
trastado se póde vender.

Do outro lado da rua ha lojas cheias de chapeus
desabados. Ha d'elles sem enfeites; outros com borlas, fivelas, fitas e laçaria. Homens, mulheres, rapazes e raparigas estão escolhendo; que hoje é dia
de todos comprarem, e enchem-se as chapelarias.
Um rosto galante olha para o logista, e pergunta-lhe

se o chapeu lhe vae bem. Elle ri-se. Que hade responder senão a verdade?—«O chapeu diz-lhe a matar n'essa linda carinha.» Tambem n'este lado mercadejam fortemente os commerciantes de lanificios.
Vendem sarjas listradas para saiotes, e outros ves-
tuarios alegres, mas de aquecer, para ambos os sexos. Todas as lojas estão abertas, e sem vitrines. Os
ourives, posto que tenham á porta grandes taboleiros, defendem com vidraças as suas preciozidades.
Não lhes faltam tambem freguezes. Repare para
dentro e verá duas ou trez mulheres, com as cabeças, todas a um tempo, curvadas sobre brincos,
etc., discutindo gostos sobre o balcão. Ao lado, ou
atraz d'ellas, consoante se interessa mais ou menos
na mercancía, está o pae, o marido, ou o noivo de
uma das do grupo. Elle traja a sua melhor jaqueta
de alamares de prata, etc., como lhe cumpre uzar
quando vae ao ourives, e já tem na algibeira a mão
agarrada ás libras que hade esportular, quando as
moças houverem escolhido os feitios que mais lhes
calharem.

Proseguindo ao longo da mesma rua, mas tomando a um lado, acham-se sapateiros e alfaiates.
Trabalham ás portas das lojas abertas, sentados em
cadeiras. Tambem por aqui ha pequenas lojas de
ourives de prata, com officinas lá no interior, oude se podem vêr fabricar correntes, bolsas, fivelas, brincos, cruzes e outros enfeites do mesmo
metal.

A rua, que se torce ladeira acima, dezisti de a
palmilhar por ser muito ingreme. O passeio, com
quanto·não fosse grande, tinha sido todo a subir

excepto na rua dos Inglezes. Já me sentia fatigada.

O sol, entre as nove e dez horas, era tam intensamente forte que já o guarda-sol não bastava a defender-me. Antes, porém, de desandar quizera eu que o meu amigo relançasse a vista áquella caza que se acantôa justamente no ponto em que a rua infia para o labyrintho de predios que se agrupam no caminho das nuvens. Não é tam linda? Duas varandas, de segundo e terceiro andar, perfeitamente emboscadas em luxuriantes parreiras. Aqui e acolá transparecem cachos de purpurinas uvas, e na varanda inferior dependuram-se perfeitamente em festões. Que formosa habitação! Quiz-me parecer mansão de bemaventurados. (·)

(·) Este inlevo de lady Jackson refere-se, sem duvida e com fino gosto, á «Estalagem do Cantinho» no recanto da rua do Loureiro. Ora, esta *mansão de bem-aventurados* (a bower of bliss) é, em chata proza lusitana, uma bodega onde os almocreves saboream e prelibam bem-aventuranças, ou iscas de figado de vitella e vinho verde d'Amarante.

Que saudades! Eu fui ali ha vinte annos vêr o meu amigo Ramos Romboide que morreu em Moçambique, onde era delegado. Morava elle disfarçada e clandestinamente na Estalagem do Cantinho por que a janella do seu quarto olhava para a cérca das freiras benedictinas, e Ramos olhava para uma formosa secular com quem depois cazou, e de quem, noivados poucos mezes, se apartou para sempre em Africa. Notara-lhe eu a suja pobreza do quarto, quando ali fui. «Estou no ceu — dizia-me elle, o gracioso Romboide que vós conhecestes, ó velhos! — Estou no ceu! A minha existencia seria um extasis permanente — eu seria um anjo, se os percevejos, quando me mordem, me não dissessem: «Lembra-te que és o Ramos!»

Se n'aquella mansão ha bem-aventurados, são os que hybernam na estação fria, e comem a gente nos dias tepidos.

N'aquelles torcicollos pittorescos e estreitos, onde
a custo um cavalleiro acharia espaço para passagem de um pôtro manso, apinham-se as cazas na
mais romantica desordem, umas barrigudas, outras
escanifradas, umas mesquinhas, outras como encra-
vadas no costado de outras maiores, com a mais
graciosa confusão. Em muitas d'ellas enverdecem
parreiras com docel das varandas, onde os inquilinos
sobem a respirar á noute a fresca briza. Têm todas
uns beiraes salientes de telhados, pela maior parte
encarnados, com uma barra branca na fileira de te-
lhas mais á beira. Os tectos descáem para os cantos d'onde pendem úns grandes tubos em fórma
de trombetas. Que cascatas se formarão d'aquillo
quando chove ! Eu nunca vi chover no Porto; e não
foi pequena ventura; porque me dizem que é lá um
espectaculo pavoroso a descida annual do diluvio.
Todas as varandas do Porto possuem tubos semelhantes. Vi funccionar um, quando se estava lavando
uma caza, e imaginei o que seria quando funccionas-
sem a milhares. O Porto deve de ser então em catadupas pouco menos que o Niagara. N'estas occa-
ziões, o Douro, ás vezes, enfurece-se ; e a sua cólera
é, como a dos temperamentos habitualmente paci-
ficos, formidavel. Empola-se em tumidas vagas, que
rolam ao mar com mais furiosa sanha que o proprio
oceano embravecido ; arrasta arvores que desarrai-
gou, pedaços de barcos que despedaçou contra o penhascal das margens ; ás vezes desamarra os navios
dos ancoradouros, e envolve cadaveres de marinheiros. Trasborda então o rio por tanta maneira que in-

vade os predios da cidade baixa, transformando-a
em enorme lago, e fórça os moradores a subirem
aos ultimos andares para se escaparem em barcos.
É isto o que lá se chama «uma cheia». Felizmente,
semelhantes catastrophes não são vulgares.

CAPITULO XXIV

UMA EXCURSÃO PELO MINHO

Espinho.—Depois que deixei de lhe escrever, fiz uma deliciozissima excursão pelo Minho. Propôz-m'a D. Rita muito a prazer do snr. Rivas. Eu, que tanto gosto d'estes passeios, condescendi promptissima. Talvez (perpassou-me agora esta idéa pelo espirito) que o irmão tivesse empreza que lá o chamasse, afóra o gozo de vizitar a mais bella porção de Portugal—«o jardim da Lusitania», entre Douro e Minho. Por vezes scismei que n'esta ida havia o que quer que fosse a respeito de uns militares hespanhoes que ultimamente passaram a raia da Galliza, e consta que tratam agora de emigrar para o Brazil protegidos pelo governo portuguez. Entretanto, isto em mim é mera suspeita; e póde ser que eu seja assim desagradecida ao prazer que estes meus companheiros me deram com o seu conhecimento adquirido por acazo em um momento feliz. Pouco tempo ha que elles estiveram em Inglaterra; e a mim me quer parecer que sympathizavam grandemente com a cauza de D. Carlos.

Saímos do Porto cêrca das cinco da tarde, por optima estrada. Em toda a parte, um terreno feracissimo: fileiras de vinhas enroscadas em arvores, soutos de castanheiros e carvalhaes, as eminencias coroadas de pinheiros, moutas de alfazema, e flores silvestres sem numero a marginar a estrada. Viajamos devagar. Chegamos á Povoa, logarejo balneario, (·) com uma desgraçada estalagem, onde paramos, pouco tempo antes de se pôr o sol, emquanto os cavallos se refrescavam com pão e vinho, que saboreavam deliciosamente. O transmontar do sol era explendoroso; e, ao passo que no ceu se esvaíam as suas côres de ouro, carmezi e roixo, a lua, no quarto crescente, dava-nos bastante luz para seguirmos o nosso caminho para Villa do Conde. Aqui pernoutamos. O conforto da estalagem não nos desconvenceu do propozito de saír logo que fosse dia; não obstante, a ceia foi soffrivel e o vinho era optimo.

Resolveramos viajar a cavallo de Villa do Conde para deante. A nossa pequena bagagem mandamo'l-a para Barcellos pela *Diligencia;* e d'esta cidade, onde o snr. Rivas tinha um amigo, nos foram mandados trez cavallos. Chegaram uma ou duas horas antes: eram pôtros muito decentes. Ás cinco da manhã seguinte estavamos prestes a marchar. Saíramos já do Porto vestidas para cavalgar. D. Rita, cuja destreza equestre eu punha em duvida simplesmente por ser hespanhola, saíu-me excellente cavalleira. Ainda assim, fez-nos tristeza a todos o anachronico dos sellins que nos mandaram. Poderiamos talvez obtel-os melhores no Porto; porém o snr. Rivas af-

---

(·) A Povoa, aqui denominada «logarejo balneario» (*asmall bathing-pla ce*) no principio do anno de 1867 continha 2:381 fogos e 10:577 almas.

fiançara-me que o seu amigo, em cuja familia havia
damas cavalleiras, nos enviaria bons sellins; e justo
é confessar que eram menos intoleraveis do que pareciam.

Disseram-nos que Villa do Conde era bello ponto de vista; mas cerrara-se tam densa a nebrina á
hora matinal da saída que apenas vimos o aqueducto
por onde corre agua para o grande mosteiro de Santa
Clara; e sobre as grimpas d'um arvoredo avistamos
a torre de uma curiosa egreja antiga. O terreno entre Villa do Conde e Barcellos é montanhoso, e parte do tranzito é pragal, escabrozidade e pedregulho.
De vez em quando, escurejam pinhaes no pen-
dôr das serras, como sentinellas d'aquelles arrojados avanços de rocha; e, ao mesmo tempo, a densa
massa do grupo dos pinheiros, com as ramas escuras, a toucarem os cabeços da serra, figuram-se
mais altas, e como que topétam o firmamento em
ondulações negras. Todavia, de permeio ás serranias de severo aspecto ha valles a sorrir fertilidade; e, ao longo da estrada, quazi sempre, se encontram graciosas vides enroscadas em carvalhos
chapotados ou debruçadas pelos muros sobre es-
teios de granito. Vimos tambem bouças pittorescas
de carvalhos antigos e outras arvores, cuja ramagem já colorida dos bellos matizes escarlates do
outomno, misturada com o verde claro e brilhante
do enfolhar no começo da primavera, formavam harmoniosa mescla de côres variadas que seriam deleite aos olhos de um pintor.

Porém, o passeio de quatorze ou quinze milhas,
penso eu—posto que se me figurassem nada me-

nos de trinta—era extenso de mais para primeiro passeio por estação tam desconvidativa em tal paiz. As
vira-voltas do caminho eram bellas á vista, mas fatigantes para viajar. Os cavallos não eram de molde para conduzir senhoras ; e os sellins — para não dizer
mal d'elles—eram exquizitos. Pouquissima gente encontramos, e essa pouca espantava-se de nos vêr, duvidando que fossemos mulheres, e esquecendo-se,
no seu atarantamento, de nos saudar com os costumados : «vivas». Reina por ali um solemne silencio,
e tanto que, passado algum tempo, opprime a gente. As nossas vozes ganhavam um soturno e abafado,
como se involuntariamente conversassemos baixinho, dentro de uma egreja; nem sequer as aves por
ali se pouzam a gorgear os seus cantares matutinos; mas cruzam o espaço n'um rapido esvoaçar-se,
atemorizadas talvez das opacas sombras dos pinhaes e cyprestes. Não obstante, a campina é bella.

Se mais fatigados estivessemos ainda, as magnificas vistas do rio Cavado e a interessante villa de
Barcellos ter-nos-iam de sobra recompensado os
incommodos da jornada. Que lindo sitio este é! Eu
quiz apear-me á porta de uma estalagem na *Praça*,
onde um rancho de camponios olhava para nós com
rizos e ademanes, exclamando: «*Inglezas! Inglezas!*»
mas todos respeitosamente nos cortejavam quando
passavamos. Porém, o nosso conductor, ao que parecia boçal gallego, portador dos cavallos, que alegremente nos seguia aguentando-se a pé, levou-nos
para Barcellinhos, onde um cavalheiro hespanhol de
meia idade esperava os seus amigos, ou parentes —
como eu descobri que eram. Estava preparado um

LIVRARIA PORTUENSE—EDITORA. PORTO.

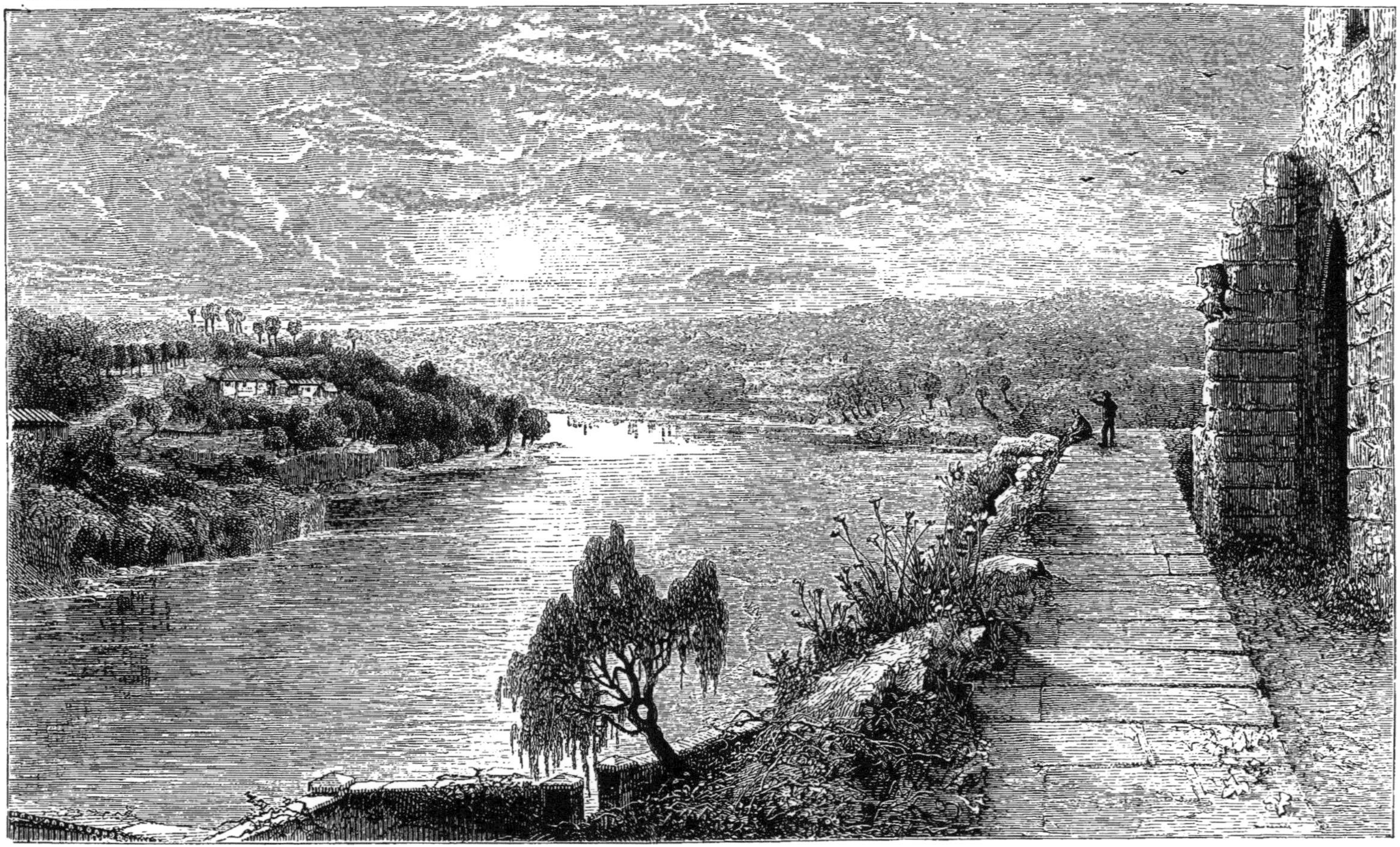

excellente almoço : peixe fresco do Cavado, fructa deliciosa e bello vinho—todos os mimos da terra exhuberante de boas couzas. Feita justiça á lauta meza, e depois de repouzar algum tempo, convidou-nos o nosso já idoso amigo para irmos para sua caza. Eu declarei logo a minha intenção de ficar na hospedaria, que me pareceu boa, até ao dia immediato em que eu projectara continuar o passeio. Este projecto magoou os meus companheiros, que declararam consideravam affronta o separar-me d'elles durante a nossa excursão. O velho cavalheiro foi do mesmo parecer. Bandiei-me com os carlistas, e fiz parte do grupo que, pouco depois, se abalava n'uma especie de arca de rodas, que em dias festivaes era provavelmente tirada por nedeos bois, e assim fomos dar a uma linda quintazinha, perto de Barcellos.

«As senhoras da familia» que eu esperava encontrar, não estavam lá para nos receber, e logo D. Rita me disse que estavam em Hespanha; que o seu amigo tambem ali estava como passaro de arribação que na semana proxima voaria a outro ponto; quanto ao dono da quinta, esse estava a banhos na Foz ou na Figueira. Um criado gallego conduziu-nos a dous quartos aceados, onde a nossa pequena guarda-roupa de viajantes já estava depozitada. Depois de uma longa *siesta,* tornamos a jantar, e felicitei-me por vêr que todos por egual se sentiam indispostos para vizitar egrejas ou andar á cata de *points de vue* além dos que o jardim da quinta nos offerecia. E tinha-os arrebatadores, dominando o Cavado, por todos os lados, e as ferteis ladeiras ao sul que viçavam como jardins.

Ás cinco horas da manhã seguinte, levou-nos café aos nossos quartos um escudeiro (parece que na caza não havia mulher); e, antes das seis, estavamos a cavallo e *en route,* guiados pelo gallego, para o monte em que está a egreja de «Nossa Senhora da Franqueira». É uma empinada serra; mas o caminho é circular e facil. Por mais custoso que fosse, largamente nos indemnisára da fadiga o grandioso prospecto. Era propicia a hora em que lá chegamos: formosa e brilhante manhã, suave viração, ao longe o horizonte sem nevoa, os espigões do Gerez e das serras vizinhas de Braga dourados pelos raios do sol nascente; em redor de nós extensas curvas de verdura, eminencias pittorescas, e o sereno rio deslizando mansamente para o oceano agitado e irrequieto.

O maravilhar-se a gente em incessantes extazis será saudavel couza? N'este portentoso paiz, quem não fôr de pau ou de pedra, é forçoso que esteja sempre em plena admiração. Em todo o cazo, deve de ser bom para a alma de quem se defronta com tam bellos quadros. E os d'aqui são os mais deleitosos que a natureza póde ostentar. A alma sente-se erguida desde a contemplação de obras tão prodigiosas até ao grande e prodigioso Sêr, auctor da natureza.

Recolhemos com appetite voraz. O nosso amigo de idade madura — (chame-se assim o snr. Castella, que é o bastante ao propozito; que eu não ouzaria a indiscrição de lhe denunciar o genuino nome ainda que lh'o soubera) andava passeando na varanda com as mãos nas costas; e, se a cortezia me permitte dizer tudo, talvez um tanto zangado porque o obrigavam a retardar o almoço. Gostava que vissemos todas as couzas da terra; elle, porém, n'essa occazião «não pensava em nada d'isso.»

Se eu fosse sósinha, vizitaria os bellos edificios antigos de Barcellos, tam sómente por cauza das suas referencias historicas. Os camponezes, no escasso tempo em que os apreciei, pareceram-me activos, industriosos e alegres. Presenciei uma estranha pantomima ou baile composto por homens e mulheres, que se ajuntaram n'um campo á beira dos jardins da quinta. Estava no centro da roda dos seus parceiros uma rapariga. Dançou algum tempo com grandes gaifonas, batendo as palmas, gritando e dizendo umas couzas de que não percebi palavra. Eis que de repente faz uns gestos de afflicção e cáe por terra. Pareceu-me que o tal tregeito significava desesperos de amor, visto que um rapazola saíu da roda, e, achegando-se d'ella, deu-lhe a mão. Ergueu-se a môça mui contente e pegou de bailar com elle de roda, acenando e sorrindo aos espectadores quando passava. Parece que elle ganhou ciumes com isto, porque retirou a mão, segredou-lhe ao ouvido, e d'ahi destamparam ambos a vozear uns gritos tam selvagens e desentoados que não era nada agradavel ouvir-lh'os. Intervieram, porém, os seus amigos a reconcilial-os, e lá se conchavaram, acabando esta ridicula scena com um bailado geral. Vi uma couza semelhante, no hotel da Foz, entre os criados hespanhoes. As *señoras* tinham saído, e o barulho era tamanho que me queixei, suppondo que a criadagem andava ás pancadas. Explicaramme que se andavam divertindo em danças da sua patria.

Ficamos mais uma noute na quinta porque o snr. Rivas saíra, depois que viemos da Franqueira, a tratar negocios de Castella, que o detiveram até á noute. Durante a sua auzencia, o vetusto carro, arca de Noé, funccionou de novo. O snr. Castella levou-nos a passear duas horas, por dentro e á volta da Villa. É soberba a vista da ponte. Barcellos tambem teve seu farto quinhão de mosteiros. Afóra outros edificios antigos, tem ruinas de um paço real e uma curiosa e antiga egreja com o adro apillarado. A respeito d'esta egreja ha muitas fabulas. Contaram-me que uma das superstições é que em certos dias do anno apparecem cruzes no ar a pairarem sobre a villa, e que o ceu protege particularmente as crianças nascidas n'esses dias. (·)

(·) Percebeu mal o que lhe contaram. As cruzes não apparecem no ar, é na terra; e o facto das cruzes no Campo da Feira, póde pertencer á geologia, mas não á lenda. D'estas cruzes fallam dez auctores graves que tenho á mão; e um d'elles, o mais recente, é o snr. Domingos Joaquim Pereira, actual abbade de Santa Lucrecia do Louro, pessoa séria e de letras que assim se exprime na *Memoria historica da Villa de Barcellos*: «... Eu mesmo e os meus contemporaneos sômos testemunhas oculares das trez cruzes que em fileira appareceram e se conservaram muitos annos até que desappareceram...; a do meio maior e as duas dos lados menores, mas todas bem formadas, como demonstrando as trez do calvario; e as quaes foram ali veneradas, com flôres e luzes em volta, pelo seu zeloso devoto o *Maricôto velho de cima da villa*...»

Como se não bastasse o testemunho authentico d'este «Maricôto velho» o snr. abbade de Louro robustece a demonstração com outros argumentos, e conclue: «Cala-te, soberbo pensador! e, se razões não descobres para

Depois de jantar, estando nós sentados na varanda emparreirada que olha para o jardim, disse-me o snr. Castella: «Quando a *señora* esteve em Lisboa, é natural que ouvisse muitas vezes discutir livremente ácerca da actual guerra de Hespanha.» — «Os hespanhoes com quem lá estive não fallavam d'isso», respondi. — «Mas os portuguezes que diziam?» — «Que eu ouvisse, nada, salvo o proposito de se absterem de intervir, e a resolução de defenderem as fronteiras.» — «A senhora, como todos os inglezes em geral — tornou elle — sympathiza com a cauza de D. Carlos?» — «Não» — respondi sorrindo. E elle, rindo tambem: — «Porque não?» — «Porque entendo que D. Carlos, se vencer, restabelecerá a Inquizição.» (·)

— «É falso, é falso!» exclamou elle com tal vehemencia que eu me arrependi de responder tam francamente. Mas, caíndo em si, pediu desculpa da

---

explicar n'este ponto as vistas e os decretos da divindade, descobre-as ao menos, para as adorar, etc.»

Ha um livro, a respeito d'estas cruzes, não menos devoto, e muito mais noticioso É o *Tractado panegyrico em louvor da Villa de Barcellos por rezam do apparecimento de cruzes que nella apparecem.* Deu-o á luz fr. Pedro de Poyares, em 1672.

O titulo do capitulo 53 é: «*Compara-se França com Barcèllos.*» França não fica de melhor partido, porque fr. Pedro remata a confrontação d'este modo: «Se França está authorizada com corôa de espinhos, lança, redoma de oleo, flores de lis e auriflamma, Barcellos não menos está authorizada com apparecimento de tantas cruzes: se estas cruzes que se acham em França ennobrecem ao reino de França, o apparecimento de cruzes ennobrece Barcellos.»

Está dito.

(.) Eram curtos, mas ardentes, os horizontes politicos d'esta esclarecida

sua chamada exaltação, e accrescentou: «que posto as senhoras fossem privilegiadas em suas boas ou más opiniões, ainda assim corria aos cavalheiros o dever de as chamar á razão quando ellas evidentemente fossem injustas.»

E declarou-me então que D. Carlos, com certeza, dezejava restaurar a ordem e a boa administração; e que a Inglaterra, vendo quanto urgia á Hespanha possuir um administrador cuja auctoridade apontasse a tam almejado scopo, se declarára em pró dos seus direitos. «D. Carlos — proseguiu elle — enfreará a libertinagem que hoje predomina; mas dará ao povo hespanhol a *verdadeira* liberdade. Quanto ao intento de restabelecer a Inquizição, ou de estar disposto a submetter-se aos preceitos do papa, como absurdamente se diz, é idéa de todo o ponto avêssa a D. Carlos, que foi educado em Genebra, e é partidario de Voltaire. Elle admira e quer manter o systema da moral christá; mas não acredita que Christo fosse Deus. Os generaes da sua facção compartem estes sentimentos. Já vê portanto que os inimigos d'elle ardilosamente o figuram beato, intolerante e influenciado pelo clero. Porque não foi a Madrid?

_____

dama. É assim que se permittem idéas a senhoras, fóra do governo da caza. Medo da inquizição, medo da guilhotina, medo do petroleo sejam os trez constantes pavores das suas preoccupações, entre o crochet e a aprendizagem dos caldos inculcados pelo snr. R. Ortigão. Ter sempre de ôlho a panella em caza, e lá fóra S Domingos, Robespierre e Felix Pyat. Entrar um pouco mais na medúla da humanidade, alumiar-se em philosophia de historia para vêr ao longe, por entre profundezas nubelosas, as paixões necessarias e fataes que impellem o eixo d'esta bola achatada nos polos, isso é perigoso.

—perguntou elle—Theatros, touros, todos os recreios publicos, tudo está como era. Não será rapido
o vapor em Hespanha; as hospedarias serão más,
e altos os preços de commodidades inferiores; não
serão aceadas nem confortaveis nem baratas as diligencias; mas estes tropêços dão certo sainete á
viagem. Muitos inglezes actualmente concorrem ás
touradas em Hespanha e mais se divertem lá do que
nos paizes onde teriam menos dissabores, mas onde não achariam os estimulos que procuram.»

—«Estimulos d'essa especie agradam mais a homens que a senhoras—respondi eu.—E de mais a
mais as guerrilhas carlistas detêm os comboyos.»

—«O exercito carlista—replicou elle—é disci-
plinado e incapaz de exercitar officio de salteadores. Póde ser que alguma guerrilha dispersa haja
detido um comboyo por aqui ou por acolá, e revis-
tasse as malas dos papeis, ou exigisse passaportes;
mas não creia que se apossassem de dinheiro, bahus ou couzas de valia. Voto á cauza carlista a minha mais sincera sympathia, posto que já não des-
embainhe a espada em defeza d'ella. Se eu militas-
se, e soubesse que um soldado praticara roubo ou
insultava, mandal-o-ia arcabuzar immediatamente,
e não ha no exercito um official que deixasse de assim proceder.»

Não redargui, porque em Lisboa se contava que
encontrar um troço de carlistas ou uma malta de
ladrões orçava tudo pelo mesmo.

«Como avalia a senhora o caracter hespanhol?»
—perguntou.—«Gosto dos hespanhoes que tenho
conhecido; mas da indole da nação ainda não tive

opportunidade de formar conceito.»— «N'esse cazo,
eu sou idoneo para lh'o definir. Quanto ás mulheres,
dir-lhe-ei apenas que se parecem com as dos outros paizes, cada qual no seu genero; como perfei-
tissimas não as inculco; mas é incontestavel que
são seductoras. Pelo que respeita aos homens, o
caracter da nação hespanhola compõe-se de D.
Quichote e D. Juan. Achar um homem todo inteiro
n'um dos dous é raro; mas os dous amalgamados —
cavallaria e amor —é o predominante no hespanhol.
As differenças ou cambiantes de indole procedem
do diverso predominio d'um ou d'outro. Os hespanhoes, devotos do bello sexo, são como uns idolatras das suas dominadoras que divinizam: e d'ahi
deriva a influencia que ellas exercem. Assim é que
aos seus sentimentos cavalheirosos se deve o delicado ponto d'honra, a elevação dos principios, aquella
geral hombridade de espirito que extrema os cavalheiros hespanhoes de todos os mais homens.
Concorda, minha senhora?»— accrescentou elle.

D. Rita, que lhe escutara a parlenda com o
semblante expressivo do maximo applauso, exclamou: *Es muy verdad, meo tio.* Não tive remedio senão
confessar-me convencida. Arrisquei ainda uma pergunta: «*E os inglezes, señor?*»—«*Os inglezes...*
Ah! sim... As *damas* são uma delicia; os *caballeros* honradissimos; sim, honradissimos sujeitos, affectos á cauza de D. Carlos.»

Summariadas dest'arte as qualidades de Inglaterra, deu-me um aperto de mão, levantou-se, e
disse: «Já não ha sol no jardim; vamos dar uma
volta.»

Saímos ás seis horas da manhã immediata. Romano, o gallego que nos guiou desde Barcellos, acompanhou-nos a *Ponte da Lima*. Delicioso passeio a cavallo, de manhã entre campinas fertilissimas, grandiosamente pittorescas, valles cultivados, bacias viridentes cobreadas por arroios, matagaes, vinhedos, laranjaes, limoeiros de brilhante folhagem, oliveiras pardacentas, e lá ao longe, cristas de serras contornadas fantasticamente, onde o cedro e o cypreste confundem as suas sombras torvas com as do pinheiro, ainda mais triste. Á primeira luz, carvalhos enormes, castanheiros, sovereiros, dispersos ou agrupados, *cottages* meio emboscadas entre arbustos floridos e ramarias de copadas arvores, milharaes e almargens onde o gado se pascia: era d'um perfeitissimo bucolismo. Está o ar impregnado de um frescor de orvalho; cantam as aves alegres em todas as arvores, e a viração da manhã bafeja-nos aromas de alfazema, de jasmim e de rezèda montezina. Os camponezes de olhos negros, n'aquella «mansão de gozo e belleza» têm um olhar luminoso e feliz: saudam-nos com «*vivas*» e prazenteiros «bons dias.» Quanto mais íamos, crescia de ponto a opulencia da vegetação. Pendem ricos e sazonados fructos nos pomares e nas ramadas; flôres nos alcatifam o caminho; e, quando o formoso val do Lima, dos altos da serra que lhe formam a bacia, nos saíu de rosto, avistamos egrejas, ermidas, cruzeiros antigos, já nos cabeços das montanhas, já resaíndo d'entre o arvoredo.

A nossa excursão d'este dia terminou em uma antiga caza de campo, uma milha, pouco mais ou

menos, áquem da villa; e como anda não era noute, vimos Ponte da Lima e a su longa ponte de
vinte arcos. Continuei a ser hospda de um hespanhol, de menos idade que o Castela, mais que muito delicado; mas, acho eu, considrava-me perfeitamente *de trop*. Depois, ainda assim afrouxou bastante, e dezistiu da empreza de me falar inglez com um
mediocre phrazeado de linguagem uctoritaria, e começou a fallar em excellente franez, até que emfim
nos tornamos uma jovial *partie arrée*. Depois de
jantar, andamos uma hora embarados no Lima ou
Lethes, como dizem as varias endas quanto ao
primitivo nome do rio — por quaio a formosura da
paizagem fascinava quem a trans ozesse, delindo-
lhe da memoria a minima lembança de amigos,
patria e lares. Quando embarcamo n'a corrente clara e serena, esta azi e s ar-
se, e dardejava resplc s dour
purpurina no tôpo da tingi
claro. A lua, quazi e arg e
no oriente. Formo arde
gião! As orlas do rio lin
valhos, oliveiras e s rif
um pouquinho aba tic
e voltamos com li
através d'um bosq
  Tenho pena de
itinerario dos meu
ir a Valença, come
vissemos de Pont
Bernardes, que ca
rio nas «*Flores da*

mais abalizado peta Sá de Miranda. (·) Víramos de
relance a esbelta villa, que me consta encerrar antiguidades interes intes, e vestigios mouriscos. (··)
Mal poderiamos andar em grandes explorações de
manhã porque a ornada de Barcellos a Ponte da
Lima nos fatigar em extremo, e a excursão depois
de jantar extenura-nos. Dormimos agradavelmente a maior parte a manhã, rezolvidos a ir de tarde
rio acima em um arco toldado á Ponte de Barca, e
d'ahi seguir para Braga, abreviando assim a nossa
jornada para aqu lla cidade, e precorrendo, se não
menos montanhr, pelo menos uma região tam encantadora como da estrada de Ponte da Lima. O
rio Vez une-se a Lima, que no ponto do confluente
se passa em uma graciosa ponte. Tudo em deredor
em luz e rizos : as verdejantes, montanhas arbori-
das, carvalhos festoados de videiras. Quanto a
de Barca sei que é uma pequena villa que
iteressa. Parece que a sua principal jactan-
sepultur de uma mulher antiga, Maria da
e, no roiado de D. Manuel, chegou aos 110
idade, e deixou entre filhos e netos 120
tes, cuos reprezentantes ainda florescem

<hr>

ardemasceu na Ponte da Barca, e Sá de Miranda viveu
1, noctual concelho de Amares, algumas leguas distan-
a.
ticia e estancearem mouros em Ponte do Lima. Talvez
ouvis fallar em reliquias romanas do *Forum limicorum*
ianos ca sarracenos. Isso pouco importa.

menos, áquem da villa; e como ainda não era noute, vimos Ponte da Lima e a sua longa ponte de
vinte arcos. Continuei a ser hospeda de um hespanhol, de menos idade que o Castella, mais que muito delicado; mas, acho eu, considerava-me perfeitamente *de trop*. Depois, ainda assim, afrouxou bastante, e dezistiu da empreza de me fallar inglez com um
mediocre phrazeado de linguagem auctoritaria, e começou a fallar em excellente francez, até que emfim
nos tornamos uma jovial *partie carrée*. Depois de
jantar, andamos uma hora embarcados no Lima ou
Lethes, como dizem as varias lendas quanto ao
primitivo nome do rio — por quanto a formosura da
paizagem fascinava quem a transpozesse, delindo-
lhe da memoria a minima lembrança de amigos,
patria e lares. Quando embarcamos n'aquella corrente clara e serena, estava quazi o sol a transmontar-
se, e dardejava resplendores dourados a uma nuvem
purpurina no tôpo da serra, tingindo-a de um rozado
claro. A lua, quazi cheia e argentina, resplandecia
no oriente. Formoso entardecer em formosa região! As orlas do rio eram lindas, bordadas de carvalhos, oliveiras e sebes odoriferas. Desembarcamos
um pouquinho abaixo do sitio onde embarcáramos,
e voltamos com luar á quinta por outro caminho,
através d'um bosque.

Tenho pena de que um inesperado transtorno no
itinerario dos meus companheiros nos impedisse de
ir a Valença, como tencionavamos, e que tam pouco
vissemos de Ponte da Lima, patria do poeta Diogo
Bernardes, que cantou as bellezas do seu crystallino
rio nas *«Flores da Lima»* e retiro dilecto d'outro e

mais abalizado poeta Sá de Miranda. (·) Víramos de relance a esbelta villa, que me consta encerrar antiguidades interessantes, e vestigios mouriscos. (··) Mal poderiamos andar em grandes explorações de manhã porque a jornada de Barcellos a Ponte da Lima nos fatigara em extremo, e a excursão depois de jantar extenuara-nos. Dormimos agradavelmente a maior parte da manhã, rezolvidos a ir de tarde rio acima em um barco toldado á Ponte de Barca, e d'ahi seguir para Braga, abreviando assim a nossa jornada para aquella cidade, e precorrendo, se não menos montanhas, pelo menos uma região tam encantadora como a da estrada de Ponte da Lima. O rio Vez une-se ao Lima, que no ponto do confluente se passa em uma graciosa ponte. Tudo em deredor tem luz e rizos: alas verdejantes, montanhas arborizadas, carvalhos afestoados de videiras. Quanto a Ponte de Barca, sei que é uma pequena villa que pouco interessa. Parece que a sua principal jactancia é a sepultura de uma mulher antiga, Maria da Costa, que, no reinado de D. Manuel, chegou aos 110 annos de idade, e deixou entre filhos e netos 120 descendentes, cujos reprezentantes ainda florescem

---

(·) Diogo Bernardes nasceu na Ponte da Barca, e Sá de Miranda viveu na quinta da Tapada, no actual concelho de Amaies, algumas leguas distante de Ponte *do* Lima.

(··) Não ha noticia de estancearem mouros em Ponte do Lima. Talvez que lady Jackson ouvisse fallar em reliquias romanas do *Forum limicorum* e confundisse romanos com sarracenos. Isso pouco importa.

na Barca. Creio que a Barca contende com Ponte
da Lima na honraria de ser patria de Diogo Bernardes.

Saímos antes das cinco. Acompanhava-nos o
nosso hespanhol de Ponte da Lima, e um guia que
tomamos na Barca. Os nossos sacos de viagem le-
vou-os de manhã o gallego que nos foi arranjar hospedaria a Braga. Apezar de tortuosa, a estrada que
seguimos era boa, com primorosa paizagem d'um
lado e d'outro. Por perto de Pico de *Regulados,* montanhas tudo, serra escarpada; mas, ao chegarmos
ao cimo, um imprevisto panorama se desdobrou em
toda a circumferencia. Ao poente, o explendido brilho do sol a descer sobre os pincaros da serra, que
projectava estiradas sombras pelas collinas interpos-
tas. Grandioso espectaculo! E mais sublime ainda
quando o colorido do ceu occidental se esmaecia, e
o puro e limpido ambiente se rozava ao clarão in-
tenso da lua, entremostrando mais claro que de dia
o torvo espinhaço do carrancudo Gerez. Guiava-nos
a lua através de tenebrosos pinheiraes, e inundava
de prateada claridade as torres da bella cidade para
onde caminhavamos vagarosamente.

Tam inspirado se sentiu o nosso companheiro
adventicio pela formosura dos quadros que, em certo
sitio, prerompeu n'uns cantares improvizados em
louvor das creações da Natureza. Poetizou fervoro-
samente amorosas canções ás nymphas dos bosques, e cantou-as bem porque tinha excellente gar-
ganta. Rivas contagiou-se afinal d'aquelle enthuzias-
mo, e desatou a cantar uma especie de aria militar

que tinha um arriscado estribilho: *Por d'onde vamos? vamos por bella España.* Como ouvissemos rumor de passos, D. Rita assustou-se e pediu aos cantores que se dispensassem de acordar os eccos dos bosques portuguezes com os cantos revolucionarios de Hespanha, a menos que não quizessem, em vez de ir para a hospedaria, entrar na cadeia de Braga. Quando o ruido se avizinhou conheceu-se que era tropel de cavallos, e logo dous cavalleiros nos saudaram: *Viva, caballeros.* E, como vissem que nem todos eramos *caballeros,* descobriram-se e passaram, exclamando: «*Viva las damas! viva bella España!*» ao que se correspondeu convenientemente. Acho que nos foi util ser gallego o nosso guia, porque as innocentes cantigas e saudações, do modo como ao prezente está o animo do governo portuguez, poderiam dar azo a interpretações de conluio revolucionario. No entanto, fomos muito calados, depois que passamos o Cavado, onde encontramos o nosso gallego. Entramos sãos e salvos em Braga ás dez e meia.

Decentemente nos alojamos em uma hospedaria no campo de Santa Anna, — magnifica praça, rodeada de grandes predios, em um dos quaes é o depozito de livros raros e MSS que constituem a bibliotheca publica. Mas o nosso principal empenho era vêr a *Sé* ou cathedral. É um antiquissimo templo edificado, segundo consta, sobre as ruinas de um templo pagão, pelo conde D. Henrique, no primeiro quartel do seculo XII. Os sepulchros graniticos de D. Henrique e D. Thereza sua esposa estão na capella-mór. Tendo sido reedificada em diversas épo-

cas, a cathedral, com os seus variados estylos architectonicos, offerece construcção singular. O côro é antigo, e magnificente modelo de obra de talha, em bello jacarandá com relevos dourados. O orgão tem magestosa apparencia e magnifica toada. O altar do Sacramento é tambem primorosa peça de entalhamento: é todo feito de um tronco de pinho, com diversas figuras esculpturadas. Na sacristia achamse alguns quadros, mas nenhum de grande merito. Raro se encontram boas pinturas em Portugal; abundam, porém, as esculpturas primorosas em pedra e madeira. No tempo em que a Primaz das Hespanhas não era, como hoje é, mera distincção titular—posto que Braga ainda contenda em jurisdicções com Toledo, e sobreponha em todos os seus templos a cruz archiepiscopal — era opulentissimo o thezouro da cathedral, o mais opulento das Hespanhas. Agora mesmo ainda possue vazos de prata e ouro, joias e ricos paramentos. Conserva-se ainda o calice uzado pelo primaz arcebispo de Braga, S. Geraldo, no baptismo de Affonso Henriques, em Guimarães, por 1109, e outro de ouro, do seculo XV, em fórma de egreja torreada com sinos. (·)

A mais notavel curiozidade da cathedral é talvez o corpo de D. Lourenço, seu octagesimo sexto ar-

_____

(·) Diz a tradição que S. Geraldo baptizára o primeiro rei portuguez; mas não diz que se servira do calix no baptismo. O segundo calix não é de ouro: é de prata dourada, e 400 annos menos antigo. Presume-se dadiva do arcebispo D. Diogo de Souza.

cebispo. (·) Pelejou e saíu ferido da grande batalha de Aljubarrota; e revelou mais pujante animo de
soldado que piedade de sacerdote. Constituido arcebispo de Braga, restaurou a Sé, e accrescentou-lhe a
capella do S. Sacramento, que depois escolheu para
seu jazigo. Em 1663 — 300 annos depois do seu pas-
samento — abriu-se-lhe a sepultura, e encontrou-se
o corpo incorrupto, estado em que ainda permanece
sem ter sido embalsamado. É attribuido este milagre ao cheiro de santidade em que morreu. Admiravel couza é que não esteja canonizado, nem lhe
ponham na sepultura milagres. (··) Encerra a cathedral mais corpos de santos, e preciosas reliquias,
taes como um espinho da corôa do Salvador e um
frasquinho do leite de sua mãe. (···)

(·) Trigesimo oitavo. Lady Jackson guiou-se pelo principe Lichnowsky ;
mas desviou-se, ainda assim, de affirmar, como o viajante prussiano, que D.
Lourenço, cuja patria e familia ninguem conhecera, caira morto em Aljubarrota com a espada em punho. O valente caudilho de D. João I era da
Lourinhã, e neto da plebea Maria Vicente, que alcunharam a *Longa da Fonte*.

(··) D. Lourenço Vicente da Lourinhã mandou que o sepultassem na capella dos Reis. Volvidos seculos, houve reforma na capella, e então se abriu
o nicho em que está o beato Lourenço. O arcebispo finou-se em 1397. Se o
acharam incorrupto em 1663, havia 266, e não 300 annos que elle rezistia á
destruição. Não foi canonizado, ao que parece, porque se gabou em carta ao
abbade de Alcobaça de ter matado em Aljubarrota o castelhano que lhe deu
o gilvaz no rosto. O beato Lourenço parece que está envernizado de preto,
e d'isto se persuadiu o snr. doutor Augusto Filippe Simões, protestando contra a sandice no periodico *Lettras e Artes*. Não foi verniz que lhe deram. O
caso foi assim : Deu a traça no «santo», e o cabido mandou que o lavassem
com espirito de vinho, unico espirito de que podiam dispôr os conegos. A
operação fez-se; mas o alcool carbonizou a mumia. É o que foi.

(···) Esta tolice do leite é a primeira vez que a vejo escripta.

Urgia que, vizitada a cathedral, passassemos a
vêr as columnas romanas e «*as carvalhas*», arvores
grandes, muito altas, de vasta ramaria, mas cadu-
cas. Em demolição de predios antigos e nas excava-
ções, encontraram-se interessantissimas reliquias
romanas, esculpturas, e moedas de Tito, Nero e
outros imperadores.

Uma contenda absurda que se travou em Braga
não abona grandemente a intelligencia de parte dos
moradores da cidade archiepiscopal. Foi por cauza
da egreja de S. Domingos, que é ornamentada com
diversas estatuas de santos. São de pedra estas
imagens, mas as caiadelas e pinturas estragaram-as,
de modo que a clerezia deliberou apeal-as da
frontaria do seu templo. Quando, porém, a pessoa
encarregada da remoção com os seus operarios pôz
mãos á obra, a gente do districto caíu-lhe á perna
injuriando-a com palavradas e ameaçando-a com
pancadaria, se continuasse a ímpia obra. Estes
pios sujeitos entenderam que os santos cuja effigie
estava lá em cima, veriam naturalmente indignados
lá dos seus thronos celestiaes mãos sacrilegas la-
varem-lhes, cá na terra, as caras e os corpos, e
d'ahi adviriam a Braga funestos rezultados. A rezistencia foi de tal porte que se levou a cauza ao arcebispo, unico personagem habilitado para senten-
ciar o feito. Decidiu elle, emfim, não ser profana-
ção nem irreverencia descascar estatuas de pedra
dos seus habitos immundos de pó e tintas, e que
tam sómente recommendava aos artistas que se houvessem cuidadosamente em não offender a pedra
emquanto desfizessem os involucros que desfigu-

ravam os santos. Como remoque portuguez jogado aos pios supplicantes dizia-se que o arcebispo *os pintára* tambem; ou como elegantemente ouvi traduzir para inglez o dito: «*sent them off with a flea in the ear.*» (·)

A duas milhas de Braga, ergue-se uma ingreme montanha em que está o templo do Bom Jesus do Monte, cuja romaria rivaliza em fama com a do Bom Jesus de Mathozinhos. Lá fomos, posto que a melhor occazião d'esta vizita seja no Espirito Santo. Concorrem então milhares de peregrinos, e tam pios quanto foliões, por ali passam trez dias de festa. Certamente que a primavera é a unica estação em que póde vêr-se commodamente alguma couza em Portugal. O paiz reveste-se então de verdura, desentranha-se em flôres e por toda a parte revê o crystal das ribeiras e arroios. Na primavera, os dias são comparativamente frescos, e bastante grandes para jornadear de dia. Por estes sitios, a vegetação é ainda opulenta como no sul, e a paizagem maior. As bellezas do paiz no outomno sobreexcedem as da primavera. Realçam-nas o brilhantismo da folhagem variegada, a formosura das parreiras, e

_____

(·) *Impontou-os com pulga no ouvido*—é como, á letra, póde traduzir-se a translação do «remoque portuguez»; mas onde está o remoque? O arcebispo, tratando-se de pintar santos, diria que os *santos*, que lá foram queixar-se, *nem pintados os queria?* Então, sim, haveria tal qual chalaça, e os queixosos, *saíndo de catrambias*, levavam com certeza pulga no ouvido. A historia, porém, que lady Jackson conta, seria verosimil, se em Braga houvesse uma egreja de S. Domingos.

das arvores carregadas de pomos sazonados, as espessas moutas de flôres outomniças, e a lucida folhagem das perpetuas. Mas os dias finaes do estio e o começo do outomno são intensamente abrazadores, e quem viajar, embora o faça de manhã, sentirá maior fadiga que prazer.

Romano, o gallego, ao romper do dia, saíu com os cavallos para Barcellos. Saímos nós para o Monte ás quatro horas, e subimol-o a pé. O caminho é ladeiroso, mas bem gradado, com duas filas de sovereiros, uma de cada lado. Com o fim provavelmente de amenizar a difficuldade da subida, o caminho é de rodeio, no estylo de zig-zag. Vae um muro acompanhando as revoltas, bordado de altos carvalhos a bracejarem ramos que se entretecem em deliciosa abobada de folhagem. De vez em quando, um lanço de escadas offerece repouzo ao romeiro. De ambos os lados da subida, a distancias regulares, ha oratorios ou capellas, doze ao todo, e cada qual tem sua pia que recebe agua de uma bica. Estes oratorios contêm porção de figuras toscas de pau do tamanho natural, em grupos, reprezentando scenas da Paixão do Senhor, desde a traição da ultima ceia até á Crucifixão e Ascenção. São curiozissimos, e talvez como convém que sejam, para que os augustos successos que reprezentam impressionem os brutos espiritos da classe que frequenta a *romaria;* ainda assim, pareceram-me tristissima caricatura de couzas sagradas e divinas.

No alto do Monte ha mais capellas do mesmo feitio. Pouco abaixo, está a egreja do Bom Jesus, mais singela em ornamentação e de melhor gosto que as capellas, posto que o altar-mór, reprezentando a Crucifixão, está cheio de figuras de vulto esculpidas em madeira. Na sacristia ha bastantes retratos, e um bello crucifixo de marfim. Mas as vistas lá do alto valem mais que tudo. Que grandeza, extensão e variedade! Além, prorompem os severos môrros do Gerez, serranias densas de arvoredos e escurentados pinheiraes; em baixo, ferteis descampados, a linda cidade vetusta, com as suas flechas e torres refrangindo os raios solares; jardins e vergeis, valles e outeiros, riachos serpeando, formozissimo tudo em que os olhos param.

Encontramos no fundo do Monte os cavallos em que deviamos ir para Guimarães, tendo sido nosso intento ir ás caldas do Gerez. Dissemos adeus a Braga. Eu, por mim, enviei-lhe «um lance de olhos anhelante, languido.» Caminhamos por sitios encantadores, vistos, como no dia antes, sob o effeito do sol-poente e o brilhar da lua, que « emprestava magia ao espectaculo.» Já tinhamos quartos alugados na hospedaria da Praça, e esperava-nos a ceia. Na seguinte manhã, primeiramente, como em toda a parte manda a etiqueta, vizitei a *Sé,* ou, como lá dizem, a egreja collegiada, porque Guimarães não é bispado. Esta veneranda e velha cidade é conhecida em Inglaterra especialmente pelas bocetas lindamente enfeitadas, que levam o seu nome, e vão cheias das famosas ameixas de Guimarães. Dá-lhe fama em Portugal ter sido o berço do fundador da monarchia. Reza a tradição que na antiga capella de Santa Margarida ainda existe a pia em que foi baptizado Affonso Henriques, — o Alfredo Grande, por-

das arvores carregadas d pomos sazonados, as
espessas moutas de flôres atomniças, e a lucida folhagem das perpetuas. Ma os dias finaes do estio
e o começo do outomno ao intensamente
dores, e quem viajar, erbora o faça de manhã,
sentirá maior fadiga que pazer.

Romano, o gallego, acromper do dia, saíu com
os cavallos para Barcellos. Saímos nós para o Monte
ás quatro horas, e subimao a pé. O caminho é ladeiroso, mas bem gradad, com duas filas
vereiros, uma de cada lao. Com o fim provavelmente de amenizar a difficuldade da subida,
nho é de rodeio, no estylode zig-zag. Vae um muro
acompanhando as revolts, bordado de altos carvalhos a bracejarem ram que se entretecem em
deliciosa abobada de folhg 'm. De vez em quando,
um lanço de escadas offéece repouzo ao romeiro.
De ambos os lados da subia, a distancias regulares,
ha oratorios ou capellas, doze ao todo, e cada qual
tem sua pia que receboagua de uma bica.
oratorios contém porçãode figuras toscas de pau
do tamanho natural, em grupos, reprezentand
nas da Paixão do Senhor desde a traição da ultima
ceia até á Crucifixão e Asenção. São curiozissimos,
e talvez como convém de sejam, para que os augustos successos que rprezentam impressionem
os brutos espiritos da cla e que frequenta
ria; ainda assim, pareceam-me tristissima caricatura de couzas sagradas divinas.

No alto do Monte h mais capellas do mesmo
feitio. Pouco abaixo, esí a egreja do Bom Jesus,
mais singela em ornamutação e de melhor gosto

que as capellas, pos) que o altar-mór, reprezentando a Crucifixão, etá cheio de figuras de vulto esculpidas em madeiı. Na sacristia ha bastantes retratos, e um bello cıcifixo de marfim. Mas as vistas lá do alto valem ıais que tudo. Que grandeza, extensão e variedade !Além, prorompem os severos môrros do Gercz, ser2nias densas de arvoredos e escurentados pinheirı s; em baixo, ferteis descampados, a linda cidade etusta, com as suas flechas e torres refrangindo osraios solares; jardins e vergeis, valles e outeirosriachos serpeando, formozissimo tudo em que os lhos param.

Encontramos no fıdo do Monte os cavallos em que deviamos ir para ıuimarães, tendo sido nosso intento ir ás caldas do ıercz. Dissemos adeus a Braga. Eu, por mim, envie-lhe «um lance de olhos anhelante, languido.» Caminhamos por sitios encantadores, vistos, como no ca antes, sob o eﬀeito do solpoente e o brilhar dı lua, que «emprestava magia ao espectaculo.» á tinhamos quartos alugados na hospedaria dı 'raça, e esperava-nos a ceia. Na seguinte manhã, ımeiramente, como em toda a parte manda a etiıeta, vizitei a *Sé,* ou, como lá dizem, a egreja cclegiada, porque Guimarães não é bispado. Esta 'eneranda e velha cidade é conhecida em Inglatera especialmente tas lindamente enﬂeiuaas, que levam o vão cheias das famosı ameixas de Gı lhe fama em Portugal er sido o bı da monarchia. Reza a adição oı de Santa Margarida ai la exiı ptizado Aﬀonso Henriı es

tuguez. (·) D. João I fundou a egreja da Senhora
de Oliveira, e muitas outras em diversos pontos do
reino depois da batalha de Aljubarrota, em cumprimento de votos. Guimarães, tanto como Braga, merece o desvelo dos antiquarios. Que fertil colheita de
investigações archeologicas não offerecem as antigas villas e cidades da «Formosa Lusitania!»

Permanecem ainda restos do castello que habitaram os paes de Affonso Henriques, D. Henrique e
D. Thereza, filha do rei de Leão, que trouxe em do-
te Guimarães e outras villas e cidades ao norte. É
magnificente a vista do terraço do castello. As pris-
tinas muralhas da villa, com suas torres e torriões,
são d'um alto interesse, e n'isto cifra o antigo paço
dos reis, convertido hoje em quartel. Cercam Guimarães altos sêrros. Deliciam-lhe os arrabaldes vergeis, vinhedos e lindissimos jardins. As ladeiras são
alcatifas de verdura. Frondejam carvalhos e castanheiros por sobre os passeios. Em muitas quintas
de redor ha vastos sobreiraes. Dous rios, Ave e Vizella, golpeam aquelles uberrimos valles e lhes em-
bellecem as encantadoras e variadas paizagens. Formoso sitio!

Ali passamos segunda noute, e na manhã seguinte partimos para o Porto, onde sómente me apossei
da bagagem que lá deixara, e almocei com os meus

(·) Não ha «capella de Santa Margarida» : é na egreja de Nossa Senhora de Oliveira que está a pia baptismal, que para ali veio em 1664 da egreja de S. Miguel do Castello, onde o filho do conde D. Henrique de Borgonha
foi baptizado.

amigos portuguezes. No comboyo da tarde fui para
Espinho — aldeia de pescadores e de banhos — onde
se fez uma grande cazaria para cazino ou hotel, e
tambem um quarteirão ou dous de cazas com o intuito de desviar a concorrencia á Foz. Mas o logar é
triste, e figurou-se-me um dezerto depois do scenario que precorri. Ainda assim não é tam mau como
a Granja, outra aldeola de areia, entre Porto e Espinho, onde igual esforço se emprega para apanhar
alguns vizitantes desgarrados, agora que os portuguezes principiam a passear na sua terra. Mas estas melancolicas e pretenciosas aldeias não podem
aspirar a rivalizar com a Foz, ainda mesmo que esta linda villa balnearia não tivesse o attractivo de estar ali tam ás portas da ridente cidade do Porto.
Espinho está a meia hora de distancia da estação
de Villa Nova. Paramos ali unicamente para passar
a noute, e lá achamos, como em todos os dezer-
tos de areia, grande animação de pulgas. *Graças a
Deus!* que nos safámos ao amanhecer do dia seguinte.

CAPITULO XXV

Coimbra, setembro.—Abalei dos saibrosos plainos e outeiros de Espinho, no comboyo da manhã, projectando saír na estação da Mealhada, onde ha *diligencia* para a povoação de Luzo, muito concorrida, ha anuos, em razão da sua temperada primavera e dos seus banhos mineraes. Luzo está nas faldas da mais alta serra da cordilheira da Estrella. Ergue-se no seu vertice o extincto convento de Santa Cruz do Bussaco. É famosa, por fertilidade e belleza, em todo Portugal, aquella matta; mas as eminencias do Bussaco são principalmente celebradas pela porfiosa batalha em que os francezes, commandados por Ney e Massena, foram desbaratados pelo exercito anglo-luzo, sob o commando de Wellington, em 27 de setembro de 1810.

Soubemos na Mealhada que a *diligencia* sómente saía á tarde; e, podendo acontecer que todos ou quazi todos os logares estivessem tomados, só *por favor* seriamos recebidos como podésse ser, se por acazo houvesse aonde. O carro ordinario saíu ás cinco da manhã, e ahi provavelmente poderiamos

ter quatro logares. E, no entanto, como a estalagem
da terra não tinha cómmodos, poderiamos dormir
n'um quarto de certa caza ali perto. Aquella gente
espantou-se de que nós, sendo todos do mesmo rancho, não quizessemos ficar juntos no mesmo quarto.
Dezistindo, pois, d'esta restricta hospedagem, e in-
formados de que não havia carruagem de aluguer
para Luzo, regressamos ao comboyo que por fortuna
ainda estava na estação, e chegamos a Coimbra
cêrca do meio-dia.

Havia muitissima calma, e pensamos em ficar
descançando um pouco no *buffet* d'esta espaçosa estação; mas immediatamente fomos assediados por
uma caterva de farrapões que se atiraram ás bagagens e as guindaram ao tejadilho de um carro. Não
havia ali carregadores proprios da via-ferrea, nem
as bagagens eram expostas n'uma plata-fórma como
em Inglaterra, mas sobre um balcão, com uma corja
de garotos atraz da gente para se agarrarem a ellas.
Em Coimbra não ha revista aduaneira como em Lisboa e Porto, onde estão soldados em vigilancia para
impedirem que os gatunos, semelhantes aos da sel-
vatica Irlanda, se não finjam carregadores. Fóra da
estação havia uns carros pequenos de cortinas, pertencentes aos diversos hoteis; e, como os passageiros eram poucos, os cocheiros disputavam desabridamente para se apossarem de nós. Justamos o carro
do Hotel do Mondego; logo, porém, que os nossos
perseguidores viram que não nos podiam attraír nem
bigodear, a bagagem passou de um carro de outro
hotel para o nosso; mas fizeram-no de má vontade,
murmurando, e invectivando contra «*extrangeiros,*

francezes, hespanhoes, inglezes», tudo com epithetos de escarneo que nos dirigiam. Escapos uma vez da estação, não tivemos mais dissabores na Luza Athenas.

Coimbra dista obra de milha e meia da estação, que está ao sopé de um monte a pique. A ida para a cidade por larga estrada, vestida de tilias, é agradavel couza. Fizemos estrepitoso barulho por aquellas ruas esguelhadas e verdoengas, até que o cocheiro, parando de repente defronte de uma caza de triste aspecto, declarou que estavamos no Hotel do Mondego. O que viamos, porém, eram as trazeiras da caza; e, posto que a espectativa não promettesse muito, logo conhecemos que não havia razão de nos arrependermos da escôlha. O Hotel Central do Mondego é um antigo estabelecimento, caza muito conhecida, e bom molde do velho jaez de hoteis portuguezes de primeira classe. A caza é decrepita; tem pavimento carunchoso e de esconso como se tivesse descaído para um lado. São pequenissimos os quartos. Os nossos eram quatro, dous de cada lado, com uma sala no centro e uma grande varanda alpendrada, d'onde se goza um extenso e bello panorama de campinas e serras. Os andares superiores têm analoga dispozição.

Viamos a corrente argentina do classico Mondego a derivar pelo seu louro areal. A margem d'além é escarpada, e tem lá no alto o vasto mosteiro de Santa Clara. As ruinas do antigo convento, ao fundo, estão meio soterradas em areia. Destruiram-no as inundações do rio impetuoso e assolador, tam placido agora. Á direita do mosteiro está a *Quinta das Lagrimas,* que suggere reminiscencias da historia romantica e melancolica dos amores de D. Pedro I «*O Justiceiro*» e da formosa Ignez de Castro, que foi exhumada pelo mais constante e ardente dos reaes amantes para ser coroada e preitejada como rainha. (·)

Ali perto, sob a lugubre sombra d'um cyprestal, murmura a *Fonte dos Amores,* cujo fio de agua conduzia n'um barquinho de cortiça as cartas amorosas do principe para a sua inclaustrada noiva. Em lapide tosca estão gravados versos com que Camões immortalisou a tragica historia da amante, amada e desditosa Ignez. Ha por aqui bonitas cazas ruraes com varandas cheias de flôres, e renques de tilias e acacias. Perto da orla do rio rescendem giestaes e hervagens odoriferas. Os chorões roçam a limpida corrente com as suas vastas e graciosas madeixas. As margens declivosas, que se prolongam para o lado esquerdo, quanto a vista póde abranger, e curveteam para norte, vão cobertas de vinhas e laranjaes. Os vizos dos montes são coroados de castanhaes e carvalheiras. Gentil Mondego! Que instincto do bello tiveram os fundadores das cidades portuguezas! Onde se encontraria mais delicioso local de que este da velha cidade das lettras? Aqui

---

(.) A coroação de Ignez de Castro defuncta é uma lenda. O veridico e austero Fernão Lopes não a refere; e Manoel de Faria Souza — o invencioneiro — que a inculca, no commentario a Camões, allega um *instrumento publico* que só elle viu.

foi a capital do reino até que o vencedor dos castelhanos, D. João I, a transferiu para Lisboa. (·)

Serviram-nos o almoço em uma sala esteirada
e limpa com vista sobre o Mondego. O serviço foi o
mais delicado e accado que eu ainda encontrára: lustrosa prata, louça da India, alvissimos guardanapos,
optima comida, criados attenciosos — todos homens;
por que na caza, acho eu, que, excepto a dona, que
é viuva, mulheres não havia nenhuma. Fez-nos ella
uma especie de vizita de comprimento, para nos dar
as boas vindas, e pôr á nossa disposição a sua caza,
como se fosse nossa. O criado que tratava dos
quartos fazia-nos rir quando erguia os cobertores,
e nos chamava, expondo os colchões a perfeito exame, dizendo: «*Estas são camas de boa qualidade* —
e a roupa tambem é muito boa, branca e fina.» E com
certeza não só as camas e roupas, que elle tam energicamente asseverava serem as melhores de Portugal, mas tudo mais n'aquella caza é escrupulosa-
mente aceado, e por preços baratissimos.

O meu quarto é forrado de papel com pinturas
que reprezentam pilares de marmore dispostos sobre um pedestal. Os pilares começam onde acaba o
azulejo que veste porção da parede. Cada pilar, que
sóbe até ao tecto, está cheio de elegantes expansões poeticas, umas latinas outras gregas; todas,

---

(·) Coimbra foi côrte exclusiva, sómente desde Affonso Henriques até
Affonso III, que constituiu côrte Lisboa juntamente com Coimbra. D. João II,
a requerimento dos povos, mudou definitivamente a côrte para Lisboa.

ao que parece, insinuadas pela inspiradora perspectiva da janella. (·) Este ponto de vista é differente do da sala. Abrange algum tanto mais a
nordeste; pelo que, além dos bosques, vergeis, e
viridentes collinas, alcança a universidade com a
sua bella torre e o observatorio que fórma o tôpo
da resvaladia montanha em que se recosta Coimbra.
Alguns d'aquelles versos são optimos, e, com certeza, producções de estudantes de Coimbra que occuparam este quarto, e em geral não são simples ra-
pazices como os versinhos dos estudantes das universidades de Inglaterra. Apostrópham o Mondego em linguagem inflammatoria, como a divindade
que disputa bellezas com Hebe e Venus. Gemem
saudosos ao deixar Coimbra — «*Minha bella Coimbra*»; ou: «*Os olhos escuros*» de uma «*graciosa senhorita*» parece tornarem mais amargurado o adeus
á *Alma Mater*. Abundam aqui fragmentos poeticos e
imaginosos improvizos que formariam um volume.
E, na verdade, o claro Mondego presta-se litteralmente ao nome que a miudo lhe dão — «rio das mu-
zas.» Afóra isto, exerce elle um especial encanto

(·) Versos gregos no Hotel do Mondego escriptos por estudantes! Bom
é que na Europa se acredite isso; mas infelizmente lady Jackson enganou-
se. Ella, não podendo perceber os alexandrinos de alguns rapsodos nossos
contemporaneos, cuidou que a poesia era grega. A respeito de linguas, a
mocidade academica de 1874 sabia:

> ...*que Deus em turco* ALLÁ *se chama,*
> *que, no grego alphabeto,* G *é* GAMA,
> *que* TAURUS *em latim quer dizer* TOURO.

sobre os portuguezes: é que não passa por terra alheia. Desde que nasce na serra da Estrella até que morre no oceano, na Figueira, o formoso Mondego é sempre um rio portuguez.

Talvez que se devesse vizitar a universidade primeiro que a *Sé* como objecto de maior interesse para viajantes; porém, como lá se festejava não sei que santo, era duvidoso se m'a deixariam vêr. As lojas tambem estavam fechadas: parece que a gente d'ali em geral vae divertir-se fóra de barreiras. Da minha varanda vi lá em baixo grupos muito festivos á ourela do rio ou embarcados em botes pela margem d'além. Andavam outros á beira da velha ponte de pedra, que se está derribando, por que estorva a corrente do rio:—tam enterrados estão os seus arcos na areia. É a segunda ponte que se some: disseram-me que a primeira está debaixo d'esta, soterrada no leito arenoso do Mondego.

O trajar domingueiro do povo é diverso do que uzam as aldeãs suburbanas do Porto, principalmente no feitio do chapeu, que tambem tem aba larga, mas descaída para a nuca. Excedem-nas no alardo de ponderosas correntes de ouro, que pelo tamanho e grossura, parecem insignias de dignatarios civicos. Afóra estes enfeites, uzam cruzes, broches, arrecadas, anneis e pulseiras, chitas ramalhudas, lenços bordados e aventaes, ramilhetes e grinaldas nos chapeus, soccas elegantes e, ás vezes, meias.

Emquanto esperavamos *cicerone* que nos guiasse no labyrinto das estreitas e tortuosas ruas que conduzem á *Sé velha,* entramos na sala de jantar do hotel. É comprida e alta: sobre a escarpa da cha-

miné tem um avizo escripto em uma grande taboleta,
que diz : « Não é permittido fumar, durante o jantar,
estando *senhoras*.» Penso eu que é grande e desne-
cessaria a privação imposta aos hospedes ; e, se
são estudantes os commensaes, com certeza dezeja-
rão encommendar as damas ao diabo — peço que
me desculpem o nervoso da expressão — por quanto, que hespanhol ou portuguez jantará confortavelmente não fumando? E quantas das taes senhoras
dezejariam tambem fumar? É certo que em um jantar particular vi uma senhora, depois de jantar, fumar o seu cigaretto, como qualquer cavalheiro. Ora,
posto que eu não fume, tam affeita estou a ser fume-
gada que receio, quando saír d'este bello paiz, levar
ainda nos vestidos o aroma do tabaco. (·)

As ruas de Coimbra são negras ; muitas são meras viellas, de costa acima quazi todas, escadeadas,
litteralmente, calçadas de pedrinhas redondas, de
nenhum modo gratas aos pedestres. Algumas são
asquerosas ; mas, hoje em dia, creio que já se não
faz mister aos estudantes, primorosos como já foram no calçado, estabelecer estações em diversos
pontos da cidade para, durante o dia, mudarem de
sapatos. Ultimamente esta pachorrenta mansão da
sabedoria saíu do seu serio n'algumas scenas de
arruaça motivadas pelo descontentamento dos estudantes por certas reformas universitarias e com

---

(.) Lady Jackson já nos disse graciosamente que fumou. Logo veremos que tornou a fumar graciosamente. Está em lettra redonda e portanto
immortalizado o escandalo que por ser de fumo não ficará menos duradouro
que o bronze na memoria das inglezas graves.

certos professores que as fomentavam. Saíram estoques e pistolas n'esses conflictos; creio, porém, que não correu sangue, e todo o prejuizo se cifrou em algumas arranhadellas de cara. Actualmente estão fóra muitos academicos; mas alguns vi envoltos nas suas grandes·capas, descobertos, posto que tinham uma especie de carapuças que trazem nas mãos ou nos bolços, e com ellas cobrem as cabeças á semelhança dos nossos «opas-azues». (*Blue-coat boys*).

É a *Sé* velha um singularissimo edificio gothico, anterior, segundo se diz, á fundação da monarchia portugueza; mas os portuguezes gostam de dizer que as suas cathedraes e outros edificios, quanto á data da edificação, *se perde na noute dos seculos.* (·) A *Sé,* porém, é antiquissima, sem duvida, e as suas decrepitas paredes afortalezadas mais assemelham antigo castello que edificio religioso. É quadrangular, (··) com um zimborio encimado de cruz de ferro; mas não tem torreões nem trapeiras, salvo um gradeado de pedra sobre o arco da porta principal. Tem ao lado esquerdo uma porta com um arco de marmore primorosamente lavrado. (···) Ha na *Sé* diversos tumulos egregiamente esculpturados, muito para se vêrem, e o côro grande é reputado um primôr. N'esta cathedral foi coroado D. João I.

_____

(·)   A Sé Velha foi edificada, no reinado de D. Affonso Henriques, pelo bispo D. Miguel, entre 1160 e 1180.
(··)   A planta do templo é um parallelogrammo.
(···)   Pedra de Ansão, e não marmore.

Tanto os templos como outros edificios, que em
Coimbra são numerosos, têm sido detençosamente
descriptos; pelo que, me abstenho de amiudar mais
pormenores; além de que, me fallecem conhecimentos architectonicos para tornar interessantes taes
particularidades.

Admiro distinctamente o templo de Santa Cruz,
com as curiosas esculpturas da sua frontaria, e singular torre de molde mourisco. Egreja e mosteiro
fundou-os D. Affonso Henriques, que lá está sepultado com seu filho D. Sancho. Quando D. Manuel
restaurou a egreja, abriram-lhes as sepulturas, e
acharam, segundo se diz, os corpos incorruptos como o de D. Lourenço em Braga. Vestiram-os de
manto real, sentaram-os em thronos, e o rei com a
côrte ajoelharam e beijaram-lhes mãos e pés. Repo-
zeram-os depois em novos sepulchros, erigidos por
D. Manuel. Referem tradições prodigiosos cazos da
sua apparição na batalha de Aljubarrota. (·)

É de alabastro perfeitamente cinzelado o pulpito
d'esta egreja. Reprezenta em oito quadros os milagres do Senhor. A fórma é octógona, e a pedra
esculpturada é inteiriça.

Rezervamos a universidade e outros logares
para quando regressarmos do Bussaco. Á tardinha,

(·) Esta maliciosa senhora não perde lanço de contar aos seus inglezes
que nós temos tradições parvoas. Parece que só conversou com tolos em Portugal. Informou-se com os estalajadeiros, ao que parece.

Quanto ao beijamão dado pelos dous cadaveres, isso é uma fabula das
muitas que ·inventou D. fr. Nicolau de Santa Maria, chronista dos cruzios.

FRONTARIA DA EGREJA DE SANTA CRUZ, EM COIMBRA.

subimos aos jardim botanico e aqueductos, e pas-
seamos entre os elegantes na bonita alamêda, á
margem do rio. Estudantes e lentes com as suas
vestes academicas, e senhoras esmeradamente trajadas iam e vinham, ou sentavam-se debaixo das
tilias e acacias d'este passeio graciosamente arbori-
zado. Estava o ceu de um azul suave, purpurino,
no occidente. Rodeavam-nos laranjaes e jardins; o
halito das flôres rescendia fragrancias; ao longe, bosques fechados, veredas sombrias serpejando por entre outeiros, para além dos quaes se boleavam de
azul as serranias.

Vinha um murmurinho de vozes longinquas do
lado do rio: é que ainda não acabara a festividade.
Ás vezes, lucilava um *foguete,* e na longa fileira de
janellas de Santa Clara já scintillavam luzes. Voltamos ao nosso hotel; e, sentados na varanda, a tomar
café e a fumar cigarettos, estivemos até que o luar
banhou o delicioso panorama. Que deslumbrante alvejar de cazas! Que brilhante rutilar o do Mondego,
quando reluzia como corrente de prata por entre as
suas orlas florecentes!

Ao arraiar do dia, deviamos partir para o Bussaco. O nosso amigo hespanhol, D. Antonio — não
lhe ouvi dar outro nome — encarregara-se de nos bater á porta dos quartos ás quatro horas; mas tam fatigados estavamos com os passeios da vespera — e
elle tanto como nós — que, vindo o porteiro chamar-
nos ás seis, sobresaltou-nos o sereno dormir com
estrondosas palmadas na porta de Antonio. Disse
elle que já batera outra vez, e que o carro esperava,
havià mais de uma hora. A nossa consternação su-

biu de ponto; por que o profundo lethargo nos com-
pelliu a dezistir do passeio. Mandamos pois o trem
embora, e que viesse ás oito. Então saímos a aproveitar a licença obtida para vêr a universidade.

Está situada em tal eminencia, que vale a pena
lá subir só para gozar a vista que d'ali se abrange.
Receberam-nos com aquella affavel urbanidade de
maneiras tam caracteristicas dos portuguezes, e mos-
traram-nos as diversas peças que constituem a universidade. Parte é antiga, parte moderna: em diversos periodos houve ampliações e accrescimos. Subimos á torre, d'onde se avista a cidade inteira, e o
rio semelhante a serpente de aço que vem faiscando
por entre os valles, bosques e serras dos seus bellos arredores por espaço de milhas. Parece-me ser
aquillo superior a tudo: era com certeza o mais explendido espectaculo que ainda víramos. Precorre-
mos as aulas e o museu: tudo aceado, espaçoso,
elevado. Os instrumentos astronomicos do observatorio dizem-me que emparelham com os melhores
da Europa.

Mas, a meu vêr, a mais notavel peça da universidade é a bibliotheca. Consiste em vistosa fileira
de salas, com galerias repartidas em secções de livros das differentes linguas. A solemnidade de tom
dos ornatos diz ao propozito a que são destinadas
as salas — um certo silencio em que se compraz o
espirito, e favoneia o estudo. Ha gabinetes distinctos para os academicos premiados que queiram
estudar em separado. É grande a livraria, rica de
edições raras e MSS dos extinctos conventos, livros gothicos, illuminuras em pergaminho, e col-

lecção de gravuras, algumas antigas e exemplares unicos.

Este agora não é tempo proprio para vizitar Coimbra. Principiaram as ferias, e poucos estudantes ficaram; de modo que as ruas estão ermas. Cursam, termo medio, 1:000 a 1:200 estudantes, e os lentes, que são muitos, tambem se auzentaram. Vivem os academicos na cidade em cazas particularmente dezignadas para os receberem, e com a sua prezença dão vida áquelle provecto, lugubre e horrendo arruamento. Governam a universidade um reitor, chanceller, decanos e outros. As leis, ou estatutos por que se regulam, creio que divergem agora muito dos que se observavam antes da extincção dos institutos monasticos. (·)

As informações obtidas, esta manhã, a respeito da estrada que dezejavamos seguir para o Bussaco, decidiram-nos a saír de Coimbra entre as trez e quatro horas da tarde. (··) São dezoito ou vinte milhas de distancia. Até aos Fornos, seguimos a estrada velha

---

(·) Não ha rezidencias privativamente dezignadas para alojamento de academicos. Quanto a estatutos, os reformados no reinado de D. José emanciparam a academia da influencia monacal. Desde 1773 que ali se professam as sciencias com pouco deslize das mais adiantadas universidades da Europa. Pelo que respeita a estatutos, o estudante, fóra das obrigações escolares, é um cidadão indistincto dos outros. Do passado conserva apenas a capa e a loba, que despe fóra dos Geraes para envergar um paletó surrado, uma calça á faia esgarçada, e um chapeu á bombeiro com inclinações afadistadas. Se não todos, alguns d'elles sáem d'ali muito ignorantes, muito devassos, e excellentes ministros da corôa.

(··) Esta senhora houve-se generosamente com a princeza do Mondego. Não é esse o costume dos hospedes inglezes. Richard Twiss, que esteve em

do Porto, por entre aldeias e alegres sitios de vinhas, fructas e sombras. D. Antonio ia cantando as suas canções dilectas para supprir, dizia elle, a escassez de aves canoras nas florestas de Portugal. Ora é certo que por ahi rouxinoes não faltam, e nem são avaros das suas prendas nem se receiam de cantar. (·) Aos Fornos tomamos á direita, e avistamos, demarcando o horizonte, a cordilheira da Estrella; e mais perto, diante de nós, o seu mais alto cume — o Bussaco. Desde aqui, o campo era mais arido, ou menos pittoresco, por que a terra produz cereaes, vinho e azeite. Perpassamos por duas aldeias e alguns *cottages* dispersos, com seus milharaes e pomares; e, saíndo da estrada real por cangostas impraticaveis, chegamos providencialmente a Luzo. Não era aqui o nosso destino; mas o cocheiro não sabia o caminho, posto que pretendesse conhecel-o palmo a palmo, dizia elle. A ultima parte da jornada foi terrivel: caminho ermo, escabroso, e o presentimento de passarmos a noute *à la belle étoile,* a menos de

---

Coimbra em 1773, homem de lettras, escreveu um enorme livro ácerca de Portugal e Hespanha, dedicando a Coimbra as cinco seguintes linhas: «Coimbra «é uma universidade situada n'um monte, perto do rio Mondego, sobre o qual «corre uma ponte muito comprida e baixa, com muitos arcos grandes e peque- «nos. Rezidem aqui cinco familias inglezas, uma das quaes pertence a um me- «dico. Esta cidade é celebrada pelos seus curiosos copos e caixas de corno «polido.» *This city is celebrated for its curious cups and boxes of turned horn.*

E nada mais diz o admirador do polido corno.

(·) Malicioso e quazi fino epigramma aos nossos bardos. Esta senhora provavelmente viu-se abarbada com os satanismos polyglottas de algum rouxinol do Chiado.

procurarmos agazalho em alguma cazinha. Afinal
encontramos dous aldeãos. Um d'elles propôz guiar-
nos a Luzo, arredado d'ali couza de seis kilometros,
ou quatro milhas. Acceitamos-lhe alegres o offereci-
mento.

Tam prospera nos bafejou a fortuna, que encontramos dous quartos devolutos na hospedaria; —
que, n'esta estação, é necessario telegraphar com
antecipação de dias para ter cómmodos nos pequenos hoteis. A segurança das estradas portuguezas,
limpas de ladroagem, e o zelo com que o aldeão nos
ensinou o trilho, deu certa alegria aos meus companheiros. Quiz-me parecer que, se o cazo se desse
em Hespanha, principalmente agora, o exito seria
outro.

Pretende-se antepôr o Bussaco a Cintra como
local para concurso da sociedade elegante. Avultam-
lhe bellezas não só superiores a tudo que ahi ha mais
celebrado, senão ainda «incentivos a tam altos pen-
samentos de extatica admiração e profundo respeito
mystico no espectador, que não ha ahi phrazes que
os exprimam cabalmente.»

O prestigio que Cintra benemeritamente goza de
paraizo terreal deve-o por ventura á vizinhança da
capital, e ser o unico, entre os varios sitios do paiz
analogos em belleza, que, a um tempo, permitte facil accesso a Lisboa, e tem de per si mesmo formo-
suras indisputaveis. As bellezas nativas da matta do
Bussaco ainda não bastam para attraír consideravel porção de vizitantes, posto que a via ferrea haja
attenuado bastantemente as fadigas da jornada; mas
o Bussaco dista algumas milhas da linha principal,

rezultaram a victoria anlo-luza. Um altisonante período convida o exercit britannico a vir integralmente assistir ao grand simulacro de batalha em todos os lances do seu passado triumpho. Os restantes soldados da guerı peninsular — pequenissimo grupo de veteranos, reio eu — deviam especialmente comparecer. Porm o Porto «o desordeiro» não gostou da projectaa *festa* militar, e, nos seus jornaes, francamente a ʼprovou. Soube o governo que o Porto impugnavaque os dinheiros publicos se desbaratassem na celbração da victoria do Bussaco, decorridos já tan s annos. O ministerio da guerra respondeu que no auctorisára o projecto, que não tencionava consentir paradas militares no local da inauguração o monumento, — empreza de alguns particulares, pue não tinham que vêr com o governo. Em re iltado, a unica ceremonia que se fez foi descobrir o obelisco, e muita gente é de parecer que seria melhor que até o monumento se omittisse. Ms os portuguezes dizem que o reviver memorias le triumphos nacionaes é reaccender o espirito belcoso dos patriotas.

Principiamos a subi a serra ás oito horas, por uma clara e brilhante mahã. Á mão direita, vimos um grande cruzeiro tose, formado dos troncos de duas arvores. O camin ʼ é marginado de bellos freixos só de um lado ; outro é desassombrado, e deixa vêr uma amplissini paizagem, intermeada de aldeias e villares, no pro ngamento de algumas milhas, até ao mar. Um predão de dez pés de altura e seis ou sete kilometrs de extensão circuita a matta, que tem dous pores de entrada. Lá se vê

e quem lá quer ir ou tem de se rezignar com o des-
gosto de ser palliado por algumas horas nos repellões de uma *diligencia,* ou alugar trem. Ora, muita
gente acha que vae n'isto um grande desconto ás
delicias da excursão.

Dous ou trez especuladores dinheirosos com-
praram um grande pedaço da matta em frente da
egreja, e projectam ali edificar uma vasta hospedaria, em estylo moderno; e, como não é provavel
que se faça ramal para lá, cuida-se agora em construir á pressa uma estrada, por onde melhores carros, e a melhores horas, andarão frequentemente.

Espera-se que vá este anno de 1873 muita gente
ao Bussaco para assistir á inauguração de um monumento — obelisco de pedra rematado por uma estrella de crystal — que os esforços do coronel Costa
Cascaes realisou para commemorar e apadroar
o local da famosa batalha de 1810, na qual — dizem
os jornaes de Lisboa — «11:000 portuguezes auxilia-
dos por 23:000 inglezes ganharam completa victoria
sobre Massena, e d'est'arte deram o primeiro abalo
ao colosso de Bonaparte, que, d'ahi ávante, decaíu
até final.» (·)

Divulgou-se que o exercito portuguez confluiria
ao Bussaco, a fim de exercitar as manobras de que

(·) Quanto á cifra do exercito anglo-luzo, ignorancia, ou intencional
e menos honesta falsificação de algarismos. Os portuguezes eram 29:065, e os
inglezes 24:000. A citada auctoridade dos jornaes de Lisboa, se não é impe-
ricia de interpretação, é aleive. O jornalista, por via de regra, póde não saber a história; mas nunca deixa de ser patriota.

rezultaram a victoria anglo-luza. Um altisonante período convida o exercito britannico a vir integralmente assistir ao grande simulacro de batalha em todos os lances do seu passado triumpho. Os restantes soldados da guerra peninsular — pequenissimo grupo de veteranos, creio eu — deviam especialmente comparecer. Porém o Porto «o desordeiro» não gostou da projectada *festa* militar, e, nos seus jornaes, francamente a reprovou. Soube o governo que o Porto impugnava que os dinheiros publicos se desbaratassem na celebração da victoria do Bussaco, decorridos já tantos annos. O ministerio da guerra respondeu que não auctorisára o projecto, que não tencionava consentir paradas militares no local da inauguração do monumento, — empreza de alguns particulares, que não tinham que vêr com o governo. Em rezultado, a unica ceremonia que se fez foi descobrir o obelisco, e muita gente é de parecer que seria melhor que até o monumento se omittisse. Mas os portuguezes dizem que o reviver memorias de triumphos nacionaes é reaccender o espirito bellicoso dos patriotas.

Principiamos a subir a serra ás oito horas, por uma clara e brilhante manhã. Á mão direita, vimos um grande cruzeiro tosco, formado dos troncos de duas arvores. O caminho é marginado de bellos freixos só de um lado; o outro é desassombrado, e deixa vêr uma amplissima paizagem, intermeada de aldeias e villares, no prolongamento de algumas milhas, até ao mar. Um paredão de dez pés de altura e seis ou sete kilometros de extensão circuita a matta, que tem dous portaes de entrada. Lá se vê

outra cruz — «a cruz alta» assente sobre immenso
pedregulho. Conduz ao mosteiro uma avenida de cedros. D'um e d'outro lado adensa-se a floresta de
arvores de varias especies, carvalhos, castanheiros,
alamos, sobreiros, loureiros e outras, tam espessa-
mente emmaranhadas, e bracejando tam vigorosas
que já foram comparadas ás florestas virgens da
America. É tam larga a estrada que duas carruagens
sobem e descem a par. Cedros do Libano sombreiam
o caminho até á portaria do convento. Desde aqui,
vae a gente sob um docel de folhas, por vasta
selva religiosa, cujas ramarias entretecidas formam arcos de verdura, por onde o sol apenas filtra
uns lampejos que rebrilham na sombra, quando a
folhagem, holida pela viração, mosqueia a terra de
côres cambiantes. A tapeçaria variegada dos mus-
gos é matizada de boninas que parecem pedras preciosas. Pompeiam aqui arvores de todos os climas, e
todo o colorido de lindas flôres se ostenta. E, por esta
grande e solemne matta, passaram outr'ora os monges, carmelitas descalços, solitarios e silenciosos,
sequestrados do genero humano, praticando com
Deus e com os seus corações.

Encontram-se capellas nos bosques. Para ali se
iam ermar os frades quando se devotavam a mais
severa soledade que a do claustro, esquivando-se a
interverem-se uns aos outros. Cada ermida tem a
sua hortazinha, cujo cultivo, aprazado em breve
tempo, lhes era aos monges o unico recreio permittido, afóra o passearem, de quinze em quinze dias,
pela sua magestosa matta. Oração, meditação, absti-
nencia e penitencia, enchiam-lhes o restante da vi-

LIVRARIA PORTUENSE-EDITORA.

FONTE FRIA, NO BUSSACO.

da — vida inutil, decerto; mas, ainda assim, tam austera piedade e completo vagar ao mundo, doura-os de uma sublime auréola. Mandou, porém, D. Pedro que os frades saíssem do seu esconderijo, e, por algum tempo, concorreram numerosos vizitantes á famigerada matta, por que nenhum mundano, a não serem alguns raros padres, lá tinha penetrado, e esses haviam referido maravilhas das bellezas d'aquelles bosques aereos, de modo que desafiavam ardente curiozidade de os vêr. Depois, a guerra civil, por largo espaço, deixou a matta em completo abandono.

Tem a egreja duas estatuas, S. Pedro e a Magdalena, que são muito para reparo pela excellencia da esculptura. Tirante isto, o templo pouco encerra digno de nota. Brotam seis fontes em diversos pontos do bosque. Chama-se *Fonte fria* a mais celebrada. De verão tem a frialdade da neve, e no inverno é temperada. Deriva a agua por um cano coberto por diversos lanços de escada, fechada lateralmente por cortinas de granito. De seis em seis, ou de oito em oito degraus, ha um patamar, onde golpha a corrente em uns tanques de marmore. Enormes arvores cruzam por cima as suas ramagens. Trabalha-se actualmente na matta, e quando se houver construido o hotel, provavelmente, as ermidas e fontes, que hoje estão desprezadas ou muito mal cuidadas, devem de vir a restaurar-se.

Certamente, é isto um imperfeitissimo bosquejo da grandiozidade d'aquelles mattagaes e eminencias cujos agigantados cyprestes, cedros e florestas espantam pelo tamanho e afogado das suas ramagens;

cujos bosques têm bellezas d'um amoravel idyllio, cujas moutas de densos arbustos em flôr deliciam os olhos e aromatizam o ar, emquanto o murmurio das fontes se mistura ao trinar dos passaros, real-çando o silencio da scena. Que magnifica perspe-ctival Trinta, ou quarenta leguas, tanto quanto a vista póde alcançar na profundeza de uma limpida e brilhante athmosphera! A natureza aqui ostenta-se tam grande que não ha palavras que vinguem bos-quejal-a. Os meus companheiros e eu quedamos como estupefactos e mudos nas bellezas de em re-dor, e concordamos em que edificar ali uma estala-gem n'aquella montanha sagrada era nada menos que profanal-a. Estes bosques fechados não são as romanticas aleas de Cintra: está impressa n'elles profundamente a tristeza monacal. O hotel devêra ser em Luzo. Pelo que respeita ao templo do Bus-saco, ha ali grandeza solemne que move tanto ao respeito como á admiração. Vêl-o, apraz; mas ha-bital-o, não. Ora, as ridentes paizagens de Cintra, rejubilam, a um tempo, olhos e alma. Tambem aqui ha magestade; mas mais encantadora que solemne: não está puxando sempre ·o espirito para contem-plações celestiaes. Em Cintra, respirareis mais a peito cheio que no Bussaco; andareis mais de amo-res com a vida; esquecereis que as rozas têm espi-nhos; gozareis um sereno repouzo intimo; e, ao saír d'ali, após violento esforço, sentireis o pungimento da saudade até ás lagrimas.

Formosa Cintra! — Magestoso Bussaco!

CAPITULO XXVI

Leiria. — Retrocedemos em direitura do Bussaco para a Mealhada, onde entramos no comboyo para Coimbra, e d'ahi mandamos a Chão de Maçans tomar para o dia seguinte seis logares na *diligencia,* desde aquella aldeia até Leiria. Evitamos assim ir apertados, por quanto, ordinariamente os passageiros de *diligencia* são gente mui grossa de feitio, ao passo que o logar dezignado para cada pessoa apenas chega para individuos assás esgrouvinhados e arganazes. Quando, porém, lá descobriram que eramos quatro, quizeram introduzir um quinto passageiro; mas, como pagáramos os seis logares, mantivemos rezolutamente o direito que nos assistia de preencher o carro. A couza seria mais questionada, se os meus companheiros não fossem hespanhoes, actualmente tam suspeitos aos portuguezes, — e mais suspeitos quanto mais perto de Lisboa — que o homem, que se queria por força metter dentro, mudou totalmente de tom, e com certeza nada queria comnosco logo que nos conheceu a nacionalidade. O

cujos bosques têm bellezas d'um amoravel idyllio, cujas moutas de densos arbustos em flôr deliciam os olhos e aromatizam o ar, emquanto o murmurio das fontes se mistura ao trinar dos passaros, realçando o silencio da scena. Que magnifica perspectiva! Trinta, ou quarenta leguas, tanto quanto a vista póde alcançar na profundeza de uma limpida e brilhante athmosphera! A natureza aqui ostenta-se tam grande que não ha palavras que vinguem bosquejal-a. Os meus companheiros e eu quedamos como estupefactos e mudos nas bellezas de em redor, e concordamos em que edificar ali uma estalagem n'aquella montanha sagrada era nada menos que profanal-a. Estes bosques fechados não são as romanticas aleas de Cintra: está impressa n'elles profundamente a tristeza monacal. O hotel devêra ser em Luzo. Pelo que respeita ao templo do Bussaco, ha ali grandeza solemne que move tanto ao respeito como á admiração. Vêl-o, apraz; mas habital-o, não. Ora, as ridentes paizagens de Cintra, rejubilam, a um tempo, olhos e alma. Tambem aqui ha magestade; mas mais encantadora que solemne: não está puxando sempre ·o espirito para contemplações celestiaes. Em Cintra, respirareis mais a peito cheio que no Bussaco; andareis mais de amores com a vida; esquecereis que as rozas têm espinhos; gozareis um sereno repouzo intimo; e, ao saír d'ali, após violento esforço, sentireis o pungimento da saudade até ás lagrimas.

Formosa Cintra! — Magestoso Bussaco!

CAPITULO XXVI

Leiria. — Retrocedemos em direitura do Bussaco para a Mealhada, onde entramos no comboyo para Coimbra, e d'ahi mandamos a Chão de Maçans tomar para o dia seguinte seis logares na *diligencia,* desde aquella aldeia até Leiria. Evitamos assim ir apertados, por quanto, ordinariamente os passageiros de *diligencia* são gente mui grossa de feitio, ao passo que o logar dezignado para cada pessoa apenas chega para individuos assás esgrouvinhados e arganazes. Quando, porém, lá descobriram que eramos quatro, quizeram introduzir um quinto passageiro; mas, como pagáramos os seis logares, mantivemos rezolutamente o direito que nos assistia de preencher o carro. A couza seria mais questionada, se os meus companheiros não fossem hespanhoes, actualmente tam suspeitos aos portuguezes, — e mais suspeitos quanto mais perto de Lisboa — que o homem, que se queria por força metter dentro, mudou totalmente de tom, e com certeza nada queria comnosco logo que nos conheceu a nacionalidade. O certo é que se desfez em desculpas, dizendo que não sabia que *SS. Excellencias* levavam *senhoras* comsigo. Embrulhando-se em chailes e capotes, lá subiu para a almofada, e nunca mais o vimos senão á saída da *diligencia* em Leiria, fixando-nos uns olhares escudrinhadores, acompanhados de uma alcatruzada cortezia.

É pena que não haja um ramal para Leiria. Decerto seria arduo e dispendioso construir para ali via ferrea através de paiz tam ondulado; mas algumas milhas de *rail* a Leiria e Luzo seriam lucrativas. Comparativamente, poucos portuguezes têm visto o Bussaco ou a Batalha, e o mesmo se dá com os forasteiros; pois é de crêr que vizitassem a miudo aquellas obras primas do paiz, se lá podessem transportar-se com mais presteza e commodidade, de que lhe permittem os solavancos de uma *diligencia,* que os obriga a jornadear antes do raiar da aurora. Eu que me desvaneço, talvez com presumpção, de ser exemplar de infatigavel viajante, senti-me extenuada depois de algumas horas de jornada, por montes e valles, premida, engaiolada, espalmada n'uma *diligencia.* Se dous homens atoucinhados se mettessem entre nós, creio que suffocariamos antes de chegar ao nosso destino. E tanto assim que, de cançados que estavamos, sentia-se disposta a gente a protelar para o dia seguinte a vizita á Batalha; mas, na pequena estalagem de Leiria, tam restaurador almoço nos deram, que remoçamos de coragem; de modo que, findo o repasto, procuramos guia e carruagem. Não houve demora. Passadas duas horas e meia, e depois de

LIVRARIA PORTUENSE—EDITORA. PORTO.

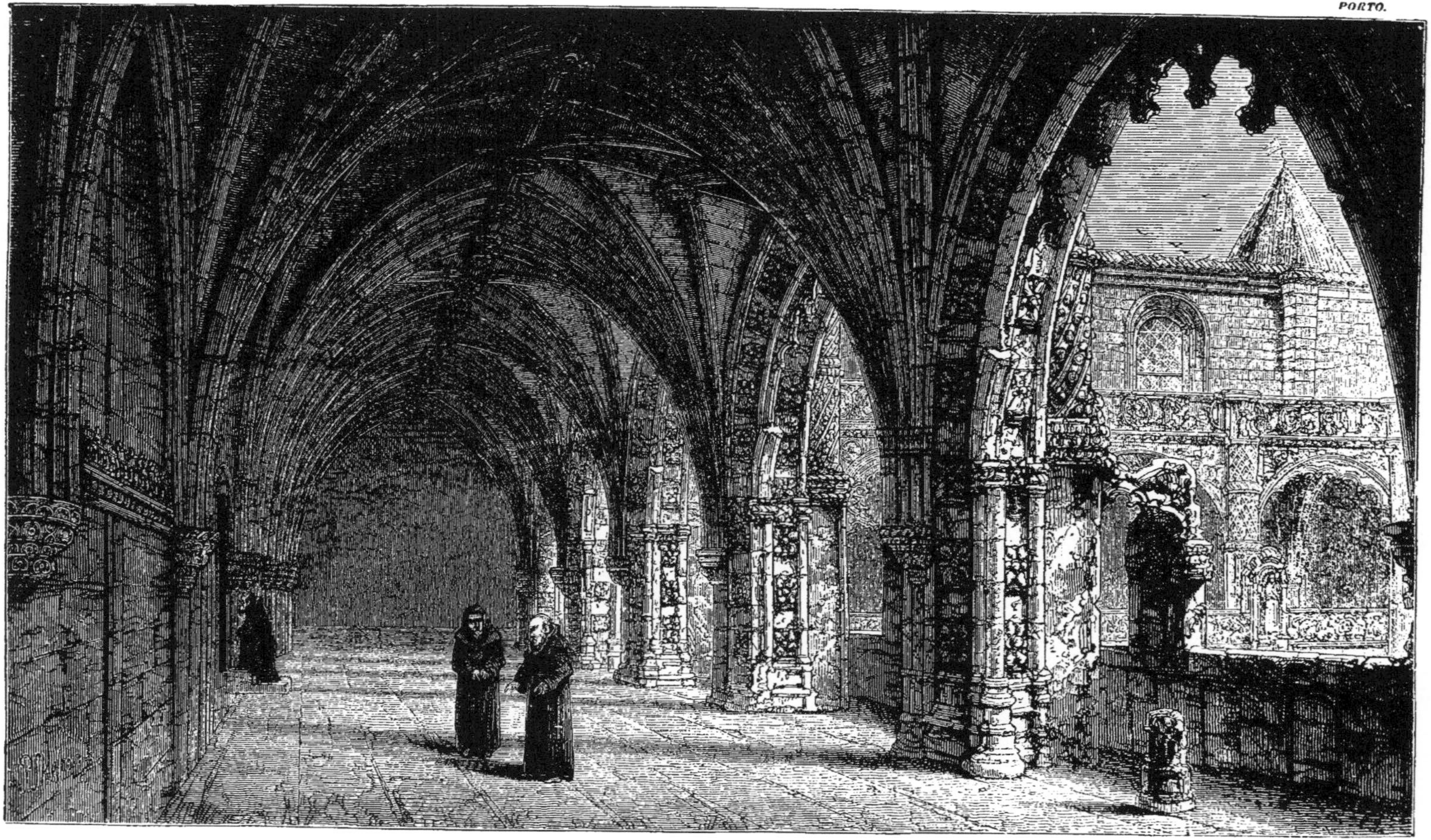

uma cavalgata em jumentos por sitios mui aprazíveis, valles fertilissimos banhados pelo rio Liz, e alguns pedaços de serra difficeis, mas pittorescos, chegamos ao magnificente Real Mosteiro de Santa Maria da Victoria, chamado Batalha.

A situação da Batalha, á primeira vista, parece mal escolhida para tamanho edificio; e, na verdade, por cauza da baixa do terreno, acontece não raras vezes, segundo ouvi, quando ha chuvas grossas de trovoada, as torrentes despenhadas da serra alagarem as naves. Porém, este templo sumptuoso, que procedeu de um voto de D. João I, foi edificado no terreno onde o monarcha desbaratou o rei de Castella. (·) Figuravam-se-nos ao principio uma multidão de edificios aquellas grimpas, torres, parapeitos e capellas; mas, a par e passo que nos avizinhavamos, destacavam-se como de per si, até que a immensa cazaria se desdobrou ante nós com toda a sua magestade, vastidão e formosura. São assombrosamente bellos os elegantes corucheus e setteiras envazadas. A porta principal é tam primorosa e esmerada nos arabescos que um demorado èxame, como eu ainda espero fazer algum dia, demanda mais tempo do que eu posso applicar ao complexo d'aquella pomposa bazilica. Pilastras, estatuaria, florões, subtis rendilhados, fantaziosas laçarias e arabescos opulentam esta vasta frontaria, desde as pe-

---

(·) A batalha travou-se meia legua distante do local em que está o templo votivo. N'este sitio havia então uma quinta chamada do Pinhal, que D. João I comprou a Egas Coelho, e a sua mãe Maria Fernandes de Meira.

dras que pouzam no solo até ás mais guindadas por
sobre o tecto. Não se espere de mim, pois, senão
uma idéa geral d'este magnifico edificio, sem par,
como se diz; mas com certeza não ha outro na Europa que o vença em explendores de architectura.
Apenas abrangi tudo de um lance d'olhos; mas
só isso me foi que farte remuneração á jornada.
Quando entramos, as vividas côres do arco-iris e
resteas de luz dourada — effeito dos raios solares
coando-se nos vidros coloridos das janellas — enchiam as alterosas naves, tremeluziam nas paredes,
e mosqueavam de mozaico o pavimento de marmore, embrechando-o de safiras, rubis e esmeraldas.
Oh! que magestade a dos claustros! Cercam uma
quadra de duzentos pés, e têm janellas em ogiva,
cheias de subtilissimos debuxos, pouco menos de
variados até ao infinito, com esculpturas de execução prima, algumas restauradas perfeitissimamente.
Reputa-se uma maravilha a caza capitular. Mede setenta pés, é altissima, ricamente ornamentada no
tecto que descança sobre columnas. Conta-se que
a abobada d'esta sala duas vezes fôra refeita, e
duas vezes o formoso arqueado desabara ao retirar
dos simples. Á terceira vez, rezistiu, e o architecto
devotou-se a morrer sob as ruinas, se a abobada
outra vez desabasse. Removidos os andaimes, o al-
venel permaneceu no centro do salão contemplando a sua mirifica obra. Afinal, retirados os simples, nem o minimo signal de estremecimento deu
a abobada. A perseverança e coragem do architecto tiveram recompensa: a sua obra subsiste so-
lida — prodigio de belleza e de engenho: lá está

qual era, não obstante o abalo que lhe deu o terramoto. (·)

Aqui está a maravilhosa *capella imperfeita,* por que não houve architecto capaz de executar a planta de Matheus Fernandes, que a principiára, e está sepultado com sua mulher em a nave. (··) Considera-se requinte de belleza o arco occidental pelas graças da esculptura: outros reputam-no mais fantazioso do que elegante. Não me cegam vaidades para dar voto. Eu, de mim, apenas sei que esta gloriosa Batalha, olhada a vulto, com os seus moimentos reaes, capellas, relicarios de santos, fachadas imponentes, delicados rendilhados e laçarias, que tam prodigamente a aformozeam, é uma prodigiosa obra de arte, um padrão magnificente das éras de gloria portugueza.

Em alguns pontos ha vandalismos praticados pelos francezes; mas, n'estes ultimos tempos, por esforços de D. Fernando, muitos e judiciosos reparos se fizeram. Se faz idéa do que foi a Batalha nos dias festivos da egreja, quando o dom abbade e

---

(·) Illide-se uma nota em que a auctora refere uma fabula quazi identica, passada no mosteiro de Santa Maria de Belem com certo architecto italiano. Estes inglezes desadoram historinhas ineptas quando escrevem de Portugal. Lady Jackson, porém, não é dos escriptores mais tributarios a esse sestro sandeu dos *tourists* britannicos. Um tal Harrison, que aqui esteve em 1837, na Batalha, encontrou pulgas, ratos e uma novella. Em todas as terras achava romances, miseravelmente urdidos, com a collaboração do nosso «porto», digno de esquentar miôlo menos dessorado. O chatim inglez, quando se embriaga, deita-se: o *tourist* escreve. Veja *The Tourist in Portugal, By.* W. H. Harrison, etc. London, 1839.

(··) Matheus Fernandes, e sua mulher Antonia de Vivar e suas filhas estão sepultados á entrada da porta principal.

gran-priores (·) viviam principescamente nos seus
dominios, quando a missa cantada se celebrava quo-
tidianamente com o maximo explendor, quando ñu-
merosa chusma de frades palmilhavam aquellas claus-
tras agora dezertas, e jardins, e fresco refeitorio, e
«a luz mystica e tenue» da grande nave coloria pittorescamente as procissões dos coristas e clerezia
de habito branco, e a mystica toada das retumban-
tes antiphonas reboava nas naves — então, sim;
mas a Batalha de hoje, com tantas excellencias ar-
chitectonicas e gloriosas tradições, impressiona friamente como um enorme cazarão devoluto. As pompas da egreja catholica romana n'aquelles tempos
deviam de realçar os explendores d'aquelle outr'ora
mosteiro realengo.

Ha trez maneiras de subir ao tôpo do edificio:
duas escadas de caracol, abertas nas grossas paredes da nave, e outra escada interior. Preferimos esta, por ser a mais suave de subir, e que proporcio-
na a mais ampla vista do immenso mosteiro. Quem
não subir uma das escadas, mal póde formar conceito do grande espaço que o edificio occupa. Que
floresta de grimpas ponteagudas e que delicias de
cinzel! Que extensas fileiras de basteões recortados
de ameias franjados de riquissimas laçarias! A que
altura sobem aquellas portentosas agulhas! e o zim-

(·) Os frades da Batalha eram dominicanos. Esta ordem religiosa não
tinha «Dons abbades nem Gran-Priores.» O religioso superior da ordem do-
miniça chamava-se simplesmente o *padre prior.*

borio, e a torre do relogio! Que numerosos altos e baixos na miscellanea de abobadas, capellas, mausolcus, vallas, refeitorios e varios repartimentos da assombrosa urdidura da explendida Batalha!

D'aqui passamos a Alcobaça, e atravessamos a povoação de Aljubarrota. Com quanto o nosso guia fosse meramente um arrieiro que nos acompanhava com os seus machos, conhecia elle a lenda da mulher do padeiro, a famigerada *padeira* de Aljubarrota que, durante a grande batalha, a historia conta que matára treze hespanhoes com o *pau do forno*. (·) Os meus companheiros riram a bandeiras despregadas. «Hoje em dia já não ha d'essas padeiras», disse D. Antonio ao arrieiro. «Sim, sim — replicou elle — *temos aqui muitos mulheres tam valentes que ella.*» Depois, feita uma breve pauza, continuou: «Se os hespanhoes voltarem a Aljubarrota, hão de topal-as.» Pareceu-lhe que D. Antonio, duvidando da coragem das actuaes padeiras, o affrontava pessoalmente; mas eu não sei bem se elle sabia que estava fallando com hespanhoes.

Chegamos ao anoutecer á estalagem. Ao principio, temi que nos perguntassem se dormiamos to-

---

(·) A auctora diz *baker's dozen* «duzia do forneiro ou do frade» que são treze. A tradição, menos sanguinaria, conta que a façanhosa padeira matára sete. Os seis a maior são calumnia da escriptora. Não se sabe se Brites de Almeida tinha marido. Lady Jackson diz que sim; e é de crêr que acertasse, por que ainda por ali ha quem se gabe de ter nas veias sangue da heroina, que — honra lhe seja! — acabou de matar com a pá, ou com o *pau do forno*, alguns castelhanos feridos e prostrados.

dos no mesmo quarto; por que havia duas camas n'um em que o patrão da estalagem nos introduziu, annunciando com grande encarecimento: « *Tudo está mui limpa, meus senhores; e as camas são boas.* » Mas elle demonstrou que era *mais decente,* como os portuguezes dizem; por que este quarto destinou-o a D. Rita e a mim; e outro melhor aos *caballeros.*

Alcobaça! O nome d'este real mosteiro pinta-nos á mente uma vizão de joviaes monges bernardos todos de fidalga estirpe, medrando na exuberancia dos seus dominios, cercados de jardins, de vinhedos, e de vergeis. Rendimentos principescos eram principescamente desbaratados. «São grandes as liberalidades do Senhor: faz-se mister gozal-as», dizia o dom abbade. Como saboreavam as bellas couzas da vida, cordialmente queriam repartil-as, e portanto eram generosos hospedeiros e affectivos amigos dos seus servos e dos camponezes dos seus vastos senhorios. Sob o brando imperio dos bons monges de S. Bernardo tudo prosperava e todos aquinhoavam da prosperidade d'elles. A cozinha do mosteiro descreveu-a Mr. Beckford, que vizitou os faustuosos frades, como «o mais extremado templo de glutões em toda a face da Europa.» Parece-me estar vendo o bonacheirão dom abbade, que tambem era esmoler-mór do reino, aprazivelmente contemplando os preparativos do seu banquete. Eil-o no templo culinario. «Pelo meio da immensa caza de tecto artezoado, que mede nada menos de sessenta pés de altura e cem de extensão, deriva um ribeiro de limpida corrente — um braço do Alcoa — discorrendo por rezervatorios de madeira que contêm cardumes

de toda a especie de peixes fluviaes. A um lado, estā
pendurada a caça; no outro, hortaliças e fructos variadissimos.» N'esta enorme cozinha ha trez tanques
de lavar as hortaliças, carnes, etc., e as paredes são
vestidas de *azulejos*. Ao lado da longa cadeia de fogões estā a fileira dos fornos, e ali perto vê-se rimas de farinha triga mais alva do que a neve, pães
de assucar, talhas do mais puro azeite, e profuza
pastelaria, que uma numerosa turba de leigos e
criados estā enrolando sobre pranchas de marmore
branco, e assoprando em centenares de fôrmas, e
cantarolando tam alegres como calhandras em seara.
O gran-prior de Aviz e o prior de S. Vicente rejubi-
lam-se prezenciando os prelogomenos d'aquella hospitalidade. Tambem, Mr. Beckford ahi estā, e mais
o seu impagavel mordomo Monsieur Simon, tam elo-
giado e gabado pelo dom abbade pela sua pericia
culinaria. É elle quem diz, á guiza de comprimento, áquelle beato *gourmand* e *gourmet: «Monseigneur
rend la religion si aimable!»*

Não eram só as boas vitualhas; mas a pinga dos
mais especiaes vinhedos do reino — a de Aljubarrota, da lavra do mosteiro, e rival do Clos Vougeot.
E que direi da sala de jantar? as toalhas bordadas
e franjadas, o serviço e as serpentinas de prata! E
a camara do abbade? leito cortinado de gaza, tra-
vesseiros franjados de seda! Nos quartos de vestir,
jarros e bacias de prata, toalhas com cercaduras de
renda, tapetes da Persia, reposteiros de velludo, e o
mais á proporção. Viviam vida folgada aquelles gloriosos monges d'outr'ora. Divertiam-se em repre-
zentações, concertos, bailes, santificando tudo com

incensos odoriferos, missas cantadas e orações. Eu
quazi que esperava vêr a turba d'estes jocundos phi-
losophos de cogula a saírem das grandes portas
esculpturaes de encontro a nós quando subiamos ao
terraço. Orçavam entre quatrocentos e quinhentos
quando, em 1794 ali esteve Mr. Beckford; mas o
mosteiro podia alojar mil. (·) No tempo da guerra
peninsular, seriam uns cento e sessenta frades; e,
quando se extinguiram os mosteiros, apenas vinte e
sete se mandaram embora; estes, porém, avizadamente tiraram da espada e batalharam nas fileiras
de D. Pedro e D. Maria. (··)

Está o mosteiro agradavelmente situado entre
suaves declives, bosques cerrados, valles fructiferos,
que dous rios, Alcoa e Baça, fertilizam. O edificio
tem magestade. Em todo o comprimento da sua tes-
tada corre um lanço de escadas rentes com o mosteiro. É mais antigo que a Batalha. Fundou-o o
grande Affonso Henriques, depois do ultimo desbarate da mourisma em Santarem. Os antigos conquis-

---

(·) Nunca houve alem de 400 frades, nem havia espaço para mais. No
principio do seculo XVIII os frades de Alcobaça pediam ao monarcha maior
caza e permissão para admittirem mais noviços. Não o conseguiram.

(··) Estava melhormente informado o conde A. Raczynski, quando, ao
mesmo respeito, escreveu: « O certo é que os frades (de Alcobaça) eram ardentes partidarios de D. Miguel; e, se me não engano, armaram á sua custa
um regimento de voluntarios para a defeza da sua cauza. E elle, por sua
parte, mostrou-lhes que os prezava, por que foi vêl-os, e lá passou muitos
dias no mosteiro. Deve confessar-se que os frades não mostraram grande finura e discernimento sustentando-lhe a cauza; por que, apenas D. Miguel
foi deposto, mandaram-os saír da sua antiga caza. » *Les Arts en Portugal*,
pag. 454. .

tadores celebravam sempre as suas victorias com alguma fundação religiosa — de modo que os seus triumphos eram sempre obra de Deus ou dos santos. D. Affonso, a ponto de investir com os mouros, que dominavam Santarem em numero de 4:000 homens, não tendo elle mais que duzentos e cincoenta, antes de dar o assalto fez voto a Deus de, se alcançasse victoria, doar á fabrica e sustentação de um convento quanto terreno o olho nú pudesse abranger. (·) Pediu a S. Bernardo (··) que intercedesse por elle; e lhe dedicaria o mosteiro. Santarem foi tomada por astucia, e a mourisma desbaratada. E, portanto, Affonso fundou o mosteiro no local onde agora estã o augusto edificio que data do começo do seculo XIII. (···) A noticia da fundação estã escripta nos azulejos que ladrilham as paredes da sala dos reis.

Que mudada estã aquella prodigiosa fabrica! Que é feito do explendor dos seus altares e córos? Que é dos thezouros de prata e ouro e paramentos que

---

(·) D. Affonso decerto em 1147 não podia comprometter-se a dar ao mosteiro senão o que pudesse avistar do alto da serra de Albardos, mas sem oculo, por que os oculos foram inventados em 1607. O *naked aye* da auctora é um anachronismo que parece forjado em Alcobaça no seculo de Bernardo de Brito. N'aquelle tempo, não se sabia o que era olho armado.

(··) O monge Bernardo ainda era vivo: não seria implorado na qualidade de santo; mas de bom intercessor para com o Deus dos exercitos. Este caso, porém, da promessa feita na serra de Albardos pertence á parte mythica da historia.

(···) Aliás XII, por que a primeira pedra foi assentada em 2 de fevereiro de 1148, e ao cabo de 74 annos foi concluido.

27

já lhe deram a primazia nos mais opulentos mosteiros do reino? Caíu-lhe em cima já duas vezes a
garra devastadora. Barbaramente os francezes des-
truiram o sagrado edificio; violaram os sepulchros
em cata de thezouros, e esbrucinaram a formosa
Ignez de Castro em seu jazigo, ao pé do seu real marido e amante. Laceraram-lhes os tumulos; mas não
tiveram vagar para os derruir, por que o exercito anglo-luzo se aproximava; e, pegando fogo ao mosteiro, que felizmente lhe rezistiu com sua solidez, os
sacrilegos assoladores fugiram. São menos interessantes outros jazigos que ali ha esculpturados mais
ou menos primorosamente. D. Ignez jaz em um sar-
cophago de pedra com os pés voltados para os de
D. Pedro, o justiceiro, que assim mandára collocar
os tumulos para que elle e a sua amada rainha se er-
guessem rosto a rosto, e se saudassem na resurrei-
ção.

O effeito que produz a nave central da egreja até
á capella-mór é deslumbrante, e o das naves lateraes
não o é menos, devido á grande altura e á belleza da
fórma dos seus arcos. A esculptura é magnifica, e
tanto aqui como em Alcobaça, tem-se cuidado muito de reparar os estragos do tempo e tambem os
cauzados pelos vizitantes. Os portuguezes distinguem-se como esculptores. Vi n'este convento e
em differentes capellas e egrejas que estão sendo
retocadas, magnificas amostras de esculptura moderna, tanto em madeira como em pedra; e, apezar da acção do tempo lhes ter assignalado os seus
perniciosos effeitos, ainda podem ser vantajosamente
comparadas com os lavores que subsistem.

A livraria foi outr'ora uma sala esplendida, ladrilhada de marmore branco e preto, com dezenhos caprichosos nos intervallos das suas oito grandes janellas. Todos os livros raros e manuscriptos passaram para Lisboa quando os conventos se extinguiram. A livraria ficava do lado de um jardim, cultivado com esmero, e onde se encontravam as flôres mais raras. Duas fontes serviam de adorno a este jardim. N'um dos do claustro — creio que havia cinco — existiam ainda ha poucos annos as laranjeiras mais antigas de Portugal. Diz-se que haviam sido plantadas antes das de Penha Verde, que eram consideradas como as primeiras introduzidas na Europa e vindas da China. Estes immensos conventos são hoje excellentes quarteis, e talvez seja melhor que estejam habitados pelos soldados da egreja militante do que por um regimento de frades. Com quanto se veja pequeno numero de padres em Portugal, é classe que superabunda. É certo, porém, que o seu vestuario é mais simples do que o dos antigos frades, o qual tinha o que quer que fosse romantico. Esta falta, como accessorio pittoresco aos grandes edificios monasticos, é sensivel quando se vizita Mafra, Batalha e Alcobaça.

Levantamo'-nos muito cedo, vimos Alcobaça e ás 3 horas estavamos de volta em Leiria. É uma cidade bonita rodeada de montanhas e com o rio Liz serpenteando pelos seus ferteis valles. No tôpo d'uma montanha estão as ruinas d'um castello mourisco. Tem cathedral, varias egrejas, uma encantadora alamêda, e o *rocio,* onde os elegantes de Lei-

ria se reunem, nas margens do limpido rio. Atravessamos os extensos pinheiraes plantados por elrei D. Diniz e chegamos a Leiria, sua rezidencia predilecta.

É logar muito mais commercial do que a maioria das cidades pequenas de Portugal: tem muitas fabricas notaveis, e na Marinha Grande ha uma importante fabrica de vidro. Ha aqui um antigo portão de ferro que dá entrada para uma das secções da fabrica e nos disseram que tinha sido trazido de Lisboa, do logar — palavras textuaes do nosso guia — d'aquella *infernal instituição da Inquisição*. Na capella do paço episcopal existe uma magnifica pintura — Jesus flagellado — devida ao pincel de Vasques.

Leiria é uma das cidades em que os francezes exerceram sua vingança quando foram compellidos a retirar-se do paiz. É local bonito, alegre, e tem aguas recommendadas pela medicina: tanto aqui como nos suburbios ha varias nascentes frias e quentes que são muito apreciadas pelas suas virtudes therapeuticas. No XV seculo era Leiria uma terra afamada e foi esta cidade a que primeiro possuiu imprensa em Portugal: era a terceira que existia na Europa. Aqui se estamparam muitas obras importantes. Leiria foi tambem o berço do distincto poeta Francisco Lobo.

Adeus, donosa Leiria!

CAPITULO XXVII

Lisboa. — Os meus companheiros dirigiam-se a Badajoz; mas não deliberados ainda na direcção a seguir, depois de lá chegarem. Ora, como eu dezejasse vêr aquella cidade, rezolvi ir com elles, aventurando-me á sorte de ser internada em Hespanha ou repulsa de lá. Combinamos pernoutar em Abrantes, onde elles esperavam cartás. As cartas não vieram; mas appareceu-nos o nosso velho amigo de Barcellos — aquelle a quem chamei Castella.

Este inesperado encontro, como era de esperar, revirou de todo os nossos projectos. Em vez de seguirmos para Badajoz, retrocedeu-se para o *Entroncamento,* d'aqui para Santarem, e assim fui vindo até Lisboa. Eu de mim não gostei da reconsideração; por que, tendo ido tam longe, quizera vêr de Abrantes alguma couza mais que o castello e as fortalezas lá ao longe, assim mesmo interceptados por uma montanha. Ainda assim, vi de relance a elegante ponte da via-ferrea sobre o Tejo — a principal obra d'esta natureza que os portuguezes até agora emprehenderam.

O comboyo de Badajoz passava para engatar no do Porto que chega de noute; e nós, apezar de fatigadissimos, preferimos vir n'elle a passar a noute em Abrantes. Antes de recomeçar viagem, D. Rita abriu-se um pouco mais commigo, e confidenciou-me — (não é precizo encarecer-lhe o grande segredo) — que nós, ou mais exactamente, elles retrocederiam. Separamo'-nos em Santarem, eu de mim com pena, e me quer parecer que elles alguma sentiram. Compromettemo'-nos que, se as couzas de Hespanha se aquietassem no anno que vem, fariamos juntos uma excursão n'aquelle paiz. Castella ficou em Santarem; mas D. Antonio veio commigo para Lisboa, d'onde se passou a Liverpool e á Irlanda. Chegamos entre as seis e sete da manhã; e com as delongas na miuda e incomprehensivel busca das bagagens, terminaram aquelle dia e noute de fatigante jornada.

Vae agora grande alarido em Lisboa contra «os patifes da facção internacionalista de Hespanha». Têm havido muitos incendios, attribuidos aos *internacionalistas,* que derramam petroleo nos portaes e escadas quando o podem fazer a occultas. Os *lisbonenses* estão loucos de medo, e eu começo a tremer por outra laia de incendios que podem faiscar do terror panico. Durante a noute passada houve trez vezes por toda a cidade um horrendo badalar a fogo. De uma vez, foi rebate falso. É que os sujeitos encarregados de vigiarem os fogos tornaram-se tam nervosos como o resto da gente; e assim que lohrigam nas janellas um charuto accezo com mais lume que o trivial, ou alguma luz ao través de uma vidraça lampejando mais que outras, imaginam logo que está ardendo a caza, e propalam a falsa noticia por essa Lisboa fóra. Ainda assim, quazi todas as noutes ha incendios a valer.

22. — Esta madrugada, entre meia noute e uma hora, acordaram-me sobresaltada os rebates dos sinos, e um barulho extraordinario na rua. Sentei-me no leito a escutar. Ouvi passadas na escada e nos corredores, e as exclamações: «*Incendio! incendio! Senhor!*» Pensei que estava a arder o hotel. Immediatamente saltei da cama, e saí fóra do quarto. No largo patamar estavam senhoras, homens, crianças e criados, todos descalços, e trajados com a maior simplicidade. Uma *senhora* tinha as longas tranças soltas pelas espaduas; outras estavam de touca de dormir. Esta trazia um saiote de baeta vermelha, e um curto corpete branco; aquella vestia uma enfronhada fatiota de dormir. Os meus atavios não eram melhores. Os cavalheiros tambem compareceram *en déshabillé*. Tudo desordem. «Que é isto?» — perguntei eu. «*Incendio! incendio!*» exclamou alguem; e, pegando-me da mão, levou-me de corrida á janella que dava para a rua do Alecrim, onde já estava uma dama, esposa do sujeito que me levára, trajada como saíra da cama, a vêr o fogo que lavrava furiosamente n'uma caza baixa ao fundo da rua.

Que algazarra! que confuzão! A rua ia cheia, e cada qual berrava quanto podia. As lavaredas rubras davam aspectos sinistros áquellas caras que vociferavam cheias de tregeitos iracundos. Os soldados de cavallo corriam para baixo e para cima com o impeto de ajudantes de ordens nas paradas.

Cruzavam-se os archotes, deixando caudas de faiscas, que me pareceram mais nocivas que proveito-
sas ao intento. Do tôpo da ladeirosa rua do Alecrim
desciam a correr centenares de gallegos com os barris ao hombro. O fogo era, lá ao fundo, no Arco pequeno. A agua corria rua abaixo; por entre cordas,
mangas dispersas, e mobilia de todos os feitios
arrojada das janellas, viam-se as bombas entre as
lavaredas, mas não as dominavam, por que não havia bastante agua.

Os bombeiros entreviam-se a caminhar entre
chammas para acudirem esforçadamente a uma mulher que n'uma janella alta gritava desesperada que
lhe acudissem. Ella tinha entre os braços que estendia uma criança. Horrendo espectaculo! Era impossivel desviar a vista fascinada n'aquelle lance!
E não puderam salvar a desgraçada mulher. Cerca-
vam-na as lavaredas; viram-se-lhe nos braços duas
criancinhas; e, no momento em que os bombeiros
chegavam ao alcance de a salvarem, eis que ella se
abysma. Os espectadores conclamaram um grito de
horror. Mãe e filhos eram devorados pelo fogo.

O incendio lavrou perto de quatro horas; creio
que acabou de per si, por serem grossas as paredes
que defenderam o predio vizinho. Esta manhã está
atravancada a entrada da rua por montes de trastes quebrados e meios queimados. Ainda lá permanecem as bombas, e muitos soldados e operarios.
Imputam este dezastre ao petroleo dos internacionalistas, e já se diz que os suspeitos incendiarios
se encontram vadiando nas vizinhanças do palacio
da Ajuda; pelo que, o *pateo* é defezo actualmente a

todos os estrangeiros, e as sentinellas encaram desconfiadas todo o viandante que relance a vista ao paço.

24. — Houve esta manhã solemnes exequias na *Sé,* suffragando a alma de D. Pedro IV. Quando a viuva vivia, este anniversario era um dia de tristeza e luto para Lisboa. Desde o nascer até ao pôr do sol havia salva de cinco em cinco minutos, e os sinos todos da cidade tangiam funebremente o dia inteiro. Fechavam-se as lojas, toda a gente vestia de luto, e andava, como F. observa, levada do diabo, e disposta a amaldiçoar a memoria do rei soldado. Morreu, porém, este anno, a imperatriz-duqueza; e, como este já seja o trigesimo nono anniversario, mui judiciosamente aboliram as demazias do luto e da tristeza, e as ceremonias reduziram-se á missa, vizita ao jazigo de S. Vicente, e parada. Ao meio dia estava tudo concluido. Parecia aquillo mais uma manhã de festival revista de tropas que outra couza.

O altar-mór e os flancos da cathedral estavam forrados de setim preto, agaloado de ouro. Os camaristas do cortejo real iam de luto. *O corpo diplomatico* tinha bancada distincta. D. Luiz, D. Fernando e D. Augusto foram recebidos á porta da egreja pelo patriarcha e clerezia, todos em *grande tenue,* que os conduziram ás cadeiras, destinadas ás pessoas reaes, com seu docel escuro franjado de ouro, deante do altar-mór. O batalhão de caçadores 5 entrou no templo, e alinhou ao longo das naves; o esquadrão de lanceiros ficou fóra, no largo, á entrada. Grande quantidade de officiaes de marinha e

...ronchas de fais-
...os que proveito-
...sta do Albori m
...atos com os bar-
...dos. no Arco pe-
...dar entre cordas,
...dos os feitios
...nés entre as
...que não ha-

...caminhar entre
...és a uma mu-
...parada que
...braços que es-
...llo! Era im-
...mello lance!
...lher. Cérca-
...tropas duas
...bombeiros
...que ella se
...um grito de
...fora.

...nas; creio
...vas as paredes
...manhã está
...actos de tras-
...ainda li prima-
...e os rarios:
...insurreccio-
...incendiarios
...nças do palacio

strangeiro&, as sentinellas encaram des-
todo o viauante que relance a vista ao

Houve esta r inhã solemnes exequias na
ıgando a almı de D. Pedro IV. Quaudo a
ia, este anniversario era um dia de tristeza
ıra Lisboa. Desde o nascer até ao pôr do
salva de cine em cinco minutos, e os si-
s da cidade t igiam funebremente o dia
echavam-se a. lojas, toda a gente vestia de
dava, como F.observa, levada do diabo, e
a amaldiçoar , memoria do rei soldado.
porém, este ano, a imperatriz-duqueza;
ıste já seja o t gesimo nono anniversario,
ıiosamente abeiram as demazias do luto e
:a, e as cerem nas reduziram-se á missa,
jazigo de S. icente, e parada. Ao meio
ı tudo concluie . Parecia aquillo mais uma
.e festival revis de tropas que outra couza.
ar-mór e os flncos da cathedral estavam
; de setim prete agaloado de ouro. Os ca-
s do cortejo reaiam de luto. O corpo diplo-
ınha bancada istincta. D. Luiz, D. Fer-
ı D. Augusto lram recebidos á porta da
ıelo patriarcha cclerezia, todos em grande
ue os conduzira ás cadeiras, destinadas ás

de terra, quazi todos condecorados com profuzas
medalhas rutilantes, sentaram-se debaixo da nave
esquerda; na direita estavam damas quantas ca-
biam; as que vieram tarde, sentaram-se no chão,
quando não estavam de joelhos, ou se empilhavam
n'um recanto d'onde se viam o altar e os magnates. A missa foi peormente cantada do que
outras a que assisti, mas ninguem deu por essa ni-
nharia.

Notei alguns generaes velhos e diplomatas conversarem animadamente com grandes gestos, e, ao
que pareciam, de todo em todo despreoccupados da
solemne ceremonia a que *assistiam*. No fim de tudo,
o rei, ao saír, parou a fallar-lhes, e elles agarraram-
lhe na mão e beijaram-lh'a com tal vehemencia, que
era impossivel conter o rizo á vista de tamanha explosão de lealdade. E D. Luiz com a sua cabeça
loura, tam menineiro no meio d'aquelles veteranos
bronzeados, submettia-se com ares de gracioso re-
conhecimento áquelle supplicio, que a mim me quer
parecer que seja tam pezado para elle como para os
outros. D. Fernando retirou-se menos ceremoniati-
camente; mas primeiro que as couzas entrassem na
ordem decorreu muito tempo, durante o qual a cathedral e o largo offereciam um espectaculo brilhantissimo, e o mais para vêr-se que se me deparou em
Lisboa. O clero pompeava os seus habitos de mais
luxo, a officialidade de mar e terra em grande uniforme com as suas condecorações; profuzão de far-
das diplomaticas; a plumagem branca dos ajudantes
de ordens; as bandeirinhas brancas e escarlates dos
lanceiros, espectaculo imponente, tanto pelos sober-

bos cavallos, como pelos cavalleiros. Saíu depois o famoso corpo de caçadores. Seguiu a turba das senhoras trajadas de preto com realços de laços de côr e flôres. Depois, os espectadores de todas as classes por ali dispersos, e as janellas cheias de gente. Os sinos, em vez de dobrar, repicavam; a troada da artilheria eccoava rio acima, e trovejava do castello de S. Jorge. Os cavallos curvetcavam. Carruagens armoriadas e librés vistosas estão embaralhadas com tipoias de praças, e em vão se esforçam por saír á frente; que o espirito democratico dos cocheiros desabridamente lh'o prohibe. A populaça gosta d'isto, por que tudo lhe é patuscada, e muito lhe apraz dar vulto ao brilhante espectaculo em honra do rei soldado, que, se vê lá do ceu estas folias, deve regozijar-se mais do que d'antes quando se procurava despertar no animo do povo a memoria do excelso libertador com incentivos funebres.

Com quanto um pouquinho quente, o dia estava lindo. A temperatura de dia principia a ser agora agradavel em Lisboa. O mais grosso das turbas dispersou-se por passeios e ruas sombrias. E eu, que me sentia disposta ás minhas recreações dilectas, suggeri a F. que as procurassemos na feira de Belem, que eu não tinha visto ainda.

Fretamos, pois, um bote no Caes das Columnas, e fizemos um agradavel passeio rio abaixo até *Pedroiços,* deslizando, á vista da formosa cidade, em quazi todo o seu comprimento de nascente a poente. Variado e encantador panorama que a vista nunca se cança de admirar! Saltamos em terra em *Pedroiços* entre um abarracamento de banhos, perto d'a-

quelle imbrincado specimen de architectura manuelina, a gentil e antiga Torre de Belem, e fortaleza
do Bom Successo — vanguarda defensiva do Tejo,
mais ornamental que temivel. Conta-se, a este respeito, que, durante a guerra civil dos Estados Norte
e Sul americanos, um navio pertencente a uma das
facções entrou no Tejo. Um que estava ancorádo
quazi immediatamente aproou á barra. Seguiu-o, sem
intermissão de tempo, o outro, dando-lhe caça, em
contravenção das leis estabelecidas nos portos neu-
traes. O governador de Belem mandou, pois, dispa-
rar a bateria contra a fragata *Sacramento* que passava; màs, apezar de carregarem com bala, não lhe
tocaram. A fragata responderia ao fogo da Torre
com uma banda da artilheria, se ao capitão lhe não
repugnasse, como declarou depois, que as suas ba-
las delapidassem uma aresta d'aquelle lindo mimo da
Torre de S. Vicente. A Torre está perto da praia,
onde se arma a feira annual que dura um mez. Esperava eu encontrar o que quer que fosse *piquant* e
original em uma feira portugueza; mas desgraçadamente foi uma logração. Transposto o arco que di-
vide *Pedroiços* de Belem, o que se via eram maçãs
e mais nada: centos de jigos de maçãs vermelha-
ças, bonitas para vêr mas insipidas ao paladar. A
maçã é a fructa mais reles de Portugal; ao passo
que as peras são uma delicia. Vistas as maçãs, segue-se uma fileira de barracas, cheias de bugiarias
ordinarias, por via de regra tam feias que dirieis gos-
tarem pouco os portuguezes de brindarem os seus meninos com brinquedos; pois a fealdade da bonecada
moveu-me a perguntar d'oude viera semelhante ma-

LIVRARIA PORTUENSE.—EDITORA.

PORTO.

T   RE DE S. VICENTE DE BELEM.

... de architectura manue-
Torre de Belem, e fortaleza
... defensiva do Tejo,
... Conta-se, a este res-
... civil dos Estados Norte
... pertencente a uma das
... que estava ancorado
... á barra. Seguiu-o, sem
... dando-lhe caça, em
... portos neu-
... mandou, pois, dispa-
... Sacramento que pas-
... com bala, não lhe
... ao fogo da Torre
... se ao capitão lhe não
... depois, que as suas ba-
... d'aquelle lindo mimo da
Torre está perto da praia,
... que dura um mez. Es-
... que fosse piquant e
... ; mas desgraçada-
... posto o arco que di-
... que se via eram maçãs
... de maçãs vermelha-
... ao paladar. A
... de Portugal; ao passo
... Vistas as maçãs ...
... de

DE S. VICENTE DE BELEM.

nufactura. Tambem ha urives, e grande amostra de porcellana, bonita e curisa — unico objecto digno de **attenção.**

Como nas feiras rures de Inglaterra e França, havia gigantas gordas, aparigas disformes, um rapaz com duas cabeças, outras que taes monstruozidades, botequins, um u dous cosmoramas, e um theatro de arribação, en que se annunciava a *Gran Duqueza:* era o recreio a noute, e o complemento dos attractivos n'esta feira annual. Ao anoutecer concorre a populaça; e de panhã affluem as senhoras com os meninos. D. Fernando e a sua *condessa* dão por lá umas voltas, e con benevolo propozito escolhem objectos na collecça d'aquellas farandulagens. Durante a primeira épor da feira, que está a terminar, o vento batia tan rijo n'aquelle sitio ventilado da feira, que era parrecear que os furacões soprassem botequins e barracas pelo mar dentro. O mau tempo obstou á concorrencia; e agora podem-se mais quinze dias par aquella semsaboria; parece, porém, que a outra feira de outubro, na extrema opposta da cidade, se dá por lezada nos seus direitos, e por isso impugna o consentimento da camara. A semanal *Feira da Ladra,* no Campo de Sant'Anna, é de um soprifero muito mais recreativo. Aqui, entre muita frangalhice e mixordia de couzas apparecem objectos de curiozidade e valor reliquias de velhos tempos.

Pois que a feira nada tem que nos prenda, aqui temos em frente a explendida egreja dos Jeronymos de Santa Maria de Belen que se vê sempre com prazer por muito que se vizite. Houve n'este sitio

nufactura. Tambem ha ourives, e grande amostra de porcellana, bonita e curiosa — unico objecto digno de attenção.

Como nas feiras ruraes de Inglaterra e França, havia gigantas gordas, raparigas disformes, um rapaz com duas cabeças, e outras que taes monstruozidades, botequins, um ou dous cosmoramas, e um theatro de arribação, em que se annunciava a *Gran Duqueza:* era o recreio da noute, e o complemento dos attractivos n'esta feira annual. Ao anoutecer concorre a populaça; e de manhã affluem as senhoras com os meninos. D. Fernando e a sua *condessa* dão por lá umas voltas, e com benevolo propozito escolhem objectos na collecção d'aquellas farandulagens. Durante a primeira época da feira, que está a terminar, o vento batia tam rijo n'aquelle sitio ventilado da feira, que era para recear que os furacões soprassem botequins e barracas pelo mar dentro. O mau tempo obstou á concorrencia; e agora pedem-se mais quinze dias para aquella semsaboria; parece, porém, que a outra feira de outubro, na extrema opposta da cidade, se dá por lezada nos seus direitos, e por isso impugna o consentimento da camara. A semanal *Feira da Ladra*, no Campo de Sant'Anna, é de um soporifero muito mais recreativo. Aqui, entre muita frangalhice e mixordia de couzas apparecem objectos de curiozidade e valor — reliquias de velhos tempos.

Pois que a feira nada tem que nos prenda, aqui temos em frente a explendida egreja dos Jeronymos de Santa Maria de Belem que se vê sempre com prazer por muito que se vizite. Houve n'este sitio

outr'ora uma ermida em que Vasco da Gama e seus
companheiros velaram orando a noute antecedente
ao embarque que os levou ao descobrimento da India. O ponto de embarque era mais perto; que o
Tejo n'aquelle tempo chegava ás paredes da ermida. N'este mesmo local, D. Manuel, reconhecido a
Deus pelo prospero exito da expedição indiana,
principiou a edificar o magestoso templo monacal,
que os seus successores concluiram. Por cauza da
proximidade do rio, os alicerces do mosteiro estão
cimentados em estacarias, que dão grande solidez
ás fundações, e d'ahi rezultou a rezistencia do edificio ao abalo do grande terremoto. É hoje *Casa Pia*
o celebrado mosteiro que foi dos monges de S. Jeronymo. Dá amparo e educação a crianças pobres
de ambos os sexos. São bem tratados; e na edade
propria entram em officios que os habilitem a ganhar sua vida.

A porta principal, ao sul do templo, é soberba
em numero de estatuas, columnas em rosca e profuzão de ornatos, pouco menos valiosos que os do
portal da Batalha. Mas é melhor entrar n'este formoso templo pela porta occidental, cuja esculptura-
ção é mais abundante e primorosa, e recentemente
restaurada. Quando se entra por esta porta, faz impressão a baixeza da abobada ornamentada; e o relicario, quazi em trevas a um dos lados, solemniza
aquelle aspecto mysterioso. Adiantados, porém,
poucos passos, entra-se á nave arrojada e magestosa. Vista d'aqui, esta parte interior, tem aspectos
singulares. Descança a abobada sobre delicadas columnas de finissima esculptura, engrinaldadas, cheias

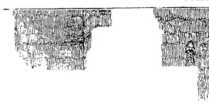

RONTARIA DA EGRAJA DOS JERONYMOS OU SANTA MARIA DE BELEM.

de rendas e arabescos da mais fantaziosa arte. Ha poucas pinturas no templo. Os jazigos reaes são de primoroso cinzel. Por detraz do altar-mór está o caixão que encerra o cadaver do desgraçado Affonso VI. Jaz aqui a rainha Catharina, esposa de Carlos II. Na capella-mór, e defrontando-se, estão os jazigos do fundador D. Manuel, seu filho e successor D. João III, e das respectivas esposas. São formosissimos os lavores das columnas que sustentam dous orgãos soberbos. Philippe II ergueu um cenotaphio á memoria de D. Sebastião. Vieram de Africa os ossos inculcados como do joven e querido monarcha, e foram ali encerrados couza de cem annos depois da sua morte. Mas esta ossada presume-se que não seja a do rei, cuja morte é ainda mysteriosa, e cujo regresso ao reino ainda se esperava muito áquem do prazo que elle poderia durar. Ouvi dizer que ainda ha *sebastianistas*. Eu não encontrei nenhum que esperasse da reintegração miraculosa do rei o guindar-se Portugal aos pinaculos da gloria! (·)

Rivaliza com o de Alcobaça o magnifico claustro de Belem; não ha nenhum que se lhe avantaje na Europa, excepto o da Batalha. É pena que a restauração da egreja se haja protelado tanto. Porções d'este

---

(·) Nós, os portuguezes agradecidos, beijamos as mãos de s. exc.ª pelo favor que nos faz em não contar aos seus patricios que ainda esperamos D. Sebastião, o Encoberto. Sirva esta probidade de lady Jackson de desconto aos aleives que outros malandrins seus patricios nos assacam.

tómplo reconstruiram-se completamente; a torre é
toda nova. A esculptura parece boa e o todo é de
crêr que seja uma soffrivel imitação do estylo manuelino. A pedra empregada n'estas renovações tem
uma côr amarallecida; é branda e boa de lavrar, no
que se parece com a da primitiva edificação; mas
estes modernismos desdizem sensivelmente do vetusto aspecto do restante edificio. A excepção das
duas grandes portas, o interior do templo tem bellezas não inculcadas pelo exterior. Por aqui passa-
ria eu horas; mas esta minha vizita, pela ultima talvez, não podia demorar-se, por que o meu companheiro lembrou-me que eu ainda não vira a velha collecção de coches reaes, e o edificio que os contém.

A saída fomos assediados pelos mendigos que
se juntaram á porta. Nunca eu tinha visto tam espessa turba de côxos, cegos, decrepitos e estro-
piados. Iam gemendo, mugindo e manquejando atraz
de nós: pungia ouvil-os e vêl-os. Foi a feira que at-
traíu ali aquella chusma, e alguns dos que tambem in-
festam as ruas de Lisboa. Ao passo que nos iamos
retirando ao longo das barracas acotovelava-nos a
fortuna com duas especies de tentação—o ouro d'este
mundo, e a salvação do outro; a primeira tentação
era reprezentada por gaiatos que vendiam cautelas
da loteria, aconselhando-nos a que não perdessemos
o lanço de apanhar a sorte grande; a outra tentação
figurava-se nos mendigos que nos pediam encareci-
damente que salvassemos as nossas almas depozi-
tando alguns vintens n'elles.

Em um edificio grande e solido, ou vasta cocheira, na calçada da Ajuda, por traz do Paço de

Belem, existem trinta e nove carruagens de estado antigas. É um dos objectos mais curiosos e interessantes que Lisboa offerece. São o remanecente da grande collecção, que a magnificencia e prodigalidade dos successivos monarchas portuguezes reuniram no precurso de trezentos ou quatrocentos annos. Perderam-se algumas pelo terramoto que destruiu o paço; mas, á vista das vicissitudes que a realeza tem experimentado n'aquelle paiz, admira que ainda existam tantas reliquias das suas antigas pompas.

O mais antigo dos coches data do dominio dos reis castelhanos em Portugal. (·) Os chamados carros de jornada são como salêtas, com cadeiras, parsevão, meza no centro e pavimento axadrezado de ebano e marfim. Ha alguns curiozissimos vehiculos de uma e duas pessoas: parecem uns pequenos gigs; são forrados de velludo carmezim, e têm varias pinturas allegoricas. Alguns mais ricos pertenceram ao mais extravagante dos reis portuguezes, D. João V — o *Magnifico* — cuja ambição era rivalizar Luiz XIV

(·) Andou lady Jackson avizadamente, desviando-se das indicações do principe Lichnowsky, ácerca dos coches da caza real. Escreve elle nas *Recordações de Portugal* que viu o coche de gala de D. Affonso Henriques, viu tambem o de D. Diniz, e outro de D. Manuel. Viu couzas que ainda não existiam no mundo dos vehiculos, porque a França conheceu os carros no reinado de Henrique IV, a Inglaterra no seculo XVI, e Portugal no mesmo seculo. O cardeal-rei D. Henrique, nas solemnidades, era levado em *andas*, e fóra d'isso cavalgava machos ou mulas. O traductor do livro do principe prussiano deixou passar incorrecta uma aluvião de necedades que lhe cumpria corrigir para declinar o seu quinhão de ignorancia das couzas portuguezas.

Os snrs. Vilhena Barbosa e Innocencio Francisco da Silva asseveram que

na prodigalidade dos gastos e sumptuoso estylo de viver.

Em cazamentos, baptizados, mortuorios reaes, ou grandes solemnidades saíam os coches de riquissima talha, apainelados de finas pinturas emblematicas, forrados, estofados e afofados de sedas e velludos cozidos em ouro. O forte e largo correame que suspende os coches é dourado e esmaltado a côres; as rodas têm adornos semelhantes. São enormes, comparados aos nossos carros modernos; e, puxadas a trez ou quatro parelhas bizarramente ajaezadas, as «*carroças de triumpho*» de D. João V devem de ser couza muito para se vêr.

Tanto em explendor como em interesse historico, as carruagens de Versailles não lhe podem ser comparadas; os dous coches offerecidos por Luiz XIV são magnificentes. (·) Ha um primorosamente esculpido de grinaldas de rozas e lyrios que cercam as armas e a inicial da archiduqueza Maria de Austria: (··) foi dadiva do rei de França quando D. João V es-

os primeiros coches vieram a Portugal com Filippe II. Não é isto perfeitamente exacto. D. Sebastião foi brindado por seu tio Filippe de Castella com o primeiro coche que entrou em Portugal; mas o neto de D. João III nunca saíu a publico de coche, receando que o seu exemplo dêsse azo á importação de taes locomotivas e afrouxasse o exercicio da equitação. É o que se deprehende de uma lei sumptuaria do principio do seculo XVII, e de uma representação feita a Filippe III de Portugal contra o uso das carruagens em menospreço do exercicio de cavalgar.

(·) Não ha coches alguns em Portugal que viessem como dadiva de Luiz XIV. Apenas têm de França o haverem sido lá fabricados.

(··) Aliás Maria Anna de Austria.

posou aquella princeza. É toda dourada; e ainda agora parece que foi ha pouco cinzelada n'uma grande barra de ouro estreme. O outro coche prezenteado pelo mesmo monarcha a D. João tem pinturas relevantissimas, obra dos superiores artistas francezes d'aquella época. Nas costas de espaldar, estã um retrato de Luiz XIV que passa por excellente. O papa Clemente XI tambem o galardoou com outro specimen de escopro e pincel distincto, em recompensa da especial delegação enviada pomposamente a Roma por D. João V a cumprimentar S. Santidade na sua eleição.

Todavia, as mais antigas — das quaes me informaram escassamente — apezar da belleza e opulencia das modernas, excedem-nas na magestade da fórma, e perfeição dos adornos: os grupos allegoricos das figuras, todas em estatura natural, á volta da caixa, na almofada do cocheiro, no tejadilho, e nos quatro angulos de cada vehiculo são realmente maravilhas, tanto no dezenho como na execução. As cortinas de velludo bordadas que ainda existem, os coxins, os persevãos franjados e passamanes attestam qual foi a sumptuozidade d'estes coches. São prodigiosamente grandes. Uma duzia de cavallos ou de bois — é provavel que se uzassem bois (·) — seria preciza para as moverem na ingreme Lisboa e

---

(·) Os cochbes da caza real puxados a bois! D. João IV ou D. Pedro II atravessando o Terreiro do Paço n'aquellas gentilissimas salas de ouro tiradas por 12 bois! Que esquizitice de senhora!

nos arrabaldes como elles eram quando os reis se transportavam n'aquellas locomotivas.

Esta singular collecção de coches de estado não é tratada com o desvelo que merecem tam preciosas reliquias do antigo brilho dos reis portuguezes. A caza onde estão é um alpendre vasto, alto e escuro. Estão descobertos. Põem-lhe os dedos sobre as pinturas, e mechem-as e palpam-as de maneira muito nociva á sua conservação. Contou-me o empregado da caza que uns vizitantes inglezes, ha pouco tempo, cortaram duas borlazinhas de ouro da carruagem fabricada para o baptizado de D. José. Teve elle de as substituir, para evitar consequencias desagradaveis, com outras de ouropel que lá estavam alinhavadas estupidamente com retroz amarello.

Agora vi eu dous ou trez hediondos nomes inglezes nas rodas de um coche. Os meus amigos portuguezes pareciam desgostosos. Senti-me aviltada, e não pude deixar de exclamar: «Oh! os viajantes meus patricios! sempre vandalos!» (·) O referido empregado instou para que eu entrasse nos coches, cuidando talvez que eu me orgulharia de sentar-me no coxim em que D. João V se refestelára. Ora eu, como este coche balanceava bastante, cuidei que tivesse as correias partidas, e indiscretamente talvez entrei n'um carro-viajeiro de Filippe II, um dos «*intrusos*» como os portuguezes, sempre ciosos da sua

---

(.) A auctora cuidou que eram de viajantes os nomes dos artifices inglezes que construiram os peores coches da caza real.

independencia, denominam os Filippes castelhanos, não os acceitando como reis de Portugal, posto que admittam que a nação gemeu sessenta annos debaixo do jugo d'elles.

Antes de concluido o nosso exame d'aquelles curiosos e interessantes carros, chegou um rancho de hespanhoes para os vêr. O encarregado, incansavel tagarella, segredou-nos que o desculpassemos de nos deixar, porque ia attender excluzivamente aos hespanhoes. Elle tinha recebido apertadas ordens de os vigiar de perto, desde que tentaram pegar fogo ao paço. Suppunha-se que elles tinham querido incendiar a Ajuda! Um cego accendera o lume com cavacos, que arderam e alimentaram a lavareda. Houve grande motim e alardo. Dous ou trez soldados, na excitação do momento, foram injuriados, não á conta do fogo, mas porque não chegaram a tempo de estorvar que elle se espalhasse. Depois d'isto, circulam umas vagas atoardas que dão o fogo como rezultado de substancias inflammaveis derramadas no paço pelos *internacionalistas* hespanhoes.

Os hespanhoes pouco se detiveram a vêr os coches. Eil-o comnosco o nosso homem, dando á cabeça e sorrindo-nos com uns tregeitos e olhares de espertalhão. Pensou que os impontára com a insistencia dos seus olhos perspicazes. Contou-nos que não deram importancia ao que se lhes mostrou senão «*os Filippes*» — os *coches-Filip,* e que *isto* era signal de que elles não vinham com boas tenções. Ao saírmos, disse-lhe F. que vigiasse cuidadosamente as pessoas que vinham armadas de lapis e canivetes. *Sim, sim, excellencia* — respondeu elle — *Estes são os inglezes.*

Seguindo para Alcantara, d'onde parte um barco a vapor de meia em meia hora, encontramos grande chusma de mendigos. «Estava escripto que hoje se desfizessem as minhas illuzões todas! — disse eu. — Principiára a crêr que os mendigos eram agora menos em Lisboa do que n'outro tempo em que estive aqui». — «E são menos, muito menos», exclamou o meu amigo. — «Então aquelles que são?» e podia accrescentar sem mentir «tam escalavrados e hediondamente vestidos».

Collecção assim de encarquilhadas bruxas, de velhorras aleijadas, de capotes em frangalhos, de calças esfarrapadas, de cabeças encanecidas, sujas e esguedelhadas, nunca meus olhos ainda tinham visto. E não cifrava n'isto o espectaculo. Estavam lá duas ou trez seges anachronicas, obsoletas; mas douradas e pintalgadas tam garridamente, e até não sei se artisticamente, que pareciam coches de estado do lord maior. Quem diria que aquelle apparato era um transporte de clerigos e defuntos? Á volta d'isto apinhava-se a canalha sedenta de vêr; os sinos tangiam clangorosamente n'aquelle ulular que lá chamam *dobrados:* tudo, pois, annunciava que se finára um homem rico, a quem iam enterrar. Logo que o cadaver se mette no franjado carro funerario, distribuem-se *esmolas* pelos pobres, por alma do defunto. É que uns sujeitos, a quem já pertencia o reino do ceu, compram passaporte para lá áquelles que foram defraudados do seu quinhão de prazer na vida. Disse-me F. que isto, na verdade, é artigo de fé

para muita gente. Dizem lá «que não só os pedintes,
mas os que trabalham, e que difficilmente, á custa
de grande lida, podem cuidar ao mesmo tempo do
corpo e da alma, lá na outra vida trocam a sua po-
zição com os ociosos d'esta». Bem. Esta doutrina é
consoladora; andam á vez; e isto convem pura e
razoavelmente aos que acceitam cá em baixo a capri-
chosa repartição do bem e do mal da existencia.

Imagine que, dest'arte philosophando, naveguei
rio acima, desembarquei no Caes do Sodré, e sof-
frivelmente cançada das devoções e prazeres do dia,
lhe disse um *adeus* desde a rua do Alecrim.

oondeu elle — *Estes*

..! parte um barco
encontramos gran-
a escripto que hoje
todas! — disse eu.
..!gos eram agora
..tro tempo em que
..uito menos », ex-
..aquelles que são?»
..tam escalavrados

..mdas bruxas, de
..em frangalhos, de
..encanecidas, sujas
..has ainda tinham
..-taculo. Estavam
..s, obsoletas; mas
..damente, e até não
..m coches de esta-
e aquelle apparato
defuntos? Á volta
..nta de vér; os si-
..quelle ulular que
annunciava que se
..m enterrar. Logo
o carro funerario,
.., por alma do de-
já pertencia o rep
..ra lá áquelles que
.. de prazer

ι gente. Dizer lá «que não só os pedintes,
ιe trabalham, e que difficilmente, á custa
lida, podemcuidar ao mesmo tempo do
ι alma, lá na utra vida trocam a sua po-
os ociosos d'sta». Bem. Esta doutrina é
ra; andam ávez; e isto convem pura e
ente aos que cceitam cá em baixo a capri-
artição do ber e do mal da existencia.
ιe que, dest'a e philosophando, naveguei
desembarqui no *Caes* do Sodré, e sof-
cançada d'a devoções e prazeres do dia,
mι *adeus* deso a rua do Alecrim.

CONCLUSÃO

Southampton — Outubro. — O despedir-me da formosa terra de Portugal, não o fiz sem lagrimas, sem suspiros, e hezitações do coração.

Cinco dias ha que saí de Lisboa no *South American Royal Mail boat Liffey.* Tivemos de o demandar perto do Lazareto, porque estava de quarentena, por cauza da febre amarella do Brazil. A manhã estava lindissima. Distinguiam-se perfeitamente Cascaes, a serra de Cintra, e lá no seu pinaculo a Penha. Depois, 'a nebrina — ás vezes muito cerrada — continuou até passarmos para além das *Needles.* Depois, como se uma cortina se levantasse, subito se aclarou tudo, avistando-se a ilha de Wight e a costa Hampshire, ridente, luminosa e verdejante.

Entre os passageiros ia um hespanhol idoso que se declarara official carlista, mas *en retraite.* Fez-me recordar muitissimo Castella. Não fallava inglez; mas em francez e hespanhol era fecundo em bonitos palavreados gallans, e entretinha-se a ensinar dous passaritos d'uma dama. D'este cazo inferi eu, lembrando-me do discurso de Castella a respeito da indole hespanhola, que elle tinha um bom pedaço de D. João, e que a porção de Quichote não era pequena tambem. Ia com ares de mysterio a Irlanda, e depois iria á Russia, dizia elle.

Preoccupava-o a chimera, para alguns hespanhoes tam afflictiva, de que D. Carlos goza na Inglaterra extrema popularidade e que elle provavelmente sairá em breve victorioso da sua actual empreza em se apossar de Hespanha.

Mal desembarcamos em Southampton que um espesso nevoeiro envolveu terra e mar. Começou a chuviscar, e as ruas da sordida cidade encheram-se de fumaça e lama.

Que clima! que mudança! Senti-me gelar a um tempo, em corpo e alma. Accenda-se uma boa fogueira, desçam-se os transparentes, e que não entre aqui esse ambiente de chumbo. Ah! *saudades! saudades profundas* d'aquelle sereno azul do ceu da formosa Lusitania!

FIM

INDICE

CAPITULO XXVII

INCENDIOS — EXEQUIAS — COCHES DE ESTADO, ETC.

CONCLUSÃO

ERRATAS ESSENCIAES

PAG.	LINHAS	ONDE SE LÊ	LEIA-SE
48	7	*fashionable*	*fashionables*
49	5	*Todo os*	*Todos os*
104	20	*estragados*	*estragado*
107	29	*peseudonymo*	*pseudonymo*
131	9	*E de uma*	*É de uma*
131	32	*Soriano o*	*Soriano, o*
136	30	*Se viesse*	*Se visse*
173	1	*Globulos*	*Globos*
191	9	*encontram*	*encontra*
192	4	*grandes sublimes*	*grandes e sublimes*
202	27	*Oswal Crawflord*	*Oswald Crawfurd*
242	28	*negociar*	*negacear*
248	16	*a olhos vistos*	*a olhos visto*
269	1	*gozaram-n'a*	*gozaram-na*
273	22	*promenores*	*pormenores*
273	25	*esperavam-n'o*	*esperavam-no*

Van.

407

421

441

RRATAꞀ ESSENCIAES

LINHAS	ONDE SE LÊ	LEIA-SE
7	fashionaë	fashionables
5	Todo os	Todos os
20	estragad	estragado
29	peseudonno	pseudonymo
9	É de um	É de uma
32	Soriano	Soriano, e
30	Se viesse	Se risse
1	Globulos	Globos
9	encontran	encontra
4	grandes blimes	grandes e sublimes
27	Oswal Croflord	Oswald Crawfurd
28	negociar	negacear
16	a olhos vlos	a olhos visto
1	gozaram-n	gozaram-na
22	promenor	pormenores
25	esperavam'o	esperavam-no

COLLOCAÇÃO DAS ESTAMPAS

LIVRARIA PORTUENSE

DE

MANOEL MALHEIRO — EDITOR

121 — RUA DO ALMADA — 123

PORTO

NOVAS PUBLICAÇÕES

MANUAL

BIBLIOGRAPHICO PORTUGUEZ

DE

LIVROS RAROS, CLASSICOS E CURIOSOS

COORDENADO

POR

RICARDO PINTO DE MATTOS

REVISTO E PREFACIADO

PELLO SNR.

Camillo Castello Branco

Um grosso vol. de perto de 600 pag. in 8.º gr............... 2$000

A Rosa do Adro

ROMANCE POR

MANOEL MARIA RODRIGUES

2.ª EDIÇÃO

1 vol..................... 500 réis

ROSAS PALLIDAS

NARRATIVAS ORIGINAES

POR

GUIOMAR TORREZÃO

Precedidas d'uma carta de Thomaz Ribeiro

2.ª EDIÇÃO EMENDADA

1 volume com o retrato da auctora em phototypia, 600 réis

SCENAS

DA

HORA FINAL

TRADUZIDAS DO INGLEZ E PREFACIADAS

POR

CAMILLO CASTELLO BRANCO

Preço...... 240 réis

GUIA

DAS

MÃES E DAS AMAS

PELO

DR. G. ANNER, DE BREST

OBRA PREMIADA PELA SOCIEDADE PROTECTORA DA INFANCIA DE PARIS.

TRADUZIDA DO ORIGINAL FRANCEZ

POR

ANTONIO VIEIRA LOPES

MEDICO-CIRURGIÃO PELA ESCÓLA MEDICO-CIRURGICA DO PORTO

· 1 volume.................... 500 réis

1878 — TYP. OCCIDENTAL, PICARIA, 50 A 54 — PORTO